QUER
VERLAG

An einem Mittwoch im September

Stephan Niederwieser

Roman

Erste Auflage September 1998

Umschlag und graphische Realisierung von Sergio Vitale unter Verwendung einer Photographie von Geoff Manasse/Gaze
Herstellung: Arnold & Domnick, Leipzig
Druck und Weiterverarbeitung: Tiskárny Vimperk a.s.
ISBN 3-89656-029-8
Printed in the Czech Republic

Bitte fordern Sie unser Gesamtverzeichnis an:
Querverlag GmbH, Akazienstraße 25, D-10823 Berlin
http://members.aol.com/querverlag/

Für meinen Vater

PROLOG Er stolziert durch ein Tor, das sich bedrohlich gegen den Himmel erhebt – wie eine Faust, die dem Feinde trotzt. Fahnen lodern leuchtend rot wie die Flammen zur Ewigkeit; düstere Swastiken wirbeln im Wind wie Sonnenräder. Kameraden schauen auf, reißen die Hand zum Hitlergruß – geblendet von seinen Abzeichen, schließen sie die Augen. Über seinem Kopf schwirren Geschwader von Kampfflugzeugen. Spielerisch formieren sie sich zu Dreiecken und gigantischen Kreisen, mühelos verschmelzen sie zu Achten, aufrecht und groß wie der Stolz der Männer, die sie fliegen.

Er marschiert über Kies, aber er hört seine Schritte nicht. Auch als er in der Wiese kauert, sein Gesicht tief im taufeuchten Gras vergraben, kann er die kitzelnden Halme nicht spüren. Er hält den Feind im Auge, der wie eine dunkelgrüne Woge über den Hügel herabzieht. Sein Finger entscheidet über Leben und Tod. Eine geübte Bewegung, und er kann retten: seine Kameraden, seine Familie, sein Vaterland. Alles, was er tun muß, ist sich konzentrieren, ruhig atmen und auf den richtigen Moment warten. Warten, atmen und sich konzentrieren.

„Philipp! Philipp!" Der Name legte sich wie eine kalte Hand auf die nackte Schulter, eine Erinnerung, die im Nebel des Todes Konturen annahm.

„Philipp! Philipp!" Sein Puls raste, seine Muskeln spannten sich an. Erschreckt weiteten sich seine Augen, als er das bleich flackernde Gesicht erblickte. Er wollte aufspringen, strammstehen, zu seiner Waffe greifen, wie sie es ihm in der Schule eingedrillt hatten. Da erkannte Philipp im Schein der züngelnden Petroleumlampe seine Mutter.

„Ich darf mir keine Sorgen machen, hat dein Vater gesagt", flüsterte sie gehetzt und senkte den Kopf. Sie war groß und dick, aber in dieser Nacht verkümmerte sie zu einem Schatten ihrer Selbst.

„Du brauchst keine Angst haben", sagte Philipp hölzern und umklammerte dabei die Bettdecke. Sie war warm, sie war schwer, er fühlte sich sicher darunter.

Sie hatten ihm klargemacht, daß er stark sein mußte. Sie hatten ihm erklärt, warum es nötig war, Deutschland gegen die bösen Mächte zu verteidigen, die Ehre wiederzugewinnen, die sein Vaterland im Ersten Weltkrieg verloren hatte. Und sie hatten ihm klargemacht, daß jeder, der Angst hatte, ein Feigling war, ein wertloser Taugenichts.

„Ich werde schon auf mich aufpassen", sagte er, während sein Bauch bebte. Seine Hände und Füße waren eisiger als der traumdurchtränkte Atem, der am Fenster zu feingliedrigen Eiskristallen fror.

Draußen zogen Schneeflocken vorüber, überdeckten die Spuren aller Söhne, die dieser Tage auszogen. Philipps Mutter schob die Lampe auf den Nachttisch. Ein Stück Docht glühte auf und erlosch. In ein paar Stunden wird die aufgehende Sonne die kühlen Wände dieses Zimmers wärmen. Ihr Licht wird sich in Kristallen brechen und bunte, verspielte Tupfer auf die abgetretenen Dielen werfen. Es wird die Finger einiger Eiszapfen schmelzen, mit denen sie sich an der Dachrinne einkrallten, und sie werden fallen, den Schnee teilen und eindringen in die Erde wie ein Gestellungsbefehl in das Herz einer Mutter. Nein, der größte Schmerz im Leben einer Frau war nicht, ein Kind in diese Welt zu gebären. Es tat noch viel mehr weh, dieses Kind gehenzulassen, zusehen zu müssen, wie es in einen Krieg zog, von dem kaum einer wiederkam.

„Nimm das!" sagte sie und drückte ihm ein Stück brustwarmes Metall in die Hand. Sie schaute in seine teichblauen Augen, durch die sie früher direkt in seine Gedanken schauen konnte. Doch heute nacht waren sie verschleiert und grau wie die Lügen dieser Zeit.

Philipp betrachtete den Ring, der die beklemmende Dunkelheit seines Zimmers mit kleinen stechenden Blitzen durchbrach. Staunend ließ er die Decke sinken und entblößte seinen breiten Oberkörper mit der tiefen Grube in der Mitte seiner Brust.

„Es ist der Ring der Liebenden", sagte seine Mutter und starrte Philipp an, als versuchte sie, sein Bild in ihr Gedächtnis einzubrennen. „Ich wollte ihn aufheben, bis du die Frau deines Herzens gefunden hast. Ich gebe ihn dir jetzt, weil er dich …" Sie stockte. Schwere und Einsamkeit werden einziehen, wo Philipp aus Tonsteinen Burgen baute und Haselnußäste zu schrill klingenden Flöten schnitzte. Bald wird sein Bett so leer sein wie ihre Brust. „… weil er dich beschützen soll."

Seine Augenbrauen waren zart wie Kohlestriche; seine langen Wimpern reflektierten das Licht und formten einen leuchtenden Strahlenkranz um seine Lider.

Mit heißem Daumen malte sie drei Kreuze auf seine flache Stirn. Eine Träne lief über ihre Wange, und Philipp verstand, daß seine Mutter am Morgen nicht in der Tür stehen würde, ihn zu verabschieden.

Der Boden ächzte unter ihren Füßen, die Tür schloß sich mit einem dumpfen Schlag. Philipp konnte die Augen nicht von dem Ring nehmen. Das Gold war gewunden wie Schleifen oder Hände, die einander hielten. Im Teller der einen lagen zwei Steine: ein Rubin und ein Diamant. Das Gold war poliert, als hätte ihn keiner zuvor getragen.

Er drehte die Flamme herunter und steckte sich das Geschenk an den Finger. Wie ein Stein in einem Teich versinkt, so zog es ihn sanft in seine Träume zurück: Bomben fallen geräuschlos, Panzer zermalmen riesige Bäume unter ihren Ketten zu Sägemehl, Maschinengewehre rattern in Zeitlupe, langsam wie ein Herzschlag. Blei hagelt warm, während Soldaten lächelnd zu dampfender Erde zerschmelzen, und Philipp geht über ein offenes Feld auf ein fernes Licht zu. Ein Altar – dahinter, in den Reihen einer Kapelle, glücklich tuschelnde Menschen. Am Ende des Ganges die Braut.

„Ich heirate! Ich heirate!" jauchzt sein Herz.

„… erkläre ich euch hiermit, kraft meines Amtes, zu Mann und Frau."

Fliegeralarm dröhnt harmonisch über der Zeremonie, übertönt nur von der Stimme des Pfarrers: „Sie dürfen die Braut jetzt küssen …", verklingt es wie Kirchenglocken in seinem Kopf. Philipp hebt den Schleier und küßt die festen Lippen eines wunderschönen Soldaten.

1. Ein paar Millimeter nach links oder nach rechts, und es schien, als würden sich die Bäume bewegen. Durch Unebenheiten im Fensterglas wurde aus festen Stämmen atmende Bäuche. Hinter seinem Rücken schwoll das Gemurmel an.

Bernhard Moll drehte sich um und wendete sich seinen Schülern zu. Er pausierte öfter auf diese Art, weil er gelernt hatte, daß das Vermitteln von Fakten allein noch lange kein Verständnis schaffte. Ruhe war es, die Tiefe der Stille; sie allein ließ Wissen wachsen. Unterricht ist wie der Aufguß von Schwarztee, in dem die kleinen Blattschnipsel aufgeregt herumflirren. Man muß ihn eine Weile ruhen lassen, bevor sich die Blätter auf dem Grund der Kanne zu Bildern und Ahnungen zusammenfügen.

Es gab Mädchen, denen Tränen in die Augen stiegen, wenn sie ihren Lehrer so dastehen sahen. Für sie war die Pause keineswegs der Moment, um Gehörtes zu verarbeiten, sondern die einzige Gelegenheit, hinter die Fassade dieses oft viel zu erwachsenen Menschen zu schauen.

„Gut, dann laßt uns zusammenfassen. Welche Faktoren nährten den Zusammenbruch der Weimarer Republik?" Er schaute in die Runde blasser Gesichter.

„Ja?" Er deutete auf einen Jungen in der letzten Reihe.

„Die Angst vor einer Revolution."

„Richtig. Was noch?"

„Die Inflation."

„Gut. Deutschland litt unter einer enormen Inflation: ein Dollar vier Milliarden Mark. Weiter?" Bernhard Moll ging langsam zur Tafel.

„Extreme Arbeitslosigkeit. Neunzehnhundertdreißig lag sie bei über zwanzig Prozent, dazu dreißigtausend Konkursverfahren."

„Genau, und was noch – ganz wichtig!" Er hob den Zeigefinger über seinen Kopf; ein Abbild seiner Selbst: groß und schlank mit einem leichten Knick im Nacken wie ein biegsamer Strohhalm. Manchmal sah es so aus, als könnte er dort auseinanderbrechen, aber das tat er nie, jedenfalls nicht in der Schule.

„Rassistische, paramilitärische Gruppierungen und der Einfluß der wachsenden NSDAP, deren Mitgliederlisten proportional zu den Arbeitslosenzahlen stiegen."

Es stieß dem Lehrerkollegium unangenehm auf, daß die Schüler in Bernhard Molls Unterricht mehr lernten als bei den Kollegen. An seinem Aussehen konnte es nicht liegen, da waren sich die Verschwörer einig. Was war schon attraktiv an einem Mittdreißiger, der sich in den neunziger Jahren noch kleidete wie in seiner Jugend? Verknittert und unausgeschlafen wirkte sein Gesicht, dunkle Locken tobten auf seinem schmalen Kopf. Da lag keinerlei Eleganz in seinen Bewegungen, eher Tolpatschigkeit. Lange Gliedmaßen, die schlackerten, als ob sie nicht zueinander gehörten, knochige, viel zu weiße Hände, die beim Gang durch das weiträumige Klassenzimmer an Tischkanten anschlugen und Kreide auf der Tafel zum Quietschen brachten.

Die Pausen waren in den Augen seiner Kollegen Zeitverschwendung, ein Hort für Unaufmerksamkeit, der Keim für Ungehorsam. Sie merkten nicht, daß in diesen Sekunden die Zeit stehenblieb – die Zeit und die Welt. Sie sahen eben nicht mit den Augen fünfzehnjähriger Mädchen.

Aber sie fanden nie etwas, womit sie ihm an den Karren hätten fahren können. Bernhard Moll war viel zu freundlich und zuvorkommend, viel zu hilfsbereit. Außerdem trug er dieses Schild von Mitgefühl vor sich her, diesen immerwährenden Schmerz in den Augen, den nicht einmal er selbst beim Namen kannte. Diese unsichtbare Mauer zerrte an seinen Mundwinkeln, ließ die Augenbrauen an ihren Enden jäh abfallen und zeichnete ein hilfloses, zungenspitzengroßes Grübchen über seine Nase. Beschützen wollte man ihn, nicht angreifen.

Man mußte ihn einfach mögen, auch wenn man ihm, oder eben gerade weil man ihm nicht nahe kam. Für seine Schüler gab es noch einen Grund mehr: Da war etwas zutiefst Gutes an ihm. „Viel zu schade für einen Lehrer", hatte ein Mädchen einmal auf dem Schulhof gesagt, und die anderen hatten zustimmend geseufzt.

„Ist noch etwas unklar?" Er drehte sich um, suchte in den Augen seiner Schüler nach Fragen. Nichts.

Das Kratzen eines Bleistifts drang an sein Ohr. Es klang erregt, zielgerichtet, frech. Bernhard wendete sich dem Verursacher zu. „Du füllst die Denkpausen mit Kunst?"

Der Schüler zuckte, als ihm Bernhard plötzlich das Blatt entzog, eine Karikatur von einem hübschen jungen Mann mit wildem Haar, viel zu enger Hose und einem verführerischen Blick. Bernhard faltete sie und ließ sie kommentarlos hinter seinem Rücken verschwinden.

„Oder interessieren dich unsere Ausführungen nicht?"

Der Schüler schaute ihn mit weiten Augen an und errötete. „Das ist doch alles Käse."

„Käse?" Bernhard ging zur Tafel. „Wichtiger Kommentar! Herzlichen Dank. Macht es denn Sinn, sich nach sechzig Jahren noch, oder wieder, mit all dem zu beschäftigen?" Er ließ die Karikatur auf das Lehrerpult sinken, verfolgte aber ihren Gleitflug über seine Unterlagen.

„Nein", tönte es trocken aus der dritten Reihe, und die Schüler lachten. Ein aufmüpfiges Gesicht strahlte ihm entgegen.

„Hmm ..." Bernhard stützte sein Kinn auf die Zeigefinger seiner verschränkten Hände. Falten legten sich über sein Gesicht, was es noch mehr aussehen ließ wie ein ungemachtes Bett.

„Steh auf!" sagte er. „Na los, steh auf!"

Der Schüler folgte der Aufforderung nur zögerlich.

„Mach die Augen zu!"

Er verstand nicht. Bernhard ging auf ihn zu und legte ihm die Hand über die Augen.

„Geh ein paar Schritte, ganz aufmerksam und sag mir, was dir dabei auffällt."

Der Schüler machte zwei Schritte. „Nichts. Was soll mir auffallen?"

„Was spürst du unter deinen Füßen? Was hörst du?"

„Ich spüre, daß der Boden nachgibt, und ich höre ihn knarzen."

„Mach die Augen auf, und schau hinunter. Was siehst du?"

„Linoleum."

„Okay. Und jetzt komm an die Tafel."

Bernhard suchte etwas auf der gleichmäßig grünen Fläche. „Hier, genau hier." Er deutete auf eine Stelle. „Was siehst du hier?"

„Eine Tafel." Stolz drehte er sich seinen Mitschülern zu, die lachten.

„Schlau, wirklich schlau." Bernhard zeichnete mit Kreide einen Kreis. „Was siehst du in diesem Kreis?"

„Grün."

„Gut, sehr gut."

Er tränkte den Schwamm mit Wasser und drückte ihn einen Moment lang auf die Tafel, dann nahm er ihn wieder weg.

„Was siehst du jetzt?"

„Eine nasse Tafel."

Bernhard packte ihn am Hals und schob sein Gesicht nahe vor die Tafel.

„Und jetzt?"

Der Schüler zögerte einen Moment, und der Schalk verschwand aus seinem Gesicht. Er merkte, daß es Bernhard ernst war.

„Ich sehe ... ich sehe ... das Holz, das unter der Farbe hervorquillt."

„Danke." Bernhard schob ihn auf seinen Platz zurück. Dann wanderte er gedankenversunken zwischen verkritzelten Tischen und kaugummiverklebten Stühlen umher. Seine bedächtigen Schritte hallten von den hohen Decken wider.

„Linoleum gibt nicht nach. Es knarzt auch nicht, es sei denn ...?"

„Es ist ein Holzboden darunter."

„Volltreffer! Was wir sehen, ist ein ungewaschener Linoleumboden, aber darunter verbirgt sich etwas ganz anderes. Mit der Tafel ist es genau dasselbe. Wir sehen eine durchgängig grüne Fläche. Ein wenig Wasser, und das Holz quillt dahinter hervor. Verstanden?"

Wenige Köpfe nickten ihm entgegen, in den meisten Gesichtern standen jedoch Fragezeichen.

„Ich will damit sagen, daß uns die Vergangenheit oft viel näher ist, als wir wahrnehmen."

Er ging langsam durch den Raum. Wieder entstand eine dieser zeitlosen Pausen. Das ganze Klassenzimmer schien in der Stille zu versinken; da knarzte es unter seinen Füßen.

„Nehmt mal unsere wirtschaftliche Situation. Einige Umstände, die uns heute zu schaffen machen, gab es auch vor dem Krieg: wachsende Arbeitslosigkeit, Abbau des Sozialstaates, Rassismus, konservative Einflüsse, sehr, sehr konservative Einflüsse sogar. Heißt das, daß wir auf ein Viertes Reich zusteuern?" Er blieb stehen und überschaute die ganze Klasse. „Sagt einfach, was ihr euch denkt. Was ist eure Meinung dazu?"

Die Schüler schauten betreten in ihre Bücher; einige Mädchen wendeten sich ihm erwartungsvoll zu. Es war eine unsinnige Frage, das wurde ihm klar, als seine Augen durch das Klassenzimmer streiften und an den Postern für Jeanswerbung hängenblieben, an den Großaufnahmen von Stars mit verführerisch entrückten Blicken. Was kümmerte schon einen Fünfzehnjährigen, ob das Dritte Reich wiederkam, wenn sein Lieblingsschauspieler Liebeskummer oder sein Lieblingsfußballer gerade einen Elfmeter verschossen hatte?

„Nein", sagte einer, nur um den Bann der Stille zu brechen.

Ein Schimmer von Hoffnung huschte über Bernhards Gesicht. „Jetzt erkläre mir noch, warum."

„Keine Ahnung. Vielleicht, weil wir nicht mal einen Kanzler haben, dem die Gesellschaft vertraut. Wer sollte da so mächtig werden wie Hitler?"

„Okay. Wer hat eine andere Idee?"

„Ich meine, vielleicht ist es noch nicht schlimm genug. In ein paar Jahren, wenn es den Leuten immer schlechter geht, das Asylantenproblem entsprechend aufgeheizt wird ..."

„Ja, dann muß es nur noch einer Minderheit scheinbar besser gehen als der Mehrheit ...", vervollständigte die Banknachbarin.

„... und schon hätten wir eine Menge Zündstoff. Gut argumentiert." Bernhard machte eine lange Pause.

„Wird das wirklich passieren?" fragte ein Schüler, seine Augen ängstlich geweitet.

„Wird es?" Bernhard machte ein paar Schritte. „Mir ging es mit dieser Frage nicht darum, die Zukunft vorherzusagen, ich bin ja schließlich kein Prophet. Vielmehr wollte ich euch zeigen, daß man die Vergangenheit kennen muß, wenn man Entwicklung einschätzen möchte. Nur wer weiß, woher er kommt, kann erahnen, wohin er geht."

„Und was war dann im Jugoslawienkrieg?" fragte jemand trotzig. „Wir haben doch gewußt, daß Tausende Moslems hingerichtet werden. War doch nichts anderes als damals mit den Juden. Und trotzdem hat sich niemand drum geschert."

„Da hast du nur scheinbar recht", beantwortete Bernhard den Einwand, „denn zum Verständnis um die Vorgänge kommt immer die Frage, wer es nutzt und wie er es nutzt. Nehmen wir das Beispiel *Aktenzeichen XY ungelöst.* Klärt man Menschen vor möglichen Diebereien auf, können sie sich besser schützen. Gleichzeitig liefert man potentiellen Gaunern eine erprobte Anleitung. Heißt das, daß man die Wahrheit deshalb lieber verschweigen sollte?" Bernhard schaute seine Schüler fragend an. Einige grummelten, ein paar zuckten mit den Schultern, andere klappten ihre Bücher schon zu.

„Versteht ihr, was ich sagen will?" Er schaute auf die Uhr: dreizehn vor eins. In drei Minuten war diese Diskussion nicht zu Ende zu bringen.

„Ich wollte damit nur eins sagen: Beschäftigt ihr euch nicht mit der Vergangenheit, nehmt ihr euch die Chance, die Gegenwart zu verstehen." Er schaute in die Runde. Stirnrunzeln.

„Das war mein Schlußwort vor den Ferien", sagte er. „Wir sollten bei Gelegenheit daran anknüpfen. Ich wünsche euch viele Geschenke, gute Erholung, und daß mir keiner mit gebrochenen Knochen vom Skiurlaub zurückkommt!"

Die Schüler sprangen auf, ein paar Papierknäuel flogen in hohem Bogen durch den Raum, ein Mädchen fiel ihrem Freund in die Arme, dann leerte sich das Zimmer schnell.

Zwei Schülerinnen gingen zögernd auf Bernhard zu. Die eine hielt ein aufwendig eingewickeltes Päckchen in der Hand. Bernhard schaute auf, sah das Mädchen, sah das Geschenk, senkte seinen Kopf wieder auf das Pult.

„Für Sie", sagte die eine, errötete und streckte ihm das Geschenk entgegen.

„Das ist sehr nett – und völlig unnötig." Bernhard lächelte, aber es war ihm unangenehm. Die beiden Mädchen blieben starr vor ihm stehen. „Schöne Ferien", sagte er und wendete sich wieder seinem Pult zu. Aber ihre sehnsüchtigen Augen blieben auf ihm haften. Er schaute sie noch einmal an und nickte. „Vergeßt nicht die Schulaufgabe im Januar. Und jetzt macht, daß ihr rauskommt."

Sie zockelten ab; Bernhard schaute ihnen hinterher. Als er dann allein war, setzte er sich auf sein Pult und nahm die Zeichnung in die Hand. Ein Echo seiner Vergangenheit holte ihn ein und beschallte ihn mit Erinnerungen, die er längst verdrängt hatte. Der Schmerz jagte ihm einen Schauer über die Haut. Er hoffte, daß diesem Jungen das alles einmal erspart bleiben würde.

Bernhard zog die Brauen in die Höhe, das Grübchen über seiner Nase wurde tiefer. Dann stopfte er seine Unterlagen in eine abgewetzte Ledertasche, klemmte sich das Geschenk unter den Arm und tauchte in das Treiben der Schüler auf dem Gang ein.

„Alles klar für die Weihnachtsfeier im Kollegium heute abend?" Die Frage holte ihn auf dem Weg ins Hauptgebäude ein. Sie klang vertraut, freundlich und einladend, trotzdem wurde Bernhard dabei steif. Er drehte sich um und schaute in die forschen Augen einer kleinen, zierlichen Frau. Ihr feuerrotes Haar lag eingerollt wie eine schlafende Katze auf ihrem zu kleinen Kopf. Auf dem Arm schleppte sie einen Stapel Bücher. Zum Ausgleich war ihr Rücken von der Hüfte aus weit nach hinten gelehnt.

„Ruth!" Er schaute sich um und flüsterte. „Ich ... ähm ... werde nicht kommen können."

Sie kannten sich seit dem Studium. Es gab eine Zeit, da nannte man sie die Unzertrennlichen, und ihre damaligen Freunde hatten eigentlich damit gerechnet, daß sie heiraten würden. Aber das war lange her.

„Warum nur habe ich das Gefühl, daß du mir nicht sagen wirst, warum du nicht kommst?" Sie blinzelte mit langen Wimpern gegen das grelle Sonnenlicht an.

Bernhard schaute zu Boden.

„Wie dem auch sei", sagte sie, „irgendwann werde ich dein Geheimnis schon noch lüften."

Er hob den Kopf; sein verletztes Lächeln förderte den Beschützerinstinkt zutage. Sie streckte sich und hielt ihm die Wange hin.

„Vielleicht hast du ja während der Ferien mal Zeit für eine Tasse Tee."

„Klar", sagte er viel zu schnell. „Ich fahre morgen zu meiner Familie nach Frankfurt, aber spätestens Montag bin ich wieder da."

„Ruf mich an!"

Bernhard gab ihr einen flüchtigen Kuß. Dann setzte sich Ruth in Bewegung. Ihre spitzen Stiefel klackerten den Gang hinunter, dann verschwand sie im Schatten der Zimmertüren.

Zitrusduft stieg ihm in die Nase. Ein junger Mann saß Bernhard in der Straßenbahn gegenüber und schälte eine Mandarine. Seine Augen waren groß und wach, sein Gesicht glatt und erstaunlich weich. Er war vielleicht zwanzig oder zweiundzwanzig, auf jeden Fall viel zu erotisch für sein Alter. Eine Aura von warmen Berührungen umgab ihn, von zuckenden Körpern in aufgewühlten Laken. Seine Lippen waren gefährlich feucht. Und als er seinen Blick von der süßen Frucht hob und Bernhard sah, öffnete sich sein Mund – einen Spalt breit nur, aber Bernhard befürchtete, darin zu versinken. Er klammerte sich an seine Aktentasche, aber er brauchte mehr Halt. So stand er auf und griff nach einem Bügel. Er fing an zu schwitzen. Ein Baby in einem Kinderwagen sah sein Gesicht und legte die Stirn in Falten. Bernhard mußte lächeln; das Kind gluckste und klatschte in die Hände. Dann verzog es das Gesicht, als versuchte es, Bernhards ernste Miene zu imitieren. Diesmal gluckste Bernhard.

„Nächster Halt, Karlsplatz Stachus." Er stieg die Treppe hinunter in die Kälte hinaus, dann drehte er sich um und half der jungen Frau, die sich mit dem Kinderwagen abmühte. Ein Ruck, ein Lächeln, ein Nicken. Die ältere Dame, es mußte ihre Mutter gewesen sein, sagte: „Ist das nicht ein freundlicher Mann? Schau, wie hilfsbereit." Und zu ihm: „Vielen Dank, der Herr. So was begegnet einem heute nur noch selten." Bernhard senkte den Kopf und ging schnell davon.

Eine bordeauxrote Strickmütze mit Ohrenklappen und Bommel tief ins Gesicht gezogen, lief er durch die überfüllte Fußgängerzone zum Marienplatz hinunter. Die Luft war schwer von Zimt und Nelken. Sie versprach so viel und hielt so wenig.

Am Christkindlmarkt angelangt, schlenderte Bernhard an Ständen vorbei, die Fachwerkhäuser aus Porzellan verkauften: *Made in*

China selbstverständlich. Dicke bayerische Wadelstrümpfe aus Taiwan gab's da, Glühwein ohne Wein und kleine handgefertigte Hinterglasgemälde, Winterszenen philippinischer Handarbeit.

Bernhard schaute zu den mit Hunderten von Lämpchen besetzten, breiten Zweigen auf, die sich wie ein Rock um den dicken Stamm des Christbaums ausbreiteten. Und er sah, daß die Figuren und Spitzen der kleinen Türmchen auf dem Rathaus mit Schnee bedeckt waren wie ein mit Zucker begossenes Lebkuchenhaus. Und zum ersten Mal in diesem Jahr konnte Bernhard Weihnachten erahnen. Er konnte es spüren, er konnte es riechen, er konnte es schmecken. Wohlige Abende am offenen Kamin, gutes Essen, schwere Düfte und diese Stille, die mehr war als die bloße Abwesenheit von Geräuschen. Einen kurzen Moment nur fiel die Arbeit von ihm ab, breitete sich Frieden in seinem Kopf aus wie eine undurchdringliche Schneedecke, weiße Weite zog ein, wo eben noch Lärm von schreienden Schülern tobte. Freiheit.

Er blieb stehen, seine Stiefel tief im Schnee vergraben. Er schaute zur Mariensäule empor, die seltsam glitzerte. Immer wieder wurde er angerempelt, trotzdem fiel die Spannung der letzten Tage von ihm ab. Er atmete Frieden.

Da hörte er einen Schrei. Ein Mann lag zuckend auf dem Boden, eine Frau kniete weinend neben ihm, und plötzlich war alles anders. Die süße Luft war schwer und dick, viel zu dick, um die kleinen Bläschen einer Lunge zu füllen. Die Weite von Bernhards Gedanken zog sich auf einen Raum zusammen, kaum größer als eine Stecknadelspitze. Panik mischte sich unter die Weihnachtslieder, stehengebliebene Beobachter atmeten tiefer, als drohte ihr eigenes Herz stillzustehen.

„So schnell kann sich alles ändern", hörte er eine Stimme sagen und drehte sich um. Eine alte Frau mit krummem Rücken und schweren Plastiktüten kaute die Worte aus ihrem zahnlosen Mund. „Niemand weiß, was der Herr mit uns im Schilde führt."

Wie kalt es geworden war, merkte Bernhard erst, als er zu Hause ankam. Die Wohnung war klamm, dicker Fensterbeschlag trübte das abnehmende Tageslicht. Er legte seine Hand auf die Heizung: kalt. Er mußte vergessen haben, sie anzudrehen. Das Zimmerthermometer zeigte dreizehn Grad. Er legte das Geschenk ab, stellte seine Tasche auf den Stuhl, weil auf dem Schreibtisch kein Platz mehr war, kramte die Zeichnung seines Schülers heraus und heftete sie an die mit Zetteln übersäte Korkwand. Dann schüttelte er die kleinen, zu Wasserperlen geschmolzenen Schneeflocken von seinem Mantel und hängte ihn über die Wohnzimmertür.

Er setzte den Wasserkessel auf den Gasherd und drehte ihn an. Im Hängeschrank fand er einen Becher Fertigsuppe; auf der Rückseite eines Briefumschlages vom Finanzamt stellte er eine kleine Liste von Dingen zusammen, die er für den Familienbesuch nicht vergessen durfte: Zahnbürste, Unterwäsche, Schlafsack. Wo war der eigentlich? Bernhard suchte in der Abstellkammer, im Wäscheregal, hinter den Büchern. In der Garderobe fand er seinen Koffer, aber nicht den Schlafsack. Er schaute in den Kleiderschrank.

Kein Schlafsack, dafür pfiff der Wasserkessel. Er goß die Suppe auf und kritzelte weiter an seiner Liste: Aspirin, Geschenke, Buch: *Der dreißigjährige Krieg.*

Er schlürfte seine Suppe. Bernhard hatte sich immer schon mal vorgenommen, eine Reise-Einpack-Liste in den Computer einzugeben. Da fiel es ihm wieder ein. Er schaltete seinen Rechner an und gab das Suchwort *Schlafsack* ein. Das Fenster seiner Datenbank öffnete sich, und da war es: *In der Ablage über der Tür.* Er holte ihn und legte ihn neben die Reisetasche, dann wendete er sich wieder seinem Mittagessen zu.

Als er sich um drei an den Schreibtisch setzte, war das Thermometer auf einundzwanzig Grad geklettert, die Scheiben waren immer noch beschlagen, wenn auch inzwischen mit dickbauchigen Perlen.

Bücher über den zweiten Weltkrieg stapelten sich an der Wand. Unterrichtsstoff für das Frühjahr. Schon seit Wochen wollte er sich darauf vorbereiten, aber er hatte es immer vor sich hergeschoben. Er drehte die Bücher mit dem Rücken zur Wand, so daß ihn die Titel nicht mehr anstarrten, schob einige Unterlagen zur Seite und holte die Mathearbeit der Elf A aus dem Regal. Er schaltete die Schreibtischlampe an und überflog die erste Schulaufgabe.

Bernhard liebte Mathematik. Er liebte Zahlen, ihre unbestreitbare Eindeutigkeit. Sie waren nicht beeinflußbar, sondern genauen

Gesetzen unterworfen und vor allem berechenbar. Man konnte sie addieren und subtrahieren, multiplizieren oder die wunderbare Wurzel daraus ziehen, und überall, egal ob in der dünnen Luft über den Gipfeln des Himalaya oder in der feuchten, dampfenden Hitze des Urwalds, ob im Schnellzug oder in vier Kilometern Meerestiefe, immer gelangte man zum selben Ergebnis. Eins und eins sind zwei, und dabei blieb es. Jedenfalls meistens.

Ähnlich, das jedenfalls hatte er am Anfang seiner Studienzeit wenigstens noch angenommen, verhielt es sich mit der Geschichte. Sie war vergangen, sie konnte nicht mehr verändert werden und war von daher berechenbar. Allerdings, das hatte er über die Jahre gelernt, konnte ein Tagebuch oder die neue Aussage eines Zeitzeugen plötzlich alles verändern, und Geschichtsbücher wurden umgeschrieben, oder müßten es wenigstens. Und damit war die ganze Berechenbarkeit beim Teufel. Wenn schon, wie so oft, ein Tippfehler die Geschichte auf den Kopf stellen konnte, wie verhielt es sich da erst mit bewußter Manipulation, mit Unterschlagung von Informationen? Ganze Generationen lebten im Glauben an eine falsche Realität. Sie nahmen Ereignisse als Tatsachen an, die so nie geschahen. Und aufgrund dieser falschen Darstellungen trafen sie Entscheidungen für die Zukunft. Und wenn sie irgendwann die Wahrheit herausfanden, brachen Welten zusammen.

Müdigkeit überkam ihn, Bernhard stand auf und legte sich auf die Couch seines Zwanzigquadratmeter-Arbeits-Wohn-Gäste-Eßzimmers. Er wollte sich noch ein wenig ausruhen, bevor er sich in das Abenteuer dieses Abends stürzte.

Er griff nach dem Katalog zur Rubens-Retrospektive. Früher hatte er in jeder freien Minute Geschichtsbücher studiert. Denn als ihm klar wurde, daß das, was da geschrieben stand, nur eine Sicht der Realität war, wollte er alles lesen und alles lernen: Je mehr man wußte, desto mehr verstand man – glaubte er damals. Inzwischen hatte er gelernt, daß es manchmal besser war, die Vergangenheit einfach zu vergessen.

2. Der Himmel war klar und wolkenlos, von Sternen übersät, als hätte jemand versucht, eine gewachste Rauhfasertapete mit schwarzer Farbe zu überstreichen. Langsam gewöhnten sich Bernhards Augen an die Dunkelheit. Eine Sternschnuppe schoß quer über das Firmament, und noch eine und weiter links noch eine. Einen Moment lang kam es ihm so vor, als würde die ganze Milchstraße auseinanderfallen.

Zwei Arme schlangen sich von hinten um Bernhards Bauch, und heißer Atem umspielte sein Ohr.

„Worüber grübelst du nach, mein kleiner Professor?"

„Über das Nichts", flüsterte Bernhard und legte seinen Kopf zurück auf die Schulter des anderen. „Und was es bedeutet, wenn man gleich drei Sternschnuppen auf einmal sieht?"

„Drei? Das bedeutet, daß du dir gut überlegen mußt, was du dir wünschst. Denn das wird sicher in Erfüllung gehen."

Sie standen eine Weile und lauschten der Stille, die Dielen ächzten unter ihren wiegenden Körpern.

„Was hast du dir denn gewünscht?" fragte Edvard leise.

„Das darf ich doch nicht sagen, sonst geht es nicht in Erfüllung."

Bernhard drehte sich um. Die Nacht legte einen bläulichen Schein über Edvards Gesicht. Es war aufgeräumt, strahlte sommerlich, als wäre es mit bunten Blüten und dem zarten Duft von Rosen erfüllt. Ein Mann, viel zu schön, um wirklich zu sein.

Bernhard strich ihm über das kurze blonde Haar und hielt sich an seinem Nacken fest. Edvard preßte ihn an sich. Immer noch, bei jeder Umarmung, hatte Bernhard das Gefühl, ein Stück mehr mit ihm zu verschmelzen.

„Wir müssen noch einiges tun." Edvard gab ihm einen flüchtigen Kuß. „Bald kommen die Gäste." Dann ging er in die Küche zurück.

Bernhard schaute, wie sein Geliebter in das Eingangszimmer hinausschritt: schwarze, hautenge Jeans, dicksohlige Stiefel, weißes Satinhemd, das auf der linken Seite etwas über den Nietengürtel zipfelte. Es rührte Bernhard, wenn Edvard für ihn versuchte, leger daherzukommen, weil es nie so richtig klappte. Die Jeans waren gebügelt, das Hemd viel zu glatt.

Obwohl Edvard eher zierlich war, verglich Bernhard ihn oft mit Obelix, der, mit Zaubertrank angefüllt, seine Kräfte nicht einschätzen konnte, oder mehr noch: der selbstverständlich annahm, jeder verfüge über seine Energie. Dagegen kam sich Bernhard oft vor wie Obelix' kleiner Hund Idefix: viel zu klein, in ständiger Angst, zertreten zu werden. Wer konnte bei soviel Fantasie, Euphorie, Ekstase, Lust, Trauer, Mitgefühl und Liebe schon mithalten?

„Träumst du?"

Edvard stand wie ein Scherenschnitt im hell erleuchteten Türrahmen. Nur der dünne Strahlenkranz um sein Haar gab ihm etwas Kontur. Seine Hand griff ins Zimmer und drehte am Lichtschalter.

„Ich träume nie!" erwiderte Bernhard und stieß sich vom Fensterbrett ab.

Beim Ausverkauf des alten Flughafens hatte Edvard ein großes Neonschild ersteigert. *Riem* war in großen schwarzen Lettern darauf zu lesen, ein Pfeil zeigte gen Himmel. Er hatte eine Acrylglasplatte darauf montieren lassen und nutzte es seither als Bar. Bernhard schob das Möbel gegen die Wand und steckte es ein. Die Neonröhren flackerten, dann floß gelbes Licht heraus, versetzt mit einem grell grünlichen Schimmer, der das Zimmer in eine Marslandschaft verwandelte.

„Darf ich die Eso-Kommode ins Schlafzimmer stellen?" Bernhard machte sich daran, das ehemalige Kindermöbel anzuheben, da schob ihn Edvard mit spülwassernassen Händen zur Seite.

„Nein!" rief er. „Faß sie nicht an!"

Die Schubladen waren zum Bersten gefüllt mit Tarotkarten, Räucherstäbchen, Lotusblütensamen, Duftölen, indianischen Medizinkarten und anderem Spiri-Kram, wie Bernhard es nannte. Edvard war sie heilig.

„Aber wenn du sie stehenläßt, werden alle daran herumfummeln", gab Bernhard zu bedenken.

Edvard legte beschützend die Hand darauf. „Meinst du? Na gut. Aber sei vorsichtig."

Sie hoben sie an und trugen sie ins Schlafzimmer. Dort rückte Edvard noch die keltischen Runen auf dem Seidentuch zurecht, das obenauf lag.

„Danke!" Er gab Bernhard einen Kuß, dann schaute er sich im Wohnzimmer um. „Nimm doch die Stehlampe aus dem Schlafzimmer und stell sie neben das Fenster, damit es nicht ganz so düster ist, wenn du die Deckenleuchte wieder ausschaltest." Dann verschwand er in die Küche. „Und wenn du schon dabei bist, könntest du diese Lilien noch auf das Büffet packen."

Bernhard trat in die große Diele hinaus. Sieben Türen führten in Schlaf-, Arbeits-, Gäste- und Wohnzimmer, in Küche und Bad und ins Treppenhaus hinaus. 348 Quadratmeter, wenn man die Terrasse mitrechnete. Bernhard verlief sich immer noch in diesen Räumen. Hatte er doch Probleme, mit seinen eigenen sechzig Quadratmetern klarzukommen. Edvard war zwar einen halben Kopf kleiner als er, aber er brauchte fünfmal soviel Platz – für seine Aura, wie er sagte. Aber es war wohl eher für seine expansive Gefühlswelt, die sich sogar in der Sahara beengt gefühlt hätte.

Edvard spülte Sektflöten mit heißem Wasser aus und befreite sie mit irischem Leinen von für ihn unerträglichen Wasserflecken. Bernhard lehnte sich in den Türrahmen und beobachtete, mit welcher Akribie er zu Werke ging. Diese Ordnung, dieser Drang nach Perfektion, der oberflächliche Glanz – das alles war ihm fremd. Wo Edvard tief innen doch ein wilder Vogel war, gierig wie ein Raubtier mit den sanften Pfoten einer Katze. Aber vielleicht war es genau diese Ordnung, die ihn im Zaume hielt. Sie gab ihm einen Rahmen, einen Käfig, innerhalb dessen er sich austoben konnte.

Er machte sich oft Gedanken über seinen Liebhaber, der in einer ganz anderen Welt lebte. Für Bernhard war er ein freischwebender Heißluftballon und seine Liebe der Anker, mit dem Edvard sich an ihn binden konnte. Aber manchmal entkam er ihm doch, so wie jetzt. Bernhard stand keinen Meter von ihm entfernt; er hätte nur seine Hand ausstrecken müssen, und er hätte seine Wärme gespürt, seinen

Puls, den Sturm von Leben, der ihn wie eine Windhose umwirbelte. Und trotzdem spürte Bernhard nichts als unglaubliche Sehnsucht.

Die Glocke schellte.

Birgit war kräftig und rund. Ein schwarzes Cape lag auf ihren Schultern wie die Flügel eines Adlers, ihr grau, braun und schwarz gesträhntes Haar war mit Schneeflocken übersät, die auf ihr erhitztes Gesicht heruntertropften.

„Na, ihr Lieben!" begrüßte sie die beiden und überreichte Edvard ein geheimnisvolles Päckchen. „Für euch beide", sagte sie und drückte ihn fest an ihre ausladende Brust.

Sie war fast fünfundsiebzig, aber aus ihrem Gesicht strahlten die Neugier und Wachheit einer Zwanzigjährigen. Bernhard streckte Edvards privatem Orakel die Hand entgegen, ohne dessen bedächtiges Nicken er keine größere Entscheidung fällte.

„Na, na, na. Du wirst doch deiner alten Freundin einen Kuß geben." Sie hielt ihm die Wange hin und klopfte ihm auf die Schulter. „So ist das schon besser." Dann erfaßte sie ihn mit ihren tiefen, stillen Augen. „Ich gratuliere. Zweihundertzweiundzwanzig Tage mit diesem Pulverfaß. Nicht einfach." Sie machte eine tragische Pause und holte Luft. „Aber wiege dich nicht in Sicherheit. Ihr habt noch einiges zu lernen. Und wenn du nicht aufpaßt ..." Sie tippte ihm mit einem knorrigen Finger auf die Brust und ließ ihn stehen.

Bernhard verstand wenig von dem, was sie sagte. Aber das war nichts Neues. Ganz im Gegensatz zu Edvard konnte er mit ihrem esoterischen Gesülze nicht viel anfangen. Er glaubte nicht an Reinkarnation, UFOs und unerlöste Seelen. Tarotkarten, Pendel und Astrologie waren für ihn nur Hokuspokus, versetzt mit einem guten Schuß Lebensflucht.

„Du bist zu früh, Birgit. Und alles andere kommt zu spät", erklärte Edvard und deutete auf den leeren Tisch. „Der Party-Service steckt im Stau, und ich sterbe mit jeder Sekunde tausend Tode."

Sie nahm seinen Kopf und drückte ihn zur Beruhigung an ihre gepolsterte Schulter. Da schellte die Türglocke wieder; Bernhard öffnete.

„Tut uns furchtbar leid, Herr Bornheimer", sagte ein charmanter junger Mann in weißem Anzug und streckte Bernhard eine Flasche

Champagner entgegen. „Die Straßen sind spiegelglatt, der Verkehr liegt lahm. Diese Flasche geht selbstverständlich auf unsere Rechnung. Ich hoffe, wir kommen nicht allzu spät."

„Viel zu spät", blökte Birgit. „Ich bin schon am Verhungern."

Der junge Mann fiel in sich zusammen.

Edvard wand sich aus Birgits Griff: „Nur ein Scherz."

Bernhard gab die Flasche an ihn weiter. Dann zogen große silberne Platten mit Pasteten, Salaten und verschiedenen Cocktail-Brötchen an ihm vorbei, ummantelt vom Nebel kalter Winterluft. Sie stellten die Köstlichkeiten auf dem langen Eßtisch ab, einem der vielen Glanzstücke in Edvards Privatsammlung außergewöhnlicher Antiquitäten: der Frühstückstisch eines englischen Klosters, aufs vierzehnte Jahrhundert datiert.

„Du hast versprochen, was ganz Einfaches zu besorgen. Das kostet doch bestimmt ein Vermögen."

„Mach dir keine Sorgen." Edvard drückte den Arm seines Geliebten. „Ich regle das schon."

„Aber Edvard. Das sollte doch unsere Party sein."

„Eben!" Er strich Bernhard über die Wange und öffnete die Tür, an der es schon wieder geläutet hatte.

Ein ganzer Schwall von Gästen strömte herein, und Edvard bedeckte ihre frostigen Wangen mit Küssen.

„Das war doch nicht nötig", sagte er und hielt ein großes Paket in die Höhe.

„Mach es auf, und du wirst sehen, wie nötig du es hast." Einige von Edvards ehemaligen Liebhabern genossen es, Bernhard mit ihren Anzüglichkeiten in Verlegenheit zu bringen. Alfred gehörte dazu. Dem ging Bernhard lieber aus dem Weg, und so verzog er sich in die Küche.

Aufgeregt riß Edvard das Packpapier herunter: eine Fotografie: ein junger Matrose im Gebüsch und ein beneidenswerter Ständer, der sein Gesicht besamte.

„Uuuuuuuuh!" kreischte Edvard und legte die flache Hand auf die Brust. „Ein echter Pierre & Gilles! Ich kann es nicht fassen. Wie hast du das nur wieder gemacht? Das braucht ja einen Sonderplatz." Er suchte die Wände ab. „Da, über dem Eßtisch. Das wäre doch wunderbar", kicherte er.

Bernhard, vom Gelächter angelockt, trat mit einem Tablett aus der Küche. Edvard schaute zu ihm hin. „Oder vielleicht doch nicht", sagte er und stellte das Bild mit dem Gesicht zur Wand ab.

Bernhard reichte Champagner herum, die ersten Gläser klangen.

„Musik. Wo ist die Musik?" Sekunden später schallte Barbras Stimme aus den Lautsprechern.

Bernhard öffnete neuen Gästen die Tür. Jeans, karierte Hemden und hellbraune Doc Marten's. Wie aus einer Form gepreßt, dachte Bernhard, austauschbar wie Tausende andere in der Stadt. Er umarmte die beiden freundlich aber kühl.

Langsam füllte sich die Wohnung, und es wurde warm. Der Boden seufzte unter den vielen Füßen. Ein Sammelsurium von Menschen hatte Edvard eingeladen, viele von der Sorte, die Heteros als typisch schwul brandmarkten: einen Nagelstudiobesitzer, den sie Lipstick nannten, die Spargelkönigin, die im Frühjahr den Viktualienmarkt mit Spargel belieferte, Floristen, Tänzer, Schauspieler, Kindergärtner und dergleichen.

Bernhard zog sich zwischen zwei deckenhohe Bücherregale zurück und beobachtete sie alle. Er kannte viele schon seit Monaten. Er wußte, welche Filme sie zum Weinen brachten, worüber sie sich aufregten, wie ihre Wohnungen eingerichtet waren und welche Partei sie bei der nächsten Wahl unterstützen würden. Trotzdem waren sie ihm fremd geblieben.

Edvard sprang zwischen ihnen hin und her wie eine Biene von einer Blüte zur nächsten; Partys waren der Honig seines Lebens.

„Die Nase da drüben, ist sie auch ein Ex?" wurde Edvard gefragt. Er betrachtete den jungen Mann, der sein Hemd bis hinunter zum gepiercten Bauchnabel offen trug.

Aber bevor er den Mund aufbrachte, antwortete ein anderer für ihn. „Du erwartest, daß er sich an Nasen erinnert? Die meisten hier kennt Edvard nur beim Schwanz."

„Glück für mich. Meinen wird er bestimmt nicht vergessen", gab der erste zum besten.

„Stimmt. Warst du nicht der mit den Erektionsproblemen?" fragte Edvard mit gerunzelter Stirn, und alle drei lachten.

„Mal ehrlich, das mit Bernhard meinst du doch nicht ernst, oder?"

„Warum nicht?" fragte Edvard. Seine Stimme klang verärgert.

„Du hast doch noch nie zweimal mit demselben geschlafen. Und jetzt so eine wie die da?"

„Du übertreibst", klärte der andere auf. „Mit mir hat er es dreimal getrieben."

„Nur weil du mich gefesselt hast", witzelte Edvard.

„Anders kann ich mir das auch nicht vorstellen. Wer mehr als einmal mit ihm ins Bett geht, hat entweder vorher noch nie einen richtigen Schwanz gesehen, ist obdachlos oder bereits tot", sagte der eine dem anderen. Edvard lachte.

„Oh, wie schlagfertig. Ich wußte gar nicht, daß du alte Trutsche außer Klosprüchen auch noch ganze Sätze formulieren kannst."

„Aber Mädels. Kriegt euch wegen Bernhard nicht gleich in die Haare. Es ist mir sehr ernst mit ihm. Daran gibt's nichts zu rütteln. Und jetzt Schluß damit!"

„Gratuliere." Gerhard schüttelte Bernhard die Hand.

„Danke." Bernhard stieß mit ihm an.

„Du kannst dich glücklich schätzen. Außer bei euch kriselt es in jeder Beziehung, die ich kenne. Die meisten davon sind nicht einmal solange zusammen wie ihr."

„Wie fühlt man sich als Jubilar?" Gabi stieß dazu.

Sie erwartete so etwas wie „glücklich", „zufrieden" oder „toll", Bernhard antwortete jedoch: „Zweihundertzweiundzwanzig Tage sind nicht die Ewigkeit, oder?"

„Ich laß da mal eben die Luft raus." Sie schwenkte ihren leeren Kelch und tauchte mit Gerhard am Arm wieder in die Party ein.

„Klasse Stimmung", sagte Flori.

„Ja, nicht."

„Ich finde es toll, daß ihr so zueinander haltet."

Bernhard schaute an ihm vorbei zu seinem Liebhaber hinüber. Ihre Blicke trafen sich. Edvard blieb auf dem Weg zu seinem nächsten Gesprächspartner kurz stehen und hielt Bernhards Augen gefangen. Sie waren scheu, offen zwar, aber wie eine Kameralinse jeden Moment bereit, sich zu verschließen. Keiner, nicht einmal Bernhard selbst, wußte, wann das passieren würde.

„Ihr seid ein richtiges Traumpaar, weißt du?"

„Es gibt keine Traumpaare, Flori. Wenn eine Beziehung funktioniert, dann nur, weil man es will. Träume sind zufällig, unberechenbar. Und wenn du nach ihnen greifen willst, zerfließen sie. Halt findest du nur in der Realität."

„Du bist wohl nicht sehr romantisch veranlagt", sagte Flori enttäuscht.

„Laß dir nichts einreden." Edvard gesellte sich zu ihnen. „Bernhard ist unglaublich romantisch. Er mag es nur nicht zugeben."

„Nein, bin ich nicht. Ich bin Realist. Ich halte nichts von Träumen."

„Ja, Herr Einstein", scherzte Gabi, die mit gefülltem Glas zurückkam.

„Einstein war der reinste Träumer. Seine Relativitätstheorie fiel ihm ein, als er vor einem lodernden Kaminfeuer saß. Romantischer geht's ja wohl nicht."

„Ich habe nie behauptet, daß ich Einstein bin." Bernhards Pupillen zogen sich zusammen. „Ich halte nur nichts von Träumen. Ich träume nicht, ich habe nie geträumt und ich will es auch nicht."

Edvard hängte sich an den Hals seines Freundes und bestaunte ihn wie ein Wunder. Würde er ihm nicht schon gehören, in diesem Moment hätte er sich verliebt.

„Wie die Turteltäubchen", schnalzte Gabi.

Bernhard zog seinen Kopf aus den Fängen seines Liebhabers. „Ich mach noch eine Flasche auf."

„Es ist ihm immer noch ein bißchen peinlich, wenn andere Leute dabei sind", flüsterte Edvard unter vorgehaltener Hand und schaute ihm dabei sehnsüchtig nach.

„Findest du ihn nicht ein wenig spröde?" fragte Gabi und merkte erst an Edvards Gesicht, daß ihm diese Frage nicht gefiel.

„Er ist so wunderbar, mein kleiner Professor."

„Viel Fantasie hat er nicht", bestätigte Flori.

Die Musik verstummte, und Heiners Stimme ersang sich Aufmerksamkeit. „Zeit für Geschenke!"

Ursl zerrte ein großes silbernes Paket aus der Garderobe.

„Wie habt ihr denn das in meine Wohnung geschmuggelt?" wollte Edvard wissen.

Sie hob den Finger gegen die Lippen und deutete auf die rosa Schleife, die es zusammenhielt. „Es ist von uns allen. Auf daß eure Liebe ewig halte."

Edvards Augen wurden feucht. Er fiel ihr um den Hals und fächelte den anderen Luftküsse zu. Dann machte er sich an das Paket.

Sobald er die Schleife aufgezogen und das Papier zur Seite geschoben hatte, schoß ein zweimetergroßer Gummihüne fauchend aus der Kiste. Er war mit allen männlichen Körpermerkmalen ausgestattet, wirklich mit allen, und das nicht zu knapp.

„Big Jim in Lebensgröße! Ich glaub es nicht. Ihr seid so süß. Aber woher ...?"

„Er hat ihn gebastelt." Ursl zog Harald an der Hand nach vorne.

„Spezialanfertigung", sagte er, blinzelte schüchtern und strahlte zugleich voller Stolz.

„Ein wahres Meisterwerk!" Edvard fühlte die glatte Haut der Puppe. „Wer hat dir denn dafür Modell gestanden?"

„Er heißt Georg", gestand Harald und wurde rot.

Bernhard beugte sich über die Kiste und versuchte zu ergründen, wie sich die Puppe selbst aufblasen konnte.

„Das ist 'ne ganz einfache Mechanik", prahlte Harald. „Ganz einfach."

Edvard war überwältigt. „Ich bin euch so dankbar. Ihr seid meine Schätze." Er hob das Glas.

„Auf euch", antworteten die Freunde im Chor, während volle Gläser dumpf klirrten. „Auf lange und intensive Liebe", „Auf viele Kinder", „Auf ein glückliches Leben."

„Süß", sagte Edvard. „Ich freue mich, daß ihr euch so kurz vor Weihnachten Zeit genommen habt. Ihr seid einfach wunderbar."

Bernhard senkte den Kopf. Nun war es an ihm, etwas zu sagen, aber was? „Auf euch!" sagte er trocken.

Alle Augen waren auf die beiden gerichtet. Edvard, sichtlich bewegt, griff nach Bernhards Hand.

„Meine Lieben", hob er mit brechender Stimme an. Er schwenkte seine Champagnerschale, um sich der Aufmerksamkeit aller zu versichern. „Meine Lieben. Ich möchte die Gunst der Stunde nutzen und euch allen etwas mitteilen. Heute erklomm Jupiter, Regent des

Glücks, in unserem Beziehungshoroskop seinen höchsten Stand. Deshalb werde ich vor euch, unserer versammelten Familie ...", er stellte sein Glas ab und fingerte ein kleines schwarzes Kästchen aus seiner Hosentasche, „... um die Hand meines Geliebten anhalten", und steckte Bernhard einen Ring an den Finger.

Es war plötzlich ganz still, so still, daß Bernhard das Blut in seinen Ohren rauschen hörte. Er schaute auf das Schmuckstück: ein Diamant und ein Rubin, eingefaßt in zwei goldene Hände. Der Ring glitzerte hell, aber da war etwas Dunkles, Magisches daran. Hitze strahlte von ihm aus, als würde er das Licht der ganzen Stadt in sich bündeln.

Ein Glas fiel zu Boden. Alle schauten sich um, schuldbewußte Blicke, zuckende Schultern, und wieder Stille. Kichern aus dem Nebenraum.

Bernhard vibrierte. Da war plötzlich etwas Leichtes in seiner Brust, eine Wärme, die er nicht kannte. Seine Augen brannten. Als er sie rieb, merkte er, daß sie feucht geworden waren. Am liebsten hätte er jeden umarmt, doch gleichzeitig wollte er im Boden versinken.

Erwartung stand in den Gesichtern ihrer Freunde. Er mußte jetzt irgendwie reagieren, aber es fiel ihm nichts ein. So gab er Edvard einen scheuen Kuß.

Willi rollte eine Träne über die Wange, Uli und Dieter griffen nach der Hand des anderen und Flori fingerte nach einem Taschentuch.

Zwischen all den bewegten Gemütern stand Birgit still und hielt die Hände vor der Brust verschränkt. Ihre Augen waren groß und tief.

Die Gläser klirrten erneut, diesmal etwas heller.

Andreas forderte: „Walzer tanzen! Walzer tanzen!", und die Gäste klatschten auffordernd.

Ursl legte den Hochzeitswalzer auf, und Bräutigam und Bräutigam fingen an zu tanzen.

„Sag doch was", bat Edvard, aber Bernhard schüttelte den Kopf. „Gefällt er dir?" bohrte er. Bernhard nickte.

Er wirbelte ihn herum, Bernhard verfehlte den Schritt und strauchelte.

„Du bist ja ganz blaß. Ist dir nicht gut?"

„Mir ist schwindelig. Ich hab vielleicht zuviel getrunken."

Edvard führte seinen Geliebten an tanzenden Paaren und kichernden Gästen vorbei ins Schlafzimmer. Bernhard fühlte sich angestarrt.

„Was ist los mit dir?"

Sein Bauch krampfte, seine Kehle war eng, etwas zerrte in seiner Brust. Und dieser Ring. Er glühte so heiß, daß Bernhard fürchtete, daran zu verbrennen. Seine Knie gingen durch; er setzte sich auf die Bettkante. Edvard stellte sich vor ihn und drückte Bernhards Kopf an seine schmale, knochige Hüfte.

„Ich habe Angst", flüsterte Bernhard.

„Angst? Wovor?"

„Ich weiß nicht." Er umklammerte Edvards Hüften, zog ihn zu sich herunter. Was waren das für Gefühle? Woher kamen sie? „Halt mich."

„Hab keine Angst. Ich bin bei dir", flüsterte Edvard und gab ihm einen Kuß.

Bernhard schlang sich noch enger um seinen Freund, klammerte sich fest, als würde er Edvard für immer verlieren.

Edvard schmiegte sich an ihn. Sein Atem wurde schneller. Er zog seinem Geliebten den Pullover über den Kopf. Nach außen wirkte Bernhard immer so steif und hart wie von einer hohen Mauer umgeben. Niemand würde glauben, was er unter seinen altmodischen Kleidern versteckte: eine Brust so zart und zerbrechlich wie Libellenflügel und Haut, überwuchert von feinstem, hellem Flaum, so weich und glatt wie die See bei Windstille.

Sie fielen auf das Bett zurück. Edvard legte sich auf seinen Freund; sein Herz begann zu galoppieren. Das Blut rauschte in seine Körpermitte, und seine Hose wölbte sich in Sekundenschnelle. Er wollte Bernhard, er wollte ihn hier und jetzt.

Flink und aufgeregt öffnete er Bernhards Gürtel, und der ließ es über sich ergehen. Mit einem Rutsch lag er nackt auf dem Bett. Während Bernhards Augen an die Decke starrten, griff Edvard gierig nach seinem Fleisch. Dann hörte Bernhard auf zu atmen.

„Bernhard? Bernhard!"

Eine schwarze Wolke formte sich im Raum. Es roch nach Moder. Bernhard stellten sich die Haare auf, als sähe er den Tod. Seine Augen weiteten sich. Grauen stieg in ihm auf. Ein eisiger Schauer ließ ihn aufspringen und nach seinen Kleidern suchen.

„He, was ist los mit dir?"

Hektisch zog er Hose und Pullover an, aber er antwortete nicht. Edvard sprang hinter ihm her, umarmte ihn und schaute in sein verstörtes Gesicht. Panik stand in Bernhards Augen – und noch etwas anderes, so etwas Unerbittliches wie Haß.

„Bernhard!" rief Edvard. Diese Augen ängstigten ihn, erschrocken ließ er ihn los.

Bernhard lief hinaus; die Wohnungstür knallte, und Edvard hörte die Gäste verstummen. Er stand da wie geprügelt. Seit dem Tag, an dem ihm dieser seltsame Mann den Ring verkauft hatte, war er überzeugt gewesen, daß er ihre Beziehung besiegeln würde. Und Jupiter regierte dieses Fest, er brachte Glück, nicht Zwietracht und Angst. Irgendwas lief hier falsch. Aber was?

„Er hat schlimme Kopfschmerzen. Er braucht ein wenig Ruhe", erklärte er und lächelte, so gut er konnte, als Birgit den Kopf zur Tür hereinsteckte.

„Dicke Luft?" fragte Andreas über ihre Schulter, jemand zog ihn am Arm und zischte: „Halt einfach die Klappe, du Schandmaul."

„Das junge Paar muß sich eben noch die Hörner abstoßen", sagte ein anderer.

Birgit legte ihre fleischige Hand auf Edvards Arm. Heiner setzte sich neben ihn auf das Bett, und Birgit räumte das Feld. „Sind wohl sehr schlimme Kopfschmerzen?"

„Du willst mir sagen, daß du mich gewarnt hast. Das kannst du dir sparen", sagte Edvard resigniert.

„Würde ich dir je so etwas antun, *darling?*" Heiner klapperte mit den Augenlidern und legte sein Kinn beschämt auf die Brust.

Edvard hob müde den Kopf. Seine Augen waren trüb, der Glanz seiner weißblonden Haare ermattet. Jetzt konnte er nicht einmal mehr lächeln.

„Komm, trink ein Schlückchen, und dann erklär mir endlich mal, was du an diesem Jungen findest." Er schenkte einen großen Wodka ein und hielt ihn Edvard unter die Nase.

Edvard nahm das Glas und stellte es auf dem Nachtkästchen ab. „Du hast nie versucht, den Menschen hinter den zerzausten Haaren zu sehen."

„Davon rede ich doch gar nicht. Es kommt mir nur so vor, als hätte dein Mathelehrer irgendwann mal seine Gefühle abgelegt. Oder findest du nicht, daß er ein bißchen steif ist?"

„Er ist nicht steif. Er hält nur nichts davon, jedem unter die Nase zu reiben, wie er sich fühlt."

„Ist das unter die Nase reiben, wenn man seine Freunde zwischendurch mal anlächelt?"

Edvard schaute seinem Gegenüber in die Augen.

„Er geht doch nicht mal in 'ne Kneipe."

„Das hat andere Gründe."

„Ja? Welche denn?"

„Bernhard hält nichts von organisierter Identität."

„Wie sich das schon anhört! Wie organisiertes Verbrechen."

„Quatsch! Er mag einfach keine Tunten, das kann man ja wohl verstehen."

„Guck mal, wer da spricht! Muß ich dich an deine Auftritte als Schwester Edith erinnern?"

„Ach komm, das war doch was anderes."

„Ja, du hättest mit deinem Nonnen-Strip um ein Haar die größte Orgie in der Geschichte Münchens ausgelöst."

„Das war doch nur Spaß." Edvard nahm einen Schluck Wodka. Seine Augen weiteten sich, er schluckte laut und setzte sich auf.

„Zu meiner Zeit hätte es so was nicht gegeben", sagte Heiner mit einem Blick durchs Fenster. „Heutzutage kann ja jeder schwul werden. Das ist das einzige, was uns die Liberalisierung gebracht hat." Er schüttelte den Kopf. „Ein Abgrund tut sich auf."

Edvard überhörte den ironischen Kommentar seines Freundes. „Als Kind hatte ich immer das Gefühl, ich hätte einen Bruder, den meine Eltern vor mir versteckten. Ich war mir ganz sicher. Als ich dann Bernhard zum ersten Mal gesehen habe, war ich überzeugt, daß er es ist. Wir haben uns fünfunddreißig Jahre lang gesucht. Plötzlich war mein Leben komplett, ganz. Es fehlte nichts mehr, verstehst du?"

„Eineiige Zwillinge seid ihr nicht gerade!"

„Bernhard hat ganz besondere Qualitäten: Er ist intelligent, er legt keinen Wert auf all das aufgesetzte Konsumgerede. Er weiß, was in der Welt passiert."

„Du willst doch nicht behaupten, daß er mit beiden Beinen in der Welt steht?"

„Na gut. Er ist ein zerstreuter Professor. Aber wenn du es genau wissen willst, das macht ihn für mich nur noch liebenswerter."

Heiner zog die Augenbrauen hoch.

„Immerhin sind wir jetzt schon sieben Monate zusammen. Wer aus unserer Clique kann da mithalten?"

„Es geht doch nicht darum, Rekorde aufzustellen."

Edvard schaute Heiner lange in die Augen, bevor er sagte: „Ich will eine ernsthafte Beziehung. Ich habe es satt, jeden Morgen in einem anderen Bett aufzuwachen."

„Ob du dir da den Richtigen ausgesucht hast?" fragte Heiner.

Edvard starrte ihn an. „Was willst du damit sagen?"

„Ich will damit sagen, daß es Menschen gibt, die sich nach dreißig Jahren Ehe trennen, sogar nach fünfzig. Sieben Monate, was ist das schon?"

„Sieben Monate sind nichts. Da hast du recht. Aber daß wir uns begegnet sind, das war kein Zufall, das weiß ich. Und deshalb gebe ich nicht auf."

„Was hast du vor?"

Edvard antwortete nicht.

„Hallo? Ist da jemand drin?" Heiner tippte ihm auf die Stirn.

Edvard drehte sich ihm zu: „Ich werde meinen Rosenprinzen zurückerobern."

3. Er lag neben ihr. Roswitha wagte kaum zu atmen. Im Schlaf entspannte sich sein kantiger Unterkiefer, und die schmalen Lippen quollen unter seinem schwarzen Schnurrbart zu fleischigen Hügeln auf. Immer wieder zitterte ihre Hand zu seiner Brust hinüber, aber sobald sie seine drahtige Behaarung spürte, zuckte sie zurück. Dann legte sie sich auf den Rücken und starrte an die finstere Decke in der Hoffnung, endlich Schlaf zu finden. Und jedesmal, wenn sie ihre Augen schloß, riß sie sie gleich wieder auf und drehte den Kopf zu ihm hinüber, um sich zu vergewissern, daß er noch da war. Das ging nun schon seit Wochen so.

Vier Uhr zweiundfünfzig. Acht Minuten vor fünf. Ihre Füße tasteten nach rosa Hausschuhen. Sie stand auf und zog ihren Morgenrock wie eine Wolke von Parfüm hinter sich her. Fred blieb im Bett liegen wie hingeworfen. Er hatte sich unter der Decke hervorgestrampelt. Sein Po lag frei, rund und fest, und saugte an ihrer Lust. Wenn sie ihn zudeckte, könnte sie ihn noch einmal berühren. Sie zögerte, tat es schließlich nicht. Stattdessen lenkte sie ihre Hände in die Küche, wo sie flink und fast lautlos ihrem morgendlichen Ritual nachgingen: Wasser in Kaffeemaschine, Filter, Kaffeepulver. Alles war tausenmal geübt. Sie mußte nicht mehr darüber nachdenken. Gelbes Tischtuch abwischen, braune Steingutteller aufdecken, Messer und Kaffeelöffel aus der Schublade nehmen, nur tat sie es seit vier Wochen für zwei, nicht mehr nur für sich allein. Es war eine Zeremonie, die sie wie in Trance ausführte.

Dann drehte sie die Dusche an, hängte ihr Nachthemd an die Tür neben seinen Bademantel, bürstete ihr Haar aus und setzte eine Duschhaube darüber. Das Neonlicht auf den hellgrünen Fliesen ließ ihr Gesicht bleich erscheinen, legte einen schwarzen Schatten in ihre tiefen Augenhöhlen. Sie schaute in den Spiegel: noch ein paar Fältchen mehr.

Unter der Dusche schäumte sie sich mit Muskgel ein, nahm den Loofa-Schwamm, der von einem Haken in Form eines gespreizten Fußes hing, und schrubbte ihren Körper ab. Routine machte das Leben einfach; das hatte sie von ihrer Mutter gelernt. Selten wich sie davon ab, auch an Wochenenden nicht. Nur heute hatte sie das dringende Bedürfnis nach etwas Neuem. Etwas mußte sich ändern, unbedingt. Sie trocknete sich ab und schlüpfte in ihre Unterwäsche. Beim Pullover zögerte sie. Ein Wintermotiv aus silbernen Perlen auf schwarzem Angora? Nein!

Die Maschine hatte aufgehört zu brodeln. Roswitha legte den Pullover auf den Tisch, goß Kaffee in eine Tasse, den Rest in eine beigefarbene Thermoskanne mit Blumenmuster. Mit einem Schuß Dosenmilch hellte sie ihn auf, schob den Wollvorhang zur Seite und schaute hinaus. Schnee. Schon wieder Schnee. Flocken so groß wir Kartenblätter tänzelten zu Boden und ließen sich dort von unnachgiebigen Autoreifen zu festen Platten zusammenpressen. Sie würde heute länger brauchen, sich ans andere Ende der Stadt zu schlängeln.

So früh war es meist noch still im Haus. Mal gluckerte ein Badewannenabfluß, mal schoß das Wasser einer Toilettenspülung durch das Fallrohr, Absätze klackerten die dunkelgraue Marmortreppe hinunter, die Haustür schlug zu.

Sie spülte die Tasse und trocknete Wassertropfen aus dem Edelstahlbecken, dann hielt sie inne. Etwas fehlte. Sie faltete eine rote Papierserviette zu einem Herz und steckte es in seine Tasse. Fertig!

Dann nahm sie den Pullover und ging ins Schlafzimmer hinüber. Fred wälzte sich im Bett. Er tat dies rumorend und mit einem tiefen Seufzer, als müßte er schwer arbeiten. Er war auf ihre Seite hinübergerutscht. Wenn sie noch dort liegen würde, läge sein Arm jetzt auf ihr. Blut schoß in ihren Unterleib, ihr Puls klopfte im Hals bei der Vorstellung, aber dazu war jetzt keine Zeit. Sie ging zum Schrank und zog eine rosa Bluse und eine Strickweste im selben Farbton heraus. Im Umdrehen fiel ihr Blick auf seine Kleider: Eine Lederjacke, abgetragene Jeans und Cowboystiefel mit Sporen lagen neben dem Bett. Wenn sie sie versteckte? Dann könnte sie sicher sein, daß er am Abend, wenn sie von der Arbeit nach Hause kam, noch da wäre.

In der Küche ließ sie das Licht brennen; im Bad schaltete sie es aus, nachdem sie das letzte Blatt Toilettenpapier zu einem Dreieck gefaltet hatte. Dann ließ sie den Schlüssel in ihre Handtasche gleiten, griff nach dem Schal und ging.

Ihr kleiner Fiat wartete am Ende der Straße. Bei feuchtem Wetter wollte er partout nicht anspringen. Fred behauptete, daß es am Alter lag. Und er mußte es wissen, er war schließlich Mechaniker. Aber Roswitha konnte sich jetzt nicht auch noch ein neues Auto kaufen. Sie hatte gerade viel Geld in das französische Bett investiert, und sie hatte Fred ein Konto angelegt, damit er sie nicht um Geld bitten mußte.

Noch bevor sie den Autoschlüssel zum ersten Mal herumdrehte, klopfte sie mit dem Hammer auf den Anlasser. Das hohe durchdringende Klicken hallte durch die noch nachtschwere Straße. Den Startversuch beantwortete der Motor mit einem Keuchen. Sie klopfte noch einmal auf die ölverschmierte Metalltrommel hinter dem Kühler, ihre Finger schon steif vor Kälte, und schickte einen hilfesuchenden Blick in den vierten Stock, wo Fred mit unruhigen Träumen kämpfte. Im Frühling, sobald es wieder wärmer wurde, würde er das Auto sicher reparieren. Bis dahin mußte es so gehen.

Nach dem fünften Versuch sprang es endlich an. Langsam stotterte sie die leere Straße hinunter. Ihr Atem fror auf der Windschutzscheibe zu kleinen Kristallen und blockierte die Sicht.

Wieviel lieber sie jetzt neben ihm im Bett liegen würde! Jeden Morgen derselbe Gedanke: Wenn sie nur die Zeit anhalten könnte, abschalten wie das Licht im Bad oder die Kaffeemaschine. Wenn sie dann nach Hause kam, hätte Fred gerade ausgeschlafen. Sie würde ihm das Frühstück ans Bett bringen und sich an seine harten, eckigen Muskeln schmiegen, während er Hörnchen und Kaffee in seiner tiefen, schwarzen Kehle versenkte.

Wie konnte sie ihn bloß halten? Noch ein Gedanke, der sie mindestens hundertmal am Tag beschäftigte. Aber was sollte ein Fünfundzwanzigjähriger auf Dauer an einer Achtunddreißigjährigen finden? Roswitha hätte nicht mehr daran geglaubt, daß sie sich diese Frage jemals würde stellen dürfen, aber seit sie Fred vor knapp vier Wochen kennengelernt hatte, war alles möglich.

Es war ein Samstag, und Roswitha hatte sich einen Kreutzkamm-Tag gegönnt. Als Kind durfte sie ein paarmal mit ihrer Oma in dieses feine Café gehen. Deshalb gab es ihr heute ein Gefühl von Geborgenheit, zwischen alten, mit schwerem Schmuck behängten Damen Kaffee zu trinken.

Fred setzte sich plötzlich zu ihr an den Tisch. „Was macht eine junge Frau unter all diesen alten Schachteln?" fragte er sie hinter vorgehaltener Hand.

Roswitha war so überrascht, daß es dauerte, bis sie sein Kompliment überhaupt verstand.

„Das gleiche könnte ich Sie fragen", antwortete sie und wäre dabei fast rot geworden.

Sein Gesicht fiel zusammen, als er sagte: „Es erinnert mich an meine Großmutter. Manchmal komme ich hierher, wenn ich mich einsam fühle."

Roswitha war einen Moment lang sprachlos. Sie wußte nur zu genau, was er fühlte, und es machte sie seltsam unruhig, daß er ihr Empfinden teilte.

„Stellen Sie sich vor, ich auch", sagte sie, und ihre Stimme klang konspirativ.

Noch heute klopfte ihr Herz schneller, wenn sie sich daran erinnerte. Sie war überrascht gewesen, wie gewählt sich Fred ausdrückte. Er war so galant, fast ein wenig weltmännisch. Warum er wohl nie mehr aus sich gemacht hatte als einen Automechaniker?

Zwei Cappuccino und ein hauchdünnes, wunderschön dekoriertes Tortenstückchen später erzählte er ihr seine Geschichte:

Sein Vater war bei einem Autounfall ums Leben gekommen. Keiner in der Familie hatte darüber gesprochen. Seither wurde seine Schwester von Tag zu Tag dicker, sein Bruder war sechs Monate später aus dem Fenster gesprungen und hatte sich Fersen und Schienbeine gebrochen. Das Jugendamt hatte seiner Mutter und den Kindern Therapie angeboten, aber sie hatte abgelehnt. Und bald fand Fred heraus, warum: Sie hatte heimlich begonnen zu trinken, und keine zwei Monate später verlor sie ihren Job. Das einzige Einkommen kam jetzt durch Freds Verdienst in den Haushalt. Aber gerade hatte ihm sein Arbeitgeber gekündigt. Er könne es sich nicht mehr leisten, war die Begründung. Die Aufträge seien zurückgegangen.

Fred war so jung. Roswitha hatte sich überhaupt nichts dabei gedacht, als sie ihn mit nach Hause nahm. Sie wollte nur, daß er ein ordentliches Essen zwischen die Rippen bekam, denn seine Mutter kümmerte sich wohl nicht um ihn.

Und er war hungriger, als sie erwartet hatte. Aber es war nicht nur sein Magen, der hungerte, sondern auch sein Herz. Sie legte ihm die Hand auf den Kopf, während er Bratkartoffeln und Schnitzel in sich hineinstopfte. Als sie ihm dann über das Gesicht strich, blieb seine Gabel mitten in der Luft stehen. Er küßte ihre Finger, ihren Arm, ihre Brust. Sie war überrascht von diesem plötzlichen Ausbruch seiner Gefühle, und bevor sie reagieren konnte, stand er auf und wollte gehen. Es wäre unrecht, sagte er, er könne ihr das nicht zumuten, und schlich aus der Küche. Sie endeten im Bett.

Roswitha fuhr von der Autobahn herunter und zog eine weite Schleife Richtung Osten. Sie ließ die Stadt hinter sich; die schneebedeckten Felder trennten sich vom Morgenhimmel. Das Auto wärmte langsam auf, die Scheiben tauten ab, aber durch die Delle in ihrer Tür zog ein schneidender Wind.

Oft hatte sie sich in den letzten Wochen gefragt, was ihr an Fred so gefiel. War es das Gefühl seiner sanften, unschuldigen Hände auf ihrer Haut? Waren es seine kühlen Schenkel oder die Hitze, die ihren Unterleib zum Glühen brachte, wenn er in sie eindrang? Ganz gleich wie sehr sie forschte, es gab nur einen wirklich guten Grund, und den rief sie laut in die Morgenstimmung hinaus: „Ich bin achtunddreißig! Da kriegt man nicht mehr viele Angebote."

Sie bremste den Motor langsam herunter und bog in das Firmengelände ein.

Ihr Büro war überheizt. Sie öffnete das Fenster, hängte ihren Mantel in den Schrank und stellte den Computer an. Innerhalb von Sekunden kühlte das Zimmer ab, dann tastete sie in der Erde des Geldbaums nach Feuchtigkeit, schloß das Fenster und machte sich an die Arbeit.

Stunde um Stunde reduzierte sich der Stapel von Unterlagen auf ihrem Schreibtisch. Seit ihre Kollegin krank war, kam sie kaum noch nach. Ein paar kurze Anrufe unterbrachen ihren Arbeitsfluß, schreckten sie aus der Mechanik von flirrenden Fingern, monotonem Klackern der Tastatur und schwarzen Buchstaben, die sich auf dem Bildschirm zu langen Ketten reihten.

Um zehn platzte der Personalchef herein. „Frau Wengenmayer, ich bin am Ende."

„Guten Morgen, Herr Gaus."

„Entschuldigen Sie. Natürlich. Guten Morgen! Selbstverständlich. Guten Morgen. Ich weiß nicht mehr, wie das gehen soll. Vier Sortierer haben sich krank gemeldet, und wir haben siebenundzwanzig Container zum Recyceln da unten stehen. Nach Weihnachten werden wir im Altglas ersticken!"

Er stützte sich auf ihren Tisch und schaute sie mit seinem berühmten Hundeblick an. Deswegen ist er wohl Personalchef geworden, dachte Roswitha und lächelte. Er lächelte zurück, und zehn Minuten später stand sie am Fließband.

„Nur bis heute mittag. Dann bekommen Sie Verstärkung", versprach er. Roswitha war es im Grunde egal. Hier unten hatte sie angefangen, mit schwerer Plastikschürze, dicken Gummihandschuhen, Stiefeln und Schutzbrille. Ab und zu sprang sie ein, und manchmal war es ihr sogar lieber als der flimmernde Bildschirm ihres Computers.

Endlose Kilometer von Sekt- und Weinflaschen, Marmeladegläsern und Scherben zogen an ihr vorüber, und vor allem bottichweise Abfälle: Sektkorken, Toilettenpapierrollen, Kondompäckchen, Orangenschalen, Keksschachteln, Modellbaupanzer, Federballschläger, Armaturenbretter, Briefumschläge und Hühnerknochen. Sie erzählten vom Leben.

Um sich die Zeit zu vertreiben, dachte sie über das Schicksal mancher Gegenstände nach, während ihre Hände herauspickten, was nicht in den Schmelzofen gehörte.

Marmeladengläser ließen sie an einen weiten Garten im Sommer denken, an reife Erdbeeren und dicke, duftende Apfelbäume. In Töpfen kochte Konfitüre, draußen vor dem Küchenfenster tobten Kinder, und eine Großmutter schaute ihnen beim Spielen zu. Bei

Kompottgläsern dachte sie an ein Kind, vielleicht fünf oder sechs Jahre alt, und eine Party mit Luftschlangen und Heidenlärm. Der Tisch bog sich vor Geschenken, und in seiner Mitte stand eine Sahnetorte voll praller Schattenmorellen.

Zu vielen Gegenständen konnte sie sich alles Mögliche ausdenken. Nur bei Sektflaschen dachte sie immer nur an eines: eine Hochzeitsgesellschaft und eine Braut, überglücklich und ganz in Weiß gekleidet, die aus einer Kirche marschierte. Freunde und Verwandte standen Spalier, alle drängten sich an sie heran, weil es Glück bringt, die frisch Vermählte zu küssen. Blumen, ein Auto mit Blechdosen am Auspuff und einem großen Schild auf dem Heck: *Endlich verheiratet!*

So verging Stunde um Stunde. Roswitha stand an die metallene Verkleidung gelehnt, ihre Ohren summten vom Schleifen des Fließbandes und dem Geschnatter der Kolleginnen. Die großen Bottiche füllten sich, da griff ihre Hand nach einem kleinen, glänzenden Teil. Und in jenem Moment glaubte sie all ihre Träume auf einmal erfüllt.

4. Bernhards Kopf lehnte an der vibrierenden Fensterscheibe. Die Räder surrten über die Gleise auf Frankfurt zu, hin zu seiner Familie. Pochpoch, Pochpoch, Pochpoch. Hypnotisierend. Bilder hefteten sich mit groben Stichen an Ereignisse der letzten Tage und vermischten sich mit dem Empfinden von Getragenwerden, Körperlosigkeit und Weite. Schneeflocken tanzten wie Derwische; Abendstimmung vor Edvards Haus, so weich wie der Schoß vom Nikolaus; Birgits tiefe, nachtschwarze Augen und in ihr spiegelnd Bilder aus einer anderen Welt.

Zwischendurch tauchte er aus diesem Dämmerzustand auf, um dann gleich wieder darin zu versinken. Diese Zwischenwirklichkeit war angenehm – teilzuhaben und doch nicht berührt zu werden. Letztlich mußte er nur die Augen öffnen, und alles war vorbei.

Er schwebte von einer Traumwelt in die nächste: Gläser klirrten, Cocktail-Brötchen trieben auf einem sprudelnden Meer, gaben unter seinen nackten Füßen nach. Ein großes gelbes Schild flackerte, ein schwarzer Pfeil wies in die Vergangenheit.

Bernhard trieb auf eine Mauer von Partygästen zu. Sie teilten sich wie das rote Meer. Freunde drängten sich an Fremde, Schüler, Nachbarn und immer neue Gesichter, ängstliche Gesichter, finstere und schmutzige Gesichter. Und alle starrten ihn an. Etwas Gefährliches schlich sich heran. Es war ihm unbekannt und doch vertraut. Spitz und kalt schob es sich auf seine Brust, umklammerte seinen Magen, streckte seine giftigen Tentakeln nach seinen Geschlechtsteilen aus. Langsam drückte es ihm die Luft ab. Boshaftes Gelächter schnellte an sein Ohr. Man deutete auf ihn, man bespuckte ihn.

Bernhard traten Schweißperlen auf die Stirn. Er drückte sich tiefer in seinen Sitz. Mach die Augen auf, sagte eine aufgeregte Stimme. Mach die Augen auf, schnell, und er folgte ihr.

Eine alte Frau saß ihm gegenüber und strickte. Das leise, beständige Ticken ihrer Nadeln drang zu ihm durch, sie lächelte verdächtig. Neben ihr saß ein dünner Mann in lila Stiefeln, lila Mantel und lila Hosen. Er hatte eine graue, überlange Haarsträhne dazu dressiert, seine Glatze zu bedecken, und tat so, als wäre er in das Buch auf seinem Schoß vertieft, aber Bernhard fühlte sich von ihm beobachtet. Die Punkerin neben ihm wippte gedankenversunken mit bestiefeltem Fuß. Rauschen dröhnte aus den Kopfhörern, ihre Augen waren geschlossen. Was führte sie im Schilde?

Sie taten so teilnahmslos, aber er hatte das sichere Gefühl von Bedrohung. Bernhard drückte sich noch weiter in die Lehne hinein, versteckte sein Gesicht hinter dem neben ihm hängenden Mantel. Sein Atmen wurde schneller, er konnte sein Herzklopfen im ganzen Körper spüren. Es war so unsinnig. Aber egal wie weit er die Augen aufriß, um sich zu beweisen, daß er nicht mehr träumte, die Angst wollte nicht verschwinden, im Gegenteil, sie wurde stärker.

Es war das gleiche Gefühl wie am Abend zuvor. Der Modergeruch, die Kälte, als wäre der Tod ganz nah. Ein undefinierbares Grauen, Ekel und Verzweiflung.

Bernhard rieb sich die Augen und drückte die Fingerspitzen an die Schläfen. Woher kamen diese irrationalen Gefühle? Er hatte sie zum ersten Mal gespürt, nachdem er den Ring angesteckt hatte. Aber sie konnten doch nichts damit zu tun haben.

Er wollte sich ihn gerade bei Tageslicht anschauen, da bemerkte er, daß er ihn nicht mehr am Finger trug. Wo war der Ring? Hektisch steckte er die Hände in die Ritzen seines Sitzkissens und grub zwischen Bröseln und Bonbonpapier nach dem Geschenk seines Geliebten. Nichts. Er durchwühlte seine Hosen- und Manteltaschen. Wieder nichts. Vielleicht war er auf den Boden gefallen. Er lehnte sich vor und schob eine Seite einer Tageszeitung beiseite. Dann ging er auf die Knie und tastete den Boden ab. Kein Ring.

Die strickende Dame schaute ihn fragend an, aber er wollte ihr nicht erklären, was ihn trieb. Mißtrauisch mied er ihren Blick. Ob einer von ihnen den Ring gestohlen hatte? Seine Augen wanderten von einem Mitreisenden zum nächsten. Aber gleich wurde ihm klar, wie abwegig dieser Gedanke war. Er hatte, während er schlief, die Hände unter den Armen verschränkt gehalten. Außerdem, wie hätte einer den Ring stehlen können, ohne daß es die anderen bemerkt hätten? Es sei denn: Sie hielten alle zusammen.

Bernhard schnappte sich seinen Mantel und zwängte sich an den anderen vorbei hinaus auf den Gang. Dicke Rauchschwaden standen in der heißen Luft. Er zog ein Fenster herunter. Schneidende Kälte fauchte über seinen Arm und betäubte innerhalb von Sekunden seine Nasenspitze. Der Schweiß auf seiner Stirn kühlte rapide ab und ließ ihn frieren. Er schob das Fenster wieder zu, der Schienenlärm verstummte und langsam entspannte sich sein Magen. Er atmete aus.

Erschöpft ließ er sich auf einem Klappsitz nieder. Neben ihm entkernte ein älterer Mann Sonnenblumenkerne, spuckte sich die Schalen in die Hand. Weiter hinten verging sich ein langhaariges Mädchen in Latzhosen an einer Tüte Weihnachtsplätzchen.

Was war nur seit gestern mit ihm los? Wie schon hundertmal in den letzten Stunden ging er Schritt für Schritt die Ereignisse durch: den letzten Schultag, das Ausruhen mit dem Rubens-Katalog, die Vorbereitungen, die Party, die Gäste, Birgits Bemerkung, die Gratulationen. Er fand einfach keinen Anhaltspunkt, der sein Unwohlsein begründet hätte. Er hatte sich den Ring angesteckt, war beim Tanzen gestrauchelt und mit Edvard ins Schlafzimmer gegangen. Dann war ihm übel geworden, und Angst war in ihn hineingekrochen. Und als Edvard ihm nahe kam, hatte sich das Grauen in seinem Leben ausgebreitet wie Kriechöl – er wurde es nicht mehr los.

Bernhard wünschte, er hätte Edvard von der Panik erzählen können, von dem Gefühl, daß gleich alles kaputt gehen, alles beendet sein würde, zerstört und vernichtet; aber er war wie gelähmt gewesen. Er hatte ihm nicht einmal in die Augen schauen können. Stattdessen hatte er wie ein Irrer seine Sachen gepackt und war in die Kälte hinausgelaufen. Er war durch die Straßen geirrt und im Bierrausch anderer versunken. Gesellige Kneipen bieten das beste Versteck vor aufdringlichen Gedanken. Dort kann man sie einnebeln, mit schäumendem Alkohol weichspülen, sie in sinnlosen Gesprächen mit einsamen Menschen ertränken.

Aber der Ring an seinem Finger hatte ihn ständig zurückgeholt, zurück zu dem bedrohlichen Gefühl. Sein seltsames Glitzern, diese Schwere, die Verwirrung. Der Ring. Wo hatte er ihn nur gelassen?

Er hatte ihn noch, als er um fünf Uhr morgens mit der U-Bahn nach Hause fuhr. Er war lose von seinem Finger gehangen, daran erinnerte er sich noch genau.

Er sollte Edvard anrufen, alles erklären, bevor er falsche Schlüsse zog. Ob es im Zug ein Telefon gab? Bernhard schaute den Gang hinauf und hinunter. Kein Schild. Der Schaffner kam auf ihn zu. „Die Fahrkarte, bitte!"

„Ich habe Sie Ihnen schon gezeigt." Dem skeptischen Blick setzte er ein freundliches „Ich saß dadrin" entgegen.

„Richtig", sagte der Uniformierte.

„Gibt es hier im Zug ein Telefon?"

„Im Speisewagen."

„Und wo ist der?

„Zwischen der ersten und der zweiten Klasse. Von hier aus etwa vier Wägen."

Bernhard war zu erschöpft, um aufzustehen. Es würde auch reichen, wenn er Edvard später anrief. Stattdessen schaute er durchs Fenster auf ein glitzerndes Meer von weißer Schneelandschaft. Das goldene Licht der Morgensonne warf lange Schatten.

Wo konnte der Ring nur sein? Statistisch gesehen stehen die Chancen etwa eins zu zwanzigtausend, daß man einen wichtigen Gegenstand verliert, das wußte Bernhard genau. Aber wenn Edvard hörte, daß Bernhard den Ring schon verloren hatte, würde er es als schlechtes Omen deuten. Er war abergläubisch genug. Edvard orientierte sich nie an der Realität. Er folgte lieber Birgits Hirngespinsten. Er könnte allerdings auch denken, Bernhard habe den Ring absichtlich verloren, um diesem Hochzeitsquatsch aus dem Weg zu gehen.

Vielleicht war es sogar besser, Edvard jetzt noch nichts zu sagen. Wahrscheinlich lag der Ring neben dem Waschbecken oder auf dem Küchentisch, und dann würde er sich nur unnötige Gedanken machen.

Der lila Herr aus seinem Abteil öffnete die Tür. Bernhard verfolgte seine Bewegungen mißtrauisch aus den Augenwinkeln. Dann ging er auf seinen Platz zurück. Sobald er saß, spürte er, daß sich seine Knochen wie Blei anfühlten.

Oder habe ich ihn am Bahnhof verloren? Wenn ich nur wüßte, ob ich ihn heute morgen noch am Finger hatte, als ich die Flaschen zum Container brachte?

Die vorbeizischenden Strommasten wedelten Schatten über die Mitreisenden, verdunkelten für Hundertstelsekunden ihre Gesichter. Bernhard lehnte den Kopf an die Wand; sie war kühl und vibrierte. Die Räder sangen ein schnelles Wiegenlied. Es war angenehm einschläfernd. Seine Erschöpfung floß aus ihm heraus, hinunter zu den Schienen und verschmolz mit dem Eis. An dieser Spur würde er sich in ein paar Tagen zurückhanteln. Ein paar Tage Pause – und Sehnsucht. Aber eins war ihm jetzt schon klar: Die Angst würde auf ihn warten.

Die Lider drückten schwer auf seine Pupillen. Er konnte sie nicht mehr offenhalten. Er wollte schlafen, er wollte wegdriften, weit weg, an einen Ort, wo es keine Ringe gab und keine finsteren Gesichter. Er drückte sich in das Kopfpolster, und da kroch auch schon das Grauen wieder unter dem Türschlitz ins Abteil zurück und heftete sich an seine Stiefel. Es war kalt und giftig, es war alt wie der Tod.

5.

Er öffnete die Tür. Eine Welle von Hitze, Dunst und aufgeregtem Geplapper vernebelte seinen Blick. Bestürzt tasteten seine fleischigen Hände das runde, rotwangige Gesicht ab, und erst dann wurde er gewahr, daß er immer noch seine goldberandete Lesebrille trug.

Lampen aus verschiedenen Epochen, Bilderrahmen an von Rauch vergilbten Wänden, Bistrotischchen und wackelige Holzstühle. Seine Augen mußten sich erst daran gewöhnen, seine Ohren auch. Es war laut, das Café voll, aber keiner drehte sich ihm zu. Das war nicht der Ort, an dem man sich für einen beleibten Fünfundsechzigjährigen in dunkelbraunem Lodenmantel und handgestricktem Schal den Hals verrenkte. *Mansonis* war ein Ort der Jugendlichkeit, voller Leben, erfüllt mit dem Sauerstoff der Liebe und der prickelnden Aura von Sex.

In der Vitrine standen Torten. Kleine gelbe mit zierlichen Blättern darauf, eine mit dicken Kirschen, die ihren süßen Saft an die Sahne abgaben, eine von Marzipan überzogene mit kleinen Walnußstiften übersät und zwei Sorten Blechkuchen, Rührteig mit versunkenem Obst, Aprikosen vielleicht oder Äpfeln. Und hinter der Theke stand ein junger Mann. Raimondo senkte die Augen, als er seinem freundlich strahlenden Blick begegnete.

„Kim, Liebes. Schön, dich zu sehen!" Raimondo griff nach der zarten, elfenbeinweißen Hand einer jungen Frau, die noch bis eben gelangweilt in einer Modezeitschrift geblättert hatte. Sein ergrauter rötlicher Schnurrbart, feucht von kondensiertem Atem, kitzelte ihren Handrücken. „Neuer Haarschnitt?"

„Findest du sie zu kurz? Sei ehrlich! Gefällt dir die Farbe?"

Jedesmal war sie anders „gestylt", wie Kim das nannte. Vom lila Hippiemädchen bis hin zur aufgetakelten Blondine hatte er als Ersatzvater – und -mutter – in den letzten Jahren viele Facetten seiner Ziehtochter erlebt. Inzwischen war sie fünfundzwanzig, und er wartete immer noch darauf, daß dieses kleine, zierliche Wesen mal etwas ruhiger wurde, ausgeglichener und vielleicht ein wenig erwachsen.

„Wie ein Topf voller Vanillepudding", schwärmte er, weil Kritik sie furchtbar verletzte.

„Ach, Raimondo, du machst mich noch ganz fertig mit deinem Getue." Kim machte ihm Platz.

Und was war das heute für ein Look? Dicke, schwarze Strickstrümpfe, hellbraune Bergsteigerstiefel, ein silbernes Mini-Röckchen und ein orangefarbenes, knallenges Top. Dazu die grüne Bomberjacke mit Pelzkragen. Er konnte die Jugend nur bestaunen.

„Ich warte schon geschlagene fünf Minuten. Pünktlichkeit ist wohl nicht mehr deine Stärke."

„Entschuldige, meine Teuerste. Aber es war nicht ganz einfach, dieses ... Etablissement zu finden." Er legte den Mantel über die Stuhllehne und verbarg seine ausgedellten Ellenbogen mit dem Hut.

„Greta Garbo im Goldrahmen. Und das auf lila Tapete! Also wirklich."

Ein junger Mann mit tiefschwarzem Schnurrbart und rotem Flanellhemd beobachtete ihn und schmunzelte dann Kim an.

„Tut mir leid, schon vergeben", flüsterte sie diesem scherzhaft zu. „Aber der da", sie deutete auf Raimondo, „der ist noch zu haben."

Der Flanellhemdträger lachte und drehte sich ab.

Raimondo übersah diese Episode geflissentlich und zwängte seine ausladenden Flanken zwischen die Stuhllehnen. Hier war alles ein wenig eng. Kim pickste ihn in seine Pölsterchen und kicherte aufgedreht.

„Ich habe mir gedacht, daß du mal wieder unter Männer mußt." Sie zog ihre feinen, ausgezupften Brauen frech in die Höhe.

„Du weißt doch, daß ich mich in dieser Art von Lokalität nicht besonders wohl fühle", sagte er launisch.

„Deiner Stimmung nach zu urteilen, hast du letzte Nacht wieder allein verbracht." Kim strich der Jugendliebe ihrer Mutter liebevoll über die rauhe, schneekalte Wange.

Raimondo fuhr sie mit gedämpfter Stimme an: „Würdest du bitte!"

„Daß mir das noch nicht aufgefallen ist", sagte eine der beiden älteren Damen am Nachbartisch.

„Endlich mal ein Café für uns", bestätigte die andere. „Und schön, daß so viele junge Männer hierherkommen."

„Und so gepflegt", rühmte die erste wieder.

Kim und Raimondo schmunzelten sich an.

„Wißt ihr schon, was ihr wollt?" fragte ein junger Mann. Er war hünenhaft groß und schmal, mit ausgeprägten Wangenknochen.

Kim schoß hoch. „Ihr habt doch sicher Milkshakes", sagte sie und fuhr fort, bevor der andere antworten konnte: „Also ich hätte gern einen Erdbeer-Shake, nein, Walnuß. Oder Zitrone? Ihr macht doch auch Zitronenshakes? Dazu ein Stück von diesem gedeckten Irgendwas mit viel Sahne. Und wenn du mir bitte eine Schachtel Zigaretten bringen würdest."

Er stolzierte etwas verwirrt davon, da rief Kim hinterher: „Und Streichhölzer! Und einen Aschenbecher!"

Ganz wie ihre Mutter, dachte Raimondo. So vollkommen von sich selbst erfüllt.

Kim wendete sich vorwurfsvoll an ihn: „Du hast ja gar nichts bestellt."

„Er wird wiederkommen", sagte er, „und ich werde inzwischen nicht verhungern." Er legte die Hand sanft auf seinen Bauch.

Raimondo liebte Kim, als wäre sie seine eigene Tochter. Sie war erst drei, da wurde sie von ihrer Mutter wegen eines Liebhabers ins Heim abgeschoben. Obwohl der nicht lange blieb, hatte sie sich nie um ihre Tochter gekümmert. Ihre unzähligen Liebschaften waren Kims Mutter immer wichtiger als die eigene Tochter.

Raimondo hatte Kim oft im Heim besucht; einer mußte sich ja um sie kümmern. Auf dem grauen Hof tanzte sie Pirouetten für ihn und erzählte von ihrem Traum, Ballettänzerin zu werden. Er würde ihr Gesicht nie vergessen, das traurig an der Fensterscheibe klebte, jedesmal, wenn er sie verließ.

„Sagen Sie, verehrtes Fräulein Stewardeß. Jetzt darfst du endlich ins Ausland fliegen. Freust du dich?"

„Es geht."

Raimondo war nicht einmal überrascht. Nach langen Jahren, in denen Kim keinen Job länger als zwei Monate behalten hatte, war Stewardeß der erste berufliche Lichtblick; schließlich entspräche es vollkommen ihrer Wechselhaftigkeit. Er hatte gehofft, es wäre der perfekte Job für sie: immer in der Welt herumflippen, aber er hatte schon erwartet, daß es nicht lange dauern würde, bis sie ihm überdrüssig wurde.

„Ich dachte, du hast die Nase voll von Bremen, Berlin, Düsseldorf, Frankfurt? Freust du dich nicht auf die Weiten Amerikas, die immerwährende Blüte der Kanarischen Inseln, das Taucherparadies Malediven?"

„Weißt du, das mit dem Ausland, das war unter anderen Voraussetzungen."

„Welche Voraussetzungen denn?"

„Ich habe einen Mann kennengelernt", sagte sie und versuchte ihrer Stimme einen beiläufigen Touch zu geben.

„Wieder einen?"

„Bitte schön." Die Bedienung stellte den gedeckten Kuchen mit Sahne ab. Aprikose, stellte Raimondo fest. Kim griff nach der Zigarettenschachtel und riß sie auf.

„Und du?" wendete sich der junge Mann an Raimondo. Der hielt die Luft an. Einfach so geduzt werden, das paßte ihm gar nicht.

„Haben Sie Tee?"

„Was hättest du denn gern für einen?"

„Nun, Earl Grey vielleicht?"

„Nein, wir haben nur Früchtetee oder Schwarzen."

Raimondo blickte verächtlich: „Dann nehme ich den Schwarzen, bitte."

„Mit Zitrone oder Milch?"

„Ohne, danke. Aber hätten Sie ein paar Körnchen Kandis?"

Ein wortloses Lächeln huschte über das feine, schlanke Gesicht der Bedienung.

„Es geht auch ohne", sagte Raimondo. „Und ein Stück von der Marzipantorte, bitte."

Der junge Mann lächelte immer noch. Raimondo kehrte sich ab.

„Aber bitte mit Sahne", setzte er nach, und die Bedienung verschwand.

„Was heißt hier wieder einen?" fragte Kim echauffiert und zündete eine Zigarette an. „Du tust ja gerade so, als hätte ich dauernd einen neuen."

Er hob die Hände zur Entschuldigung. Es hatte keinen Sinn, mit ihr zu streiten.

„Er ist einfach wunderbar. Raimondo. Ich sag's dir. Er ist großzügig, witzig, sprüht vor Ideen. Er ist der erste Mann, der mich als Partnerin schätzt und nicht nur als Sexualobjekt mißbraucht."

Kim setzte sich auf, ihre Augen wurden weit. „Weißt du, er ist so ... menschlich. Er macht sich Gedanken um mich. Er fragt, wie es mir geht, er interessiert sich für mich. Das ist ein ganz neues Gefühl."

Sie war so jung, so offen und unschuldig. Das einzige, was sie ein wenig schützte, war ihre Aufgedrehtheit. Es tat ihm in der Seele weh, zusehen zu müssen, wie sie immer wieder in dieselbe Falle tappte. Er konnte es sich einfach nicht verkneifen: „Das gleiche hast du mir von Richard erzählt und von Stefan und wie hieß noch der Hübsche im letzten Jahr?"

„Markus?" Sie paffte eine dicke Rauchwolke aus, die sich langsam ausdehnte und dann im Raum schwebte. „Nein, die waren alle ganz anders. Die wollten keine gleichwertige Partnerin, die wollten eine Ehefrau! Hätte ich einen von denen geheiratet, würde ich heute Socken stopfen. Ich will jemand, der mich gut behandelt. So einen wie Fred."

„Fred heißt er also?" Seine Stimme klang geknickt. Er sah, daß sie ihre Entscheidung längst getroffen hatte. „Hat der junge Mann auch einen Nachnamen?"

„Witzig, hab ihn noch gar nicht danach gefragt", lachte sie kokett und paffte in seine Richtung. Raimondo wedelte den Rauch genervt auseinander.

„Aber du hast dir hoffentlich sonst schon ein paar Gedanken gemacht. Du weißt, was ich meine."

„Kondome?"

„Kim!"

Die Bedienung stellte ein Glas dampfendes Wasser ab, in dem ein Teebeutel kümmerlich vor sich hinblutete. Der Anblick der Marzipantorte tröstete jedoch Raimondos entsetztes Feinschmeckergemüt.

„Was? Ist Kondom inzwischen ein schmutziges Wort?"

Der junge Mann lächelte und machte sich wieder davon. Die beiden älteren Damen am Nebentisch verstummten.

„Und was macht dein ... Fred?" Raimondo spuckte den Namen geradezu heraus und stach verärgert in seine Torte. Viel zu süß, dachte er, Marmelade, Marzipan, Mürbeteig und eine Schicht Mandelsplitter, irgend etwas stimmte daran nicht.

„Er ist Rockstar."

„Ach. Und du hast dich als Groupie in sein Hotelzimmer geschlichen, verstehe." Er schob die zweite Gabel voll Torte in den Mund. Die Nüsse waren nicht mehr frisch, das war's. Deshalb schmeckte sie so abgestanden.

„Du bist so herrlich altmodisch, Raimondo. Musiker sind doch nicht ständig auf Tournee. Ich hab ihn in einer Kneipe kennengelernt. Er ist total süß, grad so groß wie ich, mit einem schwarzen Schnauzer. Sein Körper ist muskulös, und er ist überall dicht behaart. Seine Brust ist wie ein flauschiger Bettvorleger."

Sie drückte ihre Zigarette aus und beobachtete Raimondos Reaktion, der die letzten Krümel auf seinem Teller zusammenschob. Er holte tief Luft, kratzte sich an der Nase und tat so, als hätte er die Details von Freds Männlichkeit überhört.

„Seine Band heißt *The United Steaks*, verstehst du? So wie United States. Alle Bandmitglieder tragen Steaknamen: Da gibt es Pepper, Rump, T-Bone, Rib, und Freds Bühnenname ist Sir Loin. Ist das nicht witzig?" Sie stach ihren Strohhalm durch das zähflüssige Eis und rührte gedankenverloren in ihrem Glas.

„Er ist 'ne richtig große Nummer. Fred war ein guter Freund von Curt Cobain."

Raimondo runzelte die Stirn.

„Curt war so 'n Star aus Seattle. Durch ihn ist Grunge erst richtig ins Rollen gekommen. Hat sich vierundneunzig die Kugel gegeben. Schrottflinte, du weißt schon."

„Na, wenigstens hat er Geld", sagte Raimondo. Darauf hatte sie ja immer spekuliert.

Sie zögerte und schmierte die Sahne auf ihrem Kuchen herum. „Nicht ganz. Er ist aus der Band ausgestiegen. Der Streß, weißt du. Er mußte immer soviele Interviews geben und um die Welt reisen.

Sein Privatleben kam dabei total zu kurz. Nur noch Geschäft, Abzockerei. Er ist da viel zu sensibel dafür. Er mußte da raus. Jetzt verklagt ihn die Plattenfirma auf Schadensersatz. Er muß die Kohle für einen Rechtsanwalt auftreiben. Sie haben ihm nämlich die Konten gesperrt, verstehst du."

„Du wirst ihm doch kein Geld leihen." Raimondo stierte ihr besorgt entgegen.

„Warum nicht?"

„Kim, du machst einen Fehler. Ich rate dir: Laß die Finger von ihm!"

„Diesmal ist es *der* Richtige, das spürt man als Frau."

„Das mag ja sein, aber eine Beziehung auf dem Fundament von finanziellen Schulden aufzubauen ist der falsche Weg. Glaub mir."

Raimondo lehnte sich zurück und verschränkte die Arme. Er wollte gar nicht dran denken, wie das wieder ausgehen würde. Er schaute in ihre dunklen, eigensinnigen Augen. „Ich will doch nur sagen, daß du dir vielleicht ein bißchen Zeit lassen solltest."

Kim lehnte sich weit zu ihm vor. „Ich bin mir aber diesmal ganz sicher. Es stimmt einfach alles."

Sie war so bestimmt, so zielgerichtet.

„Höre ich da etwa Hochzeitsglocken läuten?" fragte er, und da klang etwas Hoffnungsvolles in seiner Stimme mit.

Kim senkte ihren Blick und griff nach einer Haarsträhne, um daran zu kauen. Ihr Bein begann gefährlich zu wippen.

„Da gibt es also ein Problem?"

„Nein, was soll es da für ein Problem geben?" fragte sie spitz.

Raimondo fischte den Teebeutel aus dem Glas und suchte nach einer Ablage.

„Er ist verheiratet, na und?"

„Verheiratet?" Raimondo fiel der Löffel aus der Hand, Tee spritzte über den Tisch. „Bankrott und verheiratet. Das ist ja mal eine neue Variante."

„Ich wußte, warum ich es dir nicht erzählen wollte." Kim verschränkte schmollend die Arme vor der Brust.

„Aber, Goldkind, wie soll denn das gut gehen?"

„Er wird sich trennen", erklärte sie, und ihre Stimme hob sich gefährlich. „Er will nur warten, bis diese Klage vorbei ist. Zwei

Trennungen auf einmal sind zuviel. Ich kann das verstehen. Schließlich bin ich nicht so gefühlskalt wie du."

„Trennen wird er sich also? Wahrscheinlich ist er schon seit fünfzehn Jahren verheiratet, und da kommst du fünfundzwanzigjährige Göre daher, und er wird sich trennen. Wie lange kennst du ihn schon? Zwei Tage? Zwei Wochen?" Raimondo schob den Tee von sich. Er war bitter und geschmacklos.

„Ich will endlich einen Mann, auf den ich zählen kann", sagte sie trotzig.

Wenn Raimondo nur dafür sorgen könnte, daß sie vom Leben ihrer Mutter lernte. Was war das nur mit den Frauen, die zwischen blinder Liebe und tiefer Verachtung für das andere Geschlecht pendelten? Warum konnte Kim nicht einen Mittelweg finden? Sie liebte und verzehrte sich, und beim ersten Anzeichen einer Disharmonie ergriff sie die Flucht. Ihre Schmerzgrenze war sehr niedrig, sich mit etwas auseinandersetzen, das hatte sie nie gelernt. „Du hast recht. Du kannst es nur versuchen. Ich wünsche dir, daß er wirklich *der* Richtige ist."

„Mach dir keine Sorgen, Papi."

„Manchmal mache ich mir eben doch Sorgen."

„Das finde ich wunderbar, aber das brauchst du nicht. Ich paß schon auf mich auf."

Sie ließ ihre spitzen Augen auf Raimondo ruhen. Dann griff sie über den Tisch nach seiner mit Altersflecken übersäten Hand, die noch nie eine Frau lustvoll berührt hatte. „Ich hätte dich heiraten sollen."

„Kim, meine Liebe. Du weißt, wie sehr ich dich schätze, aber ...", sagte er und blinzelte geheimnisvoll.

„Aber was? Du meinst, ich könnte dich nicht umpolen?" Sie warf ihren Kopf in den Nacken und kiekste. Raimondo war einen Moment lang verunsichert.

„Es gibt Dinge zwischen Himmel und Erde, die sind so, wie sie sind. Und das, meine Teuerste, gehört dazu."

„So wie der süße Blick, mit dem dieser holde Konditormeister hinter der Theke versucht, deine Aufmerksamkeit zu erheischen?"

„Kim!" Raimondo tat echauffiert. „So etwas nimmt man wahr, aber man spricht nicht darüber." Er machte ein erbostes Gesicht, aber seine Brust blähte sich wie nach einem Sieg.

„Da fällt mir ein: Wie geht es Serge?"

Raimondo sackte wieder zusammen. „Ich glaube, gut. Ich habe ihn schon seit drei Wochen nicht mehr gesehen. Er macht Ferien."

„Ferien? Von was? Vom Schnorren?"

Raimondo sackte noch mehr zusammen. Es war, als hätte man den Stöpsel aus einem Wasserball herausgezogen.

„Ach so, Ferien von dir." Kim war sichtlich betroffen vom Leid ihres Freundes. In ihren Augen war Raimondo die menschliche Manifestation von Liebe. Immer war er für andere da, voller Fürsorge, Großzügigkeit und Hingabe. Viele nutzten das aus; wenige gaben ihm das zurück, was er verdiente. Sie wußte, daß er sich nach einem Menschen sehnte, über dem er all seine Liebe ausschütten konnte, ihn darin baden und damit binden. Aber irgendwie hatte das nie funktioniert – außer mit Serge, dieser Landplage. „Parasit" schimpfte sie ihn, wenn sie mal notgedrungen zwei Sekunden mit ihm alleine verbringen mußte, und immer wieder hatte sie versucht, einen Keil zwischen die beiden zu treiben. Raimondo hatte Besseres verdient. Sie wurde zornig. „Hau ihn doch endlich zum Teufel! Wie lange soll das noch so weitergehen?" Raimondo verdiente einen Geisha-Boy, jemanden, der ihm zu Füßen lag, der ihm das zurückgab, was er anderen schenkte. Wenn sie nur einen für ihn finden könnte. „Nimm den Kuchenbäcker mit nach Hause. Er sieht so süß aus", sagte sie verheißungsvoll. „Er hat ein richtiges Schleckermäulchen. Wie heißt es doch: Was sich liebt, das leckt sich?"

Es war ihm unangenehm, von seiner kleinen Ziehtochter verkuppelt zu werden; Raimondo errötete. „Ich bitte dich, sag nicht solche Sachen", sagte er, um von dem Thema abzulenken. Er wollte ihr auf keinen Fall gestehen, daß er an Serge festhielt, weil er der einzige war, der immer wiederkam.

„Ich weiß genau, was du denkst", sagte sie, als sie bemerkte, daß er sich weit in sich zurückgezogen hatte. „Aber wenn du meinst, daß es besser ist, sich ausnutzen zu lassen, dann hast du dich geschnitten." Raimondo schaute sie verletzt an. „Du bist doch viel zu gut für ihn. Ich möchte dich doch nur endlich mal glücklich sehen." Er kaute auf seinen Lippen herum. „Was Serge da mit dir anstellt, darfst du dir nicht bieten lassen. Das ist eine Frage der Selbstachtung."

Kim sah, daß sie nicht zu ihm durchdrang. So stand sie auf und zupfte ihre Strumpfhose zurecht. Dann warf sie sich die Bomberjacke über die Schultern und kuschelte sich in den Pelzkragen. „Ich kriege noch Besuch. Küßchen!" Sie schmatzte laut in die Luft.

„Paß auf dich auf."

„Am Montag bin ich wieder da. Ich ruf dich an."

„Wo wohnst du denn zur Zeit?"

„In Ortruds Wohnung, die ist in L.A. Da kann ich erst mal wieder zwei Monate bleiben." Sie kniete sich vor Raimondo hin und drückte ihn fest an sich. „Ich liebe dich." Dann kniff sie ihm in die Wange und stolzierte auf hohen Absätzen hinaus.

Am Ende war doch eine Ballerina aus ihr geworden, dachte Raimondo. Er verfolgte ihre Schritte bis zur Tür und bemerkte, daß selbst die schwulen Männer in diesem Lokal sich den Hals nach ihr verrenkten. Bei so viel Angebot war es kein Wunder, daß sie alle Nase lang mit einem Neuen daherkam. Wenn sie es nur nicht immer gleich so ernst nehmen würde.

Kim hatte ihren Kuchen nicht mal angerührt. Raimondo häufte die restliche Sahne darauf, teilte ihn mit der Gabel und schob sich beide Hälften nacheinander in den Mund. Zuwenig Vanille, dachte er, und ein Hauch zuviel Zucker. Dann legte er vierzig Mark auf den Tisch und warf sich seinen Mantel über.

Im Hinausgehen begegnete er den Augen des Zuckerbäckers. Raimondo zögerte, dann blieb er an der Theke stehen und fragte mit gedämpfter Stimme: „Liefern Sie auch frei Haus?"

„Selbstverständlich, der Herr. So etwas erledige ich persönlich."

„Wäre es Ihnen denn heute abend recht, so gegen acht?" Raimondo fingerte eine verknitterte Visitenkarte aus seiner Westentasche und legte sie auf die Glasplatte.

„Aber freilich." Der Konditor grinste breit. „Welche hätten Sie denn gerne?"

„Nun, welche schmeckt Ihnen denn am besten?"

6.

Roswitha hatte gelesen, daß man im Augenblick des Todes das Leben wie einen Film vor dem inneren Auge ablaufen sieht. Sie hatte sich das nie vorstellen können – bis heute, bis sich das Fließband in ihrer Wahrnehmung verlangsamte, Arbeiter plötzlich in Zeitlupe durch die Halle liefen, der brachiale Lärm der Maschinen verstummte, Gabelstapler mitten in ihrer Fahrt stoppten und Roswitha in einem Moment, der kaum länger als ein Augenzwinkern dauerte, glaubte, in ihre Zukunft zu schauen.

Roswitha hielt ihr Fundstück gegen das Licht. Der Ring verschwamm vor ihren Augen. Im grellen Neonlicht hatte das Gold wie ausgedientes Blech gewirkt, jetzt, da sie ihn drehte, glitzerten ihr zwei Steine entgegen: ein Diamant und ein Rubin. Sie hatte schon öfter von Kolleginnen gehört, daß ihnen ein Geldstück untergekommen war, oder eine besonders schöne Flasche, die man zu einer Blumenvase umfunktionieren konnte, aber so was?

Er war unglaublich schön. Roswitha hatte solche Schmuckstücke bisher nur in der Auslage von teuren Juweliergeschäften gesehen oder im Kino. Niemals hatte sie so einen in der Hand gehabt. Er mußte sehr wertvoll sein, vielleicht ein Monatsgehalt oder mehr. Würde sie ihn verkaufen, könnte sie sich eine Menge dafür leisten: die Anzahlung auf ein neues Auto, eine Eckbank für die Küche, das Tafelgeschirr, das sie sich schon lange wünschte. Aber keinen Moment lang dachte sie daran, den Ring zu verkaufen. Er war ihre Fahrkarte in die Zukunft. Er würde Träume wahr werden lassen, die sie schon vor fünfzehn Jahren aufgegeben hatte zu träumen.

Heiraten – das war die Antwort. Warum hatte sie nicht schon eher daran gedacht? Dann würde Fred nie mehr weglaufen können.

„He, nix schlafen!" Eine Kollegin stupste sie mit dem Ellenbogen in die Wirklichkeit zurück. Roswitha schaute in ihr goldzahniges

Grinsen, und alles war wieder da: das Knirschen von Glas, das Schleifen des Fließbandes, der Motorenlärm der Gabelstapler, und als sie sich umschaute, knarzte die Welt mit der gewohnten Geschwindigkeit in ihren Fugen.

Roswitha schob den Ring unter die große Manschette ihres Handschuhs: „Ich glaube, ich habe einen Geist gesehen."

„Nix gut", antwortete ihre Fließbandnachbarin und fischte eine abgebrochene Haarbürste aus den Scherben.

Roswitha griff zaghaft nach einer Coladose und warf sie scheppernd in den Bottich. Ein verrosteter Marmeladenglas-Deckel kam in dem endlosen Strom angeschwommen, gefolgt von Fetzen einer Landkarte, einer Sardinendose und immer wieder goldenen Halskrausen von Champagner-, Sekt- und Weinflaschen.

„Geister nix gut", sagte ihre Kollegin noch einmal mit Nachdruck.

Roswitha dachte nur noch an das Fest. Das Bild der Braut, ganz in Weiß, drängte sich wieder vor ihr inneres Auge. Strahlende Hochzeitsgäste beglückwünschen sie zu dem Prinzen an ihrem Arm.

„Ich werde in der Asam-Kirche heiraten", wisperte sie, „und zum Kaffee gehen wir an den chinesischen Turm."

Sie wollte Tante Sigrid einladen und Onkel Ludwig, ihre Cousinen, ihre Schulfreundinnen und Frieda, die Hiltraud, Gerda, Toni und Paula, alle ihre Nachbarn, die Frau Semmelweiß vom Gemüseladen, und – eine Träne lief ihr über die Wange – ihre Kolleginnen mußten natürlich auch alle kommen.

Roswitha schaute auf und wandte sich ihnen zu. „Ihr müßt alle kommen!" rief sie in die Weite der Halle hinaus, doch ihre Einladung wurde vom Lärm verschluckt. Ein paar Köpfe reckten sich und versanken schnell wieder im ewigen Kaleidoskop aus Glas.

„Träum weiter", rief ihr die Vorarbeiterin zu, „aber vergiß nicht zu sortieren." Sie deutete auf eine zerquetschte Plastikflasche, und Roswitha pickte sie schnell vom Band. Roswitha Wolf. Wolf, der Name gefiel ihr viel besser als Wengenmayer.

„Was muß man alles ändern lassen, wenn man heiratet?" fragte sie ihre Kollegin erregt.

„Nix wissen. Ich schon heiratet in Tirkei. Mann alles macht."

Den Personalausweis auf jeden Fall, den Führerschein, Bankkonto, Mietvertrag. O Gott, die ganze Welt wird sich ändern.

Roswitha versuchte sich zu konzentrieren, aber ihre Fantasie hatte unglaubliche Kraft. Schon das erste Pfirsichglas versetzte sie an einen Eßtisch voll befreundeter Ehepaare. Der Raum war erfüllt von Gelächter, freundschaftlicher Wärme und dem Gefühl von Zusammengehörigkeit. In ihrer Mitte ein mit Pfirsichen überquellender Obstkuchen. Tobten da Kinder um den Tisch herum? Natürlich! Wieviele sie wohl haben würden?

Das Kaffeekränzchen zerfloß zu einem Karibikurlaub, zu langen Spaziergängen an lauschigen Stränden. Sie dachte an eine neue, viel größere Wohnung, an kuschelige Abende vor dem Fernseher und Weihnachtsfeiern unter dem Christbaum.

Es war schon wieder dunkel, als sie aus der Fabrik kam. Sie schabte die Fenster frei und machte sich mit Herzklopfen auf den Heimweg. Der Ring hatte eine Quelle der Sehnsucht in ihr aufgetan, die nun nicht mehr versiegen wollte. Die Bilder sprudelten in einem Maße, daß sie sich in einem lichten Moment fragte, ob sie das alles überhaupt noch erleben mußte. Ihre Vorstellungen waren so deutlich und greifbar wie das Blättern in einem Fotoalbum, ihre Wünsche an die Zukunft schon fast so wirklich wie Erinnerungen.

Sie parkte das Auto vor der Haustür. Konnte sie ihn einfach fragen, sie zu heiraten? Nein, das war unmöglich. Sie mußte das irgendwie so einfädeln, daß es wie seine Idee wirkte. Was sollte sie nur machen, wenn er nicht darauf käme? Schließlich kannten sie sich kaum. Fred hatte sie noch nicht einmal seiner Mutter vorgestellt. Ob sie Roswitha überhaupt akzeptieren würde? Wahrscheinlich war sie kaum älter. Als Alkoholikerin war es ihr aber vielleicht auch völlig egal. Deshalb wollte er sie wahrscheinlich nicht mit nach Hause nehmen.

Sie sperrte den Wagen ab und ging ins Haus. Auf der Treppe mußte sie sich erst einmal abstützen. Vielleicht sollte sie warten, bis er sie das nächste Mal in die Arme nahm und ihr sagte, daß er sie liebte. Dann würde sie ihm den Ring geben, und schon würde es ihm von selbst einfallen. Oder sie legte ihn Fred aufs Kopfkissen oder auf seinen Teller, bevor er sich an den Tisch setzte. Und wenn sie ihn doch einfach fragte? Auf keinen Fall! Ein Mann ohne Arbeit und ohne Einkommen – er würde sich erniedrigt fühlen. Das wäre kein guter Start.

Sie hantelte sich langsam am Geländer die Treppe hinauf und kam zu dem Entschluß, erst mal gar nichts zu sagen. Sie wollte auf die richtige Gelegenheit warten. Er würde es schon von allein ansprechen. Wenn nicht, könnte sie es während eines Liebesfilms als Scherz einflechten, und dann würde sie ja sehen, wie er reagierte. Das Schlimmste, was sie jetzt tun könnte, wäre die Sache zu überstürzen.

Roswitha kramte in ihrer Manteltasche. Einen Moment lang hatte sie Angst, sie hätte den Ring in ihrem Arbeitshandschuh vergessen. Sie hauchte ihn an und polierte ihn an der Innenseite ihrer Bluse. Der Diamant brach das Treppenhauslicht und warf einen Regenbogen über ihr Klingelschild; der Rubin war fast schwarz und geheimnisvoll dunkel.

Ich werde Fred den Ring geben und warten, sagte sie sich. Ich werde mich zurücksetzen und warten.

Sie war so aufgeregt, daß sie den Schlüssel kaum ins Schloß brachte. In Windeseile legte sie dann ihren Mantel ab, stellte ihre Handtasche auf die Garderobe und wollte ins Zimmer laufen, da erinnerte sie sich wieder an ihren Entschluß. Sie schloß die Augen und sagte sich mit fester Stimme: Du wirst dich zurückhalten.

„Liebling. Du bist aber früh zu Hause." Fred kam ihr mit offenen Armen entgegen. Sie drückte sich an seine Brust, bohrte ihr Gesicht in seine Aura von ledrigem Rasierwasser, Nikotin und diesem unerklärlichen Duft von Motoröl. Ihre Knie wurden weich.

„Ist dir nicht gut?" Er stemmte sie von sich weg, um sie besser anschauen zu können. Roswitha schüttelte den Kopf.

„Du siehst aus, als hättest du ein Gespenst gesehen." Fred führte sie ins Wohnzimmer und setzte sie auf die Couch. „Gib mir deine Füße. Ich massiere sie dir."

Wieder schüttelte sie nur zaghaft den Kopf, dann öffnete sie ihre Hand und hielt ihm den Ring unter die Nase: „Fred, willst du mich heiraten?"

Er nahm den Ring, steckte ihn sich an den Finger und spielte mit der Hand unter der Stehlampe. Er paßte wie angegossen.

„Aber natürlich heiraten wir", sagte er, seine Augen immer noch auf den Ring fixiert. Seine Stimme war monoton, wie in Trance.

Roswitha zitterte. Sie beugte sich nach vorn und griff nach seiner Hand. Sie war kalt wie die ihre, so kalt wie seine Augen.

„Ich muß mich noch wo vorstellen", sagte er nach einer Pause und kniff sie in die Wange. „Du brauchst mit dem Essen nicht auf mich warten." Dann marschierte er zur Tür hinaus.

Er ging einfach. Sie fragte ihn, ob er sie heiraten wollte, und er ging weg.

Was habe ich nur getan? fragte sie sich.

Kim huschte in der Wohnung umher. Ihr Liebhaber hatte sich angesagt, und sie wollte alles perfekt haben.

Nach dem Kaffeekränzchen mit Raimondo hatte sie noch ein Sträußchen Tulpen gekauft und eine Papaya fürs Abendessen und hatte ein paar Kleider aus der Reinigung geholt. Dann war sie nach Hause geeilt. Dort legte sie Bon Jovi auf, hörte den Anrufbeantworter ab und schob die schmutzige Wäsche unters Bett. Zum Baden blieb ihr keine Zeit, so sprang sie schnell unter die Dusche, fönte sich das Haar und probierte verschiedene Kleider an. Am Ende entschied sie sich für das Outfit, das sie schon im Café getragen hatte, um dann vor dem langen Wandspiegel noch eine kleine Änderung vorzunehmen: Sie zog die dicken Strümpfe wieder aus und auch das Höschen. Jetzt war es frisch und luftig zwischen den Beinen.

„Wie Sharon Stone in *Basic Instinct*", kicherte sie ihrem Spiegelbild zu. Was war schon Liebe ohne Nervenkitzel?

Sie puderte sich gerade das Gesicht, als er läutete. Kaum war er in der Tür, da sprang sie ihm in die Arme.

„O du süßer, süßer Schatz! Ich bin so froh, daß du schon da bist. Ich konnte es kaum erwarten, dich zu sehen. Ich hatte so Sehnsucht nach dir. Schon seit ich heute morgen aufgewacht bin, habe ich an nichts anderes gedacht als an dich. Ach, ich habe von dir geträumt, von uns. Und den ganzen Tag wollte ich nur eins: deine warmen Hände auf meiner nackten Haut spüren."

Die Worte sprudelten nur so aus ihr heraus, vermischten sich mit Hunderten von heißlippigen Küssen zu einem kaum verständlichen Kauderwelsch.

„Ich habe eine kleine Überraschung für dich", flüsterte sie und führte seine Hand unter ihren Rock. Die war eisig und steif, und so war es umso erregender. Sie wollte ihn jetzt, hier im Flur, sofort. Keine Zeit, auch nur einen Schritt weiterzugehen, die Vorhänge zu schließen, romantische Musik aufzulegen. Sie strich ihm über das struppige Haar, zerrte ihn an dem Lederband, das seine Brust zierte, auf den Boden. Und bevor er sich wehren konnte, knieten sie beide halbnackt im Gang.

„Du bist der Beste. Ich liebe dich. Du bist mein Geliebter, mein Retter. Du bist mehr als nur ein Liebhaber, du bist mein Ratgeber, mein Verehrer, mein Lehrer. Durch dich habe ich meinen Körper überhaupt erst kennengelernt, meine Sehnsüchte, meine Lüste, meine Bedürfnisse."

Sie übersäte ihn mit feuchten Küssen und schwor, ohne ihn nicht mehr leben zu wollen. Und während er mit eisigen Händen und schneefeuchtem Schnauzer kalte Schauer der Erregung über ihren Rücken jagte, wäre sie am liebsten mit seinem harten, unnachgiebigen Körper verschmolzen.

Sie drückte Fred zu Boden und setzte sich auf ihn, nahm seine Flanken fest zwischen ihre Knie. Ihr Rücken bog sich weit nach hinten, ihre Hand suchte zwischen seinen kalten Schenkeln nach der heißen Erfüllung ihrer Lust. Dann hielt sie abrupt inne: „Hast du schon mit ihr gesprochen?"

„Ja, ich hab es ihr gesagt. Wir werden uns trennen, aber gib ihr noch Zeit. Sie ist durch die Klage sehr angeschlagen." Seine Lippen waren so weich, so süß, sein Lächeln wie ein duftendes Bett im Stroh. „Aber ich verspreche dir, sobald ich das Geld habe ... Hast du schon mal überlegt, wieviel du mir borgen kannst?"

Sie zögerte und wurde plötzlich unsicher. Raimondos Stimme hallte in ihr nach: Du wirst doch einem Fremden kein Geld leihen. Aber Fred war doch kein Fremder.

Er zog sie an den Schultern zu sich, seine festen Arme umklammerten ihren dünnen, zerbrechlichen Oberkörper.

„Überlege schnell, sonst krieg ich Probleme. Wenn sie mich einsperren, wirst du mich lange nicht zu sehen bekommen."

Er rieb sein steifes Glied an ihren sanften Schenkeln. Kim wurde angst bei dem Gedanken, ihn zu verlieren. Sie umklammerte ihn, warf sich auf seine Brust. Da spürte sie etwas wirklich Kaltes auf ihrem Rücken, etwas sehr, sehr Kaltes.

„Von wem ist der?" Sie hielt seine Hand mit dem Ring gegen das Licht.

Fred antwortete mit einem hilflosen Blick.

Noch eine Enttäuschung. Das würde sie nicht aushalten. Nicht noch mal.

„Er ist von ihr, nicht wahr?" Wie er da hilflos vor ihr lag, war plötzlich alles klar. Seine Frau schenkte ihm einen Ring, und er trug ihn. Das konnte nur eins bedeuten: Er würde sie nie verlassen. Er war genauso ein Mistkerl wie alle anderen.

Sie boxte ihm wütend gegen die bare Brust und sprang auf. „Du Schwein! Raimondo hat recht gehabt, und ich hab dich auch noch verteidigt!"

Sie riß die Wohnungstür auf und warf seine Jacke hinaus, sein Hemd, sein T-Shirt.

„Raus!" schrie sie und deutete zur Tür. „Raus, du Betrüger, du Schwein, du, du miese Ratte!" Sie zerrte ihn am Arm ins Treppenhaus hinaus. „Ich will dich nie wieder sehen." Dann knallte die Tür hinter ihm zu.

Die Nachbarin steckte den Kopf aus ihrer Wohnung heraus. Als sie Fred am Boden sitzen sah, schüttelte sie verständnislos den Kopf.

Fred zuckte mit den Schultern, blieb sitzen und zündete sich eine Zigarette an. Dann drehte er langsam den Ring in der dämmrigen Flurbeleuchtung.

7. Die Haustür öffnete sich. Zuerst sah Bernhard das vor Anstrengung gerötete Gesicht seiner ältesten Schwester Sieglinde, dann schlug ihm eine Welle von häuslicher Wärme entgegen, und schließlich legten sich der scharfe Duft von Zimt und die wohlige Würze von Kartoffelsuppe in seine Nase.

„He, Brüderchen. Ich hab schon gedacht, du willst dich vor den Vorbereitungen drücken." Sieglinde zog ihn hinein. „Du kannst dich gleich mit Karl an den Weihnachtsbaum machen. Ich bin noch eine Weile damit beschäftigt." Sie schwenkte einen Putzeimer und verdrückte sich dann in die Gästetoilette.

Bernhard stellte die Tasche ab und hängte seinen Mantel an die Garderobe.

Gudrun, seine zweitälteste Schwester, begrüßte ihn durch die offene Küchentür und schnipselte dabei Äpfel.

„Na, gute Reise gehabt?"

„Geht so."

Gudrun war mehr als einen Kopf kleiner als er, so gab er ihr einen Kuß auf die Stirn. Ihre Lippen leuchteten tiefrot, und ihre Augen wirkten durch den Lidschatten viel größer. Bernhard gefiel, wie sie in letzter Zeit ihre Weiblichkeit unterstrich. Früher hatte sie geglaubt, sie könnte sich gegen Männer nur durchsetzen, wenn sie kämpfte. Seit dem Frauenseminar im Frühjahr praktizierte sie jedoch eine andere Taktik. Männer waren viel leichter zu manipulieren, wenn man sie mit weiblichen Reizen übertölpelte.

„Sieglinde sieht etwas abgehetzt aus."

„Etwas?" fragte Gundrun und verdrehte dabei ihre schönen nußbraunen Augen. „Sie fegt durchs Haus, seit sie heute morgen angekommen ist. Dabei habe ich die ganze letzte Woche nichts anderes getan als geputzt."

„Geht dir das nicht auf die Nerven?"

Gudrun schnaufte und ließ erschöpft die Arme sinken. „Doch, aber ..." Sie schaute zur Tür hinaus und fuhr dann mit gesenkter Stimme fort: „Eberhard ist vor zwei Wochen ausgezogen. Ich glaube, wenn Sieglinde nicht putzt, dreht sie durch."

Bernhard kratzte sich den Nacken. Die kriselnde Ehe seiner Schwester war Dauerthema im Hause Moll.

„Warum begrüßt du nicht die anderen?" schlug Gudrun vor und nahm das Apfelschnipseln wieder auf. „Ich mach das hier noch fertig, dann gibt's Kaffee."

Bernhard nickte und ging ins Wohnzimmer hinüber. Seine jüngste Schwester Barbara lag im Schoß ihres Geliebten. Er war auf den Namen Thaddäus getauft, doch die Familie war längst dazu übergegangen, ihn bei seinem Kosenamen Mausi zu rufen.

„Hi", begrüßte sie ihn trocken. Sie würdigte Bernhard eines kurzen, gelangweilten Blickes und wendete sich dann wieder Mausis grätigem Schnauzbart zu.

Von seinen vier Geschwistern – Ludwig, Sieglinde, Gudrun und Barbara –, konnte er mit ihr am wenigsten anfangen. Seiner Ansicht nach war sie eine emotionale Katastrophe, eine Kiste von Feuerwerk, das ständig zündelte. Und vom Verhalten her war sie auf dem Stand einer Neunjährigen stehengeblieben.

Mausi konnte er als Mann nicht ernst nehmen, zockelte er doch hinter seiner Freundin her wie ein Dackel. Jeder Atemzug, den sie außer der Reihe tat, ließ ihn in Panik geraten. Bernhard wartete noch auf den Tag, an dem sein zukünftiger Schwager auf Kommando Männchen machte.

Karl, Gudruns Ehemann, saß auf der Couch und studierte den Sportteil der Tageszeitung. Er war ein Bild von Mann: groß und stämmig, Ruhe und Ausgeglichenheit ausstrahlend. Vor Jahren, als Gudrun ihn das erste Mal nach Hause brachte, hatte Bernhard davon geträumt, in seinen Armen zu liegen.

„Na, machst du wieder mal Pause vom Kinderverderben?" fragte Karl und hob den Kopf aus der Zeitung.

„Du weißt doch: Folter ist effektiver, wenn man ihnen keine Chance läßt, sich daran zu gewöhnen." Bernhard schüttelte ihm die Hand. Sie war fest, warm und trocken. „Und du?" fragte er den Architekten. „Wieviel von deinen Häusern sind seit dem Sommer eingefallen?"

„Och, ich glaube, diesmal nur zwei", antwortete er schmunzelnd.

„He, klasse! Vielleicht wird ja doch noch was aus dir." Sie lachten. Sich gegenseitig aufzuziehen, das war schon seit Jahren ihr Begrüßungsspiel. Es war hohl, aber es war sicher und gab beiden Männern die Distanz, die sie brauchten.

„Was soll denn das?" Sieglindes durchdringende Stimme schallte durch den Hausflur.

Bernhard und Karl warfen sich einen überraschten Blick zu, dann öffnete sich die Wohnzimmertür, und Sieglinde schob ihre Tochter herein. „Sie hat in deiner Tasche rumgekramt, Bernhard. Tut mir leid. Zur Zeit hat sie nur Dummheiten im Kopf."

Bernhard sah nicht die gelbblonden Pippi-Langstrumpf-Zöpfe, er nahm nicht einmal Manuelas stechenden Blick wahr. Aber ihm fiel sofort auf, daß seine Nichte seit dem Sommer unglaublich zugenommen hatte. Gudrun hatte das bereits erwähnt. Manuela war wohl auch in der Schule sehr aufmüpfig und stiftete ihre Mitschüler ständig zu dummen Streichen an. Aber konnte man es ihr verübeln? Ein Vater, dem seine häufig wechselnden Sekretärinnen wichtiger waren als die eigene Tochter, und eine Mutter, die entweder in Tränen zerfloß oder sich im Putzwahn verlor.

„Kein Problem." Er kniete sich nieder und breitete die Arme aus.

„Hallo, Onkel Bernie. Mein Ball ist mir da reingefallen, ich hab wirklich nicht ..."

„Schon in Ordnung. Vergiß es einfach, okay?"

Biggy und Sissy, Gudruns Töchter, tauchten in der Tür auf, blieben aber stehen, bis Bernhards Arme wieder frei waren. Dann stürmten sie auf ihn zu und warfen ihn rücklings zu Boden.

„Onkel Bernie, Onkel Bernie! Schön, daß du endlich da bist."

Er gab sich überwältigt, küßte sie und machte ihnen die Art von Komplimenten, die er als Kind immer gehaßt hatte. „He, ihr Süßen. Meine Güte, seid ihr gewachsen!"

Dann wackelte der noch nicht einmal einjährige Bruder der beiden Mädchen herein. Bernhard packte den kleinen Mann, hob ihn über den Kopf und wirbelte ihn durch die Luft. Das war Florians

Lieblingsspiel. Er quietschte und konzentrierte sich krampfhaft darauf, dabei seinen Schnuller nicht zu verlieren.

„Spiel mit uns! Komm mit rauf! Ich muß dir was zeigen!" riefen die drei Mädchen durcheinander.

„Laßt ihn doch erst mal ankommen", sagte Karl und blätterte die Zeitung um, ohne dabei aufzuschauen.

„Ich komme gleich hoch", sagte Bernhard und stellte Florian auf seine kurzen Beine. „Geht schon mal rauf."

Die Mädchen stürmten johlend davon. Sieglinde schimpfte hinter ihnen her: „Tobt nicht so rum!", aber es ging im Lärm unter.

Bernhard setzte sich auf. Florian streckte seine Ärmchen in die Höhe als Zeichen, daß er weiter herumgewirbelt werden wollte. Bernhard legte seine Hand auf Florians weißblondes Haar. Es war fein und kringelte sich zu zarten Locken um das runde Gesicht. Seine hellblauen Augen hatten den Anschein von Durchsichtigkeit. Sie strömten soviel Liebe aus, daß es Bernhard Tränen in die Augen trieb.

Florian stupste Bernhard. „Auf! Auf!" schien er sagen zu wollen, aber Bernhard konnte nicht. Ihm war plötzlich schwindelig. Das Blut pochte in seinen Ohren, seine Brust wurde enger. Er kniete sich hin, während sein Atem immer schneller und flacher wurde.

„Ist dir nicht gut?" fragte Karl.

„Ist schon okay. Ich hab nur schlecht geschlafen." Bernhard richtete sich auf und torkelte unsicher in die Küche hinaus. Es war furchtbar heiß, die Luft zäh wie Kaugummi.

Mit zittriger Hand holte er ein Glas aus dem Hängeschrank und ging zur Spüle. Als er versuchte, das Wasser anzudrehen, fiel ihm das Glas aus der Hand und zerbrach. Er stützte sich ab.

„Bernhard. Du bist ja ganz weiß!" sagte Gudrun. „Was ist denn mit dir los?"

Sobald sie sich neben ihn stellte, bemerkte sie, daß er am ganzen Körper zitterte. Sie nahm ein weiteres Glas, füllte es mit Wasser und hielt es ihm hin, aber er schob ihre Hand weg. Seine Stirn war kalt und mit Schweißperlen übersät. Er schüttelte den Kopf und schloß die Augen.

„Du machst mir angst. Soll ich einen Arzt rufen?"

„Nein, nein. Es geht schon. Ich brauch nur noch einen Moment."

Langsam und vorsichtig öffnete er die Augen wieder: braunmelierte Fliesen, Müsli, Milchflaschen, Kaffeemaschine – so spießig und bieder es hier war, früher hatte er sich bei seiner Schwester immer zu Hause gefühlt. Aber in diesem Augenblick, hier zwischen Kühlschrank und brodelnder Suppe, kam er sich fremd vor, fühlte er sich verloren.

Gudrun legte ihm die Hand auf den Arm. Er spürte ihre Wärme in ihn hinübergleiten und atmete auf. Langsam kehrte Farbe in sein Gesicht zurück, und als er Gudrun in die Augen schaute, hatte sie das Gefühl, als käme er von einer weiten Reise zurück.

„Hast du das öfter?" fragte sie mit gedämpfter Stimme.

Bernhard schüttelte den Kopf. „Seit gestern abend das dritte Mal."

„Soll ich nicht doch einen Arzt holen?"

Er zögerte. Es kostete ihn offensichtlich große Anstrengung zu sprechen. „Kann ich mit dir reden?"

Jetzt war es Gudrun, die blaß wurde. „Ist es was Schlimmes?"

„Nein, ich muß nur mal mit jemandem reden. Allein."

„Ja, warte." Sie nahm die Schürze ab, schaltete den Herd aus und legte einen Teller über die mit Zucker und Zimt überzogenen Äpfel. „Am besten, wir gehen ein paar Schritte spazieren. Da werden wir nicht gestört."

Hektisch schlüpfte sie in Stiefel und Jacke, zog den Schlüssel aus dem Schloß und öffnete die Tür. Bernhard nahm seinen Mantel und ging hinaus in den Schnee.

Gudrun schaute ihren Bruder an. „Geht es dir wieder besser?"

„Ja, ist schon okay."

Sie gingen still nebeneinander die Straße hinunter, an Einfamilienhäusern mit Gärten so groß wie Tischdecken vorbei. Hinter den Fenstern leuchteten Sterne, und Mütter buken mit ihren aufgeregten Kindern Weihnachtsplätzchen. Raben hopsten über die angrenzenden Felder, und je weiter sie aus der Siedlung hinausspazierten, desto lauter knirschten ihre Stiefel im Schnee.

Bernhard verlangsamte seinen Schritt und beobachtete seine Schwester. Als Kind hatte sie ihn oft getröstet, wenn er sich die Knie aufgeschlagen hatte oder als ihm Vater verbot, an *Jugend forscht* teilzunehmen, weil er in Sport eine Vier im Zeugnis nach

Hause brachte. Das war lange her, fünfundzwanzig Jahre oder länger. Ob sie verstehen würde, was er ihr jetzt sagen wollte?

„Muß ich mir Sorgen machen?" fragte sie in seine Gedanken hinein.

Er suchte nach den richtigen Worten. Er konnte nicht einfach sagen, daß er schwul war. Dieses Geständnis verursachte selbst ihm Magenkrämpfe, wie sollte es da seiner Schwester ergehen? „Ich liebe Männer!" Was sagt das schon aus? Man kann auch seinen Vater lieben oder die Arbeit. „Ich schlafe mit Männern?" „Ich habe Sex mit Männern?" „Ich habe einen Freund!" Er konnte einfach keinen Satz finden, der seine Gefühle beschrieb. Aber es war so wichtig, präzise zu sein.

„Ich werde nicht heiraten", sagte er schließlich und wußte im selben Moment, daß das dümmer war als alles andere.

„Wie bitte?"

„Ich ... mag keine Frauen", platzte er mit aggressivem Unterton heraus.

„Oh!"

Oh? War das alles, was ihr dazu einfiel? Bernhards Herz klopfte, und er spürte den Puls in seinem Hals. Aber was sollte sie auch sagen? Toll? Gratuliere? Klasse?

Sie gingen einen Hügel hinunter; der Lärm der Stadt verstummte, ließ sie allein mit ihren Gedanken, mit sich selbst.

„Und du bist dir da sicher?"

Bernhard nickte und schaute in die Ferne. „Sehr sicher."

„Meinst du, du wirst deine Meinung noch ändern?"

Er schaute zu seiner Schwester hinüber, die auf dem weiten Feld, mit roter Nase und dieser Furche auf der Stirn noch viel kleiner wirkte als vorher in der Küche.

War Schwulsein etwa eine Meinung? Kann man daran etwas ändern, so wie man sich heute gegen Atomkraftwerke entschied und morgen dafür?

Gudrun blieb abrupt stehen und schaute ihn entsetzt an: „Hast du ...? Ich meine, bist du ... krank?"

„Nein, um Gottes willen", beteuerte Bernhard und wurde blaß. Er hatte überhaupt nicht an Aids gedacht. Diese Schwindelanfälle und Schweißausbrüche, die Angst vor dem Tod. Nein, das hatte nichts mit Aids zu tun. Sie hatten sich doch testen lassen.

„Ich versichere dir, es besteht nicht mal im entferntesten die Möglichkeit."

Gudrun war erleichtert.

„Nein, ich hab nur ... Es ist seit gestern abend. Ganz komisch." Bernhard rang mit den Worten. „Ich bin seit sieben Monaten mit einem Mann befreundet."

Er merkte, daß Gudrun zuckte, und er wußte genau, was sie dachte: sieben Monate, eine verdammt lange Zeit, ohne seine Geschwister einzuweihen.

„Er heißt Edvard und ist Antiquitätenhändler. Er hat ein kleines Geschäft in München." Bernhards Gesicht wurde weich und rosig, und sein Gang wurde leicht wie die Flocken, die um sie herum zu fallen begannen.

„Wir hatten gestern eine kleine Feier, und da hat er mir einen Ring gegeben." Gudrun schaute auf Bernhards Hände, die von der Kälte gerötet aus den Mantelärmeln baumelten. „Mir wurde dann plötzlich ganz schummrig. Auch heute morgen im Zug. Ich hab immer das Gefühl, als würde gleich was ganz Schreckliches passieren. Wahrscheinlich bin ich einfach nur überarbeitet."

„Oder du hast, was fünfzig Prozent aller Paare kriegen, wenn ein Ring ins Spiel kommt: Panik vor der Verpflichtung. Das war bei mir und Karl nicht anders."

Bernhard ließ ihre Worte wirken. Ein Rabe flog auf und pickte einen anderen in sein schwarzes, lila-schimmerndes Federkleid.

„Wirklich?"

Gudrun nickte und lächelte dabei. Vielleicht war es aber auch nur die Kälte, die ihr Gesicht verziehen ließ, zweifelte Bernhard.

„Meinst du, die anderen kommen damit klar?"

„Ist doch egal", sagte sie, und da war sie wieder, die große Schwester, die ihn als Kind in ihrem Schoß gewiegt hatte. „Wichtig ist doch einzig, daß du selber damit klarkommst." Ihre Augen wurden unruhig. „Allerdings – ich würde vielleicht nicht mit Papa darüber sprechen."

Bernhard blieb stehen.

„Der alte Soldat hätte, glaub ich, ein ziemliches Problem mit einem ..., du weißt schon, ... mit einem Sohn wie dir." Entschuldigend setzte sie hinzu: „Jetzt nach dem dritten Herzinfarkt. Er darf ja nicht einmal mehr Autofahren. Stell dir vor, du sagst es ihm, und er hätte noch einen Infarkt. Das würdest du dir nie verzeihen."

Bernhard schauerte.

„Hör mal. Können wir da später drüber reden?" fragte Gudrun, die sah, wie es jetzt in ihm arbeitete. „Ich muß mich unbedingt ums Essen kümmern. Papa und Mama kommen um sechs, bis dahin soll alles fertig sein."

„Klar." Bernhard nickte. „Ich bleib noch ein bißchen an der frischen Luft.

„Okay, dann bis gleich." Gudrun drückte unbeholfen seinen Arm und stapfte dann zurück.

Die Sonne stand schon tief und ließ den Schnee orangegolden leuchten. Seine Schwester entfernte sich schnell, bald war sie nur noch ein unförmiger dunkler Punkt, und dann war er allein.

Schnee war ein trügerisches Phänomen. Bernhard hatte schon als Kind ein ambivalentes Verhältnis dazu gehabt. Er mochte ihn, und doch, während seine Freunde darin herumtollten, stand er gebannt daneben. Immer nur fragte er sich, was dieses weiße, harmlos erscheinende Naturereignis unter sich begrub. Ob Samen von wunderschönen Blumen oder tiefe Tümpel, ein Geldstück vielleicht oder aber eine Leiche.

Schnee konnte zu Eis gefrieren, zu Bächen schmelzen oder als Lawine ein ganzes Dorf mit sich reißen. Das machte ihn zu einer unkontrollierbaren Größe, was Bernhard beängstigte und zugleich mit Ehrfurcht erfüllte. Immer war da dieser Impuls, sich abzukehren und seiner Kraft zu entfliehen. Aber jedesmal endete er auf Knien, als müßte er sich vor ihm verbeugen.

Mit geschlossenen Augen kniete er nieder und legte seine Hand flach auf die vom Wind geglättete Oberfläche. Sie war kühl und rauh, aber doch geschmeidig; vorsichtig strich er darüber hinweg. Und nach einer Weile stach ihn die Kälte in die Hand.

Als er seine Augen öffnete, sah er einen dicken, blutschwarzen Fleck, und es überkam ihn Übelkeit.

8. In ihrer Kindheit war Lydia Moll manchmal von Heidelberg zu ihrer Großmutter nach Wien gefahren – mit dem Fahrrad. Es hatte ihr damals auch nichts ausgemacht, jeden Morgen eine Stunde zur Schule zu laufen, und es war selbstverständlich, daß sie nach dem Krieg ihrer Mutter half, Steine zu klopfen. Über körperliche Anstrengung hatte sie sich nie beklagt, ja nicht einmal einen Gedanken daran verschwendet.

Heute würde sie nicht mehr nach Wien fahren, selbst wenn man sie in einer Sänfte dorthin tragen würde. An manchen Tagen ging sie nicht einmal mehr zum Bäcker an der Ecke oder in den Supermarkt am Ende der Straße. Lydia hatte keine Kraft mehr, Einkaufstaschen zu tragen, und dabei war sie gerade erst dreiundsechzig geworden.

Es hatte nichts mit den fünf Kindern, Ludwig, Sieglinde, Gudrun, Bernhard und Barbara, zu tun. Auch nicht mit den vielen Windeln, die sie gewaschen, oder den Fußböden, die sie geschrubbt und gebohnert hatte. Was Lydia erschöpfte, war eine Handvoll verwirrter Zellen in ihrer Brust, die beschlossen hatten, sich nicht mehr an die Regeln zu halten. Sie wuchsen, wie es ihnen gefiel; sie wucherten, raubten Lydia den Atem und inzwischen auch den Glauben an eine Zukunft.

Sie war es müde, um jeden Atemzug zu ringen, sie war es müde, jeden Morgen auf den Abend zu warten und am Abend auf den nächsten Morgen, immer in der Hoffnung auf ein wenig Besserung, auf ein bißchen mehr Lebensfreude, auf den Rückgang ihrer Schwellungen am Hals und unter den Achseln.

Sie erinnerte sich noch gut an den jungen Assistenzarzt: „Im Grunde sind diese Zellen nur falsch programmiert, fehlinformiert", hatte er mit dem Finger an der blumenkohlförmigen Geschwulst auf ihrem Röntgenbild erklärt, sichtlich fasziniert von dem, was der menschliche Körper hervorzubringen vermochte.

„Fehlinformiert?" hatte sie gefragt. So wie ein Mißverständnis?

Nein, ein Mißverständnis war das nicht. Das wußte sie. Die Zellen waren richtig informiert – von ihrer Seele. Lydia hatte Schuld auf sich geladen und Jahrzehnte mit sich herumgeschleppt. Zuerst wollte sie sie nicht wahrhaben, und dann, als sie nicht mehr zu verleugnen war, hatte sie versucht, die Schuld zu ignorieren. Jetzt drängte sich die Schuld heraus wie ein Maulwurf aus der Erde und warf ein stetig wachsendes Häufchen auf.

Daher würde eine Operation nichts nützen. Auch wenn sie die Adern mit Gift durchspülte, würde ihre Seele davon nicht gereinigt. Sie mußte das Unrecht wieder gutmachen, sie mußte büßen, sie mußte Vergebung finden. Aber wie?

Nach der Diagnose ging sie nach Hause und erzählte wochenlang weder ihrem Mann noch einem ihrer Kinder etwas davon. Nicht vom Krebs und nicht von ihrer Schuld. Das mußte sie ganz mit sich allein ausmachen.

Seither ging sie nicht mehr in die Kirche aus Dienst an Gott. Sie ging an den heiligen Ort, um Antworten auf ihre Fragen zu finden, Zwiesprache mit der Heiligen Maria zu halten. Nur sie konnte noch helfen, davon war Lydia überzeugt, wenn die Mutter Gottes nur endlich Zeit finden würde.

Lydia hatte recht behalten. Weder die Operationen noch die Chemotherapien hatten sie von der gefräßigen Schuld befreit. Deshalb nahm sie es jetzt auf sich, in diesem überhitzten und übervollen Zug über Land zu fahren, um ihre Kinder noch einmal zu sehen.

Für die Familie war das Wochenende eine Vorfeier von Weihnachten; für Lydia bedeutete es Abschied. Sie hatte seit einiger Zeit das sichere Gefühl, daß sich bald alles grundlegend ändern würde, und so wollte sie noch einmal mit allen an einem Tisch sitzen, gemeinsam essen und trinken, und gemeinsam ein Gebet sprechen. Sie wollte es tun, solange die Beine noch ihren abgemagerten Körper trugen und ihre Gedanken noch klar genug waren, Sätze zu formulieren. Sie wollte jeden einzelnen noch einmal umarmen, solange sie noch die Kraft hatte, einen Menschen zu halten.

Die Tür des Großraumwagens zog sich unter lautem Zischen vor den schwergewichtigen Schritten des Schaffners zurück. „Personalwechsel, die Fahrkarten, bitte!" rief er mit nasaler Stimme.

Sie reichte ihm die Tickets. Mit einer silbernen Zange zwickte er kleine Reliefs hinein und gab sie zurück. Lydia steckte sie hinter das samtene Schmucksäckchen in ihre Handtasche. Das war für die Kinder: Ohrringe, die ihr die Großmutter zur Einschulung geschenkt hatte, ein Armreif ihrer Mutter, die Perlenkette, die sie zur Hochzeit bekommen hatte, und verschiedene Ringe. Sie wollte den Schmuck auf dieser Reise weitergeben, denn für ihre nächste Reise würde sie ihn nicht mehr brauchen.

Gegenstände zu verschenken erleichterte das Loslassen. Soviel hatte sie in den letzten Monaten aufgeben müssen: ihre Sehstärke, Gehör, das Gefühl in den Fingerspitzen, Lebensfreude, Hoffnung. Verschenken machte das Aufgeben leichter, aber das lernte sie erst jetzt. Vor Jahren noch, Lydia war keine fünfzig gewesen, da nähte sie ihr Hochzeitskleid für Sieglinde um.

„Heiraten wirst du nicht mehr", hatte die Tochter damals gesagt und nicht bemerkt, daß alles, was man zum letzten Mal tut, wie ein kleiner Tod ist, ein Vorgeschmack auf das eine, wahre Ende. Lydia hatte nur geschluckt und weitergenäht.

Sie kramte in der steifen, dunkelbraunen Handtasche nach ihrer Brille und versuchte auf ihrer Armbanduhr die Zeit auszumachen. Es war Viertel vor sechs. Noch achtundzwanzig Minuten.

Siegi war noch viel jünger und mußte jetzt schon ihre ersten Lektionen im Hergeben lernen: Ihr Mann Eberhard hatte sie mehr als einmal betrogen, und Lydia befürchtete, daß ihre Tochter das nicht mehr lange aushalten würde. Siegi mußte noch lernen, daß das Leben manchmal ganz anders kam, als man es sich erträumte.

Auch um ihre Männer machte sie sich Gedanken. Ihr Ältester, Ludwig, war Anstreicher wie der Vater. Er hatte ein Einkommen, er hatte ein Dach über dem Kopf, ein Auto und eine Rentenversicherung, aber mit einundvierzig lebte er immer noch wie ein Vagabund. Sie sorgte sich nicht um sein Leben, sondern um sein Herz.

Bernhard war schon immer ihr Sorgenkind gewesen. Er hatte alles verkehrt herum eingefädelt. Mit zwölf, während sich die Nachbarsbuben auf dem Fußballplatz keilten, saß er in seinem Zimmer und lernte griechische Sagen auswendig. Dann studierte er Nietzsche und verstieg sich in höhere Mathematik. Mit siebzehn gingen seine Mitschüler auf Streifzug, die Mädchen ihrer Träume zu finden, ihre Zukunft zu planen, und Bernhard machte sich daran, dicke Bände über die Vergangenheit zu wälzen. Bernhard, Ludwig und Theo, sie waren so unglaublich verschlossen. Manchmal kam es ihr vor, als trügen ihre Männer ein großes Geheimnis mit sich herum.

Tränen liefen ihr die Wangen hinunter. Es war ihr unangenehm in der Öffentlichkeit, aber sie hatte sich inzwischen auch daran gewöhnt. Oft überkam sie in letzter Zeit diese abgrundtiefe Trauer; sie wußte nicht, warum. Sie zupfte ein kleines Taschentuch aus dem Ärmel ihres mit großen Blumen bedruckten Wollkleides. Es rieb rauh an ihrer Wange, ihre Haut war so sensibel geworden.

Am meisten sorgte sie sich um ihren Mann. Was er wohl ohne sie anfangen würde? Über die Jahre war er immer eigenartiger geworden. Theo war nie ein kommunikativer Mensch gewesen, aber in den letzten Monaten hatte er sich noch mehr abgeschottet. Manchmal kam es ihr so vor, als würde er sich innerlich mit jemandem unterhalten. Wenn sie ihn dann ansprach, wußte er oft nicht, was sie ihn gefragt hatte.

Ob ihn eins der Kinder aufnehmen würde? Sie schaute zu ihm hinüber. Sein kugelförmiger Kopf wiegte sanft im Rhythmus der Bahn. Sein Haar war längst einer Glatze gewichen. Er trug ein hellblau gestreiftes Hemd, das über seinem unförmig dicken Bauch an den Knöpfen zerrte, eine graue Hose mit Trägern und an den Füßen, die den Boden nicht einmal berührten, dunkelgraue Pelzstiefel. Sein leicht gelbliches Gesicht war selbst im Schlaf noch zornverzerrt, doch trotzdem sah Lydia in ihm immer noch den schönsten Mann der Welt.

Je älter er wurde, desto kauziger entwickelte er sich. Die letzte Eigenartigkeit, die er von ihr verlangt hatte, war, mit ihm nach Miami zu fliegen. Plötzlich, nach über vierzig Jahren Ehe, nach Herzinfarkten und Brustkrebs, wollte er eine zweite Hochzeitsreise unternehmen. Und dann nach Miami? Warum nicht Mallorca oder Teneriffa? Wo sie doch kaum noch Kraft hatte, in ein Taxi zu steigen. Wie sollte sie einen solchen Flug überstehen? Aber da war ein

Schmerz in seinen Augen gewesen, etwas so Jämmerliches, daß Lydia es ihm nicht ausschlagen konnte. Er hatte zwei Flugtickets und eine Hotelbuchung neben ihren marmeladeverklebten Teller gelegt, und Lydia war aufgestanden und hatte die Koffer gepackt.

Sie starrte hinaus. Schneebedeckte Weiden zischten an ihr vorüber, kleine Schafe, die sich mit untergeschlagenen Hufen an ihre Mütter drückten. Dieser Winter war dunkel und viel kälter als in den Jahren davor.

Ein Zug preschte surrend an ihrem Fenster vorüber, und ohne Vorwarnung sprang sie ihr Spiegelbild an. Lydia erschrak. Sie hatte sich noch immer nicht an ihr neues Gesicht gewöhnt: mager, knochig, alles schien von ihren Wangen zu hängen. Und die graumelierten Locken, die immer perfekt saßen, als käme sie gerade vom Friseur – morgens, abends, am Wochenende –, während sie unter dem Haarersatz alles verlor, eine ständige Vorbereitung auf den nahenden Tod.

Sie holte einen Spiegel aus ihrer Tasche, zupfte an der Perücke und drückte ihre künstlichen Brüste zurecht. Ihre grünen Augen waren trüb; ein grauer Schleier zog sich über die Pupillen. Dann lehnte sie sich zurück. Wenn sie nur schlafen könnte. Aber das ging schon seit Wochen nicht mehr. Seit der letzten Chemotherapie brannte ein dunkles Feuer in ihr, das sie nicht mehr zur Ruhe kommen ließ. Ob sich das Fegefeuer so anfühlt? fragte sie sich.

Ihr Herz klopfte vorsichtig gegen die Innenseite ihrer Brust. Pochpoch, pochpoch. Es antwortete, aber Lydia verstand seine Sprache nicht.

Sie zog an ihrer Halskette ein Kreuz unter der Bluse hervor und hielt es fest in der Hand. Dann schloß sie die Augen: „Maria, Mutter Gottes, bete für uns Sünder …"

9. „Sie sind da!" rief Gudrun, die Sieglindes Auto vorfahren hörte. Barbara sprang von Mausis Schoß und rannte zum Spiegel, um ihren Pferdeschwanz zurechtzuziehen. Karl faltete die Zeitung und legte sie auf den Stoß zu den anderen halbgelesenen Wochenendausgaben. Dann gab er Ludwig, dem Ältesten im Clan der Moll'schen Geschwister, einen Stoß zwischen die Rippen und stand auf.

Ludwig war vor einer Stunde angekommen und innerhalb weniger Minuten auf dem Boden eingeschlafen. Er hatte rotblondes Haar und einen goldenen Vollbart. Über seinen dunkelbraunen Augen lag immer ein seltsamer Schatten. Man konnte sich nie sicher sein, ob er einen ansah oder durch einen hindurchschaute. Wenn er sprach, sprach er leise, und das tat er selten.

Ludwig rumorte, drehte sich behäbig zur Seite und stützte sich auf. Durch die offene Tür sah er Barbara, Gudrun und die Kinder in die eisige Abenddämmerung hinausströmen, gefolgt von Karl und dem dürren Mausi. Langsam rappelte er sich hoch, zog seinen Pullover über den offenen Gürtel und schlappte mit den Händen in den Hosentaschen hinterher.

Als er nach draußen kam, hob Sieglinde bereits das Gepäck aus dem Kofferraum; Karl ging ihr zur Hand. Gudrun hatte die Tür zum Fond geöffnet und half der Mutter heraus. Die Gartenlaterne warf einen grünlichen Schein auf ihr Gesicht; ihre Beine wirkten so dünn, als könnten sie jeden Moment brechen.

„Du siehst gut aus", sagte Gudrun, in das Geschrei der Kinder hinein, die sich um die Oma drängten.

„Danke, es geht mir auch ganz gut", antwortete Lydia mit zittriger Stimme. Dann nahm sie ihre Kinder nacheinander in die Arme.

Der Vater war bewegungslos auf dem Beifahrersitz sitzen geblieben, als wäre er eingeschlafen. Aber seine Augen waren offen.

Barbara öffnete die Tür. „Papa, willst du nicht aussteigen?"

Er schaute sie kurz an und schob sich wortlos aus dem Sitz; die Familie trat auseinander und machte ihm den Weg frei.

„Die Fahrt war sehr anstrengend", sagte Lydia in die plötzliche Stille hinein.

Theo setzte seine Pelzstiefel auf den Boden und versank bis zu den Knöcheln im Schnee. Als er sich aufrichtete, verzog er das Gesicht im Schmerz, und die Familie hielt den Atem an. Einen Moment lang schaute er auf seine Stiefel hinunter, als wären sie in Mist versunken, dann zog er die Hosen in die Höhe und stakste wortlos auf das Haus zu.

Die Kinder schauten sich schulterzuckend an. Barbara flüsterte Sieglinde ins Ohr: „Ich hab doch recht gehabt. Neulich habe ich Mausi davon erzählt, daß Vater sich vor Schnee immer geekelt hat, und war dann einen Moment lang unsicher, ob ich mir das nur eingebildet habe."

Sieglinde blitzte ihre Schwester an, und sie verstummte.

Bernhard trat aus der Tür und fand sich plötzlich seinem Vater gegenüber. Sein Rücken richtete sich auf, die Augen traten zurück.

Wie zwei Soldaten bei der Wachablösung, dachte Gudrun. Irgendwie waren sie sich unglaublich ähnlich, dabei war Bernhard einen guten Kopf größer als sein Vater und hatte nur den halben Brustumfang. Und während Bernhards Gesicht sanft und verletzlich schien, wirkte das des Vaters gefährlich wie ein von Feuer umlodertes Pulverfaß. Vielleicht lag es an der Körperhaltung, an dem Knick im Nacken, der so sehr ins Auge stach. Oder vielleicht waren es die Narben am Kinn, die jetzt aufgeregt funkelten. Bernhard hatte sich seine bei einem Fahrradunfall zugezogen, daran erinnerte sich Gudrun noch genau, weil sie ihn damals stundenlang in ihrem Schoß wiegen mußte. Aber woher hatte Vater seine Narbe?

Bernhard trat stumm zur Seite, und Theo ging wortlos an ihm vorbei.

„Ach, mein Junge." Lydia zog ihren Sohn zu sich herunter. „Ich freu mich ja so, euch noch mal alle zusammen zu haben."

Bernhard umarmte sie, wand sich aber schnell aus ihrer Umklammerung.

„Es ist besser, wenn wir jetzt reingehen", sagte Karl und schob die Familie zur Tür.

Theo hatte sich schon auf der Couch niedergelassen und drückte auf der Fernbedienung herum. Sein grauer Steppmantel lag neben ihm.

„Karl, würdest du bitte den Fernseher einschalten?" bat Gudrun, nahm Theos Mantel und hängte ihn an die Garderobe.

„Hast du Hunger?" fragte Sieglinde ihre Mutter.

„Nein, Papa will immer erst die Nachrichten sehen, bevor wir essen", antwortete Lydia und setzte sich neben ihren Mann. Die Kinder kamen mit Malbüchern ins Wohnzimmer und belagerten die Großeltern.

Ludwig ließ sich am Eßtisch nieder. Karl ging, nachdem er den Fernseher angeschaltet hatte, zu ihm hinüber; sie schmunzelten sich schweigend an.

„Möchtest du wenigstens eine Tasse Tee? Gudrun hat Kaminfeuer gekauft, deinen Lieblingstee."

„Papa, möchtest du Tee?" fragte Lydia ihren Mann.

„Nein!" Er zappte durch die Kanäle.

„Na gut. Gudrun und ich müssen noch ein bißchen köcheln. Wir essen dann nach den Nachrichten." Sieglinde zog Manuela an der Hand. „Und du, mein kleines Töchterchen, kannst schon mal den Tisch decken."

„Ich will aber nicht", maulte sie und entriß ihrer Mutter.

„Laß sie", sagte Karl besänftigend. „Ich mach das schon."

Sieglinde blitzte ihre Tochter an und verschwand dann in der Küche.

„Kommt mir das nur so vor, oder ist er noch unmöglicher geworden?" fragte Gudrun mit gesenkter Stimme, sobald Sieglinde die Tür hinter sich geschlossen hatte.

„Er ist ein kranker Mann. Was erwartest du?" Sieglinde rührte die Suppe um und probierte ein wenig davon.

„Respekt vielleicht. Daß er seine Familie wie Menschen behandelt, nicht wie seine Untergebenen." Gudrun goß Milch über den Strudel, und der süßliche Duft von Äpfeln breitete sich in der Küche aus.

„Gudrun, du übertreibst. Er ist eben nicht besonders gesprächig. Das war er noch nie."

„Ich erwarte ja keinen Alleinunterhalter. Aber ist ein freundliches Lächeln zuviel erwartet, wenn man jemanden ein halbes Jahr nicht mehr gesehen hat? Ich meine, warum mach ich mir denn die ganze Arbeit? Für mich vielleicht?" Sie ließ die Ofentür zuknallen und richtete sich wieder auf.

„Wir haben uns die Arbeit für Mama gemacht – und für uns. Wer weiß, wie oft wir noch zusammensein können."

„Um so mehr finde ich, sollte er sich ein wenig bemühen. Es ist schließlich seine Frau, die stirbt."

„Schschh!" zischte Sieglinde ihre Schwester an.

„Warum sich Papa über die Wehrmachtsausstellung so aufregt, ist, weil die Leute, die sie veranstalten, selbst nicht dabeiwaren", sagte Lydia und spielte mit ihrem Stofftaschentuch. Bernhard saß neben ihr. Theo war inzwischen auf der anderen Couch eingeschlafen; sein Kopf lag nach hinten gekippt auf der Rückenlehne, sein Hals war entblößt und erschreckend verletzlich.

„Mama, das sind Zeitdokumente. Er wird doch nicht behaupten wollen, daß die Bilder gestellt sind, oder?"

„Weiß ich nicht. Aber diese Ausstellung ist einseitig. Wer sie sieht, könnte annehmen, daß alle Soldaten Verbrecher waren. Es zeigt doch auch keiner, wie schwer sie es hatten." Sie legte ihren Kopf nachdenklich zur Seite.

„Aber das ist doch Unsinn, Mama. Man kann doch die Verbrechen selbst einzelner nicht verschweigen, nur weil andere deswegen in Verruf kämen." Bernhard beobachtete das Auf- und Abschwellen der Halsschlagader seines Vaters.

Lydia hob den Kopf. Ihre Augen waren weich und ein wenig feucht. „Weißt du, ich glaube, das kann sich keiner von euch vorstellen, was diese Männer damals durchgemacht haben."

Theos Brustkorb bewegte sich nicht mehr. Es schien, als hatte er aufgehört zu atmen. Da fielen Bernhard Gudruns Worte wieder ein: „Stell dir vor, du sagst es ihm, und er hätte einen Anfall. Das würdest du dir nie verzeihen." Bernhard trat Schweiß auf die Stirn.

„Ist es nicht verständlich, wenn man das schon alles mitmachen mußte, daß man am Ende nicht auch noch seinen Ruf verlieren will?" betonte Lydia noch.

Er könnte sterben, dachte Bernhard. Er könnte womöglich vor der versammelten Familie umfallen und sterben, wenn er erführe, daß er einen schwulen Sohn hatte. Und alle würde denken, Bernhard wäre schuld.

„Wir müssen jetzt essen", sagte Gudrun forsch und legte Untersetzer auf den Tisch. „Die Kinder sollen ins Bett. Normalerweise essen wir viel früher."

Lydia legte ihre Hand auf das Knie ihres Mannes. Er zuckte, rieb sich die Augen, schaute sich um und griff nach der Fernbedienung, um den Ton wieder laut zu stellen.

„Fangt doch schon mal an", sagte Lydia. „Wir kommen gleich."

Gudrun seufzte und ging wieder in die Küche.

Florian rutschte von Ludwigs Schoß herunter und wankte auf Bernhard zu. Seine Lippen saugten fest am Daumen, die andere Hand streckte er nach dem Hosenbein seines Onkel aus.

Die Nachrichten liefen an. Gute Zeit, Edvard anzurufen, dachte Bernhard. „Darf ich mal telefonieren?" fragte er seinen Schwager.

„Steht draußen", antwortete der, seine Augen auf die Mattscheibe gebannt.

Bernhard nahm seinen kleinen Neffen auf den Arm und drückte ihn an sich. Er setzte sich in den Gang und wählte, aber es war besetzt. Florian zupfte derweil im Haar seines Onkels. Dann schaute er in Bernhards Augen, klatschte in die Hände und gluckste.

Bernhard wählte noch einmal. Immer noch besetzt.

Biggy, Sissy und Manuela stritten sich, wer neben den Großeltern sitzen durfte. Gudrun drohte mit scharfer Stimme, daß gleich alle drei ohne Essen ins Bett gehen müßten, wenn sie sich nicht beruhigten. Sieglinde verteilte Apfelstrudel, Karl schenkte Milch ein und Bernhard reichte die Vanillesoße herum. Theo saß still über seinem Teller, während heißer Dampf um seine unbeweglichen Gesichtszüge kroch. Er war wie ein großer Magnet: Alle Aufmerksamkeit verschwand in der Aura seines Schweigens.

„Wer von euch möchte das Gebet sprechen?" fragte Lydia. Sie richtete sich an ihre Enkelinnen, doch die drei zuckten verdattert die Schultern.

„Ich werde beten", sprang Sieglinde ein und forderte die Mädchen mit ihren Augen auf, die Hände zu falten.

„Lieber Gott, herzlichen Dank für die köstlichen Gaben. Möge es uns laben ..."

„Komm, Herr Jesu, sei unser Gast und segne, was du uns bescheret hast", fügte Lydia mit leidvollem Lächeln hinzu.

Sissy grinste zu ihrer Schwester hinüber und kicherte. Gudrun blitzte sie an. Ludwig wollte gerade in sein Essen hineinstechen, da hob Mutter noch einmal an: „Ich will euch noch was sagen. Ich freue mich von ganzem Herzen, daß wir hier zusammensitzen. Ich habe mir das sehr gewünscht. Man weiß ja nicht, wie oft das noch geht."

„Aber Mutter!"

Lydia winkte ab. „Ist schon gut. Ich bin nur so dankbar, daß ich euch habe." Sie reckte sich über ihren Mann hinweg nach Gudrun und Sieglinde. „Weiter reichen meine Hände nicht", sagte sie. Da war eine Träne in ihren Augen. Sie senkte den Kopf und griff nach der Gabel.

Leise stach die ganze Familie durch weichgebackene Äpfel, die auf der Zunge zergingen und mild schmeckten. Bernhard starrte auf seinen Teller, aber seine Aufmerksamkeit war ganz bei den anderen. Warum taten sie sich das jedesmal an? Keiner hatte dem anderen etwas zu sagen. Die ganze Familie war ein zusammengewürfeltes Häufchen armseliger Schicksale, verbunden nur durch einen dunklen Namen: Moll.

„Schmeckt toll", sagte Barbara und lächelte süß zu Gudrun hinüber.

„Komisch. Das ganze Jahr schmeckt er nicht so gut. Er funktioniert eben nur, wenn Mutter kommt."

„Er ist wirklich ganz wunderbar", bestätigte die Mutter. „Aber das ist er doch immer bei Gundi."

Gudrun lächelte verlegen.

Sie waren alle so still, so verhalten. Diese gespielte Höflichkeit. Bernhard hätte einiges darum gegeben, zu erfahren, was in diesem Moment durch die Köpfe seiner Geschwister ging.

Lydia wischte sich die Lippen ab, faltete aufwendig ihre Serviette und legte sie neben den Teller. Als alle Augen auf sie gerichtet waren, berichtete sie von ihren Reiseplänen.

„Wann wollt ihr denn los?"
„Übermorgen um zwölf."
„Warum eigentlich nach Miami?"
„Die Sonne wird uns guttun."
Die Mädchen stocherten in ihren Tellern herum, schoben matschige Äpfel zu kleinen Deichen zusammen, legten Kanäle mit Vanillesoße an.
„Aber warum so weit? Hätte da Mallorca nicht gereicht, oder Teneriffa?"
Lydia lächelte und brachte noch ein Stückchen Strudel an ihre Lippen. Ihre Augen schwenkten scheu zu Theo hinüber; er hob nicht einmal den Kopf. Er schwieg, als ob er damit nichts zu tun hätte.
Gudrun setzte ihre Ellenbogen auf den Tisch und stützte erwartungsvoll den Kopf auf; Lydias Gabel versank in dem weichen Teigmantel. Sie durchbohrte ein dampfendes Apfelstückchen und legte es auf ihre Zunge, kaute daran herum, als könnte sie die Antwort darin schmecken. Warum Florida? Warum irgendwas? Hatte jemand je verstanden, was im Kopf dieses Mannes vor sich ging?
„Wirklich gelungen, kann ich da nur sagen", schmatzte Barbara, um die Stille zu brechen.
Die drei Mädchen hatten aufgehört, in ihren Tellern zu spielen und sich gegenseitig die architektonischen Wunder aufgestapelter Apfelstücke vorzuführen.
„Opa?" Sissy zappelte mit den Beinen. Sie konnte die Spannung nicht länger ertragen. „Ißt du deinen Strudel nicht?"
„Er wird ihn schon noch essen", antwortete Lydia für ihn und lächelte zu ihrer Enkelin hinüber. „Opa ist nur müde von der Reise, weißt du."
„Was ist dir denn das Liebste am Strudel?" bohrte sie weiter und zupfte ihren Großvater am Hemdsärmel. „Ich mag am liebsten die Kruste. Die Äpfel mag ich gar nicht so gerne."
„Muß ich dich daran erinnern, daß wir beim Essen nicht sprechen, oder willst du lieber gleich ins Bett?" fauchte Sieglinde.
„Warum Miami, Mama?" fragte Gudrun noch einmal, diesmal sehr viel eindringlicher, und ihre Geschwister hielten den Atem an.

Da hob Theo seinen Kopf und starrte sie nacheinander an. Seine Augen waren stechend und kalt, seine Lippen schmal und verbissen.

„Ja, warum denn nicht?" sagte Barbara und trank einen Schluck Milch.

10. Weich waren seine Hände, kraftvoll und zielgerichtet. Kleine Feuer entzündeten sie auf seiner Haut, kühlten diese, bevor die Flammen zu hoch schlugen, sie kniffen und streichelten, peitschten gerade mit der rechten Dosis, um gleich darauf zu liebkosen und zu beruhigen, solange, bis der Körper durch dieses Wechselbad bebte und zuckte, bis er sich so sehr verkrampfte, daß nur noch Schreien entspannte, bis er sich mit einem Schwall von Zuckungen entlud und danach erschöpft zusammensank.

Nach dieser Nacht hätte Raimondo ohnehin noch oft an den Konditor gedacht. Aber seine Hände waren es und alles, was sie mit ihm angestellt hatten, die ihm jetzt nicht mehr aus dem Kopf gehen wollten.

Etwas Feuchtes klatschte an Raimondos Nacken.

„Du hörst mir überhaupt nicht zu!" keifte Kim und holte aus, ihm ein weiteres tränennasses Taschentuch an den Kopf zu werfen.

„Selbstverständlich, mein Herzchen", sagte er mit souveräner Stimme und kehrte sich ihr zu. Sie kauerte in einem weißen Korbstuhl, die Beine eng an die Brust gezogen. Ihr dünnes Nachthemd bedeckte die Knie. Der Tisch war übersät mit Knäueln von Taschentüchern in Pastellblau, Pastellrosa, Pastellgelb.

„Ich habe jedes Wort gehört. Alle Männer sind Schweine, und du willst nie wieder etwas mit ihnen zu tun haben."

Raimondo legte den zerkleinerten Knoblauch in die Presse. Der Duft von warmem Olivenöl breitete sich in Kims Leihwohnung aus; Essen war seiner Ansicht nach die beste Medizin.

Natürlich hatte er nicht zugehört; er konnte gar nicht. Seine Aufmerksamkeit war viel zu sehr auf die Ereignisse der letzten Nacht konzentriert, seine Gedanken mit der Zukunft beschäftigt, die er in die Gegenwart sehnte. Aber Kims Schimpftiraden kannte er auswendig, waren es doch immer dieselben.

Sie hatte ihn angerufen, gleich nachdem sie Fred den Laufpaß gegeben hatte. Raimondo war sofort zu ihr geeilt, denn wenn man sie nach solchen Enttäuschungen allein ließ, verkroch sie sich ins Bett, aß tagelang nichts außer Pralinen, bis dicke Pickel ihre Pfirsichhaut übersäten und sie dann erst recht keinen Sinn mehr im Leben sah.

„Dieses Schwein! Dieses Schwein! Dieses Schwein! Er hat mich belogen. Ich fühle mich benutzt, mißhandelt, mißbraucht, beraubt. Ich könnte ihn umbringen! Ich werde nie wieder einem Mann trauen. Sie verdienen es nicht, geliebt zu werden. Ich sollte nicht einmal mehr mit einem reden."

Er warf ihr einen skeptischen Blick über die Schulter hinweg zu und hackte dann die eingeweichten, getrockneten Steinpilze klein.

„Dich meine ich nicht. Ich spreche von den richtigen Männern."

„Danke."

„Nein, so mein ich das nicht. Du weißt schon, was ich sagen will." Sie schleuderte noch ein feuchtes Knäuel in seine Richtung. Diesmal ein hellblaues. „Ich hasse sie! Ich hasse sie!"

Raimondo war es schon gewohnt. In den letzten zwei Jahren war sie sechsmal in diesen Zustand verfallen; er hatte nachgezählt. Genaugenommen war Kim längst überfällig. Gott sei Dank brauchte sie üblicherweise nicht lange, um ihre Enttäuschung zu verarbeiten. In ein paar Wochen, vielleicht sogar schon in Tagen würde sie sich neu verlieben, und der alte Schmerz wäre vergessen.

Raimondo öffnete den Kühlschrank; der Anblick erschreckte ihn: gähnende Leere. Er schüttelte den Kopf und holte Butter aus einer der drei Einkaufstüten, die er in weiser Voraussicht mitgebracht hatte.

„Oh! Hast du mir Pralinen mitgebracht?" flehte sie.

„Liebes, ich koche uns hier einen Risotto funghi porcini, und dann wird es dir gleich viel besser gehen."

„Ich will aber keinen Risotto." Kim zwirbelte ein kleines Männchen aus einem Taschentuch. „Ich will Pralinen", maulte sie bockig. Sie rollte sich noch mehr in ihrem Stuhl ein.

Raimondo antwortete nicht, denn Widerspruch ließ sie nur noch eigensinniger und starrköpfiger werden. Das beste war, alles still über sich ergehen zu lassen.

„Ich hätte ihn gleich zum Teufel hauen sollen."
„Ja, Kleines."
„Du hast es natürlich kommen sehen. Aber ich habe Neuigkeiten für dich. Diesmal war ich mir von Anfang an nicht sicher."
„Aber das weiß ich doch, Kindchen."
„*United Steaks!* Wer nennt sich schon *United Steaks?* Das war zu glatt, zu perfekt. Es konnte nur eine Lüge sein."
Und seine Lippen, dachte Raimondo. Nur ein Zuckerbäcker kann so süß schmecken ...
„Scheiß-Männer! Wie hältst du das nur aus?"
... süß und tief wie Herzkirschen ... Und immer wieder spürte er seine kleinen, flinken Hände auf der Haut.
„Du kannst es ja mal mit Frauen versuchen."
Kim holte aus und schleuderte das nasse Taschentuch-Männchen in seine Richtung, aber es klatschte nach schnellem Anflug matt zu Boden.
Raimondo schob Zwiebeln und Pilze in den Topf, in dem schon das Olivenöl dampfte.
„Vielleicht solltest du inzwischen mal deinen Koffer packen."
„Nein, ich will nicht."
„Aber Florida ist doch ein wunderschönes Fleckchen Erde."
„Ich kann aber nicht. Ich bin krank."
„Willst du wegen diesem Lügner auch jetzt noch deinen Job aufs Spiel setzen?"
Kim zupfte kleine Fetzen von ihrem Taschentuch, rollte sie zu Kügelchen und schnippte sie durch die Küche.
„Ich werde nicht zulassen, daß du dir wegen dieser Affäre das Leben ruinierst. Wenn du nicht selber packst, werde ich es für dich tun. So oder so – du sitzt morgen in diesem Flugzeug." Er rührte mit einem Holzlöffel energisch um.
„Was ist, wenn Fred morgen anruft?" flüsterte sie kaum hörbar.
„Wie bitte?"
Kim schwieg.
„Du hast doch wohl nicht mehr alle Tassen im Schrank!"
Raimondo wendete sich wieder seinen Töpfen zu, goß einen Schuß Weißwein in die Brühe und schmeckte sie ab. Dann reduzierte er die Flamme und setzte sich zu Kim an den Tisch. Als er an

dem langstieligen Glas mit blauem Kelch nippte, war ihm anzusehen, daß er nichts von neumodischem Design hielt.

„Vielleicht habe ich ja nur überreagiert. Was hat so ein Ring schon zu bedeuten?"

„Wenn du meine Tochter wärst, würde ich dich jetzt übers Knie legen."

Er stand auf, schöpfte eine Kelle Brühe in den bratenden Reis und begann, bedächtig zu rühren. Langsamkeit war das Geheimnis eines wohlschmeckenden Risotto. Gute Zutaten allein bedeuteten nichts, brachte man nicht die notwendige Geduld auf, sie richtig zuzubereiten. Zu schnelles Erhitzen konnte alles verderben; man mußte den richtigen Zeitpunkt abschätzen, wann man rührte, wann man Brühe nachgoß und wann man einfach nur wartete. Risotto kochen war wie eine Liebesnacht.

Kim heulte verbittert. Wenn sie nur ihre Gefühle unter Kontrolle kriegen könnte, dachte Raimondo, doch es tat ihm weh, sie leiden zu sehen.

In wen sie sich schon alles verliebt hatte: in einen Trainer ihrer Stewardessenausbildung, in einen ziemlich verlausten Landstreicher, an dessen Seite sie durch die Welt ziehen wollte, in einen Bauern mitsamt Kühen und Traktor, in den Geschäftsführer der Boutique, in der sie davor gearbeitet hatte, und ..., er konnte sich nicht mehr erinnern. Und jedesmal glorifizierte sie die Männer, bis zu einem Punkt, an dem sie nur noch enttäuscht werden konnte. Von Mal zu Mal wurde es schlimmer. Dieser Fred schien ihr wirklich das Blaue vom Himmel versprochen zu haben.

Raimondo strich einen Löffel Risotto auf den Tellern glatt und dekorierte ihn mit einer großen Scheibe gezackter Karotte und einem Petersilienköpfchen. Ganz zum Schluß träufelte er Trüffelöl darüber, und der Odem alter Turnschuhe durchtränkte die warme Heizungsluft. Dann setzte er sich zu ihr an den Tisch.

„Die Essenz der meisten italienischen Gerichte ist Parmesan", hob er an zu erklären. „Feiner, junger, nach Veilchen duftender Parmesan für Trüffelspaghetti, scharfer, leicht säuerlicher und an Lakritz erinnernder zum Rotwein und kräftiger, vollwürziger Parmesan für den Risotto." Er rieb den Käse gerade in seiner Holzreibe, da sah er Kims Gesicht aufweichen.

„Ich bin so verwirrt, Raimondo", sagte sie und stocherte mit der Gabel im Teller herum. „Ich weiß einfach nicht mehr weiter. Wieso passiert mir das immer wieder?"

Es brach ihm fast das Herz. „Das ist doch normal nach so einem Erlebnis. Du mußt die Enttäuschung erst mal verdauen."

„Ich rede nicht von Fred."

Raimondo legte den Parmesan zur Seite und stützte seinen Kopf auf die gefalteten Hände.

„Wenn ich Männer treffe, kommt es mir manchmal so vor, als ob da eine andere Seele von mir Besitz ergreift. Ich verliere jeglichen Sinn für Realität. Ich sehe nicht mehr, was vor meinen Augen geschieht. Ich höre wie durch einen Filter. Und das Schlimmste daran: Ich merke es immer erst, wenn es zu spät ist."

Raimondo griff nach ihrer feinen, weißen Hand. Kim hob ihren Kopf und schaute ihm tief in die Augen. „Du hast ihn gekannt, nicht wahr?"

„Wen?"

„Meinen Vater."

Raimondo ließ vor Überraschung ihre Hand los; sie hatte schon lange nicht mehr nach ihm gefragt.

„Mutter hat immer so getan, als existiere er nicht. Aber er muß doch irgendwie ausgesehen haben, er muß geatmet und gedacht haben wie andere Menschen auch."

Das war eine Seite an Kim, die Raimondo nicht kannte. „Warum willst du das plötzlich wissen?"

Kim nahm ihre Gabel und bugsierte das Karottenscheibchen wie ein U-Boot durch den halbflüssigen Reisbrei. „Manchmal kommt es mir vor, als würde mir etwas fehlen, so was wie ein Organ oder so."

Raimondo konnte dem Duft nicht länger widerstehen und schob sich eine Gabel Risotto in den Mund. Es zerfloß samtig weich auf seiner Zunge, die perfekt gekochten Reiskörner hatten noch den nötigen Biß. Aber vielleicht war ein Hauch zu wenig Trüffelöl daran.

„Du kennst doch diese bunten Plastikwürfel, die man kleinen Kindern zum Spielen gibt", fuhr Kim fort. Sie legte die Gabel wieder ab; ihre Augen wanderten an der Decke ihrer schneeweißen Küche umher. „Auf jeder Seite haben sie anders geformte Einschnitte. Dazu gibt es bunte Steine, die man in die richtigen Löcher stecken muß. Manchmal komme ich mir vor wie so ein Würfel. Seit Jahren versuche ich, einen Mann zu finden, der zu mir paßt. Das Problem ist nur: Ich hab nicht mal eine Ahnung, nach welcher Form ich suchen muß."

„Aber Liebes, das geht uns doch allen so."

„Nein, du verstehst nicht ..."

„Natürlich verstehe ich dich. Überleg doch mal, mit wem du sprichst."

Kim sah so verletztlich aus. Selten hatte Raimondo sein kleines Püppchen so verstört gesehen. Als Kind vielleicht, als sie den Igel tot im Garten fand oder als ihre Katze diesen aufgeregt flatternden Spatz durch das Haus ihrer Eltern jagte.

„Du bist ein guter Mensch", flüsterte sie und strich ihm dabei über die stoppelige Wange.

Nach dem Essen schickte er Kim ins Schlafzimmer zum Packen. Er selbst streifte sich Plastikhandschuhe über und machte sich an das Geschirr.

„Wieviel Aufenthalt hast du eigentlich in Miami?"

„Zwei Tage", antwortete sie angestrengt. Sie zog gerade ihren dunkelblauen Stewardessen-Koffer vom Schrank und warf ihn aufs Bett. Er war schon halb gefüllt: mit Unterwäsche, Strümpfen, ein paar T-Shirts.

„Du solltest nach Key Largo fahren und mit Delphinen schwimmen. Das ist wunderschön."

„Meinst du?" fragte sie skeptisch und suchte nach ihrem Bikini.

„Du wirst es nicht bereuen. Ich dachte damals, es wäre nur etwas für Kinder, aber Serge hat es sehr genossen."

Kim ging ins Bad und zog ihren Kosmetikkoffer aus dem Hängeschränkchen. Ein kurzer Blick zeigte ihr, daß alles Notwendige drin war. Auf der Konsole lag noch das Briefchen mit der Pille. Sie zögerte einen Moment und legte es zurück. Die werde ich nicht mehr brauchen, dachte sie. So schnell werde ich mich mit keinem Mann mehr einlassen!

„Kim!"

„Ja?"

„Du Glückliche. Vergiß nicht, auch mal an deinen Onkel Raimondo zu denken, der hier zu Hause sitzt und auf dich wartet. Trink einen Cocktail bei Sonnenuntergang auf mich. Ach, wie ich Florida liebe."

Pilzbrauner Schaum floß von seinem Handschuh, den er gerade aus dem Wasser zog. Vielleicht sollte er seinen Konditormeister einfach mit Flugtickets überraschen. Oder wäre das voreilig? Aber er hatte zum Abschied gesagt, er würde Raimondo gern wiedersehen, und diesen Tortenlippen mußte er einfach glauben. Schließlich war er es, der Raimondo im Café nachgeguckt hatte, nicht umgekehrt. Und nach so einer Nacht!

„Kim?"

Raimondo spürte die Hitze Floridas auf seinen Händen, der Geruch von feuchter, salzhaltiger Luft legte sich auf seine Nasenflügel, und er sah viele junge, vom Schweiß glänzende Körper an seinem inneren Auge vorüberziehen. Händchenhaltend würde er mit ihm am Strand entlangspazieren. Und in den kleinen Restaurants am Meer würde er ihm die gesamte Floridianische Gourmetküche vorführen. Welches Hotel er wohl buchen sollte?

„Kimmilein!"

Raimondo zog die Handschuhe von seinen Händen. Kim hatte sich neben dem aufgeschlagenen Koffer eingerollt. Ein paar Kleidungsstücke lagen verstreut um sie herum.

„Steh auf! Pack fertig! Es hat doch keinen Sinn, in Selbstmitleid zu zerfließen."

Er bückte sich nach dem rosa Bikini, faltete die hellblaue Jeans und legte sie zu den anderen Kleidungsstücken in den Koffer. Dann hörte er Kim leise schluchzen.

Raimondo setzte sich aufs Bett und streichelte ihr langsam den Rücken. Gott hat mir nicht die Möglichkeit gegeben, eigene Kinder zu haben, dachte er, aber er hat sehr wohl dafür gesorgt, daß ich mich um eins kümmern muß.

„Bleibst du heute nacht bei mir?" fragte sie mit flehender Stimme.

Raimondo zuckte. Sein Bett war noch erfüllt vom geilen Schweiß des Konditors. Er hatte eine Aura von Vanille und Zimt hinterlassen. Raimondo hatte sich vorgenommen, ihn anzurufen. Bestimmt wartete er darauf. Er mußte unbedingt noch einmal diese Lippen küssen, die nach Weihnachten schmeckten, und die Hände spüren, deren Erinnerung allein seinen Körper zum Beben brachte. Und wenn er nicht mehr käme, wollte er sich wenigstens einwickeln in die noch duftenden Laken und von ihm träumen, alles, bis zum letzten Molekül in sich aufsaugen und davon zehren.

Kim legte ihren Kopf in seinen Schoß. „Bitte!" flehte sie.

Raimondo gab ihr einen Kuß auf die Stirn. „Natürlich bleibe ich bei dir. Natürlich."

11. Bernhard schreckte fröstelnd aus dem Schlaf. In seiner Nase stach der Geruch verbrannter Menschen und Schwarzpulver, und er hatte das deutliche Gefühl von schmierigem Lehm auf seiner Haut. Die Bilder seines Traums wollten ihn nicht verlassen: Es ist Nacht, und er sitzt mit Kameraden zusammengekauert in einem Graben. Rundherum fallen Bomben, in seinen Ohren dröhnt das ewige Brummen der Panzer und Propeller, und seine Knochen sind mürbe von den Erschütterungen.

Eine Zigarette geht herum, ein letzter Funken Glut. Sie sprechen nicht. Sie starren sich nur mit weiten Augen an. Immer wieder glimmt die kleine rote Spitze auf und wandert dann in der eisigen Dunkelheit ein paar Zentimeter weiter. Es ist wie beim Auszählreim, nur daß diesmal keiner weiß, ob der, der den letzten Zug nimmt, der nächste sein wird, der in den Tod geht, oder der einzig Überlebende. Einer seiner Kameraden beginnt schallend zu lachen, und Bernhard sieht den Wahnsinn in seinen Augen.

Florian wankte ins Zimmer und drückte Bernhard einen saftigen Kuß zwischen Lippen und Wange. Er nahm dafür extra seinen triefenden Schnuller aus dem Mund und streckte ihn dann seinem Onkel entgegen: „Eaarni!" rang er sich aus der Kehle.

„Guten Morgen, mein Kleiner." Bernhard zog ihn heran, um den Kuß zu erwidern, aber Florian hielt ihm hartnäckig den Schnuller entgegen. Schließlich öffnete Bernhard den Mund und erfüllte ihm den Wunsch. Florian kreischte vor Freude und wackelte unsicher davon.

Lärm drang an seine Ohren. Es hörte sich nach den Mädchen an, die im Wohnzimmer Fangen spielten; dazwischen klapperten Teller.

Er schaute auf die Uhr; es war acht. Edvard ging gerade aus dem Haus. Edvard! Er hatte ihn immer noch nicht angerufen.

Bernhard sprang auf, schlüpfte in sein Hemd und seine Hose und lief die Treppe hinunter. „Darf ich mal?" fragte er Karl und zeigte auf das Telefon. Der nickte.

Bernhard nahm es in den Gang hinaus und schloß die Wohnzimmertür. Er wählte Edvards Nummer. „Gut gewählt, leider zum falschen Zeitpunkt", tönte ihm der Anrufbeantworter entgegen.

Sieglinde rief zum Frühstück, und Bernhard hörte Barbara und Mausi auf der Treppe. Er legte wieder auf.

„Möchtest du Brot?"

„Nein, danke."

„Kann ich jemandem Tee nachgießen?"

„Ja, das wäre nett."

Freundlichkeit legte sich über den Frühstückstisch, als könnte die Familie damit über den leeren Stuhl des Vaters hinwegtäuschen. Der stand da wie ein Geist, und keiner wagte es, auch nur dorthin zu schauen.

Die Mädchen tobten im Wohnzimmer umher. Immer wieder sah man eine der drei mit fliegenden Zöpfen und gerötetem Gesicht an der offenen Tür vorbeirennen. Aufgewirbelte Staubwolken spielten im Sonnenlicht.

„Was steht heute auf dem Programm?" Sieglinde hatte Florian auf dem Schoß, der sich mit beiden Händen in ihr Honigbrötchen eingrub und dabei freudig kiekste.

„Ich bin für Spazierengehen", sagte Barbara und kniff ihrem Mausi in die Wange. Bernhard erhaschte den angewiderten Blick seines Bruders.

„Mutter, was möchtest du heute gerne unternehmen?"

„Ach, weißt du, macht ihr eure Pläne. Ich füge mich dann schon ein."

„Ich vermute, es ist dir zu anstrengend, spazierenzugehen?" Barbara versuchte sich fürsorglich zu geben, aber sie klang dabei nur oberlehrerhaft.

„Das ist kein Problem", sagte Sieglinde. „Ich habe einen Rollstuhl mitgebracht. Wir packen dich ein und fahren dich."

Im Nu hatte Sieglinde alle Augen auf sich, selbst Ludwig schaute auf. Rollstuhl! Das Wort fuhr ihnen in die Glieder.

„Ich dachte mir, es wäre angenehm für dich, ein wenig Zeit an der frischen Luft zu verbringen."

„Ich habe nichts dagegen." Lydia zupfte Flusen von ihrem Kleid.

„Dann ist ja alles geregelt?"

„Ja, laßt mich nur Papa erst mal sein Frühstück bringen."

„Wo ist er eigentlich?" fragte Gudrun.

„Es geht ihm nicht besonders gut. Er wird noch ein wenig im Bett bleiben."

„Aha", sagte Gudrun viel zu bissig. Barbara starrte sie an.

Lydia zog ihr Taschentuch aus dem Ärmel, faltete es und sackte dann in sich zusammen.

„Ich weiß doch, daß er schwierig ist", sagte sie und tupfte sich Tränen aus den Augen. „Ich hätte ihn auch lieber anders, aber was soll ich denn tun? Er ist doch mein Mann."

Gudrun schnaufte verärgert, Sieglinde schaute kalt zu ihr hinüber.

„Müßt ihr denn schon beim Frühstück mit der Keiferei anfangen?" motzte Ludwig und griff in den Brotkorb. Bernhard verstand, warum sein Bruder der Familie oft fernblieb.

„Es geht ihm wirklich nicht gut", sagte Lydia und schaute flehend zu ihrer Tochter hinüber.

„Ist ja gut, Mama." Barbara strich ihrer Mutter über die Schulter. Karl legte seine Hand besänftigend auf Gudruns Knie.

„Ich wollte dich nicht angreifen. Es ist nur ..."

„Ich weiß es ja, ich weiß. Aber ..." Lydia schneuzte. „Du darfst ihm nicht böse sein. Er hatte ein schweres Leben, und er ist immer für euch dagewesen." Sie zögerte und schluckte. „Ohne ihn ..." Ihre Oberlippe bebte. Gudrun wartete mit großen Augen, aber ihre Mutter nahm nur den Teller, auf dem die Brötchen hin und her wackelten, und verschwand aus dem Zimmer.

„Das war jetzt wieder nötig." Barbara richtete die Worte wie eine Pistole auf Gudrun, aber die reagierte nicht.

Wenn Mutter schon mit ihm nicht klarkam, wie sollte es dann einer von ihnen schaffen? Gudrun hatte immer geglaubt, daß es für sein Verhalten eine logische Begründung gab. Irgendwann würde man es ihr erklären, und sie würde endlich verstehen, warum sie sich ihr Leben lang abgelehnt gefühlt hatte.

Gudrun ging in die Küche und schloß die Tür hinter sich. Karl folgte ihr, wiegte ihren Kopf in seinen warmen Händen und flüsterte, wie er es oft bei den Mädchen tat, wenn sie weinten: „Was ist, mein kleiner Schmetterling? Haben dich die Bienen verjagt?"

Aber dieser Schmerz war anders als ein angestoßener Kopf oder eine vergessene Einladung zur Geburtstagsparty der Freundin. Dieser Schmerz hatte Gudruns letzte Hoffnung zerstört.

Sieglinde manövrierte den Rollstuhl gemächlich durch die Nachbarschaft. Lydia war mit Mütze, Schal und Extra-Socken gut eingepackt; die Reifen knirschten im Schnee und hinterließen dünne, tiefe Spuren. Die Geschwister folgten ihr in einigem Abstand.

„Gudrun hat es wirklich schön hier, findest du nicht?" sagte Lydia und deutete auf die Weite des Waldes, der sich an die Siedlung anschloß.

Der Winter schluckte den Lärm der Stadt.

„Ja, sie hat einfach immer ein bißchen mehr Glück als wir anderen." Sieglinde erschrak. Es hörte sich bitterer an, als es klingen sollte.

„Du weißt nicht, wie ich diese Luft genieße. Wenn man dem Tod ins Auge blickt ..."

„Mutter, ich bitte dich."

„... wird das Leben erst wirklich kostbar. Ich hoffe, daß dir eine Krankheit erspart bleibt, aber das Altwerden wirst du nicht vermeiden können."

Sieglinde beobachtete die Mädchen, die durch die aufgetürmten Schneeberge am Straßenrand tollten, als könnte sie so dem Gespräch entfliehen.

„Wenn man alt wird, sieht man die Dinge mit anderen Augen. Vor Jahren war ich überzeugt, daß es besser wäre, euren Vater zu verlassen. Heute bin ich mir sicher, daß ich die richtige Entscheidung getroffen habe."

„Bestimmt, Mutter."

„Ich verstehe Papa auch nicht immer, aber ich glaube inzwischen, daß man lieben kann, ohne zu verstehen. Weißt du, was ich meine?"

„Ja", seufzte Sieglinde. Sie war bereit, alles zu bestätigen, solange ihre Mutter nur Eberhard da raushielt.

Gudrun trug Florian auf den Schultern. Seine Bäckchen glühten, seine Nase triefte eine lange, klare Strähne, so dünn wie ein Spinnfaden. Biggy und Sissy zerrten an Bernhards Händen, denn sie wollten ihn zum Wettrennen animieren.

„Sieglinde ist immer so furchtbar organisiert", sagte Barbara verhalten, die, an ihrem Mausi hängend, neben ihnen herschlenderte. „Ich glaube, das ist ihr Ausgleich zur unglücklichen Beziehung mit Eberhard. Ich verstehe nicht, warum sie das solange mitmacht."

„Sie hat nicht gerade das beste Vorbild." Gudrun deutete zur Mutter, die in ihrem Rollstuhl hin und her wackelte.

„Vielleicht ist die Beziehung der beiden gar nicht so schlecht", sagte Barbara spitz. „Wir sehen sie doch immer nur kurz und können gar nicht beurteilen, wie sie miteinander umgehen, wenn sie alleine sind."

„Ist es nicht offensichtlich, wie er sie unter seiner Fuchtel hält? Mutter ist ihm doch total hörig."

„Er ist krank. Hast du das vergessen? Sie liebt ihn eben und will ihn schonen. Das finde ich sehr verständlich."

Bernhard gefiel der Ton nicht, den die Konversation zwischen den Schwestern annahm. Warum mußten sich immer Parteien bilden, wenn es um Vater ging?

„Seit seinem Herzinfarkt. Seit seinem Herzinfarkt! Damit wird seit Jahren sein gestörtes Verhalten entschuldigt. Frag doch mal Ludwig. Der kennt ihn zehn Jahre länger als du. Die Wahrheit ist, Vater war noch nie anders, auch vor dem Herzinfarkt nicht. Er ist einfach völlig beziehungsgestört."

„Vielleicht bist du beziehungsgestört. Du hast ein Problem mit Männern! Das ist hier der Punkt."

Bernhard sah Gudruns Augen giftig blitzten. „Vielleicht liegt das Problem ganz woanders", antwortete sie spitz. „Vielleicht liegt es daran, daß deine Augen so auf deinen Mausi fixiert sind, daß du für das, was um dich herum geschieht, blind geworden bist."

Barbara blieb stehen: „Jetzt fängst du auch noch an, auf Mausi rumzuhacken. Du mußt nicht deine Probleme mit Karl an mir auslassen!"

„Meine Probleme mit Karl? Welche Probleme? Das einzige Problem, das ich gerade habe ist, daß mir deine Ich-bin-die-brave-Tochter-Show ganz schön auf die Nerven geht!"

Bernhard legte einen Schritt zu. Er hatte genug gehört.

„Soll ich dich mal ablösen?" fragte er Sieglinde.

„Gerne." Sie war sichtlich erleichtert. Bernhard gab ihr Sissy und Biggy an die Hand, aber Manuela tobte davon, und da wollten sie hinterher.

„Bis später." Sieglinde gab der Mutter einen Kuß auf die rotkalte Wange und blieb dann stehen, um auf ihre Schwestern zu warten.

„Ist dir warm genug?" fragte Bernhard seine Mutter.

„Hmm, es ist wunderbar." Sie schloß die Augen und saugte das bißchen Sonne auf, das auf sie herunterschien.

„Weißt du, was deinen Vater so bitter gemacht hat?" fragte sie. „Er hat nie gelernt zu reden. Seit ich ihn kenne, macht er alles mit sich selbst aus. Das ist nicht gut."

Bernhard zuckte. „Ach ja?"

„Wer hätte gedacht, daß unser Brüderchen so ein Geheimnis mit sich rumschleppt?" fragte Sieglinde.

„Man sieht es ihm überhaupt nicht an", sagte Barbara. „Ich meine, an seiner Kleidung oder so." Sie schauten alle vier nach vorn auf ihren schlaksigen Bruder, dessen Mantel kurz über den Knien schlabberte; die ausgebeulten Ellenbogen glänzten wie Warnleuchten. Es war nichts Feminines an ihm, keine affektierten Bewegungen. Er war weder übertrieben gepflegt noch besonders modisch gekleidet, wie man das von Homosexuellen so kannte.

„Ich frage mich nur, warum? Es ist doch sonst keiner ..." Barbara senkte die Stimme. „... homosexuell in unserer Familie."

„Ihr dürft eins nicht vergessen", erklärte Sieglinde ihren Schwestern und scheuchte die Mädchen weg, die sich mit großen Ohren angeschlichen hatten. „Mutter hat Bernhard als erstem von ihrem Krebs erzählt. Und wenn ich mich recht erinnere, war er anfangs öfters mit ihr beim Arzt."

„Was willst du denn damit sagen?" fragte Gudrun. Manuela pirschte sich wieder an sie heran.

„Das ist doch klar. Die Brüste einer alten Frau sind nicht gerade eine Augenweide, und dann noch mit Krebs! Das hat sich bestimmt nicht gerade förderlich auf sein Sexualempfinden ausgewirkt", schlußfolgerte Barbara selbstzufrieden.

„Ach, du bist jetzt wohl auch noch Sexualexpertin geworden?"

„Wieso bist du nur so patzig!" schnauzte Barbara zurück. „Wir versuchen doch nur eine Erklärung zu finden. Wir haben einen homosexuellen Bruder und sorgen uns um ihn."

„Manuela, laß uns bitte ein paar Minuten alleine. Geht das?" Sieglindes Tochter zockelte mit beleidigtem Gesicht ab.

„Ihr macht euch keine Sorgen um ihn, ihr sucht Entschuldigungen. Das ist es. Ihr könnt nicht einfach akzeptieren, daß er schwul ist", warf ihnen Gudrun vor. Sie war wütend und mußte sich offensichtlich zurückhalten, um nicht zu platzen.

„Da kann ich ja froh sein, daß du so genau weißt, was in mir vorgeht", konterte Barbara. Ihre Stimme wurde sehr schrill. „Das nächste Mal, wenn ich ein Problem habe, komme ich zu dir." Sie wendete sich ab und drückte sich an Mausi.

Gudrun blieb stehen und schimpfte: „Ihr könnt doch immer nur einer über den anderen herziehen. Ich finde unsere Familie zum Kotzen!"

Dann lief sie nach vorn zu Bernhard und ihrer Mutter.

„Mutter hat mir gerade von dem Artikel erzählt, den sie heute morgen gelesen hat", sagte Bernhard und stockte, als er Gudruns wütendes Gesicht sah. Er schaute sie fragend an, sie legte den Finger auf die Lippen und schüttelte den Kopf.

„Ja? Was denn für ein Artikel?"

„Fünf Kinder einer Mutter starben nacheinander an plötzlichem Kindstod. Bei einem Anbau des Nachbarhauses hat man dann kleine Leichen gefunden."

„Das ist ja furchtbar!"

„Die Frau gestand, daß sie es nicht ertragen konnte, die Kinder schreien zu hören." Lydia erzählte die Geschichte mit monotoner Stimme.

„Das kann nur eine Mutter verstehen", sagte Gudrun.

„Was hat ihr Mann dazu gesagt?" fragte Bernhard.

„Der stand zu ihr. Im Gericht hielt er ihr die Hand", sagte Lydia. „Sie bringt seine fünf Kinder um, und er hält trotzdem zu ihr."

„Das ist ja 'ne tolle Geschichte." Gudrun deutete nach links. „Laß uns hier entlanggehen, das ist kürzer."

„Wollen wir nicht noch ein bißchen ...?"

Gudrun verdrehte die Augen und machte ihm klar, daß sie genug hatte. Sie bogen links ab und folgten der Brücke über den Bach.

Karl öffnete die Tür und ließ sie ins Haus. Ludwig, Theo und er spielten in der Küche Karten.

„Ich verstehe die Männer nicht." Gudrun schüttelte den Kopf.

Theo setzte die Bierflasche an, Ludwig nickte den Spaziergängern kurz zu, dann knallte er eine Karte auf den Tisch.

„Das ist Magie!" murrte er.

Lydia bestätigte wissend. „Männer unter sich, das ist was Besonderes."

Bernhard zuckte.

Sieglinde und Barbara gingen im Gänsemarsch durch die Küche ins Eßzimmer. Als Karl ihre Gesichter sah, raunte er den anderen beiden zu: „Kann man ja froh sein, daß man nicht dabei war", und alle drei lachten.

Immer wenn mehr als zwei Molls aufeinandertrafen, kam es zu Spannungen. Bernhard hatte sie die Moll'sche Konstante getauft; seit dem Spaziergang wuchs sie stetig. Auf der familieninternen, nach oben offenen Richterskala waren sie inzwischen bei etwa sechs angelangt, und langsam setzte dieses besondere Gefühl ein. Es war wie auf einer Oktoberfestbahn: Man ist angeschnallt und weiß, daß eigentlich nichts passieren kann, aber auch wenn man tausendmal mitgefahren ist, wagt man nie, loszulassen, weil die Angst bleibt, in hohem Bogen rauszufliegen.

Der einzige Weg für die Familie Moll, die Spannung einigermaßen unter Kontrolle zu halten, war, sich zu verteilen, kleine, harmlose Grüppchen zu bilden, zu schlafen, die Augen auf den flimmernden Bildschirm des Fernsehers zu konzentrieren, oder sich still in eine Ecke zu setzen und zu beobachten.

Und so taten sie es auch heute. Gudrun blätterte mit ihrer Mutter durch Strickzeitschriften. Sie suchten Muster und Schnitte, planten Socken, Pullover und Handschuhe für alle Kinder der Familie zu stricken. Sie glaubten beide nicht wirklich daran, daß Lydia noch irgend etwas davon in ihren verbleibenden Monaten realisieren würde, aber es erinnerte sie an die Wintermonate, als Gudrun noch klein und das Wort Krebs noch nicht in den Wortschatz der Familie integriert war. Es beruhigte, so zu tun, als währte das Leben noch ewig.

Sieglinde beriet die Kinder, mit welchen Farben sie die Weihnachtsmänner und Bibelszenen im christlichen Malbuch ausmalen sollten, das ihnen die Oma mitgebracht hatte.

Barbara lag in Mausis Schoß – wo sonst. Außer andauerndem Getuschel und widerholten Schmatzern ihrer Lippen war von ihr kaum etwas zu hören.

Die Männer verließen den Tisch nur, wenn natürliche Bedürfnisse drängten. Bernhard kam die Position des Eckensitzers zu. Mehrere Stunden verbrachte er damit, ins offene Kaminfeuer zu schauen und dabei zu genießen, daß ihn diese eigenartigen Panik-Anfälle nicht mehr einholten. Es war wohl doch Überanstrengung gewesen, nichts weiter.

Nur die Kinder wollten sich partout nicht an die Spielregeln zum Ausgleich der Moll'schen Konstante halten und tickten immer wieder aus. Biggy verfolgte gespannt *Die Sendung mit der Maus*, da entschied Manuela, daß sie ein anderes Programm sehen wollte, schaltete um und wartete auf Biggys Reaktion. Die kam prompt, und Minuten später zogen sie sich an den Haaren und kreischten. Dann setzte sich Sissy neben ihren Onkel und wollte für ihre kleinen Gemälde bewundert werden. Bernhard nickte zustimmend, reden wollte er jedoch nicht. Er hatte Angst, Aufmerksamkeit auf sich zu ziehen. Da drängte sich Manuela dazwischen und forderte ihn auf, eine Krippenszene mit ihr auszumalen. Bernhard lehnte ab, was sich bald als großer Fehler herausstellen sollte.

„Aber ich will, daß du mit mir malst."

„Manu, ich bin müde. Laß mich bitte ein wenig hier liegen."

„Du liegst doch schon den ganzen Tag. Hast du nicht endlich ausgeschlafen?"

„Manu, ich will jetzt nicht malen." Er schaute sich ängstlich um. Die Stimmung im Raum war die von Erdbebengeschädigten, die auf ein Nachbeben warteten, jederzeit bereit, aufzuspringen, um sich in Sicherheit zu bringen.

„Nie malst du mit mir", sagte sie, und er witterte Gefahr.

„Manuela!" funkte Sieglinde dazwischen. „Wenn Bernhard nicht will, dann laß ihn in Ruhe. Hör endlich auf, allen andauernd auf die Nerven zu gehen. Es reicht."

„Diese Scheiß-Familientreffen", maulte das Kind giftig. „Keiner beschäftigt sich mit uns. Warum sind wir überhaupt hier? Ich will nach Hause! Sofort."

Sieglinde gab ihrer Tochter eine Ohrfeige und schleppte sie am Arm aus dem Wohnzimmer. Plärrend drehte sich Manu nach Bernhard um, ihre Augen spitzten sich zu Speeren, und Bernhard wußte: Ihre Stunde hatte noch nicht geschlagen.

Der Poltergeist manifestierte sich zuerst in der umgefallenen Bierflasche, deren Inhalt dem Vater über die Hose plätscherte und dann den neuen Teppichboden durchtränkte. Dann sprang Karl ein Funken Glut aus dem Kaminfeuer auf die Brust und brannte ein großes Loch in die sandfarbene Kaschmir-Weste. Gegen sechs versagte dann der altersschwache Fernseher seinen Dienst. Das Bild zog sich zu einem kleinen glühenden Punkt zusammen, dann war es still.

Mit der zunehmenden Unruhe wuchs das Bedürfnis, sich noch weiter zu verteilen. Gudrun und Sieglinde verschwanden in der Küche, Lydia zog sich ins Schlafzimmer zurück, um sich auszuruhen, Bernhard lief zum Münztelefon an der Ecke. Der Hörer war eiskalt, der Signalton unregelmäßig und verzerrt . Er hatte sich eine Handvoll Geldstücke zurechtgelegt, aber kein einziges wollte hängenbleiben. Eins nach dem anderen fiel durch den Apparat. Er hängte ein und ging zurück ins Haus.

Zum Essen saßen wieder alle zusammen. Teller mit aufgeschnittenen Tomaten wurden wortlos herumgereicht, Zwiebeln, Brotkörbe,

Butter, Aufschnitt und saure Gurken. Augenkontakt vermieden sie. Kam er doch zustande, unterbrachen sie ihn mit einem freundlichen Lächeln. Die Bewegungen waren mechanisch, jeder auf der Hut vor dem ausbrechenden Vulkan.

Bernhard beschäftigte sich mit nichts anderem als seinem Vater. Steif saß er vor seiner Familie am Kopfende des Tisches, sein Teller aufgeräumt, übersichtlich, nach Farben und Formen sortiert wie ein Materiallager. Gudrun nannte ihn aus Scherz oft „der Soldat". Sie hatte damit nicht unrecht. All diese Regeln in seinem Leben. Polizei und anderen Obrigkeiten gegenüber verhielt er sich regelrecht unterwürfig, während er von seiner Familie volle Ergebenheit erwartete. Die peinliche Ordnung in seinem Haus, früher die endlosen Auseinandersetzungen, weil es keinem möglich war, sich darin einzufügen. Und diese Manie am Abend, seine Kleider so zurechtzulegen, daß er im Dunkeln hineinfand, ohne suchen zu müssen. Zuoberst lag seine Unterwäsche, dann die Socken, Hemd und Hose – immer zum Einsatz bereit.

Vielleicht, dachte Bernhard, vielleicht hat er im Herzen nie aufgehört, Soldat zu sein. Auf jeden Fall gab es da etwas, was ihn für immer mit dem Krieg verband. Gerade als ihm diese Frage durch den Kopf ging, roch Bernhard wieder Lehm, und er sah seinen Vater als jungen Mann in Uniform.

Manuela hatte die ganze Familie im Visier. Ihre Augen sprangen zornig von einem zum anderen. Sie wartete auf ihren Auftritt. Jetzt, wo sich jeder bedient hatte und sich seinem Teller zuwandte, war die beste Gelegenheit.

„Mama, was heißt eigentlich ‚schwul'?"

„Also hör mal, was hast du denn für Ausdrücke?"

„Ich?" fragte sie und verdrehte unschuldig die Augen. „Tante Gudrun hat vorher gesagt, daß Onkel Bernie schwul ist."

Stille. Jeder hielt in seiner Bewegung inne. Theo hob seinen Kopf und schaute seinen Sohn quer über den Tisch an. Seine Augen bohrten sich wie ein Bajonett in Bernhard hinein. Dann wurde er bleich, und seine Augen weiteten sich. Aber es lag kein Ekel darin, keine Abscheu, nicht einmal Wut, sondern pure Panik. Man sah die Todesangst dicht unter seiner Haut, dort, wo der rasende Puls die Seiten seines Halses flattern ließ.

„Ach, da hast du dich sicher nur verhört." Barbara versuchte die Situation zu retten.

Bernhard wollte etwas sagen, aber es war, als hätte sich ein Stein auf seine Brust gelegt, der ihn jetzt vom Atmen abhielt. „Stell dir vor, du sagst es ihm, und er hätte einen Anfall. Das würdest du dir nie verzeihen", hatte Gudrun gesagt. Verängstigt schaute er zu seinem Vater hinüber, in dem es offensichtlich arbeitete.

Die anderen waren immer noch wie erstarrt, nur Manu setzte sich zufrieden in ihrem Stuhl zurück.

Theo stand auf und verließ das Zimmer; Schwere blieb zurück.

„Wo geht denn der Opa hin?" fragte Biggy leise.

Sie hörten seine schweren, langsamen Schritte auf der Treppe.

„Vielleicht will er nur auf die Toilette", meinte Sieglinde vorsichtig.

„... oder seine Tabletten holen?" schlug Lydia vor. Aber sein Aufstehen hatte etwas Endgültiges, und sie wußten gleich, daß er nicht wiederkommen würde.

„Eßt ruhig weiter, Kinder. Wartet nicht auf mich." Lydia schob ihren Stuhl zurück und zog vorsichtig die Tür hinter sich zu. Dann hörten sie auch ihre Schritte auf der Treppe, zaghaft, zögerlich, zerbrechlich.

Theo hatte sich im Bad eingesperrt. Lydia klopfte an der Tür.

„Mach auf, Theo. Laß mich rein." Aber sie bekam keine Antwort. Es war so bezeichnend für ihre Beziehung. Da war immer eine Tür, die er vor ihr verschlossen hielt. Und alles Klopfen und Bitten dieser Welt half nicht, dahinter zu kommen.

„Nun sag doch! Geht es dir nicht gut?" Es blieb still. Sie wollte sagen: „Sei doch nicht so starrköpfig!", aber traute sich nicht. Lydia war hilflos, wie schon so oft neben diesem Mann. Unter großen Mühen ließ sie sich auf dem Treppenabsatz nieder und beschloß zu warten. Es verging ja immer ganz von selbst wieder. Er kam aus diesen Stimmungen heraus, setzte sich vor den Fernseher, und alles war beim alten. Geduld war das Zauberwort.

Während sie noch darüber nachdachte, hörte sie leises Wimmern durch den Türspalt dringen. Und sie verstand, daß es um mehr ging als einen homosexuellen Sohn.

„Will noch jemand von dem Käse?" fragte Ludwig und hielt ein Stück Emmenthaler in die Luft.

Barbara schaute ihn verächtlich an. „Wie kannst du jetzt essen?

„Er hat Hunger", erklärte Biggy grinsend und zappelte mit den Beinen.

„Werd nicht frech."

„Ihr geht jetzt auch ins Bett", bestimmte Sieglinde. „Abmarsch."

„Es ist erst sieben Uhr!" rebellierte Sissy und schob ihre Unterlippe vor. Gudrun griff nach ihren Töchtern, zischte ihnen etwas ins Ohr, und sie schoben mit beleidigter Miene ab.

„Das mußte ja nun sein", sagte Barbara vorwurfsvoll und schaute in die Runde.

„Was?" fragte Gudrun.

„Du weißt schon, was ich meine."

„Daß Vater wieder mal ein Familienfest ruiniert?"

Ludwig goß Bier nach. „Willst du?" fragte er Bernhard, obwohl dessen Glas noch voll war. Der schüttelte den Kopf.

„Diesmal hat er ja wohl allen Grund dazu!" sagte Barbara.

„Die Aussage meiner Tochter war bestimmt nicht der Grund", verteidigte sich Sieglinde, und als die anderen sie fragend anschauten, setzte sie nach: „Wenn, dann schon eher die besonderen Vorlieben unseres Bruders, die er uns lange Zeit erfolgreich verschwiegen hat."

Bernhard zuckte; seine Augen weiteten sich. Jetzt war es raus. Er hatte gewußt, daß er auf seine Geschwister nicht zählen konnte.

„Ich hätte gerne noch etwas Brot", sagte Ludwig und streckte seine Hand über den Tisch.

Gudrun klopfte an der Tür zum Arbeitszimmer, in dem Bernhard eingerollt in seinem Schlafsack lag.

„Hör mal", sagte sie durch den Türspalt, weil sie nicht wagte weiterzugehen. „Ich hoffe, du denkst nicht, daß es Absicht war. Die Mädchen müssen beim Spaziergang mitgehört haben. Ich habe ihnen nichts gesagt."

Bernhard antwortete nicht. Nackt kam er sich vor. Schlimmer noch: entblößt. Wie ein Tier im Käfig, und draußen standen Menschen, die ihn beglotzten. Was ging sie seine Sexualität an? Was sollte Sieglindes Vorwurf, daß er es ihnen verschwiegen hatte?

„Ich weiß, es ist eine Scheißsituation", versuchte sie ihm zuzureden. „Ich kann mir vorstellen, wie dir zumute ist. Wahrscheinlich möchtest du jetzt am liebsten abhauen. Aber das wäre falsch."

Natürlich wollte er abreisen. Am liebsten sofort.

„Es ist vielleicht das letzte Mal, daß wir alle zusammen sind. Du mußt schon wegen Mutter hierbleiben." Gudrun ging in das Zimmer hinein und schloß die Tür hinter sich. Mit gesenkter Stimme fuhr sie fort: „Außerdem käme das einem Schuldgeständnis gleich."

„Ist schon okay", raunte er aus seinem Schlafsack hervor.

„Versprichst du mir, daß du bleibst?"

„Ja, ich bleibe."

Gudrun schaute ihren Bruder an, der seinen Kopf tief im Schlafsack vergrub. Manchmal war es wieder wie damals, als sie noch Kinder waren.

„Willst du nicht reden?" fragte sie nach einigem Zögern.

Bernhard hatte ihr vertraut. Sie hatte ihn enttäuscht. Es war wie immer in dieser Familie.

„Nein, ich bin müde. Ich will schlafen."

„Na gut", sagte sie resigniert. Dann stand sie auf und verließ das Zimmer.

Einige Zeit später klopfte Lydia an die Tür, und Bernhard drehte sich zur Wand. Er wollte nicht, daß sie sein Gesicht sah, die Tränen der Enttäuschung in seinen Augen und die Scham.

„Willst du nicht mit mir reden?" fragte sie, ihre Stimme war voller Liebe.

„Nein, Mama. Ich habe Kopfschmerzen."

Da gab es nichts mehr zu sagen. Durch ihr Verhalten hatte die Familie seine Liebe zu Edvard zu etwas Gewöhnlichem gemacht. Sie verstanden gar nichts. Und wie sollten sie auch? Mutter schlug sich seit über vierzig Jahren mit einem Ehemann herum, der sie nur quälte. Sieglinde ließ zu, daß sie ständig von ihrem Mann hintergangen wurde. Gudrun verbrachte doch mehr Zeit auf Frauenseminaren als mit ihrer Familie. Barbara war es gar nicht wert, daß man über sie nachdachte. Und Ludwig hatte noch nie eine wirkliche Beziehung gehabt. Edvards Liebe war besser als die seiner ganzen Familie zusammen. Auf ihn konnte Bernhard sich verlassen, soviel war sicher.

Mit Schrecken fiel ihm der Ring wieder ein. Wie würde es Edvard aufnehmen, wenn er ihn wirklich verloren hatte? Nein, es würde kein Problem werden, dachte er. Edvard und er liebten sich. Sie hatten Vertrauen zueinander, sie waren sich treu. Was spielte da ein Ring schon für eine Rolle?

Und da hörte er, wie seine Mutter die Tür hinter sich schloß.

12. Es war noch kälter geworden. Tagsüber hatten die Hausmeister den Schnee zu großen Haufen zusammengeschoben, doch schon am Abend waren die Bürgersteige wieder mit einer dicken Schneeschicht bedeckt. Wer nichts Unaufschiebbares zu erledigen hatte, blieb zu Hause, setzte sich auf die Heizung, schaute Seifenopern oder sah den Schneeflocken zu, die von der aufsteigenden Wärme der Häuser vor den Fenstern auf- und abtanzten wie von Marionettenspielern gelenkt.

Fred fuhr mit der Straßenbahn die Bayerstraße entlang, am Hauptbahnhof vorbei, mitten hinein in die schon dunkle, verlassene Stadt. Selbst um den Hauptbahnhof herum war es ruhig. Die wenigen eingemummten Fußgänger hantelten sich an den Hauswänden entlang, um nicht auszurutschen. Taxis standen in einer langen Schlange, einige hatten den Motor laufen, und dicke, weiße Abgas-Schwaden hingen über ihren Hecks.

Fred war es bei Roswitha zu eng geworden. Er hatte sich noch nie Gedanken über die Menschen gemacht, die er ausnahm. Es ist doch nur Geld, hatte er argumentiert. Aber Roswitha war so dumm. Sie war so unglaublich dumm. Er wußte, er hätte sie auf offener Straße bitten können, sich auszuziehen, und sie hätte es getan. Er hätte mit allem, was sie besaß, davonlaufen können, und sie hätte nicht einmal gezuckt. Da war so etwas Zerbrechliches an ihr, das ihn schmerzte.

Am Café Kreutzkamm stieg Fred aus. Die Kälte war erbarmungslos wie eine Messerklinge. Als er Roswitha damals angebaggert hatte, wollte er sie nur um ein paar Tausend Mark erleichtern. Er hatte ja nicht ahnen können, daß sie das alles so ernst nehmen würde und ihn jetzt sogar heiraten wollte. Manchmal hatte er es satt, sich durchs Leben zu schnorren. Menschen, die ihm blind vertrauten, machten ihm die Arbeit schwer. Dann mußte er sich vor sich selbst rechtfertigen. Dabei war es gar nicht so einfach, alten Frauen Komplimente zu machen, sich in ihre kleinstirnige Welt einzuleben, ihre ausgemergelten Körper zu beglücken.

Fred spürte den schweren Ring an seiner Hand, der selbst in der finsteren Nacht noch funkelnde Signale spie wie Zunder. Dumme Pute!

Kim dagegen hätte ihm gut in den Kram gepaßt. Bei ihr hätte er keine Skrupel gehabt. Sie war überkandidelt. Schade, daß es mit ihr nicht geklappt hatte. Er mußte unbedingt jemand Neues finden, lange würde er es bei Roswitha nicht mehr aushalten.

Er lief über den Marienplatz. Ein Violinist spielte zu einem Cassettenrekorder Mozart. Klassische Musik hatte Fred nie interessiert, aber sie verlieh dieser winterlichen Atmosphäre eine melancholische Note, und das paßte zu seiner Stimmung. So blieb er stehen und lauschte eine Weile. Dann schlenderte er an Dallmayer vorbei, am Nationaltheater, an der Residenz, hinein in den verlassenen Hofgarten. Und mit jedem Schritt wurde es stiller um ihn, bis er am Ende nur noch das seidige Knirschen des Schnees unter seinen Stiefeln hörte und das unaufhörliche Rauschen seiner Gedanken: Heute ist Samstag, in drei Tagen ist Weihnachten. Wenn ich bis dahin keine Lösung gefunden habe, muß ich mit Roswitha feiern. Das werde ich nicht ertragen. Das kann ich weder ihr noch mir antun.

„Wieso nennst du dich eigentlich Edvard, Edvard?" Karli von Hohenschloßburg stellte die Frage spitz. Er betont das D so affektiert, daß es zischte.

Edvard hätte ihm antworten können, daß ihn seine Mutter nach King Edward benannt hatte, weil der ebenso erfolgreich und schön war. Er hätte sagen können, daß sein Taufpate Prinz Edward von Scottsdale sei und man ihm deswegen diesen Namen gegeben hatte, aber es war ihm nicht danach, auf Karlis Sticheleien einzusteigen, und so beließ er es bei der Wahrheit: „Meine Eltern haben in Amerika gelebt, als die Kennedys dort in Mode waren, und meine Mutter setzte es sich in den Kopf, ihren nächsten Sohn Edvard zu taufen, allerdings mit V und nicht mit W. Sie fand das V deutscher."

Karli schaute überlegen in die Runde, so einen banalen Grund hatte er erwartet. Aber keiner nahm Notiz von seinem Triumpf. Die Freunde neigten die Köpfe über die üppig dekorierten Teller und schwelgten gerade im Duft von zarten Entenbrüsten, Spanferkel oder Sankt-Peters-Fisch.

Der vorweihnachtliche Gedankenaustausch der Geschäftsfreunde in Käfers Barockzimmer war zur Tradition geworden. Jedes Jahr setzten sie sich zusammen, erzählten sich von ihren Erfolgen, hechelten die Konkurrenz durch und sprachen gemeinsame Projekte für das kommende Jahr ab.

Bernhard hatte auf keinen Fall an diesem Treffen teilnehmen wollen. Er nannte sie „die Jungs von der schlagenden Verbindung". Das fand Edvard völlig daneben. Sicher, sie alle kamen aus wohlsituierten Verhältnissen, und natürlich halfen sie sich gegenseitig, aber von „schlagen" konnte nicht die Rede sein – jedenfalls nicht im traditionellen Sinne. Obwohl, das räumte Edvard mit einem schelmischen Schmunzeln ein, bei Gerhard konnte man eine gewisse andere Bedeutung dieses Ausdrucks nicht gänzlich ausschließen.

Trotz Rezession hatten sie alle zugelegt. Das hatte sicherlich auch damit zu tun, daß sie sich seit Jahren gegenseitig Geschäfte zuschanzten. Es half, innige Verbindungen zu Chefetagen zu pflegen, zu Stadträten, Bauunternehmern, Holzhändlern, Verlagsleitern und anderen führenden Persönlichkeiten.

„Wie wird denn Weihnachten aussehen?" fragte Edvard in die Runde, bevor Karli zum nächsten Schlag ausholen konnte.

„Ich werde Jeff in meinem Chalet in St. Moritz treffen."

„Du meinst den General?"

„Ssschhh!" zischte Gerhard und schaute sich um, ob jemand zugehört hatte. „Das könnte ihn den Kopf kosten!"

„Uuuh, die Geheimnisvollen, wie romantisch! Ist er denn wirklich so eine Granate im Bett?"

„Granate doch nicht! Kalaschnikow nennen sie ihn. Erklärungen erübrigen sich wohl."

„Er wird rot", zischelte Karli und deutete auf Gerhard.

„Du bist doch nur neidisch", keifte der zurück, und Karli zog einen Schmollmund.

„Wir werden in die Karibik fliegen", sagte Günther. „Hartmut hat da von einer Insel gehört, die man günstig kaufen könnte. Die wollen wir uns ansehen."

„Und dann was? Aussteiger spielen?"

„Wir werden uns einen Freitag zulegen und nackt über die Insel hüpfen", frotzelte Günther. Die anderen lachten.

„Was macht ihr?" fragte Karli Herbert.

„Wolfgang bettelt mich schon seit Wochen, seine Eltern zu besuchen. Sie leben in Kiel und sind wohl ziemlich einsam. Jedenfalls sagt er das. Ich persönlich habe eher den Eindruck, er möchte mich vorführen. Ich bin wohl der erste Vorzeige-Liebhaber, den er je hatte."

„Vorzeige-Liebhaber? Wenn der wüßte!" scherzte Heiner.

„Wir könnten ihm ja mal ein paar Geschichten erzählen", sagte Gerhard, und alle lachten. „Weißt du noch, damals auf Sylt?"

„Jetzt fang nicht schon wieder damit an."

„Wieso? War doch lustig, die heißeste Orgie südlich des Nordpols. Und deine Augen, als du erfahren hast, daß er der Ministerpräsident von ..."

„Schluß jetzt!"

Gerhard legte sich zwei Finger auf die Lippen und tat betreten.

„Wirst du mitfahren?" fragte Edvard.

„Ich weiß es nicht."

„Wenn du ihn liebst, mußt du."

„Das ist es ja eben."

„Also ich werde Weihnachten nach Marokko fliegen", platzte Karli dazwischen. „Ich muß unbedingt etwas Sonne tanken." Er legte den Handrücken auf die Stirn, warf seinen Kopf in den Nacken und rollte die Augen gen Himmel.

„Armes, erschöpftes Dingelchen." Herbert streichelte ihm den Kopf. Karli tatzte ihm dafür auf die Hand. „Ihr denkt immer nur, ich hätte reichlich geerbt. Dabei mußte ich schwer dafür arbeiten."

„Es muß wirklich anstrengend sein, solange stillzuhalten." Heiner haute sich auf die Schenkel, Günther prustete in seine Serviette. „Seine Knie haben dabei bestimmt einen Zentimeter Hornhaut zugelegt."

Jetzt war Karli wirklich getroffen, und Edvard versuchte schnell abzulenken, bevor das Ganze ausuferte.

„Wie verbringen die Kaufwütigen Weihnachten?"

„Wir werden zu Hause bleiben. Wir waren dieses Jahr so viel unterwegs. Ich brauche einfach ein bißchen Ruhe. Anrufbeantworter, Kaminfeuer und dann in einem Rutsch die gesamte Videokollektion durch", sagte Heiner. „Und ihr?" fragte er Edvard.

„Bernhard kommt morgen von seinen Eltern zurück. Ich hab uns ein kleines Hotel in Wien gebucht, mit Whirlpool und so. Er weiß noch nichts davon."

„Wien? Ist das nicht ein bißchen kalt?"

„Sicher. Aber die Christmette im Stephansdom soll was Besonderes sein. Und die gibt's eben nur an Weihnachten. Zum Wärmen hab ich ja jemanden dabei."

„Wie ist das denn zwischen euch beiden überhaupt ausgegangen?"

„Richtig. Wie ich höre, soll es da eine kleine Szene gegeben haben. Ist Bernhard wirklich davongelaufen?" Das war wieder Karli, der seine Enttäuschung, nicht eingeladen gewesen zu sein, in eine Spitze ummünzte. Heiner warf ihm einen bösen Blick zu.

„Da hängt der Haussegen ganz schön schief, glaub ich", setzte Herbert nach.

Edvard antwortete nicht, versuchte seinen Unmut damit zu überspielen, indem er nach der Wasserflasche griff. Dabei stieß er den Salzstreuer um. Ein paar Körnchen rollten auf die Tischdecke.

„Unglück! Unglück!" rief Karli. Edvard klaubte die Körnchen auf und warf sie sich über die linke Schulter.

Der Ober ging mit der Weinflasche herum und goß nach. Heiner nützte die Ablenkung, Edvard unter vorgehaltener Hand zu fragen: „Was war denn nun?"

„Er war nicht zu Hause", wisperte Edvard, sein Gesicht verdunkelte sich.

„Nicht zu Hause?" Heiner legte die Gabel ab, mit der er zuvor ein Stück zartestes Spanferkel aufgespießt hatte.

„Vielleicht hat er noch einen Spaziergang gemacht. Ich weiß auch nicht."

„Wie lange hast du denn gewartet?"

„Bis zwei Uhr."

„Drei Stunden Spaziergang? In der Kälte? Mit Kopfweh?" Heiner strich sich nachdenklich über das Kinn. „Was hat er gesagt, als du ihn am nächsten Morgen gefragt hast?"

„Ich habe ihn seither nicht gesprochen", sagte er verstimmt und reckte dann dem Ober sein Weinglas unmanierlich entgegen.

Gerhard bot ihm an, ihn nach Hause zu fahren, aber Edvard wollte noch ein paar Schritte gehen.

„Ich glaube, ich habe zuviel gegessen."

„He, Edvard. Nimm's nicht tragisch", sagte Gerhard aus dem heruntergelassenen Fenster seines neuen BMW heraus. „Du weißt ja, wir sind alle nur böse Schandmäuler. Das nächste Mal ist ein anderer dran." Dann drückte er aufs Gas.

„Schon gut."

Edvard schlug den Mantelkragen über die Ohren und lief die Prinzregentenstraße entlang Richtung Stadtmitte. Der Friedensengel reckte sich in den Nachthimmel. Vorsichtig stieg Edvard die glatten Stufen hinunter und überquerte den kleinen Platz. Ein paar Autos krochen im Schrittempo an ihm vorüber. Soviel Schnee hatte er in dieser Stadt noch nie erlebt.

Ihm war übel nach dem Essen, aber es lag nicht an der Ente. Die Witzeleien seiner Freunde hatten ihm den Magen verdorben. Wer weiß, vielleicht hatten sie recht. In letzter Zeit hatte sich Bernhard wirklich sehr merkwürdig verhalten, mit den Gedanken immer woanders. Jetzt, wo er drüber nachdachte, empfand er ihn sogar abweisend und kühl. Und warum war er davongelaufen, als Edvard ihm die Hose ausziehen wollte? Wie konnte Bernhard ihm vor all den anderen so etwas antun? Aber was ihn am meisten beunruhigte: Warum war Bernhard nicht zu Hause gewesen? Und warum hatte er seither nicht angerufen? Sonst telefonierten sie mehrmals täglich. Er mußte unbedingt mit Bernhard reden.

War es ein Fehler, ihn einfach so mit einem Ring zu überfallen? Sie hatten vorher nicht über die Zukunft ihrer Beziehung gesprochen. Edvard war es einfach nicht gewöhnt gewesen, und für Bernhard schien es kein Thema zu sein. Aber nach sieben Monaten mußte man sich doch irgendwie mal definieren. Oder nicht? Edvard hatte das Rumvögeln jedenfalls aufgegeben. Nicht aus Überzeugung, sondern weil er seit Bernhard einfach kein Bedürfnis mehr danach hatte. Die Beziehung zu ihm gab ihm etwas, wovon er vorher nicht einmal geträumt hatte. Er war sich so sicher gewesen, daß Bernhard dasselbe verspürte. Tat er das nicht? Es war jedenfalls an der Zeit, daß sich Bernhard entschied. Halbschwul war genauso wie halbschwanger – unmöglich!

Edvard war so in Gedanken versunken, daß er an einer seiner Lieblingsstraßen achtlos vorüberging: der Reitmorstraße. Mit der hatte er immer schon geliebäugelt. Auch nahm er nicht wahr, wie sich das Bayerische Nationalmuseum mit seinen Zinnen und Bögen neben ihm wie eine Ritterburg auftürmte. Finster, gespenstisch, unnahbar. Und so merkte er auch nicht, daß er ganz automatisch in den Englischen Garten einbog, so wie früher, an warmen Nächten, als er von Beziehungen noch nichts wissen wollte.

Ein seltsames Licht lag über dem Park. Der Mond schimmerte matt über seinem Kopf, und aus der geschlossenen Schneedecke ragten die Silhouetten von Bäumen auf. Er durchquerte das Dickicht und steuerte auf den Eisbach zu, der seinem Namen jetzt alle Ehre machte. Da sah er auf der Lehne einer Bank den Schatten eines Menschen, der sich nur schwach vom dunklen Hintergrund abhob.

„So spät noch Ausgang?"

Der andere schüttelte still den Kopf.

„Ziemlich kalt. Ich glaube, du wartest umsonst."

„Ach wirklich? Woher weißt du, worauf ich warte?"

„Entweder du bist Tourist oder nicht ganz dicht", lästerte Edvard.

„Machst du jeden an, der dir über den Weg läuft?"

Edvard erschrak. Anmachen? Danach war ihm gar nicht zumute, so setzte er sich wieder in Bewegung.

„He, das heißt doch nicht, daß du wieder gehen sollst. Zigarette?" Er hielt Edvard eine Packung hin, aber der lehnte ab.

Im nächsten Moment flammte ein Streichholz auf, erhellte zwei Hände, eine Nasenspitze und buschige Augenbrauen. Aber noch bevor Edvard sich das Gesicht einprägen konnte, sprang ihm das durchdringende Funkeln eines einmaligen Rings entgegen.

„Moment mal, den kenn ich doch!"

„Nee, wir kennen uns nicht", sagte der andere.

„Nicht dich, den Ring. Woher hast du den?"

„Von meiner Maus, woher sonst?" raunte er.

Edvard wankte, so plötzlich überwältigte ihn die Realität. Mit einem Mal war alles klar; die Puzzlestücke ergaben ein Bild, und er verstand, warum sich Bernhard in den letzten Tagen so eigenartig verhalten und sich so verschlossen hatte, warum er plötzlich von der Party gelaufen und dann nicht zu Hause war und jetzt nicht einmal angerufen hatte: Bernhard hatte einen Liebhaber. Deshalb hatte er auch auf den Ring so komisch reagiert. Denn daß es ihm mit dem Neuen ernst war, das konnte Edvard sehen: Bernhard hatte ihm sogar gleich seinen Ring geschenkt!

Edvard fuhr ein glühendes Schwert quer durch die Brust. Da war er endlich mal soweit, sich für einen Menschen zu öffnen, und dann wurde er gleich so hintergangen.

Dicker, weißer Rauch wurde in den schwarzen Himmel gepafft. Der Bach rauschte im Hintergrund, auf den Wellen spielte der Mond.

Edvard war den Tränen nahe, aber das war das letzte, was Edvard diesem Menschen von sich zeigen wollte.

„Was ist? Hat's dir die Sprache verschlagen?"

Edvard sprang auf den anderen zu, packte ihn beim Kragen und schubste ihn über die Lehne hinunter in den eisigen Schnee. Wenn er Bernhard schon gehen lassen mußte, wollte er wenigstens seinen Ring zurück. „Du Schwein! Dich mach ich fertig. Und deinem Mäuschen kannst du ausrichten, daß er sich nicht mehr bei mir blicken lassen soll. Ich will ihn nie wieder sehen, hast du kapiert?" Er riß ihm den Ring vom Finger. „Und der, hörst du, der gehört mir!"

Der andere war so überrascht, daß er sich nicht mal wehrte. Er dachte nur an eins: Der Ring hat mir nun schon das dritte Mal Ärger eingebracht. Ich will nie wieder einen Ring.

Edvard spürte, wie sich seine Augen mit Tränen füllen wollten, da haute er dem Hilflosen auf die Nase. Es knackte, und Edvard erschrak über sich selbst. Dann verschwand er in die Nacht.

13. Lydia erwachte kurz vor sechs. Theo saß auf der Bettkante und schnaufte. Sie hatte sich die ganze Nacht herumgewälzt und dabei versucht, leise zu sein, um ihn nicht zu stören; jetzt war er wohl trotzdem aufgewacht. Sie wollte aufstehen, aber sie fühlte sich wie Blei. Die Luft war viel zu warm; in ihrem Kopf hämmerte es.

Theo stemmte sich vom Bett hoch und schlappte ins Bad. Er spritzte sich Wasser ins Gesicht und starrte minutenlang in den Spiegel, ganz so, als wäre er über sich selbst erschrocken. Er war blaß, und Lydia sah, wie er die Hand auf seine Brust legte. Ob er Schmerzen hatte?

Theo kam ins Zimmer zurück, stellte sich ans Fenster. Vielleicht hatte er nur wieder mal Blähungen? Er schaute in die Ferne, weit über die Dächer der Nachbarhäuser hinweg, an einen Punkt weit hinter der Stadt. Für Lydia war der Horizont ein entfernter, unerreichbarer Ort. Theo war er näher als seine eigene Familie.

Sie hüstelte. Ihre Kehle war trocken von der warmen Luft, aber Theo reagierte nicht. Was hatte sie ihm nur angetan?

Damals nach dem Krieg, als er sie bei sich aufnahm, hatte Lydia geglaubt, sie könnte sich mit Liebe revanchieren. Aus Dankbarkeit hatte sie ihm eine Familie geschenkt. Aber mit jedem Kind war er ein Stückchen weiter abgedriftet. Vierzig Jahre lang hatte sie sich angestrengt, mit langen Fingern nach ihm zu fischen, der wie ein Korken auf einem Teich herumschaukelte, aber mit jeder ihrer Bewegungen, mit jedem Versuch, ihn zu greifen, hatte er sich nur weiter von ihr entfernt.

Sie beobachtete ihn, wie er da stand, in weißem Trägerunterhemd und hellblauer Pyjamahose. Seit sie ihn kannte, hatte er diesen Schrecken in den Augen. Damals hatte sie noch fest daran geglaubt, daß er in ihren Armen alles vergessen würde. Doch sie hatte sich geirrt. Je weiter sie versucht hatte, ihn davon wegzuholen, desto mehr schien ihn die Erinnerung zu verfolgen. Wenn er nur einmal darüber reden würde.

Sie erinnerte sich noch genau an den Tag, an dem sie erfuhr, daß sie ein Kind von ihm bekommen würde. Sie war so glücklich und überzeugt gewesen, daß diese Nachricht das erste Lächeln in sein Gesicht treiben würde. Aber er hatte nur die Schultern gezuckt, mehr nicht, und dann an ihr vorbeigeschaut. Vielleicht war es die Überraschung, hatte Lydia damals gedacht, vielleicht brauchte er nur etwas mehr Zeit.

Theo atmete schwer. Er stützte sich am Fensterrahmen ab und beugte sich vornüber. Das tat er immer, wenn ihm der Schmerz wie eine Kugel durch die Brust fuhr. Er hatte gelernt, die Luft ein paar Sekunden hinunterzupressen. Dann war es meistens besser. Aber er hatte auch gelernt, daß es wiederkommen würde. Was war da nur in seiner Brust eingeschlossen? Und wann würde es endlich einen Weg herausfinden, ihn wieder in Ruhe atmen lassen?

Sein Blick war immer noch in die Ferne gerichtet, weit weg im Nirgendwo, erstarrt wie der eines Mannes, der in den Krieg zog.

Er ging ins Bad und schloß die Tür hinter sich. Sie hörte das sanfte, gedämpfte Brummen seines Rasierapparats, das sandige Kratzen auf seinem Gesicht, und nickte wieder ein.

„Wach auf!"

Sie drehte sich um. „Theo?" Ihre Stimme gehorchte ihr nur schwerfällig.

„Ich fahr zum Flughafen. Wenn du mitwillst, beeile dich. Das Taxi kommt in zehn Minuten."

„Aber …" Lydia fingerte nach ihrer Uhr. Es war erst halb sieben. Sie hatten noch vier Stunden Zeit bis zu ihrem Abflug. Woher die Eile?

„Theo, aber wir haben doch noch Zeit." Er knöpfte sein Hemd zu und griff dann nach den Koffern. Lydia rappelte sich hoch und rutschte an den Bettrand. „Die Kinder wollten mit uns heute morgen Weihnachten feiern. Wir können sie doch nicht …", aber Theo schloß die Tür, ohne sich noch einmal umzudrehen.

Lydia schlüpfte aus ihrem Nachthemd. Sie bückte sich nach ihren Strümpfen und lehnte sich wieder zurück. So hatte sie ihn noch nie gesehen. Was war nur in ihn gefahren?

Sie zog die Strümpfe bis über die Knie. Dann hörte sie ein Auto vorfahren, schaute aus dem Fenster und sah ein Taxi. Er hatte es tatsächlich wahrgemacht.

Sie schlüpfte in ihr Kleid, nahm die Perücke vom Nachttisch und rückte sie vor dem Spiegel zurecht. Dann stolperte sie die Treppe hinunter; ihre Knochen waren noch steif. Sie wollte Theo dazu bewegen, wieder ins Haus zu kommen, deshalb ging sie hinaus und öffnete die Wagentür. Warme Luft schlug ihr entgegen.

„Theo!"

Theo starrte eisern nach vorn und sagte, ohne sich zu bewegen: „Steig ein!"

„Theo, du kannst doch nicht ..."

Er griff nach ihrer Hand und zog sie, ehe sie sich's versah, in den Fond.

„Fahren Sie!" befahl er, und das Taxi setzte sich in Bewegung.

Sie hatte nicht einmal die Tür hinter sich zugemacht. Sprachlos deutete sie auf das Haus. Da sah sie Gudrun fragenden Blickes auf dem Treppenabsatz stehen; Manuela drückte sich an ihr Bein. Und Lydia spürte heiße Tränen ihre Wange hinunterlaufen.

14. „Papa hat sich nur Sorgen gemacht, daß wir nicht rechtzeitig zum Flughafen kommen", sagte Lydia und hielt sich am Telefonhörer fest.

„Mama", Gudruns Stimme bohrte sich in Lydias Ohr. „Wir wollten heute morgen Weihnachten feiern. Hat er das vielleicht vergessen?" Sie war enttäuscht, und sie war wütend. „Die Kinder haben sich so darauf gefreut. Wir hätten euch schon rechtzeitig hingebracht."

„Du weißt doch, wie er ist", versuchte sie ihre Tochter zu beruhigen. Sie war es gewohnt, das Verhalten ihres Mannes entschuldigen zu müssen. „Er wollte euch keine Mühe machen."

Gudrun gab auf. Sie wußte, daß ihre Mutter Theo verteidigen würde, ganz gleich, welche Argumente sie sich einfallen ließ. Ein altes Spiel, die Regeln waren unveränderlich.

„Seid ihr wenigstens gut hingekommen?"

„Aber natürlich." Die Spannung löste sich. Da war ein Ausatmen im Hörer, und jeder dachte, es käme vom anderen. „Papa läßt euch übrigens grüßen."

Gudrun schluckte. „Wenigstens spielt das Wetter mit." Sie brachte es nicht über die Lippen, ihn grüßen zu lassen.

„Paß gut auf dich auf, Gudrun. Und vergiß nicht, die anderen von Papa zu grüßen."

„Ich wünsche dir einen schönen Urlaub, Mama."

Theo stand an einem der großen Fenster, die sich an der Schalterhalle entlangzogen, und starrte hinaus. Man konnte das mit Bremsspuren übersäte Rollfeld sehen, all die Lampen und die Schlange von Flugzeugen, die auf Starterlaubnis warteten. Malediven, Kapstadt, Hamburg, Genf, Berlin, Hamburg, Dresden, New York. Eine Maschine nach der anderen zischte los und verschwand.

Theo stand bewegungslos da, das Gesicht den startenden Flugzeugen zugewandt. Wie ein Löwe im Käfig kam er Lydia vor, der den richtigen Moment abpaßte, um für immer zu entkommen.

Verängstigt ging sie näher an ihn heran. Sie stand keine Armlänge von ihm entfernt, und trotzdem hatte sie das Gefühl, wenn sie ihre Hand nach ihm ausstreckte, würde sie ins Nichts fassen. Es war, als hätte er sich schon längst über die Wolken verflüchtigt.

Sie setzte sich auf die Bank und wartete.

Um halb zwölf nahm Theo die kleine Stofftasche aus Lydias Schoß und strich ihr über die Schulter. Sie war eingenickt.

„Es geht los."

Sie schreckte hoch, zupfte an ihrer Perücke und schaute in sein Gesicht. Es war plötzlich so entspannt, ja, er hatte fast ein Lächeln auf den Lippen.

„Wir müssen einsteigen."

Er schien erleichtert –, und er trug ihre Tasche. Wann hatte er das zuletzt getan? Lydia konnte sich nicht daran erinnern. Sie rutschte auf dem Sitz nach vorn, bis ihre Füße den Boden berührten, dann stützte sie sich mit Anstrengung hoch. Theo griff ihr unter die Arme. Sie schaute ihn wieder an. Seine Augen waren weich. Irgend etwas war mit ihm geschehen, und Lydia hatte es verschlafen.

Sie hakte sich bei ihm ein; zusammen gingen sie den blechernen Laufsteg zum Flugzeug hinunter. Aus Ventilatoren strömte heiße Luft, trotzdem war es so kühl, daß sich Lydia fest in ihren Mantel einwickeln mußte.

Theo studierte die Mechanik der Flugzeugtür. Dicke Bolzen standen aus dem Rumpf heraus und kleine, spitze Haken. Sie sah stabil aus wie die Tür zu einem Banktresor; schließlich durfte sie in elftausend Metern Höhe nicht aus den Angeln gerissen werden. Aber sobald man sie schloß, hatte das Flugzeug etwas von einem Sarg. Wer einmal drin war, kam nicht mehr heraus.

Kim hatte in ihrer kurzen Karriere schon tausende Fluggäste begrüßt. Geradestehen, professionell lächeln, Vertrauen ausstrahlen, so daß die Passagiere gar nicht erst auf die Idee kamen, über die

Gefahren des Fliegens nachzudenken, ja nicht einmal über die Unbequemlichkeiten, die der stundenlange Aufenthalt in so einer engen Kabine zweifelsohne mit sich brachte.

Lydia fühlte sich aufgehoben, sobald sie Kims zierliche Gestalt erblickte. Die schlanken Finger, die an den Knöpfen der dunkelblauen Uniform spielten, und das Zappeln ihres linken Fußes, als versuchte sie, aus den Stiefeletten herauszuschlüpfen.

Da war eine Weichheit in Kims Erscheinung, Unsicherheit gepaart mit einer gehörigen Dosis Mut, dem Leben trotzdem zu begegnen. Und das gab Lydia Hoffnung.

Schon als in München die ersten Passagiere einstiegen, war Kim aufgefallen, daß Menschen, die in den Urlaub flogen, ganz anders drauf waren. Keine Anzüge, keine Krawatten, keine Aktenkoffer, sondern Hawaii-Shirts, Baseballkappen und Turnschuhe. Einer kam sogar in kurzen Hosen. Kim hatte ihn so überrascht angeguckt, daß er mit den Schultern zuckte und erklärte: „Warum soll ich mich mit langen Hosen rumärgern? Drüben werde ich sie nicht brauchen – hoffe ich wenigstens." Sein sommersprossiges Gesicht errötete dabei ein wenig.

Kims große, runde Augen schwenkten zwischen den einsteigenden Passagieren und dem langen Gang hin und her. Diskutierende Fluggäste blockierten den Einstieg, volle Gepäckfächer veranlaßten Streitgespräche und ein besonders nervöser Reisender setzte sich auf den falschen Platz und stiftete damit Verwirrung.

Sobald die Tür geschlossen war, rollte das Flugzeug rückwärts auf die Startbahn. Kim ging noch einmal durch die Reihen, schloß die Ablagen und kontrollierte, ob jeder angeschnallt war.

Sie war aufgeregt, denn sie flog zum ersten Mal über den Atlantik. Und dann spukte auch noch Fred in ihren Gedanken herum. Je mehr Zeit verging, desto weniger konnte sie glauben, was geschehen war. So bemerkte sie auch nicht, daß sie in die Schwimmweste schlüpfte, während die Fluggäste die Demonstration der Sicherheitsgurte erwarteten, und dann die Bedienung der Sauerstoffmasken vorführte, als der Steward über die Notausgänge sprach.

Womöglich wollte Fred ihr den Ring schenken? Aber warum hatte er ihn dann selbst getragen? Warum hatte er nicht widersprochen, als sie ihn hinauswarf? Es wäre doch ein leichtes gewesen, dieses

Mißverständnis aufzuklären. Wenn sie ihn nur nicht vor die Tür gesetzt hätte, dann müßte sie sich jetzt nicht all die Fragen stellen.

Inzwischen hatten sie sich bis zum Rollfeld vorgearbeitet. Kim setzte sich neben ihre Kollegin Margret auf einen Klappsitz und schnallte sich an, derweil schaute Lydia Moll auf die Startbahn hinaus. Kleine Lämpchen blinkten; große Schilder mit Zahlen standen in den weißen Schneeflächen herum. Ihr erster Start, das erste Mal in der Luft, das erste Mal weder Wasser noch Erde unter den Füßen. Es war ein bißchen wie nach der Krebsdiagnose. Sie öffnete den obersten Knopf ihrer Bluse, fischte das Kreuz heraus und umschloß es fest.

Die Turbinen heulten auf, und der Schub preßte die Reisegäste tief in ihre Sessel. Nach ein paar holprigen Schlingern erhoben sie sich in die Luft. Draußen war es grau, doch wenige Minuten später durchbrachen sie die Wolkendecke, und Lydia blickte auf eine wunderschöne Landschaft aus weißen Kugeln. Das Kreuz glitt aus ihrer Hand.

Kim klappte eine Leinwand herunter, auf der man Flughöhe, Geschwindigkeit und Reiseroute verfolgen konnte. *Ground speed: 553 mph/890 km. Altitude 31000 feet/9400 m. Time to destination 10:40.* Ein kleines gelbes Flugzeug ruckelte auf der Landkarte vorwärts: Amsterdam, Birmingham, Newcastle Upon Tyne und dann hinaus aufs offene Meer.

Das Anschnallzeichen erlosch. Kopfhörer wurden verteilt, Fluggäste spielten mit den Knöpfen an ihren Armlehnen. Ein paar Kinder fingen an, durch die Gänge zu toben.

Es war warm in der Maschine. Theo öffnete seinen Hemdkragen, schraubte an der Düse über seinem Kopf und ließ kalte Luft über sein schwitzendes Gesicht strömen.

„Alles in Ordnung?" Lydia schaute zu ihm hinüber.

Statt ihr zu antworten, drückte Theo ihre Hand und versuchte zu lächeln; es sah verkrampft aus. Lydia lehnte sich ängstlich in ihren Sitz zurück.

Kim schob den Getränkewagen aus der Küche und begann Safttüten aufzureissen. Endlos wiedergekäute Gedanken füllten ihren Kopf: Sie hätte sich von vornherein nicht mit Fred einlassen sollen! Wie hatte sie auch nur glauben können, daß es gut gehen könnte? Warum hatte sie aber auch immer das Pech, an die Falschen zu geraten?

Ein paar Becher fielen auf den Boden; Kim haßte Luftlöcher. Ob sie Fred jemals wiederbegegnen würde? Und wie würde sie sich dann fühlen? Würde sie ihm die Augen auskratzen oder um Vergebung flehen? Oder würde sie es schaffen, sich kühl und distanziert zu geben?

„Kim." Margret stupste sie am Ellenbogen. „Kannst du mal schauen. In der vierzig läutet jemand."

Kim zwängte sich an ihrem Wägelchen vorbei und ging nach vorn.

„Fräulein, könnten Sie meinem Mann ein Glas Wasser bringen, bitte?" bat Lydia.

„Wir sind gleich mit dem Wagen da. Können Sie sich vielleicht noch einen Moment gedulden?" Kim setzte ihr breitestes Lächeln auf.

„Es ist nur ... Es geht ihm nicht gut."

Kim wendete sich Theo zu. Er war bleich. Große runde Schweißperlen standen ihm auf der Stirn, seine Augen waren geschlossen, sein Atem flach.

„Sie fliegen wohl zum ersten Mal?"

„Ja."

„Ich bringe Ihnen was."

Kim ging zurück in die Küche. Ein elegant gekleideter Herr, so um die Fünfzig, zwinkerte ihr auffällig zu. Er war ihr schon beim Einsteigen aufgefallen.

„Da ist jemandem schlecht", sagte sie zu Margret, die gerade heiße Alu-Tabletts jonglierte. „Ich liebe diese Männer, die beim ersten Luftloch in die Hose machen."

Kim brachte einen Becher und eine Tablette nach vorne.

„Damit wird es ihm besser gehen."

Lydia stupste Theo an: „Trink das!" Er nahm die Tablette und spülte sie hinunter. Dann schaute er seiner Frau in die Augen. Sie waren wäßrig und weit wie der Ozean unter ihr.

„Hab keine Angst", sagte er und griff nach ihrer Hand. „Es wird alles gut!"

Er machte sich tatsächlich Gedanken um sie. Das machte ihr erst richtig angst. Er war plötzlich so anders.

Lydia nahm die kleine Tüte aus der Tasche ihres Vordersitzes heraus und setzte sich wieder zurück.

Als Kim das Essen austeilte, blinzelte ihr der elegante Herr wieder zu. Sie lächelte zurück und schaute zu Boden. Wollte er sie anmachen?

Lydia wollte nichts essen.

„Und Ihr Mann?"

Er hob nur schlaff die Hand und wehrte ab.

„Aber hätten Sie vielleicht ein feuchtes Tuch. Er schwitzt so."

Kim holte ein paar angefeuchtete Papierservietten, dann schob sie den Wagen weiter und verteilte das Essen. Vorne angekommen, zog sie das Wägelchen den Gang entlang zurück. Sie sah Angst in Lydias Augen und lächelte ihr ermutigend zu.

Aber Theos Atem wurde immer flacher, und Lydia noch unruhiger. Sie öffnete den Sicherheitsgurt und ging nach hinten in die Küche.

„Ich wollte Ihnen sagen, daß mein Mann starke Herzprobleme hat." Kim schaute sie fragend an. „Ich mache mir Sorgen."

„Das wird schon gutgehen. Machen Sie sich keine Gedanken. Wenn Sie vorher noch nie geflogen sind, ist das kein Wunder."

„Sie wissen ja nicht ... Er hat noch nie so schlecht ausgesehen."

„Wenn Sie möchten, werde ich gerne noch einmal nach ihm sehen."

„Bitte."

Kim folgte ihr den Gang hinauf und lehnte sich zu Theo hinüber. Sie erschrak. Er war grünlich bleich. „Hören Sie mich?"

Theo öffnete die Augen.

„Alles in Ordnung?"

Er nickte langsam und ließ seinen Kopf wieder zurückfallen.

„Ihre Frau macht sich Sorgen wegen Ihrem Herzen. Wir könnten einen Arzt ausrufen, wenn Sie das möchten."

„Das ist nicht nötig." Theo versuchte zu lächeln.

Kim sprach mit dem Steward: „Ich glaube, wir haben da ein kleines Problem. Der Mann in der vierzig ist leichenblaß. Seine Frau sagt, daß er massive Herzprobleme hat."

„Ich kümmere mich darum." Richi tätschelte ihre Hand, warf ihr einen extrem väterlichen Blick zu und rauschte ab. Braungebrannt mit fast weißem Haar, weißen Augenbrauen und weißem Schnauzer machte er auf Dreißig, dabei war er mindestens fünfundvierzig. Mit Sicherheit schwul! dachte sie. Dann räumte sie ihren Wagen aus und sammelte die Tabletts wieder ein.

Auf halbem Weg kam ihr Richi entgegen, seine föngefestigte Frisur wippte mit jedem Schritt.

„Alles in Ordung. Du kannst dich entspannen." Er drückte sich an ihr vorbei; ein selbstgefälliges Netter-Steward-Grinsen zog sich über sein Gesicht.

Kim war bei dem eleganten Herrn angekommen. „Waren Sie zufrieden?"

„Es hat wunderbar geschmeckt", sagte er. Die Frau neben ihm faßte sich mit juwelenberingter Hand auffällig an die Stirn und blitzte Kim giftig an. Der muß eine Menge Kies haben, dachte Kim, wahrscheinlich Arzt. Und seine Frau ist definitiv mega-eifersüchtig.

„Haben Sie noch einen Wunsch?" Kim nahm ihm das Tablett aus der Hand und schob es in ihr Wägelchen.

„Nichts, was gleich zu erledigen wäre", hörte sie ihn sagen und riß sich den Nagel ein.

Margret und Richi unterhielten sich über irgendwelche Stewards, die Kim nicht kannte. So feilte sie an ihrem Nagel und dachte nach.

Absoluter Beziehungsstopp. Sie brauchte eine Pause. Und dann würde sie sich einen Mann suchen, der nicht verheiratet war und keine Probleme hatte. Sie würde mit ihm über alles sprechen, keine unklaren Verhältnisse dulden und keine Geheimnisse. Endlich einmal wollte sie es richtig machen.

Sie legte die Nagelfeile ab und starrte durch die kleine Luke hinaus ins Nichts.

Wenn nur Raimondo nicht so furchtbar bevormundend wäre. Sie wußte schon, was sie tat. Immer hielt er ihr die alten Liebhaber vor, dabei war das jedesmal ganz anders.

Markus war die volle Pflaume gewesen. Immerzu hatte er die große Liebe versprochen, aber dann Weihnachten, als seine Mutter an Kim herumkritisierte, den Mund nicht aufgekriegt. Mit so jemandem konnte man doch wohl kaum zusammenleben. Und Stefan? Der war doch arbeitssüchtig. Man kann ja mal entschuldigen, wenn jemand zu spät kommt, aber daß er seine Termine immer wichtiger nahm als sie, das war ja wohl nicht zu akzeptieren. Und Richard hatte es nach zwei Wochen noch nicht über die Lippen gebracht, ihr zu sagen, daß er sie liebte. Was sollte man denn mit so was anfangen?

Seit dem Essen waren zwei Stunden vergangen. England lag inzwischen weit hinter ihnen. Sie waren südlich an Island vorbeigeflogen und näherten sich gerade Grönland, zogen über eisige Städte mit faszinierenden Namen wie Godhavn, Godthåb oder Angmagssalik hinweg.

Lydia betete. Wenn die Jungfrau Maria sich nicht um Lydia kümmern wollte, so möge sie doch jetzt wenigstens Theo beistehen. Er sollte aufhören zu schwitzen; er sollte wieder regelmäßig atmen und nicht so nach Luft ringen, und etwas mehr Farbe in seinem Gesicht würde sie beruhigen.

„Heilige Maria, Mutter Gottes …" Ihre Gedanken verschwammen. Die Aufregung schwächte Lydia und drückte ihr schließlich die Augen zu. Sie schlief ein.

Theo hob den Kopf, weil ihm eine Stewardeß Aspirin anbot. Ihm war kalt, er fror geradezu, trotzdem rann ihm der Schweiß vom Gesicht, aber er schob die Tablette wortlos zur Seite. Es war hell draußen; grelles Licht reflektierte von den Wolken und blendete ihn. Theo beugte sich nach vorn und schaute hinaus. Der Schnee, der Winter, die Kälte, alles war verschwunden. Was blieb, war Wärme und das sichere Gefühl, dem Schnee nie wieder begegnen zu müssen.

Die Tragfläche funkelte. *Do not step beyond this line* stand da in schwarzen Lettern geschrieben, und am Ende des Flügels war ein Licht, so angenehm und weich, daß Theo seine Hand danach ausstreckte. Und als er das kühle Fenster berührte, durchzuckte ein Blitz seinen linken Arm bis hinunter in die Spitze seines kleinen Fingers. Und dieser Blitz war schnell, als dürfte er keine Zeit verlieren, und Theo krampfte. Seine Brust wurde eng wie ein Schlauch, sein Atem galoppierte ihm davon.

„Ich hatte doch nur Angst!" hörte ihn Lydia schreien und wurde zum zweiten Mal an diesem Tag aus dem Schlaf gerissen.

„Theo! Um Gottes willen, was ist mit dir?" Ihr Mann krümmte sich in ihrem Schoß. Sie griff nach seiner Hand und streckte sich nach dem Klingelknopf. Theo wimmerte unverständliches Zeug.

Kim sah den nach Luft schnappenden Passagier und hielt die Klingel gedrückt, bis Richi sie zur Seite drängte. Er zog Theo auf den Boden. Margret rief einen Arzt aus. Sekunden später beugte sich ein Ehepaar über den verkrampften Theo, der elegante Herr und seine Frau. Kim streckte ihnen die Notfallausrüstung entgegen: den Ambu-Beutel zur künstlichen Beatmung und einen kleinen Koffer mit Medikamenten.

Er öffnete Theos Hemd, sie hörte die Brust ab. Sie flüsterten sich zu, schoben ihm kleine orange Pillen unter die trockene Zunge und stachen eine Spritze in seinen Arm.

„Hätte ich es nicht getan, hätten sie mich auch umgebracht ...", stammelte Theo weiter. Seine Stimme wurde immer unverständlicher.

Lydia hing wie gelähmt in ihrem Sessel. Die Stewardeß hatte ihr vorgeführt, wie man im Notfall eine Schwimmweste umband, wie man eine Sauerstoffmaske aufsetzte und leuchtenden Streifen zum Ausgang folgte, aber niemand hatte ihr erklärt, wie sie sich verhalten sollte, wenn sie in zehntausend Metern Höhe ihren Ehemann verlor.

„Sie haben das unter Kontrolle, nicht wahr?" hörte sie den Steward die Ärzte fragen. Sie schauten zu ihm hoch, und Kim konnte in ihren Augen lesen, daß Richi nicht recht haben würde. Dann schickten sie Kim zum Piloten.

Die Ärztin versetzte Theos Brust einen dumpfen Schlag, sein Herz schlug wieder, seine Hände zuckten und dicke, ölige Tränen liefen ihr die Wangen hinunter.

„Ich hatte solche Angst", sagte er kaum hörbar. Seine Lippen bewegten sich nur noch unmerklich.

Als Kim wieder aus dem Cockpit stieg, schaute sie eine Passagierin mit fragenden Augen an. Kim ging an ihr vorbei, eine andere hielt sie am Arm fest. „Was ist passiert? War das Essen schlecht?"

Kim zitterte. „Aber nein, machen Sie sich keine Sorgen", erklärte sie und lief weiter.

„Der Pilot sagt, es ist weit und breit kein Krankenhaus in der Nähe. Wir sind mitten über dem Wasser."

„Wir können hier oben nichts für ihn tun. Wenn er nicht schnell in eine Klinik kommt, wird er sterben."

Lydia hörte die Worte der Ärzte. Sie fühlte Tränen ihre Wangen herunterrollen. Es waren keine Tränen der Trauer um seinen Tod, keine Tränen der Furcht vor dem bevorstehenden Alleinsein. Es waren die Tränen der Schuld. Sie hätte Theo gerne in die Arme genommen, aber sie konnte noch nicht mal nach ihm greifen.

Die Ärzte preßten wieder auf seine Brust, die sich von allein einfach nicht mehr heben wollte. Sie setzten den Plastikbeutel über seine trockenen Lippen und pumpten Luft in den schon toten Körper.

Ich hätte ihn nicht mitnehmen sollen! dachte Lydia. Mit Händen und Füßen hatte er sich gegen das Familientreffen gewehrt. Schon seit Wochen hatte er immer wieder Bemerkungen gemacht, und jedesmal, wenn sie ihn darauf angesprochen hatte, war er einfach aus dem Zimmer gegangen oder hatte den Fernseher eingeschaltet.

Er wollte zweite Flitterwochen, und sie sah ihre Chance darin. Sie hatte ihn einfach erpreßt. Entweder er führe mit zu den Kindern, oder sie würde nicht nach Miami fliegen. Ein Geschäft hatte sie daraus gemacht, das er nun mit dem Leben bezahlte. Hätte sie nur nicht gebettelt. Dabei wollte sie doch nur noch einmal alle beieinander haben.

„Er atmet nicht mehr", sagte die Ärztin. Ihr Mann zuckte mit den Schultern. Die künstliche Bräune wich aus Richis Gesicht. Leichenblaß kniete er sich auf den Boden.

„Machen Sie um Himmels willen weiter!" flüsterte er, wischte sich übers Gesicht und lief dann nach vorn ins Cockpit.

Der Arzt glotzte Kim an, seine Frau versetzte Theos Brust einen weiteren Schlag. Er zuckte wieder, und seine Lungen füllten sich noch einmal mit Luft.

Lydia schöpfte Hoffnung. Ihr Mann atmete wieder, er öffnete seine Augen, und sein Gesicht entspannte sich zu einem fast freudig liebevollen Lächeln. Was hatte sie ihm bloß angetan? fragte sie sich wieder und streckte ihm ihre Hand entgegen, aber er sah sie nicht mehr.

„Verzeih mir", hauchte er, und noch einmal durchzuckte es ihn wie von einer Kugel getroffen. Dann war es einen Moment lang ganz, ganz still in der Kabine.

Der Steward kam zurück, kniete sich neben die Ärzte und flüsterte: „Der Pilot sagt, Sie sollen weiter reanimieren."

Kim wurde es heiß, dann eiskalt. In ihrem Magen rumorte ein schauerliches Gefühl.

„Sind Sie von allen guten Geistern verlassen?" raunte die Ärztin. „Wie stellen Sie sich das vor? Wir sind noch vier Stunden von Miami entfernt. Wir setzen ihn auf irgend einen freien Platz."

„Das geht leider nicht. Wir sind restlos ausgebucht."

„Aber die Leichenstarre wird eintreten. Wir müssen seine Augen schließen und seinen Mund zubinden."

„Ich sage es ungern, aber der Pilot bittet Sie nicht darum. Das ist ein Befehl. Er befürchtet, daß Panik ausbricht, wenn die anderen erfahren, daß jemand gestorben ist."

Das Ehepaar schaute sich mit großen Augen an. Die Frau knöpfte dem Toten das Hemd zu und legte ihre Hand auf die erstarrte Brust.

Kim spürte Übelkeit in sich aufsteigen. Sie sprang über den Toten hinweg in die Küche. Ihr Rock flatterte auf, und die Augen des Arztes weiteten sich. Mit lüsternem Blick verfolgte er Kims Flucht, dann stand auf und ging ihr zielstrebig hinterher.

Als er in die Küche kam, hing Kim über dem Müllsack und würgte. „Alles okay?" fragte er mitfühlend und legte ihr die Hand fürsorglich auf den Rücken.

Sie schüttelte nur den Kopf und würgte noch einmal.

„Ist das Ihr erster ... Toter?"

Sie nickte.

Er goß Apfelsaft in einen Becher und reichte ihn ihr. Und während sie ihn die Kehle hinunterschüttete, strich ihr der Arzt das verschwitzte Haar aus dem Gesicht. Kims Knie wurden noch weicher; ihr schwindelte. Und weil sie befürchtete, jeden Moment umzukippen, griff sie nach seiner Schulter.

Kurz darauf durchfuhr die hinteren Fluggäste der erstickte Schrei einer jungen Frau. Aber noch bevor sie nach der Quelle forschen konnten, war der Steward zur Stelle und wies sie auf die Plätze zurück. Als er hinter den Vorhang schlüpfte, sah er Kim zitternd und blaß auf dem Getränkewagen sitzen, die Augen erschrocken auf ihre nackten, gespreizten Beine gerichtet. Der Arzt lehnte erschöpft hechelnd, aber mit zufriedenem Lächeln an der Wand. Als er Richi gewahr wurde, kehrte er sich ab und knöpfte seine Hose zu. Dann verrieb er mit dem Schuh einen Fleck auf dem Teppich und ging, ohne ein Wort zu verlieren, nach vorn. Seine Frau sah die feuchte Stelle, die sich auf seiner Hose langsam ausbreitete. Vor Wut schlug sie auf die Brust des Toten ein.

Verzeih mir, hatte Theo gesagt. Lydia war völlig verwirrt. Sie wollte ihn bitten, daß er ihr verzeihen möge, da bittet er um Verzeihung?

15. Bernhard öffnete die Jalousien. Ein bläulich grauer Schimmer lag über der Siedlung. Er suchte nach einer Uhr. Zehn Uhr zweiundzwanzig! Gestern abend hatten sie ausgemacht, früh aufzustehen, um mit den Eltern noch Weihnachten zu feiern, bevor sie zum Flughafen fuhren. Ein leuchtender Baum, einmal *Stille Nacht*, Geschenke für die Kinder und dann Abschied.

Bernhard horchte an der Tür. Stille. Schnell schlüpfte er in seine Kleider und ging die Treppe hinunter ins Wohnzimmer. Mit jedem Schritt wurde die Stimmung unbehaglicher.

Karl legte gerade ein paar Scheite in den Kamin. Seine Geschwister saßen stumm um den Weihnachtsbaum herum, dessen Kerzenlampen flackerten. Seine Nichten, von aufgerissenem Geschenkpapier umringt, machten lange Gesichter.

„Warum habt ihr mich verschlafen lassen? Ich dachte, wir wollten mit den Eltern Weihnachten feiern?"

Sieglinde stand auf, nahm Bernhard mit in die Küche und schloß die Tür hinter ihnen.

„Mama und Papa sind heute früh abgereist. Wir feiern nicht mit ihnen", sagte sie fast beiläufig, während sie Butter und Marmelade aus dem Kühlschrank nahm.

„Abgereist?" fragte Bernhard. Da war Wut in seiner Stimme. Es war ihm sofort klar, warum sie das getan hatten. Sie verachteten ihren Sohn. Sie kamen nicht damit klar, daß er Männer liebte.

Gudrun kam in die Küche und sah seinen betroffenen Blick. „Sie haben gedacht, es wäre einfacher für uns, wenn sie ein Taxi nähmen. Sie wollten uns keine Mühe machen."

Sie tat so selbstverständlich, aber Bernhard sah an ihrer Geschäftigkeit, daß sie log. Gudrun schaute ihm nicht einmal in die Augen. Aber er sagte nichts, denn diese Verlogenheit raubte ihm alle Kraft.

Er konnte nicht einmal nach oben laufen und seine Sachen packen, obwohl er jetzt nichts sehnlicher wünschte, als sich in Edvards Arme zu flüchten.

Sieglinde trug das mit Marmelade, Hefezopf, Butter und Kaffee beladene Tablett ins Eßzimmer hinüber, Gudrun schloß die Tür hinter ihr.

„Bernhard. Wenn du so leben willst, dann mußt du lernen, mit solchen Situationen umzugehen. Das letzte, was du jetzt tun darfst, ist abhauen."

Sie versuchte seine Augen zu erfassen, aber er starrte an ihr vorbei hinaus auf die Straße, die ihn nach Hause führte. „Wenn unsere Eltern das nicht aushalten, dann müssen sie gehen. Jetzt haben sie es getan, also gibt es keinen Grund mehr, daß du auch noch gehst."

Er wendete sich ihr zu. Die Molls waren eine Familie der Trennungen, dachte er, daran hatten sie sich inzwischen gewöhnt – so wie man sich an Zahnschmerzen gewöhnen muß, wenn sie an einem Freitagnachmittag auftauchen, denn man weiß, daß man sie bis zum Montag aushalten muß.

Gudrun hatte recht. Wie lange wollte er noch davonlaufen?

In den nächsten Stunden verkehrte sich die Anspannung der letzten Tage in ihr Gegenteil: Ludwig verfolgte die überspielten Emotionen zweitklassiger Seifenopern-Schauspieler im Fernseher, Gudrun las, Karl hörte klassische Musik mit Kopfhörern und Barbara lag regungslos in Mausis Schoß, der schweigend vor sich hinstarrte.

Ludwig reiste nach dem Mittagessen ab. Händeschütteln, Schulterklopfen, ein Kuß auf die Wange, lächelnde Gesichter. Bernhard wollte sich beweisen, daß er ihnen standhalten konnte. Er hatte erwartet, daß sie endlich all die Fragen stellen würden, die im Raum standen und die Heteros üblicherweise im Kopf herumspukten: Warum bist du schwul geworden? Was ist anders, wenn man einen Menschen des eigenen Geschlechts liebt? Sind Schwule wirklich so, wie man sagt?

Er hätte ihnen erzählt, daß Edvard im Oktober Kamillentee für ihn gekocht hatte, als es Bernhard nach einem üppigen Essen flau war, und daß Edvard oft stundenlang nur in seinen Armen lag und ihn anstarrte. Aber nichts davon wollten sie hören. Offensichtlich hingen sie viel lieber ihren verschrobenen Vorstellungen von Schwulsein nach, sagte sich Bernhard. Anstatt darüber zu sprechen, trugen sie Weihnachtsplätzchen auf und kochten tiefroten Tee, der nach Zimt schmeckte, nach Orangen und Weihnachtsbaum, offenem Kamin und seliger Ruhe.

Bernhards Unwohlsein hatte sich zusammengekauert wie ein Fuchs in seiner Höhle. Er spürte es, so wie man Kopfschmerzen spürt, nachdem man Aspirin genommen hat; der Schmerz ging, der Druck blieb.

Florian kletterte zu ihm aufs Sofa und kuschelte sich ein. Er saugte an seinem Schnuller und machte dabei leise, schnalzende Geräusche. Seine Nase war verkrustet, also war jeder Atemzug von einem kaum hörbaren Pfeifen begleitet. Bernhards Knochen wurden immer schwerer. Wenn nur diese Panik nicht schon wieder auftauchte. Bernhard suchte Zuflucht im Schlaf und glitt stattdessen in einen Traum, der sein Leben für immer verändern sollte.

Kurz vor dem Abendessen schreckte Bernhard hoch. Sein Mund war trocken, sein Herz raste, seine Brust war eng und schmerzte, er konnte kaum atmen. Bilder tanzten vor seinen Augen, und er zitterte am ganzen Leib. Im Mund hatte er einen metallischen Geschmack von Angst.

„Bernhard, ist dir nicht gut?"

Er sah den Schrecken im Gesicht seiner Schwester und wurde dadurch gewahr, daß er nicht mehr träumte. Er wollte ihr noch antworten, dann wurde er bewußtlos.

Das Deckenlicht blendete ihn, als er wieder zu sich kam. Alle standen um ihn herum; sein Hemd war aufgeknöpft, und seine Stirn fühlte sich wegen des kalten Umschlags eisig an.

„Bernhard, hörst du mich? Bernhard!" Karl schüttelte ihn.

Er blinzelte vom einen zum anderen; sein Atem war flach. Sein linker Arm schmerzte vom Brustkorb bis hinunter in den kleinen Finger. Es zuckte wie ein Blitz immer wieder, und doch tat es kaum weh.

Wie durch einen Nebel hörte er die Türglocke läuten. Da waren aufgeregte Stimmen im Gang, und dann sah er ein fremdes Gesicht, eine schwarze Tasche und ein Stethoskop. Bald spürte er kaltes Metall auf seiner Brust.

„Hatte Ihr Bruder früher schon mal mit dem Herzen zu tun? Anfälle über die letzten Tage, sagen Sie. Aha! Sie meinen, es liegt in der Familie. Nein, hört sich nicht nach einem Infarkt an. Ist etwas passiert, was ihn erregt haben könnte? Ich bezweifle, daß es ein Infarkt ist. Aber genau wissen wir es nur, wenn er ins Krankenhaus geht."

Zum ersten Mal wendete sich der Arzt an Bernhard. „Geht's wieder?"

Bernhard fuhr noch ein Stich durch den Arm. Er nickte.

„Sie sollten das in der Klinik abklären lassen. Soll ich Sie einweisen?"

Bernhard schüttelte den Kopf.

„Es wäre nur für eine Blutabnahme und ein EKG. Es würde nicht lange dauern."

„Ist schon in Ordnung. Ich hab nur ..." Er schüttelte wieder den Kopf, seine Augen füllten sich mit Tränen. „Ich brauche nur etwas Luft." Bernhard stemmte sich hoch und stellte sich auf seine wackeligen Beine. „Es geht schon, wirklich!"

Unsicher ging er aufs Gästeklo, alle Augen folgten ihm. Im Spiegel sah er, wie bleich er war. Entsetzen stand in seinen Augen. Er setzte sich auf die Toilette und wartete, bis die Haustür zuschlug und die Stimmen draußen verstummten, dann ging er nach oben ins Arbeitszimmer und kauerte sich auf seinen Schlafsack.

Gudrun klopfte an die Tür. „Ist wieder alles in Ordnung?" Bernhard zuckte mit den Schultern. „Was war bloß mit dir los? Ich mache mir große Sorgen."

„Ich habe nur geträumt!" sagte er und klang abwesend.

Gudrun setzte sich neben ihn. „Geträumt?"

„Ich hatte den schlimmsten Alptraum meines Lebens." Seine Stimme brach.

Gudrun legte ihm die Hand auf die Schulter und spürte, wie er bebte. „Was denn für einen Alptraum?"

„Da war ein Schmerz in meiner Brust, so hart und spitz wie eine explodierende Granate", begann er, seine Augen waren verklärt, sein Blick entrückt, als wäre er in seinen Gedanken weit weg.

„Aber es war doch nur ein Traum", versuchte sie ihn zu beruhigen, als sie sah, daß Tränen in seine Augen stiegen.

„Zuerst hab ich gedacht, das, was ich höre, ist mein Puls, ein rasender, gehetzter, panischer Puls. Aber das war es nicht." Bernhard legte seinen Kopf zurück. „Es war das Rattern von Maschinengewehren."

„Was?"

„Es muß tagelang geregnet haben", erklärte er. „Der Boden war aufgeweicht, überall Pfützen. Ich stand mit einer Kompanie Soldaten in Reih und Glied. Da waren Baracken im Hintergrund und Flieger über unseren Köpfen. Dann kamen Männer in schwarzen Uniformen. Sie waren so ... sauber, wie Fotomodelle. Silberne Abzeichen blitzten von ihren Krägen ...", er konzentrierte sich. „Totenköpfe ..., ja, es waren Totenköpfe."

„Mein Gott." Gudrun zog vor Schreck die Hand zurück.

„Da war ein Mann. Er war nackt und an Händen und Füßen gefesselt wie ein Stück Vieh. Sie zogen ihn durch den Dreck und traten ihn mit Stiefeln. Sie wollten irgend etwas von ihm wissen, aber ich konnte ihre Stimmen nicht verstehen."

Bernhard runzelte die Stirn, Tränen tropften von seinem Kinn.

„Er war hübsch. Blond mit dünnen Schläfen, als könnte man durch sie hindurchsehen, direkt in seine Gedanken. Seine Augen waren teichblau und bestimmt. Er zuckte nicht einmal, während sie ihn fast zu Tode prügelten." Bernhards Stimme wurde leiser, als würde er ein Geheimnis erzählen. „Seine Lippen waren versiegelt – mit verbotenen Küssen. Seine Augen starrten in die Ferne hinter den Horizont, dorthin, wo alle Erinnerungen aufgehoben werden."

Gudrun strich ihrem Bruder ein paar Haare aus dem Gesicht. So emotional hatte sie ihn noch nie gesehen.

„Sie hatten Blut an den Stiefeln, sie hatten Blut an ihren Händen." Bernhards Kinn zitterte. Seine Augen brannten, weil sie mehr sahen, als sie ertragen konnten. „Jeder Soldat mußte einzeln antreten und ihm ins Gesicht spucken. Wir waren Hunderte." Er versteckte sein Gesicht in den Händen. „Ich wollte ihm helfen", versicherte er. „Ich wollte hinrennen, ihn in den Arm nehmen, vor diesen Mördern retten. Aber ich konnte nicht, ich war wie gelähmt. Ich habe gebetet, daß irgend jemand eine Granate abwirft, die uns alle in Stücke reißt. Ich habe gehofft, daß ein Fliegerangriff diesem Grauen ein Ende setzt. Ich habe mich so schuldig gefühlt. Ich habe mich so geschämt, dazustehen, das alles mit ansehen zu müssen. Ich habe mich geschämt, Mensch zu sein, verstehst du?" Er hob den Kopf von seinen Armen und wendete sich seiner Schwester zu. „Zu was sind wir eigentlich fähig?" Sein Gesicht war alt und finster, seine Augen voller Verbitterung. „Mein Herz hat geklopft, und meine Brust ist enger und enger geworden. Dann haben sie ihm die Kehle durchgeschnitten ... und dann ... blieb endlich ... mein Herz stehen."

Das schrille Läuten des Telefons unterbrach seine Erzählung. Es war schon kurz nach zehn. Wer ruft denn so spät noch an? fragte sich Gudrun.

„Ich will! Ich will!" hörte sie Biggys aufgeregte Stimme, dann legte Gudrun ihren Kopf an Bernhards, dessen Körper sich vor Verzweiflung immer wieder krampfartig zusammenzog.

„Hallo?" Die piepsige Stimme ihrer Tochter drang durchs Treppenhaus. „Hallo Omi!" rief sie begeistert. „Ich habe gerade einen Hasen gemalt. Er hat grüne Augen und lange, blaue Ohren." Aber dann wurde sie still. „Das ist die Omi", hörte sie Biggy leise sagen, und da war ein Unterton in ihrer Stimme, der Gudrun nicht behagte. „Ich kann sie nicht verstehen. Sie weint."

Gudrun sprang auf und rannte zur Treppe. Da hörte sie schon Sieglindes geschäftige Stimme. „Was? Ich hör dich schlecht! Kannst du etwas lauter ... ?"

Gudrun lief hinunter.

„O Gott! Nein! O Gott!" Sieglinde sank auf den kalten Steinboden, ihre Schwester blieb auf der Treppe stehen.

„Hab keine Angst, Mama."

Biggy fing an zu weinen und klammerte sich an ihren Vater: „Ich glaube, der Opi ist tot."

Und Gudrun erstarrte.

16. Montag! Bernhard hatte versprochen, spätestens heute wieder dazusein. Aber er war es nicht. Und er hatte nicht einmal angerufen. Edvard goß noch einen Whiskey hinunter. Seit er diesen Mann mit Bernhards Ring erwischt hatte, stellte sich sein Leben auf den Kopf, mit jedem Tag ein bißchen mehr.

Die hellbraune Flüssigkeit brannte in seiner Kehle. Er haßte Whiskey, aber was sollte er anderes tun als trinken, wenn sein Leben in Splitter zerbrach. Alkohol betäubte, überzog die Ecken und Kanten seiner schmerzlichen Gedanken mit einem hauchdünnen Film von Wurstigkeit.

Edvard suchte noch immer nach einer plausiblen Erklärung. Alles war ihm durch den Kopf gegangen, aber das eine war schlimmer als das andere: Wäre Bernhard von diesem Mann bestohlen worden, hätte er angerufen. Und wenn er den Ring verloren hätte, wäre er geblieben, den Ring zu suchen, oder er hätte Edvard wenigstens Bescheid gesagt, so daß er ihn hätte suchen können. Es sei denn, der Ring bedeutete ihm nichts. Und was hatte das zu sagen?

Egal wie er es drehte, wenn er alles zusammenzählte, kam er immer wieder zum selben Ergebnis: Es stand ziemlich schlecht um seine Beziehung zu Bernhard. Das Leben war manchmal wie ein Othello-Spiel. Ein falscher Zug, und alle weißen Steine kehrten sich in schwarze.

„Noch einen!" Edvard klopfte mit dem Glas auf die Bar.

„Mal langsam, junger Mann."

Edvard schaute durch den Zigarettenrauch in das Gesicht eines kleinen, kräftigen Mannes. Er trug eine Lederjacke, abgetragene Jeans und Cowboystiefel. Eine indianische *string tie* baumelte um seinen Hals. Mit seiner dicken, langen Zunge leckte er sich den Bierschaum vom Schnauzer. „Probleme?"

„Wie man's nimmt." Edvard hob sein gefülltes Glas und kippte den Inhalt mit einem Ruck hinunter.

„Das war Nummer Vier. Jemandem, der sich dieses Teufelszeug durch die Kehle jagt, kann es nicht gutgehen." Etwas Kräftiges und Stabiles schwang in seiner Stimme. Sie war für Edvard wie ein Rettungsanker in diesem Meer undurchdringlicher Gedanken.

„Du bist wohl Experte?" Edvard kam dieses Gesicht bekannt vor, aber er konnte dem lustig verschmitzten Funkeln seiner Augen und der an ihrem Ansatz bläulich verfärbten Nase weder einen Namen noch eine Erinnerung zuordnen.

„Ich bin Psychotherapeut."

Edvard brauchte ihn nicht einmal zu mustern, um zu wissen, daß er noch viel zu jung für diesen Beruf war. Aber warum sollte er das Spielchen nicht mitspielen, irgendwo mußte er sich ja anlehnen.

„Na dann, auf eine erfolgreiche Diagnose?" Er kippte den nächsten Whiskey nach. Langsam stellte sich die ersehnte, wohlige Gleichgültigkeit ein.

„Also, wo liegt das Problem?" Der andere reichte ihm eine Zigarettenschachtel, Edvard lehnte ab.

„Na, wo denn wohl?"

„In der Liebe. Was, außer der Liebe, wäre es wert, sich zu betrinken?"

Edvard sah seinen Gesprächspartner durch einen Schleier. „Was macht man, wenn man sich in jemanden verliebt hat, der im Grunde gar nicht zu einem paßt?" Plötzlich hörte Edvard Heiner aus seinem Munde sprechen: Bernhards Kleidung, seine Art, mit dem Leben umzugehen, seine komplizierten Analysen und diese Zaghaftigkeit, sich zum Schwulsein zu bekennen. Im Grunde lebten sie in zwei verschiedenen Welten.

„Wenn du das so klar siehst, würde ich sagen: Trennen! Alles andere wäre Masochismus", sagte der junge Mann und sog fest an seiner Zigarette.

„Und wenn man aber das Gefühl hat, daß man füreinander bestimmt ist?" Das spürte Edvard seit dem ersten Blickkontakt. Wenn er mit Bernhard zusammenwar, lag Elektrizität in der Luft. Schon als er ihn das erste Mal ansprach, wurde Edvard auf ganz eigenartige Weise schwindelig, so als könnte er jeden Moment ohnmächtig werden. Und Birgit hatte Edvard aus den Karten gelesen, daß er einen Mann treffen würde, und Bernhard haargenau beschrieben. Edvard war sich so sicher gewesen, daß Bernhard der Mann fürs Leben war, so verdammt sicher – bis gestern.

„Dann muß man starke Nerven haben."

„Und wenn man mitgekriegt hat, daß einen der andere betrügt?"

„Über so was muß man sprechen. Aber manchmal braucht man auch einfach mal 'ne Pause, in der man sich selber was Gutes tut." Das war ein äußerst untherapeutischer Rat, dessen war sich Edvard sicher. „Es gibt da ein altes Sprichwort", legte der andere nach, um seine Theorie zu untermauern. „Wenn du am Verdursten bist, trink erst selbst vom Brunnen, bevor du anderen Durstigen die Kelle reichst."

Das klang verführerisch. Die Metapher nistete sich wohlig in Edvards Brust ein. Er setzte das Glas an die Lippen und ließ das Feuer langsam hineinrinnen, den Mund füllen, seine Gedanken betäuben.

Birgit irrte sich nie. Deshalb traf es Edvard um so mehr, als sie ihm vor zwei Stunden bestätigt hatte, was er längst befürchtete: „Ich sehe einen anderen Mann in Bernhards Leben", sagte sie. „Er ist jung und blond, und er hat blaue Augen." Das Licht, das von der Tischlampe durch den violetten Seidenschal drang, warf dunkle Schatten auf ihr Gesicht. „Und er trägt den Ring, den du ihm geschenkt hast."

Den Ring mit einem Diamanten und einem Rubin. Edvard dachte an den Mann im Park und fand seine schlimmsten Vermutungen bestätigt, und so hörte er nicht mehr zu, als ihn Birgit davor warnte, vorschnelle Schlüsse zu ziehen: „Das kann alles Mögliche bedeuten. Laß dir Zeit, rede mit ihm. Vielleicht gibt es da eine ganz einfache Erklärung."

Und da überkam Edvard dieser schier unstillbare Durst, als hätte ihm die Gewißheit mit einem Schlag jeden Tropfen Flüssigkeit entzogen. Dieser Durst konnte nur von Alkohol gelöscht werden, oder …

Edvard schielte auf den großen Adamsapfel seiner Abendbekanntschaft hinüber, der beim Schlucken freudig auf- und abhüpfte. Das Gesicht war so prall und voller Leben, als könnte es mit nur einem Kuß den Durst von ganz Afrika löschen.

„Wo ist der Brunnen?" fragte Edvard. Seine Kehle war noch trockener als zuvor, die Worte schlingerten in der verrauchten Luft.

„Soll ich ihn dir zeigen?"

Edvard schwenkte das inzwischen wieder gefüllte Glas. Armselig fühlte er sich. Ein Meer aus Traurigkeit breitete sich aus, wo früher Lebensfreude herrschte. Und er trieb darin umher wie ein Schiffbrüchiger. Mit jedem Gedanken an Bernhard schwand die Hoffnung, je wieder Festland zu erreichen. Wenn er nicht bald etwas unternahm, würde er untergehen, soviel stand fest.

„Hast du auch eine Kelle für mich?"

„Und was für eine", antwortete der andere mit vielsagendem Grinsen.

Ein Leuchtfeuer blitzte in der Ferne auf, und Edvard wechselte seinen Kurs.

„Wie heißt du eigentlich?" fragte er.

„Fred, ganz einfach: F – R – E – D, so wie Fröne Redlich Exzessiv und ... Diskret."

Edvard lachte. Ja, er konnte sogar wieder lachen. Dann knallte er fünfzig Mark auf den Tresen und packte Fred am Arm: „Komm, laß uns gehen – und frönen."

17. Kim liebte Hotelbars. Bars hatten etwas Erwachsenes an sich. Sie strahlten Reife aus. Sie waren angefüllt mit allem, was Kindern verboten war: der Magie von heimlichen Berührungen, dem blaugrauen Rauch von Zigarren, Alkohol in langstieligen Gläsern, geheimnisvollem Getuschel, lautem, unkontrolliertem Lachen, Augenzwinkern und dem Gefühl von Verschwörung.

Im Laufe der Jahre hatten Hotelbars für Kim dazugewonnen. Sie wurden oft nur von Menschen auf der Durchreise besucht, Fremden, die neugierig waren, offener als Einheimische. Man fand leichter Kontakt, schon weil man ein ähnliches Schicksal teilte: die Einsamkeit auf Reisen. Und immer war es ihr, als könnte sie ein Stück ferner Welt schnuppern, wenn sie sich dort aufhielt, an einem Drink nippte und in Augen schaute, die schon soviel mehr gesehen hatten als ihre eigenen.

Die Bar ihres Hotels in Miami dagegen war ganz und gar nicht, was sie erwartet hatte. Da gab es keinen Sonnenuntergang über dem Meer, keine Waschbrettbäuche, nicht einmal gute Drinks. Hier, in der Nähe des Flughafens, war das Meer weit und breit nicht zu sehen. Selbst der gespenstische Pool vor dem großen Fenster wirkte in der Dunkelheit eher wie eine Landebahn für UFOs.

Nach dem Anschiß durch den Chefsteward legte sie sich erst mal hin. Er hatte sie völlig fertig gemacht mit seinem hysterischen Gekreische, als ob der Vorfall an sich nicht schon schlimm genug gewesen wäre. Wahrscheinlich war er nur neidisch. Sie hatte ja gesehen, mit welch großen Augen er dem Arzt auf die offene Hose geguckt hatte. Er würde diesen Vorfall melden, hatte er gedroht. Die blöde Schwuchtel. Sie könne sich schon mal drauf einstellen, demnächst die Sibirien-Flüge zu machen. Diesen Richi hatte sie von Anfang an nicht leiden können.

Jetzt saß sie auf einem grünen Sofa mit Brandlöchern und trank schon ihre zweite Margherita, die zwar wunderbar fruchtig nach Limonen schmeckte, aber einen deutlichen Unterton von Chlor nicht überdecken konnte. Sie trank und hoffte auf das Abflauen des Sturms ihrer Gedanken, auf die Beruhigung ihres Herzens, auf den Arzt.

Immer wieder schaute ein puertoricanischer Ober nach ihr. *„Another drink?"*, und sein zahnlückiges Lächeln löste in ihr den Wunsch aus, ihren orangefarbenen Mini-Rock über die Knie hinunterzuzerren.

Die letzten Tage waren einfach zu viel: Das erste Mal Amerika, der erste Auslandsflug, der erste Tote, Raimondo viel zu weit entfernt, eine zwielichtige Umgebung, viel zu gegensätzliche Erinnerungen an Fred und dann noch Sex mit einem Fremden.

Das Letztere beschäftigte sie im Moment am meisten. Es war nicht das kleine Intermezzo an sich. Schließlich war es nicht das erste Mal, daß sie sich auf ein ähnlich geartetes Abenteuer eingelassen hatte. Womit sie wirklich ein Problem hatte, war die Tatsache, daß sie es gar nicht wollte.

Nach dem Tod des Passagiers und der unmöglichen Entscheidung des Piloten, den Toten auf dem Gang liegenzulassen und so zu tun, als wäre er noch am Leben, war sie völlig überfordert gewesen. Als der Arzt zu ihr in die Küche kam, hatte sie wirklich geglaubt, er wollte ihr helfen. Deshalb hatte sie sich an ihm festgehalten. Sie hatte sich nichts dabei gedacht, als er seine Arme um sie legte, sie hatte geglaubt, es war eine Frage der Bequemlichkeit, daß er sie auf den Getränkewagen hob. Als er dann Sekunden später in ihr war, hatte sie nur noch Wärme und Entspannung gespürt. Sie war zu schwach gewesen, um sich zu wehren. Er hatte ihre Hilflosigkeit schamlos ausgenutzt! Das war auch der Grund, warum sie ihm beim Aussteigen einen Zettel zugesteckt hatte, mit dem sie ihn um ein Gespräch bat.

„Ist da noch frei?" Kim verfolgte die sonore Stimme zu ihrer Quelle zurück, und im schummrigen Licht erkannte sie den Arzt, Dr. Hohleben.

Er rutschte zu ihr aufs Sofa. Da war etwas Jugendliches an seinem Auftreten, die Art, wie er redete und ihre Hand in die seine nahm.

„Ich habe schon gedacht, Sie wollen mich versetzen."

„Wie könnte ich so eine reizende Dame versetzen?" Seine Hände verströmten etwas Beruhigendes. Seine Zähne blitzten weiß, so weiß wie seine Hose, die Schuhe und das aufgeknöpfte Hemd.

„Ich bin froh, daß Sie gekommen sind. Aber lassen Sie uns bitte woanders hingehen. Ich finde es hier fürchterlich."

„Aber gerne. Am besten, wir fahren an den Strand und setzen uns in ein niedliches Restaurant. Da kann man besser reden als in diesem finsteren Loch."

Er stand auf und reichte ihr die Hand. Sie zögerte, schlug ein und ließ sich von ihm aus der Nische führen.

Er war weltmännisch, das mußte sie ihm lassen. Wie alt mochte er sein? Um die Fünfzig vielleicht, obwohl er sich jung genug für vierzig gab.

Kim verlangte die Rechnung.

„Ich mach das schon." Er zog ein Bündel Scheine aus seiner Hosentasche und ging an die Kasse.

Dr. Hohleben fuhr ein lippenstiftrotes Cabrio. Mit offenem Verdeck zischten sie durch die Straßen, der Fahrtwind fuhr Kim angenehm kühlend durchs T-Shirt. Das dünne, seidige Haar des Arztes flirrte in der Abendluft. Es war viel Betrieb; bunte Reklameschilder gaben den Straßenzügen einen magischen Anstrich.

Sie standen lange in stockendem Verkehr entlang der Uferpromenade, bevor sie einen Parkplatz fanden. Die Luft roch nach Salz und Fisch und süßem Parfüm. Eine kühle Brise fegte über ihre aufgeheizten Körper.

Er führte sie an der Hand die hölzernen Stiegen zu einem kleinen, romantischen Restaurant hinauf. Es war voll, viele Deutsche und Holländer. Sie fielen unter den wenigen Amerikanern auf, weil sie viel blasser waren, schmäler, ihre Gesichter matt, ohne Zahnpastalächeln.

„Bezaubernd, nicht?" fragte der Arzt, und seine Augen blitzten.

Sie fanden einen kleinen Tisch an der Straße, über ihrem Kopf schraubte sich ein Ventilator geräuschlos durch die Nacht. Der Arzt blätterte in der Speisekarte. Kim beobachtete seine Bewegungen. Sie waren geschmeidig, rund, ständig im Fluß wie ein Delphin oder eine Schlange auf Wüstensand.

Auf der Straße marschierten braungebräunte Models vorbei, mit langen blondierten Haaren und künstlich vergrößerten Brüsten. Hohleben stierte einem Mädchen hinterher, das garantiert eine Bodybuilderin war. Ihr Körper roch nach Ananas und Kokosnuß. Die Beinmuskeln ihres Begleiters waren so geschwollen, daß sie beim Gehen aneinanderwetzten.

„Was darf ich für Sie bestellen?" fragte der Arzt. Er lächelte Kim an und hielt dabei ihre Augen mit den seinen gefangen.

„Ist egal, ich habe keinen großen Hunger", antwortete Kim.

„Gut, dann nehmen wir zweimal den Thunfisch mit süßer Mangosauce." Als er bestellte, war er eher fünfzig, so erwachsen, so reif, so glatt, als würden die Probleme des Lebens an ihm abperlen wie Wasser von eingecremter Haut. Sein Englisch war praktisch akzentfrei.

„Was haben Sie Ihrer Frau gesagt, warum Sie sie allein lassen?"

„Ich habe ihr gesagt, daß ich mit Ihnen über den kleinen Vorfall im Flugzeug spreche. Das muß ja geklärt werden."

Er war charmant, leicht affektiert, und Kim wußte genau, daß er log.

„Und sie hat es Ihnen nicht übelgenommen?"

„Aber ich bitte Sie. Wir sind erwachsene Menschen. Der Streß, die Anspannung. Da kann so was schon mal passieren."

Kim schaute aufs Meer hinaus. Sie hatte sich viele Worte zurechtgelegt, und jetzt fielen sie ihr nicht mehr ein. Sie wußte nicht einmal mehr, was sie überhaupt von diesem Gespräch erwartete. Sie hatte es satt, immer wegzulaufen, ja, sie hatte es satt, daß das Leben mit ihr geschah, daß sie in Beziehungen nur so herumschlitterte, anstatt das Lenkrad in der Hand zu halten. Aber was konnte sie jetzt noch an dem Vorfall im Flugzeug ändern?

„Komische Sache da im Flugzeug, nicht?" fragte sie, weil ihr nichts Besseres einfiel.

„Ja, es ist mir überaus peinlich. So was passiert mir normalerweise nicht, das dürfen Sie mir glauben. Ich weiß gar nicht, was da über mich gekommen ist."

Kim war von seinem Mund fasziniert. Er war kräftig, aber nicht fleischig, stand immer ein wenig offen, ein großes, schwarzes Loch. Dabei zog er die Winkel auf beiden Seiten nach unten, sehr erotisch. Wie konnte so ein Mund nur derartig lügen?

„Obwohl ich damit nicht sagen will, daß es mir keinen Spaß gemacht hat. Ich hoffe, Sie verstehen. Das ist mir alles sehr unangenehm, sehr unangenehm."

Sie hörte die Brandung und ein paar Möwen, die krächzend gegen den Wind anflatterten und Brotkrumen von den Restaurantgästen erbettelten. Eine Katze sprang auf das Geländer und schlich darauf entlang, ihre weiten Augen auf einen Fischkopf fixiert, der auf einem verwaisten Teller lag. Ein muskulöser Ober mit skandinavischem Akzent schlug mit einem Handtuch nach ihr, dann räumte er den Tisch ab. Hier war wohl jeder hübsch – Zutritt für Häßliche verboten.

Ein anderer Ober stellte große Teller mit dicken Scheiben Fisch ab. Orangefarbene Soße wand sich drum herum. Auf dem Fisch schimmerte eine dicke Schicht geschmolzener Butter.

„So, zweimal den Thunfisch. Kann ich euch noch was bringen, oder seid ihr zufrieden?"

Noch ein charmanter junger Kellner, wieder braungebrannt, muskulös, aber mit langen schwarzen Locken. Ein Latino, seine Augen leuchteten grün wie die einer Katze.

„Darf ich noch etwas für Sie bestellen?" fragte der Arzt ein wenig zu freundlich.

Kim schüttelte den Kopf. Etwas passierte mit ihr. Sie schaute auf, in seine großen Augen. Wenn er atmete, wölbte sich seine Brust zu einem bauschigen Kissen. Diese gespielte Reue und der Hauch von Unbeholfenheit gingen ihr unter die Haut.

Er stach in den Fisch und legte ein Stück davon auf seine breite Zunge, die er weit herausstreckte. Seine Augen hingen dabei an Kims.

„Wissen Sie, es gibt nichts Schöneres als einen Abend am Meer", sagte er, als er hinuntergeschluckt hatte. „Sind Sie sicher, daß wir nicht ein Gläschen Wein …?"

Kim hob abwehrend die Hand. Dann schlug sie die Augen nieder, starrte auf ihre Finger, die mit dem Saum ihres Rocks spielten.

„Diese schönen Menschen, die frische Luft, die bunten Farben, ich verliebe mich jedesmal neu in diese Stadt", schwärmte er. „Aber Sie essen ja gar nicht."

Kim versuchte dieses Gefühl zu bekämpfen. Sie durfte ihn nicht mehr anschauen, sonst würde sie alles verlieren.

„Gibt es auf dem Meer was Besonderes, weil Sie da immerzu hinausgucken?" Er drehte sich um, schaute in die Dunkelheit hinaus und tastete sein Hemd nach der Brille ab. „Sollte ich da was verpassen?"

Sie wendete sich ihm zu. In seinem Charme konnte ihn sogar Raimondo nicht übertreffen. Er schaute sie mit Hundeaugen an. Wie sollte sie nur reagieren?

Er hatte sich wieder in seinen Stuhl zurückgelehnt. Seine Lippen ruhten gelassen am Wasserglas. Er hatte seinen Samen in sie ergossen, und dabei hatten sie sich nicht einmal geküßt.

Kim merkte, wie sie in ihm zerfloß. Seine Gefaßtheit war wie ein Pfeiler, an den sie sich anlehnen wollte. Als könnte er ihre Gedanken lesen, sagte er: „Ich finde es sowieso keine gute Idee, das hier im Restaurant zu besprechen. Was halten Sie davon, wenn wir zu Ihnen fahren und uns in Ruhe darüber überhalten?" Seine Stimme war so ruhig und überzeugend.

Da löste etwas in ihrem Kopf Alarm aus. Dieses Gefühl von Loslassen, Anlehnen, die verführerischen Worte, der sanfte, einlullende Blick. Da schlich sich etwas Bekanntes, viel zu Angenehmes ins Gespräch.

Wieso zu mir? fragte sie sich. „Lassen Sie uns hier darüber reden?"

„Ich finde nicht, daß es ein Thema für die Öffentlichkeit ist." Er legte seine Hand auf ihren bloßen Schenkel und schob sie langsam nach oben. Ihr wurde übel. Sie schaute sich hilfesuchend um. Sah denn niemand, in welcher Not sie steckte?

Sie griff nach seiner Hand. Sie wollte ihn wegschieben, aber er war zu kräftig und bestimmt. Ein Kälteschauer schoß ihr den Rücken herab. „Moment mal."

„Was, meine Liebe?" Seine Augen hielten sie im Bann.

Sie wollte nicht glauben, daß es ihm die ganze Zeit nur um Sex gegangen war. Das Augenzwinkern im Flugzeug, seine Umarmung in der Küche, Sex. Ob er sich überhaupt gemeldet hätte, wenn sie ihm nicht den Zettel zugesteckt hätte? Er kann doch nicht so ein Schwein sein.

Kim fing an zu zittern. Sie wurde steif, ihre Brust zog sich zusammen. „Ich möchte jetzt doch lieber gehen."

„Gerne." Er stützte seine Hände auf die Armlehnen.

„Allein!" sagte sie schnell und eindeutig zu laut. Sie fieberte. Sie hatte das Gefühl, hoch oben auf einem Berg zu stehen. Ein falscher Schritt, und sie würde stürzen.

„Aber hör mal. Du kannst mich doch nicht einfach so sitzen lassen."

Sie sprang auf, ihr Stuhl kippte hinten über, ein paar Gäste drehten den Kopf. Da sah sie, wie Zorn sein Gesicht füllte.

„Zuerst anmachen und dann sitzen lassen!" zischte er giftig, und sein wunderschöner Mund verzerrte sich zu einer Fratze. „Was bist du für eine Schlampe?"

Kim war gelähmt von seiner Wut und bekam es mit der Angst zu tun. Entweder Flucht oder Angriff.

„Sie sind ... gemein!" stieß sie aus ihrer viel zu engen Kehle hervor. Dann lief sie zur Treppe zum Meer hinunter.

„Schlampe!" hörte sie ihn zornig hinter ihr herschreien, und Kim rannte weiter.

Sie wollte zurückschreien, aber was? „Hab ich den Ständer gekriegt oder Sie?" schoß es ihr durch den Kopf. Ja, das könnte sie ihn fragen. Darauf hätte er keine Antwort.

Der Gedanke machte ihren Atem heiß, ein zarter Schweißfilm ließ ihren Rücken erschauern. Sie lief langsamer. Eine Kraft breitete sich in ihrem Becken aus; sie spürte sie wachsen und steigen. Sie sollte es ihm in aller Öffentlichkeit an den Kopf werfen. Sie blieb stehen, holte tief Luft und drehte sich dann langsam um. Sie war nun bereit, zurückzugehen und ihm in die Augen zu sehen, da sah sie ihn schon in seinem roten Sportwagen davonflitzen.

18. *Study for Portrait III, William Blake* taufte Francis Bacon sein kleines Kunstwerk. Eigentlich ein unscheinbares Gemälde im Gesamtwerk des Künstlers, kaum mehr als ein kleines Stück schwarzer Leinwand mit ein wenig Ölfarbe. Aber genau daran erinnerte sich Bernhard auf dem Flug von Frankfurt nach Miami, weil es sich damit genauso verhielt wie mit seinem Vater: Von weitem betrachtet, sah man ein grobschlächtiges Gesicht, das aus dem dunklen Hintergrund emporstieg wie eine bunte Wolke im Nachthimmel. Wer es aber genauer studierte und zu diesem Zweck näher rückte, mußte feststellen, daß einem das Bild dabei immer mehr entrückte, bald nicht mehr davon übrigblieb als ein paar unzusammenhängende Farbtupfer.

In den letzten achtzehn Stunden hatte er sich mehr mit seinem Vater auseinandergesetzt als in seinem ganzen Leben. Und jetzt, nach diesem Marathon der Gefühle, konnte er sich nicht einmal mehr an sein Gesicht erinnern.

Immer wieder ging ihm der Satz seiner Schwester durch den Kopf: „Stell dir vor, du sagst es ihm, und er hat einen Anfall. Das würdest du dir nie verzeihen." Daran änderten auch die Beteuerungen nichts, daß der Arzt seinem Vater vor langer Zeit schon verboten hatte zu fliegen, die stundenlangen Gespräche über Vaters Alkoholismus und die endlosen Stangen von Zigaretten, die er geraucht hatte.

Plötzlich hatten seine Geschwister so getan, als wären sie auf seiner Seite. Hätten die Eltern nicht nach Italien fahren können? Fliegen? Die Luft in Flugzeugen war so dünn wie auf einem Zweieinhalbtausendmeterhohen Berg. Viel zu dünn für einen Herzpatienten, der ständig Pillen nehmen mußte, um überhaupt noch atmen zu können. Es war eine verrückte Idee gewesen, meinten sie, als hätten sie ihm damit seine Schuldgefühle nehmen können. Bernhard wäre es lieber gewesen, sie hätten einfach die Wahrheit gesagt. Er wußte doch, daß sie ihn für Vaters Tod verantwortlich machten.

Als sie sich dann endlich ins Bett wagten, konnte Bernhard nicht schlafen. Sobald er alleine war und das Zimmer im Dunkel versank, fingen seine Gedanken Feuer. Haß kochte in ihm hoch.

Die Reaktion seines Vaters war unfair. Wenn er seinen Sohn für das Schwulsein verachtete, warum hatte er es nicht gesagt? Warum war er nur aufgestanden und hatte ihn damit allein gelassen?

Alles mußte sich immer nur um ihn drehen. Und dieses Schweigen war das beste Werkzeug. Sein Vater hätte gar nicht mehr Aufmerksamkeit auf sich ziehen können, selbst wenn er im Handstand Tango getanzt hätte. Das ganze Leben dieser Familie hatte sich immer nur um ihn gedreht. Und jetzt hatte er auch noch seinen Tod inszeniert. Kontrolle und Macht, darum war es ihm immer gegangen.

Jetzt, eingezwängt in seinen Flugzeugsitz, ärgerte sich Bernhard darüber, daß er nicht abgereist war, wie er es vorgehabt hatte. Dann würde jetzt eins seiner Geschwister nach Miami fliegen, um die Rückführung abzuwickeln und die Häufchen aufzukehren, die sein Vater hinterlassen hatte. Und er läge in Edvards Armen oder drückte seinen Bauch fest gegen die sanfte Mulde seines Rückens und fühlte sich wie ein Neugeborenes. Edvard! Mist! Er hatte ihn immer noch nicht angerufen. Er mußte es tun, sobald er in Miami landete.

Bernhard fühlte sich eingesperrt. Er stand auf, ging den Gang hinunter an müden Passagieren und quengeligen Kindern vorbei zur Toilette. Sie war kaum größer als ein Schrank. Sobald er die Tür schloß, schaltete sich das Neonlicht ein; es machte sein Gesicht grünlich bleich. Er füllte das kleine Becken mit Wasser und wusch sich die Hände, bespritzte sein Gesicht damit. Sein Vater schaute ihm aus dem Spiegel entgegen, das konnte Bernhard nicht abwaschen. Das waren seine Augen, voller Schrecken vor dem Anblick dieser Welt.

Bernhards Kehle wurde eng, und seine Augen brannten. Es war bestimmt die trockene Flugzeugluft, dachte er und ging zurück an seinen Platz.

Der Boden unter seinen Füßen gab nach. Irgendwo hier mußte es passiert sein, auf dem grauen, feuerfesten Teppich, eingesäumt von Lichtschlangen, die im Notfall blinkten und Flüchtende zu den Ausgängen führten. Theo war auch ohne ihr Blinken entkommen.

Bernhard stellte sich vor, wie sie ihn auf den Boden gelegt hatten, um ihn zu reanimieren. Sein ganzes Leben war Theo dominant gewesen und hatte anderen Menschen immer das Gefühl gegeben, minderwertig zu sein. Und dann mußte er sich vor Hunderten von Zuschauern hilflos am Boden winden. In den letzten Minuten seines Lebens hatte er also die Rechnung bekommen.

Bernhards Knie wurden weich. Dieses Gefühl von Ausgeliefertsein und Hilflosigkeit erinnerte ihn an seinen Traum. Der junge Mann wurde gefoltert und gepeinigt, und keiner konnte ihm helfen. Er stand daneben und mußte zusehen, wie das alles geschah. Er wurde mitschuldig an diesem Verbrechen, weil er nichts dagegen unternahm. Er wurde mitschuldig, weil er Mensch war.

Er setzte sich auf seinen Platz, sank tief in das weiche Polster und legte den Gurt an; er schnappte laut ins Schloß. Schade, dachte er, daß es so einen nicht auch im Leben gab.

Seit die Stewardeß wußte, daß Bernhards Vater auf dieser Linie gestorben war, kam sie öfter vorbei. Sie fragte ihn, ob er noch etwas trinken wolle, ob er eine Tablette brauche oder vielleicht doch ein Fläschchen Wein. Sie würde es ihm sogar umsonst gegeben, hatte sie Bernhard ins Ohr geflüstert, obwohl sie das in der Touristenklasse eigentlich nicht dürfe. Sollte er als Hinterbliebener mehr Durst haben als die anderen? Hatte er mehr Recht auf einen Schluck Alkohol? Würde ein Päckchen knusprig gerösteter Erdnüsse die Situation verändern?

Als Kind, da hätte sie bei ihm sein sollen, ihm Bonbons oder Schokoriegel schenken und ihm dabei über den Kopf streicheln sollen, wenn sein Vater wieder mal unerreichbar war, wenn er Bernhards Kinderzeichnungen mit derselben Interesselosigkeit abtat wie den Zinsverlust irgendwelcher Aktien, die er nicht besaß.

Lydia öffnete ihm. Klein und verloren stand sie in der Tür, aber ihr Gesicht war rosig. Sie umarmte ihn, kurz, warm, vorsichtig. „Komm rein", sagte sie und führte ihn ins Zimmer.

Bernhard hatte eine gebrochene Mutter erwartet, eine kleine hilflose, aufgelöste Person. Sie war ihm und seinen Geschwistern immer so abhängig erschienen, deshalb waren sie alle in den stundenlangen Gesprächen nach dem Anruf ganz selbstverständlich davon ausgegangen, daß sie jetzt, nach dem Tod ihres Mannes, auseinanderfallen würde.

Bernhard hatte sich auf das Treffen vorbereitet. Er hatte sich tröstende Worte zurechtgelegt und welche zu seiner Verteidigung, Erklärungen über die Unberechenbarkeit des Todes, über seine Notwendigkeit, über den Kinsey-Report und streng homosexuell lebende Naturvölker, deren Männer und Frauen sich nur zu jährlichen Paarungszeremonien zusammentaten. Und jetzt schien von alledem nichts nötig. Kein Schluchzen, keine Verzweiflung, kein Schimmer von Verbitterung. Lydia ging vor ihm auf den Balkon hinaus, etwas wackelig aber doch leichtfüßig. Im grellen Lichtkegel der Sonne schien sie zu strahlen.

Sie winkte ihren Sohn heraus. Die Sonne hatte den Beton aufgeheizt, und es war Bernhard, als würde ihm ein Ventilator heiße Luft entgegenblasen.

„Hattest du einen guten Flug?"

Er ergründete ihr Gesicht. Es war faltig und mager, ihre Wangenknochen standen seit der letzten Chemotherapie sehr viel deutlicher hervor, ihre Nase war ausgeblichen und hatte sich zugespitzt. Aber keine Spur von Tränen. Wo versteckte sie ihr Leid?

„Es ging."

Sie lächelte, schloß ihre Augen und legte den Kopf in den Nacken. Er sah Bewegung hinter ihren hauchdünnen Lidern. Er hatte sich auf vieles vorbereitet, nicht auf ihr Schweigen.

„Wo ist er jetzt?" Er mußte sich räuspern, weil seine Stimme krächzte.

„Im Kühlschrank der Gesundheitsbehörde." Sie blinzelte ihn an. Da war fast etwas Schelmisches in ihrem Blick.

„Gesundheitsbehörde?"

„Sie haben ihm Blut abgenommen."

„Blut?"

„Die Stewardeß hat mir erklärt, daß sie das immer machen. Sie sind wohl verpflichtet, sicherzugehen, daß er eines natürlichen Todes gestorben ist."

Bernhard schüttelte den Kopf. In einem Kühlschrank! Blut abnehmen! Das Ganze erschien ihm reichlich makaber. Wieso konnten sie ihn nicht einfach in Ruhe lassen – nach all dem, was er mitgemacht hatte.

Bernhard erschrak über seine eigenen Gedanken. Die ganze Zeit hatte er geglaubt, daß er am liebsten gar nichts mehr von seinem Vater wissen wollte. Jetzt empfand er eine Art Mitleid für diesen toten Körper.

Er schaute über das verrostete Geländer hinweg. Dicker, gelber Dunst lag auf der Stadt wie Gelatine auf einem Obstkuchen. Ein Flugzeug zog über seinen Kopf hinweg, aber Bernhard hörte nichts außer Straßenlärm und dem beständigen Surren der Klimaanlage.

„Sie haben ihn bis zur Landung auf dem Boden liegenlassen und so getan, als würde er noch leben, um die anderen Passagiere nicht zu beunruhigen", sagte Lydia, und Bernhard wendete sich ihr erschrocken zu. Erst jetzt merkte er, daß er nun doch wissen wollte, wie sein Vater die letzten Minuten seines Lebens zugebracht hatte.

Lydia zog ein Taschentuch aus dem Ärmel ihres Kleides. „Er hat gesagt, daß er Angst hatte", erzählte sie ihm, und dann fing sie an zu weinen. „Er muß Schmerzen gehabt haben, weil er sich die Brust gehalten hat. Zwei freundliche Ärzte haben noch eine Weile versucht, ihn zu retten. Aber sein Herz hat einfach nicht mehr mitgemacht. Sie haben ihn beatmet, sie haben ihm Spritzen gegeben, aber sie konnten ihm nicht helfen."

Lydia schaute auf und sah das bestürzte Gesicht ihres Sohnes. Er hatte bisher nicht darüber nachgedacht. Jetzt, da sie es erzählte, sah er es wie einen Film. Er konnte seinen Vater auf dem Flugzeugboden zittern sehen, wie er die schmerzende Brust gepreßt hielt. Und da war auch dieses Pochen wieder, nein, das Rattern. Bernhard spürte es in seiner eigenen Brust. Diese Enge, der Schmerz im Arm, die grenzenlose Furcht, die Hilflosigkeit, der junge Mann und das Blut.

Bernhard schwindelte. Er lehnte sich zurück und schüttelte den Kopf, als könnte er damit die Eindrücke wie Wasser von sich abperlen lassen.

„Seine Augen waren weit und voller Frieden", sagte sie, um ihren Sohn zu beruhigen. Ihr Gesicht verklärte sich dabei. „Mach dir keine Gedanken. Als er starb, hatte ich den Eindruck, er wäre erlöst."

Bernhard fragte sich, ob er ihr von seinem Traum erzählen sollte. Sollte er sie trösten? Oder sollte er seinem inneren Drang folgen und einfach nur davonlaufen?

„,Verzeih mir' waren seine letzte Worte." Lydias Gesicht entspannte sich. Ja, sie sah friedlich aus. „,Verzeih mir', hat er immer wieder gesagt. Und dann ist er eingeschlafen."

Bernhard wurde bleich. Er stützte sich ab, sein Arm knickte ein. Lydia sah den Schrecken in den Augen ihres Sohnes. Sie stand auf und drückte seinen Kopf fest an ihren Bauch, dann begann er zu schluchzen.

19. Bernhard fühlte ein schweres Gewicht von sich abfallen, als er in die hellblauen Augen dieses Jünglings schaute. Da waren Frieden und Hoffnung. Sein Körper kribbelte wie ein eingeschlafenes Bein, das wieder zum Leben erwachte, und Wärme breitete sich aus, freudig und hell wie die Sehnsucht eines Schiffbrüchigen, der nach Jahren ein Boot auf seine Insel zusteuern sieht.

Sie streckten sich die Arme entgegen, aber anstatt sich zu berühren, versanken sie ineinander, verschmolzen, zuerst ihre Hände, dann ihre Körper und schließlich ihre Herzen, bis nur noch ein warmes, weiches Licht von ihnen übrigblieb.

Bernhards Becken zuckte, hart und rhythmisch, dann immer schwächer und langsamer. Das Gefühl war ihm so bekannt wie das Gesicht des anderen. Es war angenehm, es war intensiv und atemberaubend. Dann wachte er auf.

Wo war er? Wie spät war es? Vier Uhr dreizehn zeigte der Radiowecker auf dem Nachttisch an. Die Klimaanlage schnarrte. Er war in Miami, er war in einem Hotel, der junge Mann nur ein Traum. Sex. Nein, das war kein Sex. Sie hatten ein Gefühl geteilt. Geborgenheit, Hoffnung, Leben. Ihre Liebe war ein Geheimnis, es war magisch und gefährlich zugleich. Aber es war egal. Lieber lieben und dafür sterben, als leben und kneifen.

Bernhard hob den Kopf vom Kissen und ging ans Fenster. Der Himmel war trüb und dunkelrot, Sterne schwammen darin wie geronnene Milch in einer Tasse kräftigem Chinatee. Ein paar Autos glitten lautlos die vierspurige Straße hinunter, große Schlitten, die bei jedem Schlagloch federten.

Er hatte schon lange keine erotischen Träume mehr gehabt. Warum träumte er jetzt – von einem fremden Mann? Warum nicht von

Edvard? Edvard! Jetzt konnte er ihn anrufen. Er machte sich bestimmt schon Sorgen.

Eine kleine vergriffene Gebrauchsanweisung lag neben dem Telefon. Der Nummerncode für Deutschland, die Vorwahl ohne Null, dann die Nummer. Bernhard wählte, aber nicht Edvard antwortete, sondern ein Sprachcomputer. Er sollte die Telefongesellschaft eintippen, die er benutzte, oder die Nummer seiner Telefonkarte eingeben. Welche Telefongesellschaft? Was für eine Telefonkarte?

Bernhard legte auf und rief die Rezeption des Hotels an. Eine verschlafene Stimme meldete sich und erklärte ihm, daß man von diesem Hotel nur telefonieren könne, wenn man einer amerikanischen Telefongesellschaft angeschlossen war. Oder aber mit einer Kreditkarte. Bernhard hatte weder das eine noch das andere. Entmutigt legte er auf und ließ sich wieder ins Bett fallen.

Vor dem Hotel war es wunderbar warm. Ein leichter Wind fuhr durch die ausgetrockneten Blätter der haushohen Yuccas und Bananenpalmen. Bernhard wanderte an heruntergekommenen Häusern vorbei. Das Gras in den Vorgärten, wenn überhaupt vorhanden, war dick und groß, scharf wie kleine Schwerter. So früh am Morgen war noch kaum jemand auf der Straße, und doch hörte er Fernseher und wummernde Musik. Hie und da schlief jemand auf der Straße, ein paar Hühner gackerten in einem Gehege, eine Ziege rieb sich den Bart an einem Stracheldrahtzaun. Eidechsen flitzten die Baumstämme hoch, sobald sie ihn näher kommen sahen.

Zwischen Hibiskus und Bougainvillea, die in blutroten Kelchen blühten, stieß er am Ende der Straße auf einen kleinen quadratischen Flachbau. *Waffle House* stand in orangegelben Lettern auf einer Leuchtreklame, *24 hours a day, 365 days a year.*

Er setzte sich an einen orange und braun gemaserten Neopren-Tisch. Eine ältere Dame in brauner Schürze und orangefarbener Baseballmütze nahm seine Bestellung auf. Sie hörte schlecht, und Bernhard hatte Not, die scheppernde Klimaanlage zu übertönen. Auch beim dritten Mal nachfragen lächelte sie noch ungerührt. Sie schrieb seine Bestellung in Druckbuchstaben auf einen länglichen Block, zog einen Becher aus ihrer Schürze, eine Papierserviette und Besteck. Sie nickte ihm noch einmal vertrauensvoll zu, als wollte sie versichern, „irgendwie kriegen wir das schon hin, mein Junge", dann verschwand sie mitsamt ihren orangelackierten Fingernägeln hinter dem Tresen.

Hier wollten seine Eltern Urlaub machen? Bernhard konnte sich nicht erinnern, wann sie das letzte Mal verreist waren. Als er noch klein war, hatten sie in Österreich gezeltet. Einmal waren sie sogar an die Adria gefahren. Aber seitdem die Kinder aus dem Haus waren? Und dann Miami? Was hatten sie hier erwartet? Hatte sein Vater überhaupt englisch gesprochen? Was wollten sie tagsüber unternehmen? Bernhard hatte seinen Vater in den letzten Jahren nur noch als ein vor dem Fernseher sitzendes Etwas wahrgenommen. Er hatte keine Vorstellung von dem, was ihn trieb und was ihn interessierte.

Nach dem Frühstück ließ er sich mit dem Taxi zum Gesundheitsamt fahren und erledigte den notwendigen Papierkram. Bestätigungen, Überführungsdokumente, Rechnungen, Beglaubigungen. Wenn sein Vater jetzt zusehen könnte, wie er sich für ihn abquälen mußte, dachte Bernhard, dann wäre er bestimmt überglücklich.

Lydia saß auf dem Balkon in einem weißen Plastikstuhl, auf dem Abgase über Jahre hinweg schwarze Schlieren hinterlassen hatten. In der Sonne wirkte ihr Gesicht zwanzig Jahre jünger. Ein tiefes, bescheidenes Lächeln lag in ihren Mundwinkeln, als würde sie gerade einem Kind beim Spielen zusehen. Sie mußte einen schöneren Ausblick haben als er, dachte Bernhard.

Er trat zu ihr hinaus. Sie schaute auf einen nierenförmigen, hellgrün gefliesten Pool hinunter und auf zwei Wachmänner in schwarzen Uniformen, die sich angeregt unterhielten. Rundherum ein wogendes Meer pflegebedürftiger, halbverdursteter Palmen, dazwischen die grauen Flachdachbungalows, an denen er am Morgen vorbeispaziert war.

„Packen?"

„Schon geschehen."

„Willst du frühstücken?"

Lydia hob eine Tasse in die Höhe. Bernhard entdeckte eine Kaffeemaschine in der Nische zum Bad. Sie war noch halbvoll. Telefonieren konnte man nicht, aber Kaffee in der eigenen Maschine kochen schon.

„Soll ich dir was mitbringen?"

„Nein, es geht mir gut."

„Wir haben noch Zeit", sagte Bernhard. Seine Augen schweiften am Horizont entlang und suchten das Meer. Sie blieben an einer Reihe Hochhäuser hängen, die von einer grünlich gelben Dunstglocke zusammengehalten wurden. „Wir könnten an den Strand fahren."

„Fahr du nur. Ich bleibe hier." Lydia blinzelte gegen die Sonne an. Ihre Stimme war ruhig und gelassen. „Das ist genau das richtige für mich."

Bernhard zögerte. Er wollte sie nicht allein lassen, aber er befürchtete, sie würde wieder über Vater reden wollen, wenn er bliebe.

„Dann gehe ich jetzt."

Lydia nickte.

Durch den Türrahmen sah sie aus wie eine Madonna in einem neo-raphaelitischen Gemälde. Die Tür schnappte hinter ihm schwer ins Schloß.

Die Häuser in South Beach waren in den typischen Pastellfarben gestrichen: Aquariumgrün, Wölkchenblau, Mäusespeckrosa. Auf der Straße standen Cabriolets. Aus einer giftig gelben Corvette mit knallroten Feuerspuren entlang der Seiten hämmerte Musik. Die Restaurants waren noch geschlossen, doch in einigen Bars drängten sich blutjunge Mädchen, offensichtlich Fotomodelle und solche, die es werden wollten. Dazwischen bildhübsche Jungs. Ihre Oberkörper waren nackt und knackbraun. Süße Muskeln schwollen unter ihren spitzen, kußroten Brustwarzen, blondierte Haare schmiegten sich an die verletzlichen Schläfen, schrien danach, angefaßt zu werden, gestreichelt und geliebt.

Bernhard wollte durch ihre Lippen in sie eintauchen, aber er wagte kaum, sie anzuschauen. Unter der Leichtigkeit, mit der sie miteinander lachten und sprachen, witterte er Gefahr. Er durfte nicht entdeckt werden, nicht dabei ertappt, wenn er starrte.

Schnell überquerte er die Straße und lief durch den Palmenhain hinunter ans Meer. Inline-Skater zischten an ihm vorüber, der abgetretene Betonweg grollte unter ihren Rädern. Es war schwül geworden, die Sonne brannte auf seinem Gesicht. Innerhalb von Minuten war sein Körper von einem klebrigen Schweißfilm überzogen.

So früh am Morgen war der Strand noch leer. Hie und da fanden sich Spuren nächtlicher Partys. Die Türme der *lifeguards* waren noch nicht besetzt. Er zog Winterstiefel und Socken aus und setzte seine blanken Füße in den Sand. Er war heiß und stach wie Nadeln. Langsam balancierte er an der hauchdünnen Salzlinie entlang, die das Meer in den Sand malte. An manchen Stellen war der Strand übersät von Muschelstücken, an anderen lagen Treibholz, ausgeblichene Coladosen und unidentifizierbare Plastikteile –, als hätte das Meer über Nacht seine Schätze sortiert.

Das Wasser war ruhig. Sanft fuhr es mit langen, schäumenden Krallen in den Sand hinein, siebte ihn aus und zog das Feine hinaus in die See. Dafür lud es kleine, blaue Kapseln am Ufer ab, die aussahen wie mit Wasser gefüllte Kondome, Teile von Qualen.

Kleine, schnellfüßige Vögel veranstalteten einen Wettlauf mit dem Wasser. Wenn es sich anpirschte, liefen sie vor seinen Wellen davon, sobald es sich zurückzog, waren sie hinter ihm her und pickten seine Früchte aus dem Sand.

Über Bernhards Kopf kreisten Möwen, eine Kleinfamilie Reiher flatterte auf blütenweißen Schwingen parallel zum Horizont und auf einem abgebrochenen Surfboard saß ein Mädchen mit kurzem, vanillepuddingfarbenem Haar. Sie lächelte ihn an, und aus ihrem schmalen, feinlippigen Mund strömte ein Schwall von Rauch, der sich schnell verlor.

Bernhard kehrte ihr den Rücken zu und setzte sich in den Sand. Er krempelte die Hosenbeine hoch und streckte die Zehen in die Sonne. Dann verfolgte er das Spiel der Wellen.

Er schaute auf den Horizont hinaus, der sich wie eine Seifenblase krümmte. Was hatte Mutter zu ihm gesagt? „Vater mochte dich von allen Kindern am liebsten." Warum hatte Bernhard nur nie etwas davon mitbekommen? Sein Vater war ihm immer wie eine Bedrohnung vorgekommen. Er hatte einen bohrenden Blick gehabt, so spitz, man hätte sich daran verletzen können. Ein Netzwerk von Regeln hatte er um sich aufgebaut, Schubladen und kleine Kästchen, in denen er Wertvorstellungen aufbewahrte, Maßregelungen und jeden sogenannten Fehltritt, den er im passenden Moment herauszog und einem vor die Nase hielt.

Seine Kindheit kam Bernhard oft wie eine Wanderung durch ein Minenfeld vor. Egal wie wunderbar die Landschaft zuzeiten schien, Bernhard war sich immer der Gefahr bewußt, die da lauerte. Jeden Moment konnte sein Vater hochgehen. Verbitterung und Wut hatten sein Leben geprägt.

Bernhard hatte früh gelernt, seinen Vater aus seinem Leben auszuschließen. Denn mit einem Wort, einem Blick konnte er alles zerstören. Selbst die schönsten Erlebnisse – eine Freundschaft, ein wohlüberlegtes Geschenk oder Zärtlichkeit zwischen zwei Menschen – kehrten sich durch seine bloße Anwesenheit in schlechte Erinnerungen.

Seine Macht war so weitreichend, daß man die Dinge mit seinen Augen sah. Bernhard erinnerte sich daran, mit welchem Ekel er seinem eigenen Bedürfnis, von einem Mann berührt zu werden, gegenübergestanden hatte. Trüge er nicht die letzten Monate mit Edvard tief in seinem Herzen, der Abgang seines Vater vom Abendessen hätte mit einem Schlag seine Beziehung zerstört.

Bernhard ließ eine Handvoll Sand durch die Finger rieseln. Der Wind trug den feinen Staub davon. Ein paar Möwen pirschten sich an Bernhard heran, tappten vor ihm auf und ab und blinzelten mit schwarzen Knopfaugen aus silbrig-braunem Gefieder hervor.

„Ihr habt Glück, daß ihr keine Menschen seid", sagte er, dann griff er nach einer abgeschliffenen, von Salzwasser und Sonne geblichenen Muschel, die sich sanft in seine Hand schmiegte.

Die Sonne brannte auf Kims heller empfindlicher Haut. Trotzdem tat sie gut. Sie wollte Stunden so liegen blieben, die Zeit anhalten und Wärme tanken. Seit Jahren schon fühlte sie sich vom Leben herumgeschubst. Es kam in Wellen, ganz plötzlich. Jetzt war es mal wieder soweit. Einen Anker brauchte sie, eine ruhige Bucht, um anzulegen, aber jedesmal, wenn sie sich ihr nahe fühlte, brauste ein Sturm auf und trieb sie weiter.

„Können Sie mir sagen, wie spät es ist?" fragte Bernhard sie auf englisch. Seine Frage fing ihre zerfließenden Gedanken ein und brachte sie an den Strand zurück. Sie stützte sich hoch, wischte den Sand von ihren Händen und blinzelte ihn dann unter vorgehaltener Hand gegen die Sonne an.

„Weiß ich leider nicht", sagte sie in die Brise hinein.

Ihr Gesicht war rund und frisch, ihre Augen groß. Leichtes Make-up betonte ihre Wangenknochen. Sie war hübsch und nach Bernhards Ansicht noch ein richtiges Küken.

„Tut mir leid", setzte sie hinzu, zuckte die zerbrechlichen Schultern, und er sah, daß es ihr wirklich leid tat. Wie hätte er auch wissen können, daß sie in seinen Augen Stille sah und Tiefe, eine weite ruhige Bucht.

20. Der Wecker hallte in seinen Ohren, als hätte er den Kopf direkt in eine Kirchenglocke gesteckt. Er schaltete die Nachttischlampe an; das Licht brannte wie Feuer in seinen Augen. Edvard hatte einen furchtbaren Geschmack im Mund: Whiskey, Oliven, Nikotin und diese deutliche Note von Speichel, Schweiß und ... er durfte gar nicht daran denken.

Er hob seinen schmerzenden Kopf aus den Kissen und stützte sich auf. Neben ihm träumte einer mit jungenhaftem Gesicht, weißer Haut und schwarzer, drahtiger Behaarung einen glücklichen Traum. Langsam krochen die Ereignisse wieder in Edvards Bewußtsein zurück: die Bar, das Gespräch, der Abend, das Gefühl fremder Haut in seinen Händen, das Gefühl fremder Hände auf seiner Haut. Er hatte sich fesseln lassen, mit den Handschellen am Bett. Seine Brustwarzen schmerzten noch von den Bissen, und Wachs pellte von seiner Brust. Eine Schale geschmolzener Eiswürfel stand auf dem Nachttisch; das Tuch, mit dem er Fred die Augen verbunden hatte, lag zwischen Socken, Unterhosen und Cowboystiefeln.

Fred war ein wahrer Lustknabe. Aber was Edvard an diesem Morgen beeindruckte, war etwas ganz anderes: Er hatte gehofft, er würde mit Schuldgefühlen erwachen. Er hatte erwartet, er würde in den Spiegel schauen und sagen: Ich hätte das nicht tun sollen. Ich war betrunken, ein Ausrutscher, das kommt nicht wieder vor. Doch im Moment fühlte er sich eher, als hätte er sich frisch verliebt.

Edvard quälte sich aus dem Bett. Sein Kopf stach, als würde jemand versuchen, mit dem Meißel in ihn einzudringen. Er schluckte Aspirin und stellte sich dann unter die Dusche. Tropfen prasselten auf ihn herab, platzten auf seinem Körper, der noch schmerzte.

Sein Leben lief aus dem Ruder. Es kam ihm vor, als hätte er irgendwo eine falsche Abzweigung genommen und verirrte sich nun mit jeder Tat ein bißchen mehr.

Er stieg aus der Dusche und stellte sich vor den Spiegel. Was ließ er da nur alles mit sich geschehen? Er durfte nicht mehr darüber nachdenken. Denken war Gift in dieser Situation. „Nicht denken, nur nicht denken", verbot er seinem Spiegelbild.

Er rieb Gel in seine Haare und strich sie nach hinten glatt. Er mußte sie wieder färben, die schwarzen Ansätze lugten schon wieder hervor.

Es gibt gar nicht genug Entschuldigungen, um all das wieder gerade zu rücken, schallte es in seinem Kopf.

„Nicht denken, nur nicht denken", sagte er sich hypnotisierend vor. Er rubbelte seinen Körper schnell trocken, sprühte Deo unter die Arme und zupfte ein paar wilde Augenbrauen aus.

Je wacher er wurde, desto schwerer mahlte der Mühlstein in seinem Kopf. „Nicht denken!" Wenn es nur so einfach wäre. Von außen betrachtet, hatte er Bernhard längst abgeschrieben.

Seine Gedanken drehten sich schnell, aber es gab keine neuen mehr. Jeder war schon tausendmal durchgekaut und schmeckte entsprechend fade. Edvard werkelte noch schneller, als könnte er so der Leier seiner Gedanken entkommen. Er cremte sich ein, klatschte Pre-Shave aufs Gesicht und rasierte sich, ließ nur eine dünne schwarze Linie über den Lippen stehen, die sich an den Mundwinkeln bis zum Kinn hinunterzog. Es war wie eine Meditation.

Und wenn doch alles ein Irrtum war? „Nicht denken!" Schon hatte er sich verschnitten. Edvard trat einen Schritt zurück und rieb sich die Stirn. Ein Blick auf die Uhr zeigte ihm, daß er fertig werden mußte. Er rasierte alles weg und fühlte sich nackt.

Im Schlafzimmer schlüpfte er in einen Slip und zog ein weißes Hemd vom Drahtbügel. Wahrscheinlich war Trennung die beste Lösung. Die Beziehung zu Bernhard war sowieso aussichtslos. Offensichtlich hatten sie ganz unterschiedliche Erwartungen aneinander.

Auf der Kommode lagen Tarotkarten. Edvard zog *Die Liebenden.* Adam stand vor dem Baum des Lebens, Eva vor dem Baum der Erkenntnis, um den sich schon die Schlange hinaufwand. Über ihnen breitete ein goldener Engel seine Schwingen aus. Edvard kannte diese Karte gut. Immer wieder war sie in den Sitzungen mit Birgit aufgetaucht. Adam und Eva lebten im Paradies, in einem Zustand von Harmonie, Einssein mit Gott. Aber es war auch ein Leben ohne Bewußtsein. Erst mit dem Biß in den Apfel lernten sie gut und böse zu unterscheiden und wurden dadurch zu erfahrenden, bewußt handelnden Wesen. Sie verloren ihre Unschuld – und erlangten das wahre Leben.

Brieftasche, Filofax, Uhr. Edvard zog die oberste Schublade auf und öffnete eine Schatulle. Der Ring lag darin. Er schaute zu Fred, der sich in seinem Bett räkelte, sich umdrehte und weiterschlief. Was für eine heiße Nacht. Neuer Anfang, neues Glück? Er steckte ihn sich an, streckte seine Hand aus und ließ das tiefe Funkeln auf sich wirken. Dann nahm er eine Visitenkarte aus dem Filo und kritzelte ein paar Worte auf ihre Rückseite; der Bleistift kratzte auf dem Büttenpapier: *Falls du für heute abend noch keine Pläne hast, mir würde da schon was einfallen.* Da war ja immer noch die Reservierung für das Hotel in Wien.

Er legte die Nachricht auf Freds Unterwäsche und verließ das Haus.

Vor dem Ansturm der Weihnachtseinkäufer schob er noch eine Reihe von Kleinzeug auf den Biedermeier-Kommoden und Empire-Tischchen zurecht und garnierte die Auslagen mit Schleifen und bunten Weihnachtssternen.

Seine Verkäufer Andi, Flori und Schnecke kamen kurz nacheinander, schüttelten sich Schnee von den Mänteln und wischten mit einem Putzlappen hinter sich her.

Edvard war anders, das fiel ihnen gleich auf. Sie schauten sich fragend an, sagten aber kein Wort. Er war noch stiller geworden als in den letzten Tagen, und das war kein gutes Zeichen.

Edvard bat Flori, aromatisierten Kaffee aufzusetzen und Tassen für die Kunden bereitzustellen. Andi schickte er zum Viktualienmarkt, um noch ein paar frische Tannenzweige zu holen. Schnecke ließ er derweil den Tisch mit den Goldwaren neu dekorieren.

Seit der Party am letzten Donnerstag und Bernhards unerwartetem Abgang hatte sich ihr Chef sehr verändert. Eine ungeheure

Emsigkeit hatte ihn ergriffen, ständig mußten sie irgend etwas putzen, arrangieren oder umorganisieren. Sie kamen sich schon vor wie in einem Arbeitsbeschaffungsprogramm. Seine Entscheidungen waren oft nicht besonders sinnvoll, aber sie hüteten sich davor zu widersprechen. Gerade heute: Verkauf am vierundzwanzigsten! Ein schwerer Tag stand ihnen bevor. Das letzte, was sie brauchen konnten, war ein heulender Chef. Und er war den Tränen nahe, das war nicht zu übersehen.

Das Problem der In-letzter-Minute-Weihnachtsgeschenke-Einkäufer lag nicht darin, daß sie vorher keine Zeit hatten. Es fehlte ihnen einfach an Ideen, und das änderte sich auch nicht am Heiligabend. Deshalb war es so schwierig, sie zu bedienen. Sie studierten dann die silbernen Haarnadeln mit Perlmutteinsatz mit derselben verwirrten Hingabe wie Zigarrettenetuis oder die Kollektion Flachmänner aus dem letzten Jahrhundert. Dabei spielte es keine Rolle, ob der zu Beschenkende Alkohol trank, rauchte, Männlein oder Weiblein war.

Obwohl sich Edvard seinen Kunden hingebungsvoll zuwandte, war er an diesem Tag nicht so ganz bei der Sache. Es fiel ihm schwer, auf etwas anderes zu hören als auf die verletzte Stimme in seinem Kopf. Oft nannte er falsche Preise, erzählte eine falsche Geschichte zu einem Gegenstand oder machte Bemerkungen, wo er besser hätte schweigen sollen. Die Kunden schauten ihn dann skeptisch an, bis er niedergeschlagen das Feld räumte und es einem seiner Verkäufer überließ, die Situation zu retten.

„Was ist bloß mit dir los?" fragte er sein Spiegelbild. Sein Blick war stechend und scharf wie das Brennen in seinem Herzen. „Nicht denken! Nicht denken!" antwortete es, aber sein Kopf hörte nicht darauf.

Dann kam eine ältere Dame in den Laden. Sie trug einen großen Hut auf dem toupiertem Haar und ein winziges Hündchen auf dem Arm. Sie war ganz in leuchtendes Blau getaucht.

„Ich suche eine klitzkleine Kleinigkeit für mein Söhnchen", schnurrte sie und ließ ihre Augen über die Auslage wandern.

„Was haben Sie sich denn vorgestellt?" fragte Edvard.

„Ich weiß nicht, vielleicht so ein ... na, wie sagt man denn da, Sie wissen schon, irgendwas Nettes eben. Haben Sie da nichts?"

Edvard legte ihr ein silbernes Etui für Visitenkarten vor und eine Reversnadel mit Elfenbeinbesatz. Weder damit noch mit den Serviettenringen konnte sie etwas anfangen. Auch das Teeservice überzeugte sie nicht, ebensowenig der Brieföffner.

Kurz vor zwölf entschuldigte sich Edvard und übergab Flori die Kundin. „Ich muß raus hier, sonst bringe ich noch jemanden um", flüsterte er ihm ins Ohr.

Flori schaute hilflos zu seinen Kollegen hinüber und dann über die Köpfe der Kunden im eng gedrängten Verkaufsraum hinweg.

„Bin in zehn Minuten wieder da."

Edvard warf sich seinen Mantel über und verschwand durch den Lieferanteneingang. In ein paar Schritten war er im Tal. Die Luft war frisch und klar, und er fühlte das Blut in seine Wangen steigen.

Auf dem Marienplatz stürzten Weihnachtseinkäufer von einem Geschäft in das nächste. Es war das reine Chaos. Edvard blieb stehen und schaute sich um. Er spürte Kiesel unter den Ledersohlen seiner Schuhe, seine Ohren begannen vor Kälte zu brennen. „Nicht denken! Nicht denken!" Das Wichtigste war, auf andere Gedanken zu kommen.

Er eilte über den Viktualienmarkt und ließ sich überall was einpacken: englische Cracker, teuren, scharfriechenden Käse, gekühlten Champagner, französische Schokoladenplätzchen, zwei große, saftige Lachssteaks, ein paar Tomaten, Lauch, eine Handvoll Schalotten und Petersilie. Eine Sternfrucht mußte her, eine feine, zuckersüße Honigmelone, Litschis und Erdbeeren aus Neuseeland. Wie oft hatte er hier schon für Bernhard eingekauft! Wieviel Mühe hatte er sich gegeben, ihn an die schönen Dinge im Leben heranzuführen? Aber Statistiken und mathematische Formeln waren seinem Freund stets wichtiger gewesen. „Nicht denken! Nicht denken!"

Roswitha fuhr die Leopoldstraße hinunter und studierte dabei das Gesicht eines jeden Fußgängers. Fred war irgendwo da draußen. Sie mußte ihn nur finden. Rumsitzen machte sie wahnsinnig.

Vor drei Tagen hatte sie noch Weihnachtspläne mit Fred geschmiedet. Sie fuhren in die Stadt, liefen händchenhaltend durch die Fußgängerzone, kauften Christbaumschmuck. Am Nachmittag buken sie Weihnachtsplätzchen, und Fred knackte Walnüsse dafür. Am Abend lagen sie dann zufrieden und glücklich vor dem Fernseher, da stand er, ohne ein weiteres Wort zu verlieren, auf und ging hinaus. Sie hatte gedacht, er wollte auf die Toilette oder eine Flasche Bier holen, aber dann hörte sie die Wohnungstür zuschlagen.

Roswitha wartete, zuerst vor dem Fernseher, dann am Küchenfenster. Nach einer Stunde zog sie sich an, lief auf die Straße hinunter, aber keine Spur von Fred. Sie ging wieder nach oben, setzte sich auf die Couch, der Aschenbecher war noch voll mit seinen Kippen. Um Mitternacht zog sie sich schließlich aus und schlüpfte in ihr Nachthemd. Sie schaltete das Licht aus, dann wieder an. Sie horchte auf Geräusche, und sobald sie die Haustür hörte, stellte sie sich schlafend. Sie wollte ihm keine Schuldgefühle machen. Aber Fred war nicht wieder aufgetaucht.

Jetzt fuhr sie durch die Stadt. Irgendwas mußte sie ja tun. Sie bog von der Ludwigstraße auf den Inneren Ring. Das Ticken des Blinkers beruhigte.

Am nächsten Morgen hatte sie dann die Krankenhäuser angerufen, aber es war kein junger Mann eingeliefert worden, auf den die Beschreibung paßte.

Dann waren nur noch drei Möglichkeiten übriggeblieben: Man hatte ihn gekidnappt und noch keinen Kontakt mit ihr aufgenommen. Kidnappern könnte sie schon was bezahlen. Wenn sie ein paar Wertsachen verkaufte, den Bausparvertrag kündigte und einen Vorschuß bekäme, könnte sie bestimmt fünfzehn- oder zwanzigtausend Mark zusammenkratzen.

Oder er brauchte einfach ein bißchen Zeit für sich, das alles zu überdenken. Vielleicht war er zu seiner Mutter gefahren oder hatte das Bedürfnis, mit einem Freund über die Heirat zu sprechen. Vielleicht war er noch nie so geliebt worden und saß jetzt irgendwo in einer Kneipe und war verunsichert. Von solchen Reaktionen hatte sie oft genug in Romanen gelesen.

Oder er hatte sie verlassen, dann war es einzig und allein ihr Fehler. Sie hätte ihn niemals fragen dürfen, ob er sie heiraten wollte.

Sie bog am Isartor ins Tal ein. Menschen drängten sich auf den glatten Bürgersteigen an den Schaufenstern entlang, tief in ihre Mäntel und Schals eingemummelt.

Es war nicht das erste Mal, daß sich Roswithas Leben so abrupt änderte. Fred war für sie ein Geschenk des Himmels. Für sie war er längst zu einer physikalischen Konstante geworden, so grundlegend wie Temperatur, Druck und Schwerkraft.

Das Schlimmste an seinem Verschwinden war: Sie konnte ihre Augen nicht mehr schließen. Denn sobald sie die Welt nicht mehr sah, wurden ihre Gedanken zu wildem, flirrendem Chaos, ihr Körper schien in tausend Stücke zu zerfließen und eine Angst befiel sie, die sie bisher nicht kannte, die Angst, verrückt zu werden.

Unter den Arkaden der Stadtsparkasse meinte sie Fred auszumachen, da hörte sie einen dumpfen Knall. Erdbeeren klatschten auf ihre Windschutzscheibe, Blumen regneten aus weißem Winterhimmel auf sie herab. Sie erschrak, trat auf die Bremse und schlitterte. Sie riß die Tür auf, da kullerten Apfelsinen wie orangefarbene Perlen durch den Schnee, zerquetschte Tomaten lagen da wie Blutflecken.

Edvard kniete zwei Meter hinter ihrem Auto.

„O mein Gott! Ist Ihnen etwas passiert?"

Er rappelte sich hoch. „Es geht schon."

„Furchtbar. Ich habe Sie nicht gesehen. Ich ... ich ..." Roswitha zuckte mit den Schultern. Da lagen Schokoplätzchen und Lauch, Litschis. Sie bückte sich danach. „Es tut mir so leid. Ich bin ... ich weiß nicht mehr weiter. Glauben Sie mir. Ich hatte noch nie einen Unfall." Tränen liefen ihre Wangen herunter. Ein Auto hupte. Es klang gedämpft, fast zäh. Fußgänger eilten herbei. Ob er Hilfe brauchte? Edvard wehrte ab.

Roswitha klaubte ein paar Lebensmittel auf. Er nahm sie ihr aus der Hand und stopfte sie in die Tüten.

„Nichts passiert. Ich war mit meinen Gedanken woanders. Ich habe nicht auf den Verkehr geachtet."

„Es tut mir leid. Ich weiß nicht mehr, wohin mit mir."

„Ist schon gut. Es war meine Schuld."

„Nein, es war meine Schuld. Alles ist meine Schuld." Roswitha bürstete Schnee von Edvards Mantel, sein Ellenbogen war ganz weiß, eine Schürfwunde an seiner Hand. Da sah sie den Ring. „Dieser Ring! Er gehört meinem ... Mann."

„Das kann nicht sein. Das ist ein Einzelstück."

„Sie haben ihn gesehen, nicht? Sagen Sie mir, wo er ist. Sagen Sie mir, warum er verschwunden ist."

„Ich bitte Sie, ich kenne Ihren Mann nicht."

„Aber Sie müssen ihn gesehen haben. Nur er hatte so einen Ring."

„Nein, nur ich habe so einen Ring. Es ist mein Ring."

„Sagen Sie mir, wo mein Mann ist." Roswitha flehte Edvard an und hielt sich an ihm fest. „Er ist der einzige Mensch in meinem Leben. Ich will ihn nur wiederhaben. Sagen Sie mir, was Sie wollen. Ich tue alles. Es ist mir ganz egal."

Edvard riß sich los. „Sind Sie verrückt? Lassen Sie mich los!"

„Aber Sie müssen ihn gesehen haben. Er ist klein und jung und hat ein Muttermal hinter dem rechten Ohr." Roswitha flennte. „Er trägt immer eine Lederjacke und Cowboystiefel. Und er lächelt so charmant. Ich bitte Sie, geben Sie ihn mir zurück." Sie sank kraftlos auf die Knie und bettelte ihn an.

Edvard schaute sich um. Immer mehr Fußgänger blieben stehen. Er zerrte seinen Arm aus ihrem Griff.

„Er hat meine Kontokarte und dreitausend Mark in der Innentasche seiner Jacke. Die hab ich ihm für den Umzug gegeben. Nehmen Sie alles, aber geben Sie ihn mir zurück."

Edvard stieß sie von sich und lief davon, unter dem alten Rathaus hindurch, die Dienerstraße hinauf, an Dallmayer vorbei, dorthin, wo sie ihm mit dem Wagen nicht folgen konnte. Als er sich sicher fühlte, lehnte er sich an ein Gebäude und atmete durch. Ein äußerst ungutes Gefühl hatte sich bei ihm eingenistet. Er mußte darüber nachdenken. Nein, das konnte eigentlich alles gar nicht sein. Es war viel zu verrückt, als daß es wirklich passiert sein konnte. Jeans. Cowboystiefel. Ein Muttermal hinter dem rechten Ohr. Er versuchte sich dieser Gedanken zu erwehren, aber bald war er sich sicher: Fred!

Aber wie ging das mit dem Ring? Fred hatte doch gar keinen an der Hand. Edvard hatte ihn diesem Typen im Englischen Garten abgenommen, Bernhards Geliebten. Filterlose Zigaretten, spitze Nase, dieses Profil! Natürlich! Jetzt wußte er wieder, wo er Fred schon mal gesehen hatte. Und der blaue Fleck auf seiner Nase! Der stammte von Edvards eigener Faust. Trotz der Kälte lief es Edvard heiß den Rücken herunter. Das hieß ja, daß Bernhards neuer Liebhaber … daß er mit ihm letzte Nacht …

Er rannte die Maximilianstraße hinunter, in seinen Laden hinein und drückte sich an den Kunden vorbei. Flori schaute ihn bestürzt an. Aus der Schramme auf seiner Schläfe quoll Blut, sein Mantel war voller Schnee und Schmutz, auf der Schulter klebte eine zerdrückte Erdbeere.

„Um Gottes willen! Was ist dir denn passiert?"

„Das kann ich dir jetzt nicht erklären. Ich muß zuerst jemanden umbringen."

21. Edvard schlug die Wohungstür hinter sich zu; sein Herz raste. Er lief zuerst ins Schlafzimmer, doch das Bett war leer. Er schaute in der Küche nach, im Eßzimmer, im Bad; die Duschwanne war noch naß, Fred aber verschwunden.

Ganz ruhig! Edvard stellte sich in die Eingangshalle und dachte nach. Hoffentlich hatte er nichts mitgehen lassen. Er ging durch die Wohnung und schaute, ob irgendwas fehlte. In der Küche fand er die Visitenkarte mit seiner Nachricht wieder. Fred hatte sie gelesen, also würde er wahrscheinlich wiederkommen. Er brauchte nur auf ihn zu warten.

Edvard ließ sich aufs Sofa fallen. Da stand der Gummihüne gegen die Wand gelehnt, den sie zum Jubiläum geschenkt bekommen hatten, und erinnerte ihn wieder an Bernhard. Dienstagmittag, Heiligabend. Am Donnerstag hatte er Bernhard zum letzten Mal gesehen. Da hatte er ihn noch geliebt und sich nichts sehnlicher gewünscht, als mit ihm für immer zu leben. In fünf Tagen hatten sich seine Gefühle völlig verändert. Jetzt war er wütend und voller Zorn und wollte mit Bernhard nie wieder etwas zu tun haben. Er hatte ihn die ganze Zeit falsch eingeschätzt. „Nicht denken! Nur nicht denken!"

Dann sah er die Zigarettenstummel von Fred im Aschenbecher. Edvard packte die Wut. Er pfefferte ihn auf den Gummihünen, in der Hoffnung, ihn dadurch kaputtzumachen. Aber der Aschenbecher prallte ab und flog in die Bar. Ein paar Karaffen zerschellten, Alkohol floß auf den Boden. Na, wunderbar! Seine Pechsträhne wollte einfach nicht abreißen.

Wenn er die Alkohollache stehen ließ, würde das Parkett auch noch ruiniert. Edvard schleppte sich in die Küche, holte Besen und Schaufel und eine Rolle Küchentücher. Dann kniete er sich neben die Scherben und begann sie aufzusammeln. Dabei schnitt er sich in die Hand. Jetzt tropfte auch noch Blut auf den Boden. „Nicht denken! Nur nicht denken!"

Edvard setzte sich auf seine Fersen zurück und schüttelte den Kopf. Er fühlte sich wie unter einem bösen Zauber. Wann würde das nur endlich aufhören?

Die Türglocke unterbrach seinen Gedankenstrom. Fred! Schnell wickelte er seine Hand in ein Stofftaschentuch und schlich hinaus in den Gang. Dann riß er die Tür auf und hob den Arm zum Kinnhaken.

„Edvard Bornheimer?"

Im Gegenlicht brauchte er einen Moment, um die Gesichter der beiden Uniformierten auszumachen: „Ja." Er senkte verwirrt die Faust.

„Polizei. Wir suchen einen gewissen Fred Wolf. Kennen Sie ihn?"

„Nein, ich kenne ihn nicht, und ich will auch nichts von ihm wissen." Edvard wollte schon die Tür schließen, da sagte einer der beiden forsch:

„Würden Sie uns bitte Ihre Hände zeigen."

Edvard streckte sie aus. Der eine deutete auf den Ring, der andere auf das blutrote Taschentuch. „Und was haben Sie da?" Er zeigte darauf.

„Da habe ich mich gerade geschnitten."

„Dürfen wir mal reinkommen?" Der größere der beiden drückte sich an Edvard vorbei in die Wohnung.

„Hören Sie, mir ist gerade nicht nach Rätselraten zumute. Können wir das ein andermal fortsetzen?"

„Der Mann, den wir suchen, wird seit einigen Tagen vermißt", erklärte der andere mit ruhiger Stimme. „Sie stehen in dringendem Verdacht, mit ihm in Kontakt zu stehen."

Nicht doch, die Verrückte, dachte Edvard.

Da rief der eine dem anderen aus dem Wohnzimmer zu: „Rudolph, schau doch mal her, was wir hier haben."

„Das ist der Mann. Das ist er." Roswitha sprang von der Bank auf, als sie Edvard in den Wachraum führten.

„Halten Sie mir diese Frau vom Leib", raunte Edvard. „Die hat mich heute mittag fast überfahren."

Die Polizisten brachten Edvard ins Vernehmungszimmer. Roswitha wollte sich hinter die Absperrung drängen. „Und Sie warten draußen, gell!"

Sie brachten Edvard in einen kleinen quadratischen Raum. Er schaute sich nach der großen Spiegelwand um, wie er sie aus Spielfilmen kannte, aber da war keine. Nur ein Schreibtisch mit einer Lampe und ein Fenster mit verstaubten Metalljalousien.

„Rauchen Sie?" fragte ihn der Polizist, den man ihm als Kommissar Grill vorgestellt hatte. Er hatte durchdringende Augen und Lippen so dünn wie Striche.

„Nein, danke."

„Ich hatte nicht im Sinn, Ihnen eine Zigarette anzubieten. Die Frage ist vielmehr, wenn Sie nicht rauchen, wie kommen dann diese Zigarettenstummel in Ihre Wohnung?" Er baumelte ihm ein Tütchen vor die Nase.

„Ich hatte einen Gast."

„Und wie heißt dieser Gast?"

Edvard stöhnte. „Fred."

„Und wie noch?"

„Weiß ich nicht."

„Aber er hat bei Ihnen übernachtet." Der Polizist musterte Edvard über den Schreibtisch.

„Ist es verboten, daß ich Männer mit Vornamen Fred bei mir übernachten lasse?" fragte er spitz und zog seine Nase in die Höhe.

„Vorsicht. Es geht hier um einen vermißten Menschen. Sie sind unsere einzige Fährte. Sie stritten ab, den Vermißten zu kennen. Wir finden Blut in Ihrer Wohnung, Zigarettenstummel, die sehr wohl von ihm stammen könnten. Wir müssen der Spur nachgehen."

„Ich habe es geleugnet, weil ich schon genug Ärger hatte. Ich wollte nur meine Ruhe, verstehen Sie?"

„Und dann bleibt da immer noch die Frage des Rings." Grill hob ihn vom Schreibtisch auf und ließ ihn im Licht spielen. Er war wie hypnotisiert.

„Der gehört mir. Das habe ich Ihren Kollegen nun schon dreimal gesagt." Edvard wurde ungehalten.

„Dann erklären Sie mir mal, wie Frau Wengenmayer uns den Ring genau beschreiben konnte?"

„Das kann ich Ihnen nicht erklären. Sie hat mich angefahren und ihn an meiner Hand gesehen. Sie hatte genug Zeit, ihn zu studieren."

„Und wo ist Ihre Quittung für den Ring?"

„Ich habe keine." Er faßte sich an den Kopf und überlegte. „Die Sache ist so. Ich habe diesen Ring vor einigen Wochen von einem Mann gekauft, der in meinen Laden kam. Gleich als ich ihn zum ersten Mal gesehen habe, wußte ich, daß ich ihn für mich behalten will. Deshalb ist er nicht über die Bücher gelaufen. Das ist völlig legal."

„Woher wußten Sie, daß der Mann der rechtmäßige Eigentümer des Rings war?"

„Woher? Woher? Ich bin Antiquitätenhändler. Wenn ich bei jedem Gegenstand nachprüfen müßte, woher er kommt, könnte ich meinen Laden zumachen."

„Es besteht also wenigstens die Möglichkeit, daß der Ring wirklich dem Lebensgefährten dieser Frau gehörte."

„Das ist doch ganz einfach. Sie vermißt ihren Mann seit letztem Samstag. Ich habe den Ring aber schon Ende September gekauft. Seither lag er in einem Geheimfach meines Sekretärs. Wie diese Irre darauf kommt, daß er ihr gehört, weiß ich nicht."

Grill schaute ihn mir großen Augen an. „Haben Sie denn wenigstens jemanden, der den Kauf bezeugen kann, einer ihrer Mitarbeiter oder ..."

Edvard schüttelte verzweifelt den Kopf. „Nein, nein, nein. Aber ich habe den Ring vor fünf Tagen einem Freund geschenkt."

„Ach, einem Freund also."

„Ja, einem Freund."

Der Polizist lehnte sich zurück und dachte nach. Sein Kopf wippte leicht dabei, als führte er innerlich ein Zwiegespräch.

„Wenn das so ist, dürfte sich die Sache ja leicht überprüfen lassen. Wie heißt denn Ihr Freund?"

„Sie können ihn nicht erreichen."

„Ah, natürlich. Wahrscheinlich ist er mit dem Weihnachtsmann in den Urlaub gefahren. Richtig?"

Edvard wurde wütend, aber er hielt sich zurück. Ganz ruhig sagte er: „Er ist bei seiner Familie in Frankfurt. Aber ich habe seine Telefonnummer nicht."

„Sie wollen mich wohl für dumm verkaufen, wie?" Grill schlug mit der Faust auf den Tisch. Edvard zuckte.

„Es ist mir völlig egal, was sie denken. Die Wahrheit ist, daß es stimmt."

„Ihr Problem ist nur, Sie müssen es beweisen."

Edvard lehnte sich weit in seinem Stuhl zurück und schüttelte den Kopf. Das durfte doch alles nicht wahr sein. Egal was er tat, mit jedem Atemzug schlitterte er tiefer in die Katastrophe hinein.

„Vielleicht wollen Sie ja einfach ein bißchen darüber nachdenken. Meine Schicht ist zu Ende. Vielleicht fällt Ihnen ja bis morgen was Neues ein."

„Endlich." Edvard atmete erleichtert aus, stand auf und griff nach seinem Mantel.

„Nein, ich gehe. Sie bleiben."

„Also hören Sie mal!"

„Ich kann Sie doch nicht gehen lassen. Sie haben weder eine Erklärung für den Ring noch für den verschwundenen Mann, den sie offensichtlich zuletzt gesehen haben."

„Aber ich weiß nicht, wo er ist. Ich schwöre es."

Der Kommissar zuckte mit den Schultern: „Na dann, Gute Nacht."

„Nein, gehen Sie nicht. Okay, okay. Ich gebe Ihnen seinen Namen. Aber wenn Sie dort anrufen, fragen Sie nach ihm. Bitte erzählen Sie die Geschichte nicht seiner Familie. Auf keinen Fall dürfen Sie meinen Namen erwähnen."

Grill schaute Edvard schief an und rief dann seinen Kollegen zu sich ins Zimmer. Ihn beorderte er, den Namen der verheirateten Schwester von Bernhard Moll in Frankfurt herauszufinden und sich mit ihr in Verbindung zu setzen. Dann nahm er den Ring wieder. Er drehte und wendete ihn im Licht und wog ihn lange Zeit schwer in der Hand. Seine Augen glühten schier, und mit einem Hauch von Neid in der Stimme sagte er schließlich: „Schönes Stück. Glücksgriff, was?"

„Da bin ich mir inzwischen nicht mehr so sicher", murmelte Edvard und legte den Kopf auf die Tischkante.

„Wie bitte?"

„Ich sagte, Sie haben recht. So was kriegt man nur einmal im Leben angeboten."

Kurze Zeit später ging die Tür wieder auf. „Sie heißt Gudrun Eßlinger. Und sie hat einen Bruder, der in München lebt und gerade zu Besuch ist. Das heißt, eigentlich."

„Und uneigentlich?"

„Ist er gerade in Miami, um seinen verstorbenen Vater zu überführen. Er kommt morgen früh mit der Siebenuhrmaschine in Frankfurt an."

„Danke." Grill nahm ihm den Zettel aus der Hand, und der Kollege schloß die Tür hinter sich.

Und zu Edvard: „Sie werden bis morgen früh hier bleiben müssen. Wir werden Ihren Freund vom Flughafen abholen, bis dahin haben wir auch die Laborergebnisse von dem Blut aus ihrer Wohnung."

Eine Nacht im Gefängnis, dachte Edvard. Ein Alptraum, aber er kannte ein paar Freunde, die ihn darum beneiden würden.

22. Bernhard trat in das Zimmer und erschrak. Die Kleider seines Vaters lagen auf dem Bett, als hätte er ihn gerade beim Umziehen gestört.

„Ich gehe noch auf die Toilette, dann können wir fahren", sagte Lydia und verschwand im Bad.

Ein Sakko lag da, das Bernhard noch aus seiner Kindheit kannte. Daneben Hosen, verschiedene Hemden, Shorts und Unterwäsche. Obwohl Bernhard mit dem Anblick dieser Kleider aufgewachsen war, kamen sie ihm fremd vor, fremder noch als die in den Auslagen von Geschäften. Vielleicht weil sie so ganz anders waren als das, was man heute trug. „Alte-Männer-Stil" nannte Bernhard die Art, wie sich sein Vater kleidete.

Er zog eine grüne, halblange Badehose aus Samt unter den Kleidern heraus. Sie lag glitschig in seiner Hand. Er versuchte sich seinen Vater darin vorzustellen. Seinen dicken Bauch, den perfekt runden Nabel, der ihm immer wie ein Fußball-Ventil vorgekommen war, und die kurzen, dürren Beine. Da lag ein weißes Polyesterhemd mit fast ausgewaschenem Zebramuster und spitzem, viel zu großem Kragen. Sein Vater hatte es getragen, als Bernhard den ersten Preis bei *Jugend forscht* verliehen bekam. Er hatte damals ein Computerprogramm zur Berechnung von Primzahlen entwickelt. Das war fast zwanzig Jahre her und so ziemlich das einzige Mal, daß sich sein Vater für etwas interessiert hatte, was seinem Sohn die Welt bedeutete.

Bernhard schlüpfte mit der Hand in das Hemd und ließ den glatten, kühlen Stoff über seine Finger gleiten. Bernhard erinnerte sich: Er war vielleicht fünf, da stahl er eine Unterhose aus dem Schrank seines Vaters und zog sie an. Sie war so groß, daß er seine Hosen darüber kaum zuknöpfen konnte, aber es machte ihn stolz, groß und erwachsen. Es gab ihm das Gefühl, er hätte eine Abkürzung in die Erwachsenenwelt gefunden. Gleichzeitig knüpfte dieses Stück Stoff ein geheimes Band zu seinem Vater.

Bernhard hörte die Spülung der Toilette.

„Warum hast du das alles rausgelegt?" fragte er Lydia.

„Ich werde sie hierlassen. Was soll ich zu Hause damit anfangen?" Sie schloß die Balkontür; die Klimaanlage fing automatisch wieder an zu surren. „Oder wolltest du etwas davon?"

Sie sagte das so, als wäre es die unwichtigste Nebensache der Welt. Woher nahm sie nur diese Gelassenheit?

„Ich sehe ihn noch in diesem Hemd", flüsterte Bernhard und erinnerte sich an die Preisverleihung, den stolzen Blick seines Vaters. Bernhard legte das Gesicht in das Hemd; es roch frisch, nach Waschmittel, keine Spur vom Vater darin.

Natürlich wollte Bernhard nichts von den Kleidungsstücken. Aber hierlassen? Seine Mutter konnte doch nicht einfach seine Sachen hierlassen. Da wurden Dinge getrennt, die zusammengehörten. Geschwister in Frankfurt, Bernhard in München, das Grab des Vaters in Heidelberg, und jetzt sollten diese Kleider in Florida bleiben? Oder war das nur die natürliche Konsequenz von Tod?

Lydia nahm ihre Handtasche vom Tisch, legte sich die Strickweste über den Arm und setzte sich den kleinen Sonnenhut auf die Perücke. Ihr Mantel lag über dem Koffer, beides stand schon neben der Tür, bereit, aufgehoben und sechstausend Kilometer nach Hause transportiert zu werden.

„Na dann." Seine Mutter erschien ihm fast heiter.

„Na dann", antwortete er bedrückt. Lydia nahm den Mantel. Bernhard hob ihren Koffer auf, drehte sich noch einmal um. Dann folgte er ihr zur Tür, drehte sich wieder um, schaute Lydia in die Augen. Sie stand schon im Gang, als er umkehrte und das zebragestreifte Polyesterhemd zusammenraffte. Dann folgte er ihr zum Aufzug.

Bernhard war so in Gedanken versunken, daß er Kim am Eingang zum Flugzeug übersah. Hätte sie ihn nicht am Ärmel gezupft und angestrahlt, wäre er geradewegs an ihr vorbeigelaufen.

„Schönen Strandspaziergang gehabt?"

Nachdem ihr Bernhard mit einem Stirnrunzeln begegnete, setzte sie mit blitzend weißen Zähnen hinzu: „Jetzt hab ich eine Uhr. Es ist viertel nach fünf."

Da fiel es ihm wieder ein: Sie was das Mädchen vom Strand. „Das ist aber ein Zufall!"

„Ich hab mir gleich gedacht, daß du kein Amerikaner bist", sagte sie, dann wurde ihr Gesicht ernst, und Bernhard nahm den braungebrannten Steward wahr, der Kim giftig anblitzte.

„Wir sehen uns noch", flüsterte sie. „Guten Start derweil."

Lydia saß schon auf ihren Platz. Bernhard verstaute ihre Strickweste, das Handgepäck und den Mantel im Gepäckfach, dann setzte er sich neben sie.

Die Maschine war halbleer, trotzdem dauerte es ewig, bis alle die Tüten und Handtaschen weggepackt hatten, als wollten sie noch jede Sekunde in diesem wunderbaren Land auskosten.

Bernhard fühlte sich plötzlich leichter. Als er Kim am Strand nach der Uhrzeit gefragt hatte, war ihm gleich aufgefallen, was für eine frische und aufgeweckte Ausstrahlung sie hatte, wie voll von Neugier und Lebensdrang sie war. Mit dem Vater unter den Füßen und der todkranken Mutter an seiner Seite tat es gut, jemanden im Flugzeug zu wissen, der vor Leben sprühte. Ihre bloße Anwesenheit hatte etwas Erheiterndes. Vielleicht weil sie die Totenstille in seinem Kopf belebte, indem sie ihn an die brennende Sonne und die Weite des Meeres erinnerte. Oder einfach nur, weil sie ein Mensch außerhalb all seiner Lebenswirren war, unbelastet; sie war wie eine Brücke zu einer anderen Welt.

Lydia saß am Fenster. Sie wollte Miami sehen und den Atlantik, den sie nicht zu Gesicht bekommen hatte und den sie wahrscheinlich nie wiedersehen würde. Sie hatte von der Stadt nichts gehabt. Aber sie hatte etwas zurückgelassen, das sie immer damit verbinden würde. Sie stellte sich das Zimmermädchen vor, das Theos Kleider einsammeln würde, sie mit nach Hause nehmen und jemandem in der Familie geben oder Nachbarn, die damit durch die langen, weiten Straßen der Stadt promenieren würden.

Aber Lydia ließ nicht nur etwas zurück, sie nahm auch etwas mit. Sie hatte geatmet, sie hatte gesehen, dort oben auf der Hotelterrasse: Palmen und Pelikane und einen Himmel, so bewegt wie das Leben, das sie sich immer gewünscht hatte. Für ihren Sohn war es ein erbärmlicher Ausblick auf eine häßliche Stadt gewesen, denn er konnte nicht sehen, was sie spürte: Hinter den Häusern, weit hinter der Stadt, irgendwo draußen auf dem Meer war der Anfang zur Unendlichkeit. Und mit einem Mal hatte sie sich nicht mehr so weit entfernt angefühlt. Lydia hatte Freiheit gerochen.

Das Flugzeug rollte hinaus auf die Startbahn, beschleunigte und erhob sich in den sonnigen Himmel. Momente später schrumpfte der gigantische Moloch von Miami auf Fenstergröße, und das Meer zog sich zu einem ausgeblichenen Lappen hellblauer Seide zusammen.

Ab und zu trafen sich Lydias und Bernhards Blicke, dann lächelten sie sich an und schauten schnell wieder in eine andere Richtung. Er dachte an das Ende seines Vaters, sie an den Anfang ihres restlichen Lebens.

Der Himmel blieb klar und offen, dann wurde es allmählich dunkel, die Sonne versank in bauschigen Wolken und färbte sie tiefblau. Bernhard und seine Mutter ließen das Abendessen zurückgehen. Die Luft war zu dünn für Lachs mit Brokkoliröschen, und nach allem, was ihnen in den letzten Tagen begegnet war, hatten sie genug zu verdauen. Wenig später schlief Lydia ein.

Bernhard schaute den Gang hinauf, er suchte nach Kim. Stewardessen sammelten die Tabletts wieder ein. Geschirr klapperte, Plastiktüten wurden aufgerissen, Kaffee nachgeschenkt. Er schnallte sich ab und ging nach hinten.

„Brauchst du was?" fragte ihn Kim aus der Küche heraus. Sie band gerade einen Müllsack zu.

Er dürstete nach Leben. „Ich glaube nicht", antwortete er.

„Ist doch wirklich witzig, daß wir uns hier wiedertreffen, findest du nicht?"

„Ja, irgendwie schon." Er hatte die Hand schon an der Klinke zur Toilette.

„Guck mal", flüsterte sie und zog ihn verschwörerisch in die Küche hinein. „Ich habe zwei Flaschen Champagner auf die Seite geschafft. Wenn du Lust hast, können wir die verputzen."

„Gerne", sagte er.

Kim schaute sich nach dem Steward um; er war in der ersten Klasse beschäftigt. Sie flüsterte Margret etwas ins Ohr, dann deutete sie Bernhard an, sich in die letzte Reihe gleich vor der Küche zu setzen. Dann gab sie geröstete Nüsse in ein Schälchen und stellte kleine Sektgläser aus Plastik auf den Tisch.

„Kannst du dir einfach Zeit nehmen?"

„Der Flug ist leer, ich hab meinen Job getan. Außerdem werde ich sowieso gefeuert."

„Gefeuert?"

„Ach, reden wir besser nicht davon. Erzähl mir lieber, was du in Florida gemacht hast! Ist Miami nicht eine wunderbare Stadt?" Sie schenkte ein, und plapperte munter weiter. „Als ich da unten am Strand saß, hab ich mein Herz verloren. Ich glaube, ich muß dort unbedingt leben. Findest du es nicht unglaublich aufregend? Die Stadt prickelt richtig vor Leben."

Es sprudelte geradezu aus Kim heraus. Nach allem, was Bernhard in den letzten Tagen erlebt hatte, war sie eine Erholung. Ihre Worte wuschen über ihn hinweg, erfrischten, belebten, erneuerten. Es dauerte keine fünf Minuten, da hatte Bernhard den Eindruck, er kenne Kim schon seit Jahren.

„Aber sag mal, du bist irgendwie nicht gut drauf? Du sagst ja gar nichts."

Er schaute sie an. Sie hatte offene, neugierige Augen.

„Es geht. Ich hatte einfach nur ein paar schreckliche Tage."

„Erzähl! Wie kann man an dem Strand schreckliche Tage haben?"

„Nein, da gibt es nichts zu erzählen", sagte er. Er wollte ihr nicht seine Geschichte zumuten. Darüber zu sprechen hätte all die Unannehmlichkeiten und unguten Gefühle zurückgebracht. Außerdem wäre Kim dann nicht mehr unbelastet, wäre nicht mehr die Brücke in eine fremde Welt.

„Morgen früh ist alles vorbei." Er würde seine Mutter bei Gudrun abliefern und sich sofort in den nächsten Zug setzen. Seine Geschwister konnten sich dann um den Beerdigungskram kümmern. Er wollte nur noch zu Edvard.

„Du hast recht. Man sollte gar nicht so viel über Probleme reden. Das läßt sie oft nur größer und wichtiger erscheinen, als sie in

Wahrheit sind." Sie schaute zu ihm hinüber. „Außerdem macht es auf andere einen schlechten Eindruck."

Sie hob das Glas, um mit ihm anzustoßen „Ich sprech da aus Erfahrung. Ich rede ganz gern mal ein bißchen mehr, und viele denken deswegen gleich, ich bin nur 'ne hohle Blondine. Dabei stimmt das überhaupt nicht." Sie schaute ihn abschätzend an und machte eine für sie verhältnismäßig lange Pause.

„Es schmeichelt mir, daß du soviel von dir erzählst", sagte Bernhard und schmunzelte verlegen. Ihre Art gefiel ihm. Da war eine sehr laute und schrille Fassade, aber dahinter saß ein kleines, empfindsames Wesen.

„Genau das wollte ich hören." Sie kicherte wieder. „Aber ich werde dich trotzdem nicht mit meinen Dramen belasten."

Bernhard antwortete nicht. Er beobachtete das Spiel ihrer Augen. Sie waren groß und rund; neugierig tasteten sie die Umgebung ab. Scheue Vorsicht lauerte im Hintergrund.

„Na, gut. Ich habe auch ein paar katastrophale Tage hinter mir", sagte sie dann. Ihre Stimme wurde merklich stiller, fast bedrückt. „Und immer wenn ich glaube, schlimmer kann's nicht mehr werden, dann krieg ich noch eins drauf."

Bernhard setzte sich auf.

„Das fing alles Ende letzter Woche an", erzählte sie, und er dachte an den Beginn seiner Probleme: die Party am Donnerstag.

„Ich hatte eine Liebschaft mit einem verheirateten Mann. Er hat mir versprochen, sich von seiner Frau zu trennen. Aber statt der Scheidungspapiere kam er mit einem Riesen-Ring an seinem Finger daher. Von ihr natürlich."

Ring? Bernhard tastete nach seinem. Hoffentlich hatte er ihn nur verlegt; ihm wurde ganz anders.

„Ich hab den Typen daraufhin rausgeschmissen. Ich meine, ich laß mich doch nicht verarschen."

Bernhard nickte zustimmend.

„Dann hatte ich meinen ersten Auslandsflug – nach Miami. Ich warte da seit zwei Jahren drauf, verstehst du. Was passiert?" Sie schaute ihn an, als könnte er es erraten. Bernhard zuckte mit den Schultern. „Da verreckt doch so ein alter Knacker auf dem Flug." Sie rutschte in ihrem Sessel hinunter und preßte das Knie gegen den Vordersitz. „Zuerst hab ich gedacht, der Alte scheißt sich nur wegen Flugangst in die Hosen, aber dann hatte er wirklich einen Herzinfarkt und ist ausgetickt."

Kim kramte eine Zigarettenschachtel aus ihrem Hosenbund hervor. „Rauchst du?" Sie schaute in Bernhards bleiches Gesicht. Er schüttelte den Kopf.

„Du wirst vom Zuhören schon bleich? Dann kannst du dir vorstellen, wie es mir ging." Sie zündete sich die Zigarette an. „Ich hab noch nie einen Toten gesehen. Der hat gejapst und gebebt. Das war ein richtiger Todeskampf."

„Das war mein Vater."

„Was?"

„Ich sagte, das war mein Vater."

Kim setzte sich auf und strich ihr zurück Haar. „O Scheiße. Ich hoffe, ich hab nichts Falsches gesagt.

„Ist schon okay."

„Ja, natürlich. Seine Frau... deine Mutter. Ich hätte es mir denken müssen, als du mit ihr eingestiegen bist. Wo hab ich nur meinen Kopf? Ich sag dir doch, ein Ding nach dem anderen. Mein Leben ist das reine Chaos. Es tut mir echt leid. Ich wollte nicht ..."

„He, nichts passiert."

Kim drückte die halbgerauchte Zigarette aus und schaute ihn an.

„Aber das war noch längst nicht alles."

„Was?"

„Na, dein Vater. Ich war so aufgeregt, daß mir übel geworden ist. Da bin ich in die Küche. Und wie ich über der Mülltüte hänge, kommt der Arzt, der versucht hat, deinen Vater wiederzubeleben, und..."

„Und was?"

Kim zog die Zellophanhaut von der Zigarettenschachtel und spielte damit. „Er hat mich in den Arm genommen."

Bernhard schaute sie fragend an.

„Bevor ich mich versah, hatte er sein Ding in mir drin."

„Du meinst...?"

„Ja, verdammt. Er hat mich vergewaltigt."

Kim steckte sich eine neue Zigarette an. Bernhard bemerkte, daß es ihr unangenehm war, darüber zu sprechen.

Sie lenkte ab. „Es muß ziemlich Scheiße sein, wenn man jemanden verliert, den man liebt." Bernhard senkte den Kopf. „Wirst du ihn vermissen?"

Bernhard stellte sich seinen Vater vor, der nur wenige Meter unter ihm im eisigen Lagerraum lag; die Augen geschlossen, die Hände über der Brust gefaltet. Wahrscheinlich trug er noch dieselben Klamotten wie an dem Tag seiner Abreise: braunes und graues Zeug, seine Pelzstiefel, die roten Hosenträger über seinem kugelrunden Bauch.

Er schaute durch das Fenster hinaus in die schwarze Nacht. Leere, Stille, Kälte, elftausend Meter über der Erde, doch Bernhard fühlte nichts. „Nein. Er hat mir nie etwas bedeutet."

Sie schaute ihn skeptisch an. Er war traurig, das konnte sie sehen. Warum wollte er es sich nicht eingestehen? Aber dann erinnerte sie sich an Fred und all die Verletzungen der letzten Jahre. Womöglich war es manchmal wirklich besser zu verdrängen.

Lydia schlief tief; ihr Atem ging langsam und gleichmäßig. Da war ein warmes, zufriedenes Lächeln auf ihrem Gesicht.

Bernhard schnallte sich wieder an. In Deutschland war es jetzt nach Mitternacht, die Menschen kamen gerade von der Christmette nach Hause: Weihnachten. In ein paar Tagen würde das neue Jahr beginnen. Die Molls würden in Zukunft ohne den Vater feiern: Sylvester, Ostern, Geburtstage, Konfirmationen. Trotzdem würde er genauso dabei sein wie bisher, nur daß ihm jetzt noch viel mehr Aufmerksamkeit gewidmet werden würde. Außerdem gewannen sie einen Jahrestag dazu: seinen Todestag.

Bernhard drückte seine Lehne zurück, legte den Kopf zwischen die beiden Stützen und schaltete das Licht aus. Er wollte schlafen, ein paar Stunden abschalten, und erst dann wieder aufwachen, wenn er zu Hause angekommen war und wußte: Endlich ist alles vorbei!

Morgens um drei Uhr wachte Lydia auf.

„Kannst du nicht schlafen?" fragte sie ihren Sohn.

Er schüttelte den Kopf. Sie legte die Hand auf die seine. Ihre war kalt und trocken, seine heiß und verschwitzt. Egal wie alt man war, ob man Karriere machte, heiratete oder Vater wurde, manchmal reichte ein Blick der Mutter, der besondere Ton in ihrer Stimme oder eine Berührung, und man wurde wieder zum Kind.

Lydia setzte sich auf und schaute hinaus: gleichmäßiges, sanftes, mattes Schwarz. „Ich frage mich die ganze Zeit", hörte er sie sagen, und im selben Moment wußte er, was kommen würde. Er wendete sich ab, schaute den Gang hinunter, der nicht lang genug war, zu fliehen. Sie kehrte sich ihm zu und drückte seine Hand, so daß er ihr in die Augen sehen mußte, „warum hast du mir nie etwas davon erzählt?"

Bernhard hielt den Atem an. Die Frage traf ihn so direkt, er konnte ihr nicht ausweichen. Aber was sollte er antworten? Von der diffusen Angst erzählen, die ihn von Anbeginn gequält hatte, von der Scham, homosexuell zu sein, von diesem Gefühl, etwas Schmutziges zu tun? Sie würde ihn fragen, ob er ihr nicht vertraute, aber das hatte mit Vertrauen nichts zu tun. Es war mehr wie ein Gesetz, oder wie Schwerkraft. Es war müßig, sich darüber zu unterhalten. Man mußte es einfach akzeptieren.

Sie fuhr ihm liebevoll durchs Haar. „Trage keine Geheimnisse mit dir herum, mein Junge. Glaube mir, sie werden schwerer und schwerer, und irgendwann drücken sie dir die Luft ab."

Irgend etwas ging in ihr vor. Ein Gedanke, eine Erinnerung, aber Bernhard konnte es nicht erraten.

„Das wirst du alles noch verstehen."

Lydia sah die Zweifel in den Augen ihres Sohnes. Und wie als Antwort darauf zog sie ihre Handtasche unter dem Sitz hervor. „Bevor ich es vergesse. Ich wollte dir noch etwas geben. Würdest du bitte das Licht anmachen." Dann faltete sie ein Tuch auseinander, in der Mitte lag ein einfacher Ring, ein goldenes Band, der Ehering ihres Mannes.

„Hier. Ich möchte, daß du ihn trägst." Da war ein Funken von Leben in ihren Augen, den er lange nicht mehr gesehen hatte.

Bernhard griff zögerlich nach dem Ring. Er war dünn, leicht und mutterwarm, so ganz anders als der, den ihm Edvard geschenkt hatte. Was sollte er aber bloß damit anfangen?

23.

Am Morgen, als das Schwarz des Himmels einem seidigen Hellblau gewichen war, setzte das Flugzeug hart auf der Landebahn auf. Die Maschine schlingerte ein wenig, fing sich aber gleich, dann schnellten die Landeklappen hoch, die Turbinen heulten auf und das ganze Flugzeug begann zu rütteln. Lydia hielt sich an ihrer Handtasche fest, Bernhard am Ring seines Vaters, bis eine fröhliche Stewardessen-Stimme informierte, daß sie in Frankfurt gelandet waren.

Den ganzen Morgen hatte Lydia von ihrem Mann erzählt. Was für ein wunderbarer Mensch er gewesen war und wie er sich für die Familie geopfert hatte. Als Bernhard schon glaubte, es nicht mehr länger hören zu können, setzte sie noch einen Satz nach, der ihn dann doch aufhorchen ließ: „Hast du dich schon einmal gefragt, warum Babys schreien, wenn sie müde werden?"

Bernhard schüttelte den Kopf.

„Sie fühlen, daß etwas in ihrem Körper vor sich geht, aber sie können es nicht einordnen. Der Atem wird langsamer, die Sicht verschwimmt, die Glieder der kleinen, zerbrechlichen Körper werden schwer. Babys können dieses Erlebnis nicht einordnen; es macht ihnen angst. Und weil ihnen die Sprache fehlt zu fragen, schreien sie." Sie schaute Bernhard an. „Es ist wie ein Hilferuf."

Bernhard schaute sie fragend an.

„Ich glaube, deinem Vater ging es ähnlich; er hat auch oft nicht verstanden, was in ihm vorgeht. Anstatt darüber zu sprechen, war er schlechter Laune oder er hat uns den Tag verdorben. Das war seine Art, nach Hilfe zu schreien."

Ein Gong ertönte, und die Passagiere öffneten die Sicherheitsgurte, klappten die Gepäckfächer auf, und bald bewegten sie sich Richtung Ausgang. Bernhard und Lydia warteten bis ganz zum Schluß.

Kim verabschiedete sich von den beiden. „Vielleicht sehen wir uns ja mal wieder."

Bernhard nickte, dann sah er sich zwei Polizisten gegenüber.

„Herr Moll?"

„Ja, bitte?"

„Unsere Münchener Kollegen bitten Sie weiterzufliegen. Man hat da einige Fragen an Sie."

Lydia erschrak. „Mein Junge, um Gottes willen!"

Bernhard blieb nüchtern. „Und worüber?"

„Darüber sind wir leider nicht informiert. Wir wissen nur, daß die Kollegen gestern mit Ihrer Schwester, einer Frau Gudrun Eßlinger, gesprochen haben. Sie hat Ihnen auch bereits das Anschlußticket besorgt." Er drückte es Bernhard in die Hand. Dann wendete er sich an Lydia: „Aber es ist bestimmt nichts Schlimmes, Frau Moll. Sie müssen sich keine Sorgen machen."

„Ja, und jetzt?" Lydia schaute ängstlich zu ihrem Sohn auf.

„Ihre Tochter wartet draußen auf Sie. Wir werden Sie zu ihr bringen."

Lydia griff nach Bernhards Hand, dem wurde es langsam mulmig. „Ist schon gut, Mama. Ich flieg nach Hause und ruf dich gleich an. Mach dir keine Sorgen."

Sie zog ihn zu sich herunter und gab ihm einen Kuß auf die Stirn.

„Sei vorsichtig, mein Junge."

Dann hakte sie sich bei den Polizisten unter und ließ sich den Gang zur Halle hinaufführen; Bernhard schaute ihr hinterher, dann ging er zögerlich auf seinen Platz zurück.

Die Stewardessen sammelten zurückgelassene Zeitungen und Essensreste auf, dann strömten schon die neuen Passagiere herein. Männer in dunklen Anzügen und eleganten Mänteln mit Aktenkoffern als Handgepäck.

„Du siehst blaß aus." Kim beugte sich zu ihm hinunter. Hinter ihr schoben sich Fluggäste vorbei. „Was wollten die von dir?"

„Ich hab keine Ahnung." Er rieb sich die Stirn und sah besorgt aus. „Vielleicht ist jemand in meine Wohnung eingebrochen? Oder es ist wegen meinem Vater, aber was hätte die Münchener Polizei damit zu tun?"

„Vielleicht ist jemandem was passiert?" schlug Kim vor.

„Ich wüßte nicht ..." Edvard! Bernhard wurde bleich. „O Gott."

„Was ist?"

Bernhard traten Schweißperlen auf die Stirn; sein Herz fing an zu flattern. Bilder aus seinen Träumen tauchten auf. Der junge Mann, tot, abgeschlachtet. Soldaten, Totenkopf-Abzeichen, Dreck und Blut. Seine Visionen blitzten auf wie ein Wetterleuchten; sie dauerten kaum eine Sekunde, aber er hätte Stunden gebraucht, um sie zu erklären, Jahrzehnte, um sie zu verstehen.

„Sag schon, woran denkst du?"

„Edvard! Ich habe an Edvard gedacht."

„Edvard?"

„Meinen ... Freund."

Sie schaute ihn fragend an. Hunderte von Gedanken schossen durch seinen Kopf, und diesmal sortierte er sie schnell. Mit Edvard konnte das nichts zu tun haben. Erstens, wenn Edvard nur krank wäre, würde sich niemals die Polizei einmischen. Wenn ihm etwas Ernsteres zugestoßen wäre, woher wußte die Polizei dann Bernhards Namen? Und drittens: So jemandem wie Edvard stößt niemals etwas zu. Oder etwa doch?

„Nun, red schon." Kim war hartnäckig. Ihre Kollegin tippte ihr auf die Schulter, denn das Flugzeug setzte sich langsam in Bewegung. Die Stimme des Stewards tönte aus den Lautsprechern.

„Wir sehen uns nachher. Mach dir keine Sorgen. Ich bleib bei dir", sagte Kim und ging nach hinten.

Bernhard entspannte sich ein wenig, aber das mulmige Gefühl blieb.

Der Motorenlärm dröhnte in seinen Ohren; Bernhard stand an die Küchenwand gelehnt. Kim schenkte einen Cognac ein. Ihm war übel. Er hatte unglaubliche Angst, diese irrationale, verrückte Angst, die sich mit grauenhaften Bildern verknüpfte. Er mußte reden, er mußte irgend jemandem alles erzählen, seine Träume, seine Bilder, von dem Grauen.

„Mein Kopf schwirrt vor Bildern und Gedanken, die ich nicht einordnen kann. Da sind all diese Gefühle, die nicht zu mir gehören. Ich komme mir vor wie ein Radio, das alle Sender gleichzeitig empfängt."

Kim reichte ihm den Becher.

„Und manchmal komme ich mir vor wie ein Baby. Ich möchte nur noch schreien."

Bernhard war immer noch mulmig, als er aus dem Flugzeug stieg. Mit Übelkeit im Magen wankte er über die Emporen. Auf der Treppe zur Gepäckausgabe spürte er, wie wackelig seine Knie waren.

Er setzte sich auf eine Bank, bis sich das Beförderungsband in Bewegung setzte. Neonröhren spiegelten sich schonungslos im polierten Marmorboden, unterbrochen nur von vorbeihuschenden Schatten hektischer Fluggäste.

Immer wieder schoben sich die automatischen Türen auseinander, und Bernhard hörte jubelnde Angehörige, die ihre Liebsten begrüßten. Edvard hätte ihn bestimmt abgeholt, aber er wußte ja nicht, daß Bernhard überhaupt weggeflogen war. Bestimmt wartete er schon seit Tagen und machte sich fürchterliche Sorgen. Edvard. O Edvard. Wie sehr er ihn vermißte.

Er könnte ihn natürlich jetzt anrufen, dann würde er gleich wissen, ob diese Polizeigeschichte etwas mit ihm zu tun hätte. Andererseits, wenn jetzt der Anrufbeantworter dran wäre, würde er sich nur noch mehr Sorgen machen.

Hätte er ihm nur die Telefonnummer von Gudrun gegeben, dann hätte Edvard anrufen können und alles erfahren.

Bernhard stand auf und ging zu den Fernsprechern hinüber. Er wählte, prompt sprang der Anrufbeantworter an, und Bernhard zuckte zusammen. Edvard müßte doch jetzt noch zu Hause sein. Nur nicht aufregen, das letzte, was er jetzt noch brauchen konnte, war noch mehr Aufregung.

„Hallo, mein Liebling, ich bin's, Bernhard. Ich hoffe, du bist mir nicht böse, weil ich solange nichts hab von mir hören lassen, aber die letzten Tage waren ziemlich turbulent. Da spukten immer diese grauenhaften Bilder in meinem Kopf rum, die mir angst machten, wie am Donnerstagabend auf unserer Party. Ich wollte es dir erklären, aber ich konnte einfach nicht.

Dann gab's da eine fürchterliche Szene mit meinen Eltern beim Abendessen. Ich darf gar nicht dran denken, und dann ist auch noch mein Vater gestorben.

Ich hab bestimmt zehnmal versucht, dich zu erreichen, aber immer war da entweder belegt oder ich konnte nicht sprechen oder ich kam nicht durch, wie in Miami.

Ich bin jetzt hier in München am Flughafen und muß eben noch auf die Polizei, aber dann fahre ich nach Hause. Ich ruf dich dann gleich an; wir müssen uns sehen. Ich vermisse dich. Ich weiß nicht, wie ich die letzten Tage ohne dich überstanden habe. Ich ... liebe dich."

Bernhard hängte ein und lehnte seinen Kopf gegen die Wand. Bald würde er seinen Liebsten in den Armen halten, und dann würde alles wieder gut.

Nachdem seine Reisetasche schon zweimal um die Gepäckausgabe herumgefahren war, nahm Bernhard sie vom Band und schlich hinaus in die alte Welt.

„Bernhard Moll?"

Bernhard machte in der Menschenmenge zwei Polizeibeamte aus. „Ja?"

„Guten Morgen", sagte der eine mit freundlicher, aber sehr offizieller Stimme. „Wir fahren Sie in die Stadt. Wenn Sie uns bitte folgen würden."

„Bernhard!" hörte er Kims schrille Stimme. Sie lief so schnell, daß ihr Stewardessenkoffer auf dem Marmorboden nur so surrte. „Warte auf mich!" Sie fiel ihm um den Hals und hakte sich dann bei ihm unter. „Persönlicher Abholservice, was?"

„Entschuldigen Sie ...", setzte der Polizist an.

Kim stellte sich schützend vor Bernhard. „Er ist mein Freund. Es macht Ihnen doch nichts aus, wenn ich mitfahre?"

Bernhard schlug das Herz im Hals; er hatte noch nie etwas mit der Polizei zu tun gehabt und war Kim in dem Moment richtig dankbar.

Sobald sie hinaustraten, sprang ihnen die Kälte mit eisigen Krallen entgegen. Bernhard war nervös, übermüdet und immer kurz davor, sich zu übergeben.

„Worum geht es eigentlich?" fragte Kim spitz in die Geräuschkulisse von laufenden Automotoren und startenden Flugzeugen hinein. „Könnte uns mal jemand informieren?"

„Es geht um einen Ring", antwortete der eine mit angestrengter Stimme, „und um einen Mann, der vermißt wird", vervollständigte der andere den Satz.

Mann? Vermißt? Bernhard traten Schweißperlen auf die Stirn. Kim sah den Schrecken in seinen Augen.

„Mach dir keine Sorgen. Sie haben gesagt, es ist nichts Schlimmes", erinnerte sie ihn. Trotzdem schlüpfte er bleich in das Wageninnere und erstarrte.

„Können Sie uns nichts Genaueres sagen?" bohrte Kim weiter. „Sie sehen doch, daß sich mein Freund große Sorgen macht."

„Leider nicht. Wir sollen Herrn Moll nur abholen."

Kim legte ihre zarte Hand in Bernhards, und ihr Gesicht, das eben noch in stoischer Kälte den Polizisten zugewandt war, wurde mütterlich weich.

„Wir haben ihn", sagte einer der Polizisten in das Autotelefon hinein. „Wir müßten in einer guten halben Stunde da sein."

Wir haben ihn? Wie sich das anhörte. Ängstlich schaute er Kim in die Augen, und zum ersten Mal wurde er sich der unglaublichen Kraft bewußt, die in diesem fragilen Wesen steckte.

Ihrer beider Hände wurden langsam wärmer. Bernhard legte seinen Kopf zurück und schloß die Augen. Ein verlorener Ring, Panikanfälle, Coming-out beim Abendessen, ein toter Vater, Polizei und ein vermißter Edvard. Was kam da noch alles auf ihn zu?

Sie hatten Edvard wieder in den Verhörraum gebracht. Er war verwirrt und erschöpft, schon weil sich seine Gefühle mit jedem Gedanken änderten. Einerseits war ihm in der Nacht die Möglichkeit aufgegangen, daß er, Edvard, sich dumm verhalten haben könnte. Wenn Bernhard nämlich wegen seinem verstorbenen Vater nach Miami geflogen war, dann konnte er nicht mit einem anderen Mann zusammengewesen sein. Und daß er nicht angerufen hatte, war wahrscheinlich auch weniger böse Absicht als eine Frage der schwierigen Umstände.

Andererseits ärgerte er sich: Hätte ihm Bernhard wenigstens die Telefonnummer seiner Schwester gegeben, hätte er anrufen können und wäre informiert gewesen. So mußte er sich viele unnötige Gedanken machen. Und wie der Ring an den Finger eines Fremden kam, dafür würde Bernhard sich noch eine gute Begründung einfallen lassen müssen.

Bernhard, o Bernhard, wie sehr er ihn vermißte. Am Ende würde er ihm alles verzeihen, das wußte er jetzt schon. Ein warmes Gefühl schmiegte sich an seine Haut, als strichen Bernhards Hände darüber. Die nächsten Tage würden sie sich viel zu erzählen haben. Schließlich waren es mit Sicherheit die abenteuerlichsten fünf Tage, die er je erlebt hatte: die nächtliche Schlägerei im Park, ein verheirateter Liebhaber, der sich als Therapeut ausgab, eine Frau, die ihn fast totgefahren hatte, und eine Nacht im Gefängnis. Und das alles nur wegen dieses Rings. Er war die Ursache für das ganze Drama.

Aber Rettung war auf dem Weg. Bernhard würde kommen und alles aufklären. Dann würden sie sich umarmen, und alles wäre wieder gut.

Die Polizisten führten Bernhard und Kim durch den vom Neonlicht gelb flimmernden Wachraum. Eine Frau saß wartend auf einer Bank. Kim fuhr ein Schrecken in den Bauch. Sie hatte sie einmal an Freds Arm gesehen; es war seine Frau, von der er sich scheiden lassen wollte.

Kim drückte sich an Bernhard heran, um Roswithas Blicken auszuweichen. Das letzte, was sie jetzt brauchen konnte, waren Komplikationen mit Fred. „Das ist die Frau von meinem letzten Liebhaber", preßte sie zwischen den Zähnen hervor, als Bernhard sie fragend anschaute.

Kommissar Grill schüttelte Bernhard die Hand: „Entschuldigen Sie, Herr Moll, daß wir Sie so überfallen haben. Wir haben von dem Trauerfall in Ihrer Familie gehört. Ich möchte Ihnen gleich vorweg unser aller Beileid aussprechen. Das ist sicher eine schwere Zeit für Sie. Wir haben uns trotzdem erlaubt, Sie zu beanspruchen, weil es, wie wir annehmen, auch in Ihrem Sinn ist, diesen kleinen Fall zu lösen. Und mit Ihrer Hilfe wird uns das vermutlich sehr schnell gelingen."

Der Kommissar öffnete die Tür zum Vernehmungszimmer. Edvard kauerte auf einem Holzstuhl vor dem großen Schreibtisch. Sein Mantel war verdreckt, seine Schläfe rotschillernd verfärbt, verkrustetes Blut klebte in seinem Gesicht.

Bernhard hätte eigentlich erleichtert sein müssen, denn er hatte Angst gehabt, daß Edvard der Vermißte war. Aber stattdessen wurde ihm schwindelig und plötzlich sehr, sehr kalt. Die Panikanfälle. Er lehnte sich an den Türrahmen, um nicht umzufallen.

„So sieht man sich wieder!" sagte Edvard; er wagte es kaum, in Bernhards Gesicht zu schauen. Der Ärger war verflogen, Schuldgefühle stiegen auf: Wie hatte er Bernhard nur so wenig vertrauen können? Es geschah ihm recht, daß er deswegen Ärger mit der Polizei bekommen hatte.

Kim beobachtete, wie Bernhard immer bleicher wurde, und griff nach seiner Hand. Edvard zuckte. Wer war dieses Mädchen? Und dann sah er den Ehering an Bernhards Finger, wo vorher seiner gesteckt hatte. Edvard wendete sich ab. Der Gedanke, daß Bernhard einen anderen Geliebten hatte, war schlimm genug. Ihn jetzt an der Hand einer Frau zu sehen war, wie eine schallende Ohrfeige in der Öffentlichkeit zu bekommen. Edvard fragte sich, was er getan hatte, um Bernhard in die Arme einer Frau zu treiben? Hatte er als Mann versagt?

Er stellte sich vor, wie Bernhard sich an den Körper dieses Weibsbildes schmiegte. Edvard hatte sich nie binden wollen, weil er es nicht ertragen hätte, ausgestochen zu werden – und jetzt von einer Frau. In seinem ganzen Leben hatte er sich nicht so erniedrigt gefühlt.

„Die Herren kennen sich?" fragte der Kommissar.

Edvard nickte.

„Setzen Sie sich doch, Herr Moll."

Die Stimme des Kommissars dröhnte in Bernhards Ohren. Seine Angst wurde größer. Der blonde, junge Mann, seine Sehnsucht nach ihm, die geheime, verborgene Liebe, die drohende Macht der Uniformen, dann noch das Blut an Edvards Schläfen. Bernhard hörte dumpfe Schläge: Stiefel, die in Eingeweide traten, und verächtliche Stimmen hallten in ihm wider: „Mit welcher warmen Sau hast du es getrieben?"

Kim zog ihn an der Hand; sie setzten sich, Kim warf Edvard ein vorsichtiges Lächeln zu. Bernhard achtete auf jedes Geräusch. Er mußte mit Edvard fliehen, nur wie?

„Kennen Sie diesen Ring?" fragte der Kommissar, hielt ihn Bernhard vor die Nase und legte ihn dann auf den Tisch zwischen ihn und Edvard.

Bernhard schaute auf. „Ja."

Wie konnte er bloß Edvard ein Zeichen geben, damit er verstand? Wahrscheinlich war er sich der Gefahr nicht einmal bewußt. Sie mußten sich beeilen, bevor es zu spät war!

„Woher kennen Sie diesen Ring?" fragte er weiter. Bernhards Panik wuchs. Wußte man bereits von ihrer Beziehung? Was hatten sie aus Edvard schon herausgeprügelt?

„Er gehört Edvard … äh … diesem Herrn hier."

Er stellte sich nicht einmal zu meinem Geschenk, dachte Edvard. Er tut so, als wäre der Ring nicht seiner. Warum mußte das so ausgehen? Hätte Bernhard nicht einfach sagen können, daß er nicht mehr mit ihm zusammensein wollte? Der Gedanke, daß er Bernhard so wenig bedeutete, machte Edvard bitter. „Warum sagst du nicht, daß ich ihn dir geschenkt habe. Es ist deiner. Hast du das vergessen?" Edvard schob ihn zu Bernhard hinüber.

Der Kommissar beobachtete die beiden mit großer Aufmerksamkeit. Bernhard starrte stumm auf den Boden; sein Atem war flach. Edvards Augen funkelten vor Zorn.

„Wann haben Sie den Ring denn zuletzt gesehen?"

„Donnerstagabend", antwortete Bernhard kaum hörbar. Er wähnte sich verloren. Sie hatten Edvard weich gekocht, er hatte sich bereits gegen ihn gerichtet.

„Dann bleibt also nur noch die Frage, wie Fred Wolf an diesen Ring gekommen ist", fragte der Kommissar schließlich.

Fred Wolf? Der Name durchzuckte Kim. Der Ring? Sie reckte den Hals, um ein Auge auf ihn werfen zu können, machte sich aber gleich darauf ganz klein. Sie wollte nicht, daß es jemand bemerkt. Fred, der Ring – was hatte beides mit diesen Jungs zu tun? fragte sie sich, und schon kam die Mühle der Gedanken um Fred wieder in Fahrt, und mit jeder Umdrehung wuchs die Sehnsucht, in seinen kräftigen, behaarten Armen zu liegen.

„Fred?" Bernhard fieberte. Wer war Fred? Er kannte keinen Fred. War es gefährlich, daß es einen Fred gab?

„Der Mann, der vermißt wird."

Vermißt? Jetzt wurde Kim nervös. War Fred etwas passiert?

„Deshalb sind Sie hier", fuhr der Kommissar fort. „Eine Frau beschuldigt Ihren … Freund, für das Verschwinden von ihrem … Lebenspartner verantwortlich zu sein."

Bernhard konnte sich nicht konzentrieren. Er sah die Pistolen an den Hüften der Polizisten. Wo hielten sie das Messer versteckt, mit dem sie ihn abstechen würden?

„Vielleicht fragen Sie dazu doch mal diese Verrückte selbst", sagte Edvard gereizt. „Und lassen Sie uns das endlich zu einem Ende bringen."

„Meilinger. Holen Sie uns doch die Frau Wengenmayer rein."

Frau Wengenmayer? fragte sich Kim. Seine Frau müßte doch Wolf heißen. Ihre Aufregung wuchs. Sie versteckte ihr Gesicht hinter der aufgestützten Hand, als man Roswitha in das Vernehmungszimmer führte.

„Frau Wengenmayer. Wann haben Sie den Ring zuletzt an Ihrem Lebensgefährten gesehen?"

„Am Samstag."

„Also an dem Tag, an dem er verschwunden ist."

Roswitha nickte und schaute ihn mit erwartungsvollem Blick an.

„Und woher hatte er diesen Ring?"

„Von mir. Ich habe ihn ihm geschenkt."

„Und woher hatten Sie den Ring?"

„Das tut doch gar nichts zu Sache. Es geht doch um das Verschwinden eines Mannes."

„Das Problem ist nur, der Ring war bisher das einzige Indiz für eine Straftat. Natürlich nur unter der Voraussetzung, daß er Ihrem Lebensgefährten beziehungsweise Ihnen selbst gehörte. Dagegen spricht jedoch die Aussage von Herrn Moll. Wenn der Ring Eigentum von Herrn Bornheimer war, warum sollte er dann Ihrem Lebensgefährten dafür etwas antun?"

„Ich will ihn doch nur wiederhaben", flehte Roswitha und hängte sich laut schluchzend an Grill. „Fred ist alles, was ich habe. Ich will ihn wiederhaben. Sie haben doch Beweise, daß er in der Wohnung von diesem Mann übernachtet hat", stammelte Roswitha und deutete auf Edvard. „Sie haben doch Blut gefunden und Zigarettenstummel, kaputte Möbel."

Bernhard starrte Edvard an. Sie waren beide bleich – Edvard vor Enttäuschung, Bernhard aus Angst um seinen Geliebten.

„Das Blut ist sein eigenes, Frau Wengenmayer. Daran hat der Laborbericht keinen Zweifel gelassen. Wir können ihn weder wegen einem kaputten Glastisch noch wegen Zigarettenstummeln oder zerbrochenen Whiskeygläsern hierbehalten. Es gibt kein Motiv und keine Leiche. Wir können nichts für Sie tun. So leid es mir tut."

Roswitha heulte auf: „Aber was soll ich denn jetzt machen? Ich weiß doch nicht mehr, wo ich noch nach ihm suchen soll. Er muß doch irgendwo sein. So helfen Sie mir doch." Der Kommissar nickte seinem Kollegen zu, der Roswitha hinausführte.

Blut? Kaputter Tisch? Zigarettenstummel? „Ein Mann in deiner Wohnung?" preßte Bernhard voller Sorge hervor.

Edvard starrte ihn an, Wut spritzte aus seinen Augen. „Ach tu doch nicht so scheinheilig!" platzte er heraus und sprang auf.

„Aber..."

„Du kannst mir gestohlen bleiben!" rief Edvard und lief aus dem Zimmer.

Bernhard schaute ihm völlig überrascht hinterher. Dann sah er in die stillen Augen des Kommissars und schließlich auf den Ring, der immer noch auf dem Tisch lag. Das Schmuckstück strahlte eisige Kälte aus und eine ungeheure Macht. Bernhard nahm ihn in die Hand; er hatte Angst vor ihm.

„Wenn ich es richtig verstanden habe, so hat Herr Bornheimer Ihnen diesen Ring geschenkt."

Bernhard nickte kaum vernehmlich.

„Ich rate Ihnen, passen Sie in Zukunft besser auf ihn auf. Es ist ein edles Stück, scheint mir sehr kostbar zu sein. Außerdem ... Sie sehen ja, zu welch unnötigen Verwicklungen das führen kann." Dann zog der Kommissar ein Formular aus seinem Schreibtisch. „Wenn Sie mir nur noch die Aushändigung bestätigen würden", bat er und schob ihm das Schriftstück unter die Nase. „Dann hätten wir alles."

Roswitha saß immer noch heulend im Wachraum. Eine Polizistin redete auf sie ein. Kim drückte sich vorbei und zog Bernhard hinter sich drein.

Draußen war es eisig und feucht, und obwohl es inzwischen nach zehn war, immer noch so dunkel, als hätte man ein Töpfchen Tinte über der Stadt ausgekippt.

Sie waren kaum vor der Tür, da überfiel ihn Kim mit Fragen: „Woher kennst du Fred? Was weißt du über ihn? Warum hat er bei Edvard übernachtet? Was hat das mit dem Ring auf sich? Und was habe ich da von Blut gehört? Warum wird er vermißt? Nun, red schon!" Dann schaute sie ihn an und wurde gewahr, daß das Gesicht ihres Freundes immer noch kreidebleich war.

Sie atmete einmal tief aus, dann fragte sie ihn: „Bist du wieder okay?", dann legte sie ihm den zarten Arm um seine gekrümmten Schultern. Bernhard zitterte am ganzen Körper, die Stadt verschwamm vor seinen Augen. Er wollte sich setzen, wenigstens anlehnen oder am besten gleich sterben.

„Ja, alles in bester Ordnung."

24. Am ersten Weihnachtstag war das Wetter den Deutschen wohlgesonnen. Auf dem Königssee schob sich das Eis zwischen den Felsen bis nach vorne ins Dorf. Das Glockenspiel aus Meissner Porzellan im Grünen Zwinger zu Dresden wollte vor Schnee nicht erschallen. Auf der Innenalster wurden Spaziergängern und Eisläufern Würstchen, Kastanien und Glühwein feilgeboten, und in Rotenburg zog sich der Schnee in langen Lappen von den spitzen Dächern der Fachwerkhäuschen, so daß sich Trauben von Fotografen um Aufnahmen bemühten.

Entlaubte Bäume räkelten ihre schwarzen Krallen dem nahen Himmel entgegen und erblühten in dem bläulich-knusprigen Winterlicht zu neuer Schönheit. Das Eis formte sich zu seltenen, wunderschönen Blumenbouquets, und das ganze Land war mit einem Meer von gefrorenem Atem überzogen, das so manchen Weihnachtsspaziergänger verträumt nach dem Boden greifen ließ, um sich zu vergewissern, daß er wirklich nicht auf Diamanten lief. An einem Morgen wie diesem war schließlich alles möglich.

Raimondo stand in der Küche und ließ sich von den Eindrücken des Frühstückssenders berieseln, während er geröstete Mandelstifte und honigfarbene Rosinen in einen Teig einknetete. Ein ganzer Berg goldener Butter war in seinen Händen mit orangefarbenen Eidottern, Zucker, Hefe und mehr Liebe, als Treueschwüre jemals wert sein könnten, zu einem stetig quellenden Etwas geworden, weicher als die Brust einer stillenden Mutter, aber handfester als das ständig wechselnde Gesicht der Sehnsucht. Er knetete, bis der Teig Fäden zog, so lang und zäh wie die Geschichte seines Liebeslebens.

Die Republik schwelgte im Weihnachtsglück. Von überall her sendeten Kameramänner Romantisches und Schönes in den Äther hinaus, selbst aus den kleinsten Städten, nur aus München nicht.

München sparten sie aus, und das aus gutem Grunde. Denn hier hatte sich alle Häßlichkeit der Natur zu einer Wolke zusammengezogen, die einem angst und bange machen konnte. Tiefbraun drohnte sie über der Stadt und sank Meter für Meter immer weiter auf die Köpfe ihrer Bewohner herab, als wollte sie die letzten Funken Licht verdrängen. Das wenige Licht, das durch sie hindurchdrang, warf gespentisch grüne Schatten auf die Hauswände, tünchte mit breitem Pinsel einen schmutzigen Schleier über alles, was sich regte.

Butter, Mandeln, Mehl, Hefe, Zucker, Eier, Rosinen. Wenn Zutaten in den richtigen Proportionen zusammenkamen, passierte etwas Magisches. Etwas, das ganz anders war, ein Produkt, das anders aussah, sich anders anfühlte und anders schmeckte als jedes seiner Ingredienzen allein – genau wie in einer Liebesbeziehung. Vielleicht liebte Raimondo deswegen so sehr, Hefeteig zu backen, weil es mit den Beziehungen nie geklappt hatte. Früher hatte er noch gehofft, daß seine Liebe einmal aufgehen würde, aber immer wieder war sie zusammengefallen wie Brandteig an der kalten Luft. Dabei hatte es nie an guten Zutaten gefehlt. Im Gegenteil, es war höchstens immer etwas zuviel.

Viele Männer hatten ihm in seinen fleischigen Armen ewige Liebe versprochen, die meisten hatten sich dann beim Gehen nicht einmal mehr umgedreht. Inzwischen hatte Raimondo gelernt, sie gehenzulassen. Aber wenn er sie schon hergeben mußte, wollte er wenigstens ein Band knüpfen, das nie mehr zu trennen war: mit einem Gugelhupf. Schon der bloße Anblick eines dieser kleinen Wunderwerke war unvergeßlich. Er zerging seinen Liebhabern auf der Zunge, wand sich langsam ihre verlogenen Schlunde hinab, zersetzte sich in ihren gierigen, nimmersatten Mägen in kleine Partikel, die vom Blut durch den Körper getragen, sich in Muskeln und Knochen umwandelten und die Liebe dieser Nacht so für immer in den pulsierenden Zellen lebendig hielt. Noch Jahre später genügte der Duft von Zitrone und Vanille, um die Erinnerung an Raimondos Hände über ihre Haut zu treiben, bis sie vor Erregung bebten – und schließlich bereuten.

Auch für Raimondo blieb jedesmal etwas zurück: der bohrende, immerwährende Schmerz wie eine nicht ganz verheilte Kriegsverletzung, die bei schlechtem Wetter wieder aufflammte.

Nachdem er den dritten Marmeladetopf auf den runden Biedermeiertisch neben die lodernden Kerzen gesetzt hatte, stellte er sich ans Fenster und wunderte sich, weil es noch dunkler geworden war, das Licht noch grüner und giftiger als am frühen Morgen. Fast sah es so aus, als würde er in ein überdimensionales Aquarium starren.

Da rumorte es im Schlafzimmer, und kurz darauf hörte er schnelle Füßchen über den glänzenden Fischgrätenparkett patschen. Adrian, klein, kräftig und nackt, leuchtete in der Vorgewitterstimmung wie eine Elfe. Er räkelte seine festen Arme in die Frühstücksluft, strich das für einen Fünfunddreißigjährigen viel zu früh ergraute Haar glatt und gähnte.

Raimondo wurde warm ums Herz, und er war froh, daß der Konditormeister noch einmal in sein Bett geschlüpft war, obwohl ihn Raimondo für Kim versetzt hatte. Aber er wiegte sich längst nicht in Sicherheit. Adrian war wie ein Sonnenstrahl im endlosen Polarwinter. Er versprach Wärme, mit ein wenig Glück für Stunden, vielleicht aber auch nur für Minuten. Wenn man verdrängte, daß die Sonne irgendwann wieder untergeht, konnte man sich richtig daran erfreuen.

„Ich glaub es nicht. So ein Frühstück!" Adrian machte große Augen und legte die Hände auf die Brust, als tastete er nach einem Kollier.

Das könntest du jeden Tag haben, lag es Raimondo auf den Lippen. Sprich nur ein Wort, und ich koche für dich, ein Leben lang.

Adrian ging um den Tisch herum und versenkte seine bettwarmen Arme in Raimondos Aura von weißem Mehl und heißem Verlangen. „Ich könnte mich glatt in dich verlieben."

Könnte? fragte sich Raimondo. Tu es! Und selbst, wenn du es nicht wirklich willst, dann sag es wenigstens. Gib mir zumindest für ein paar Stunden Hoffnung.

Aber nein. Auch dieser Mann würde bald in seine Kleider schlüpfen und davongehen, als hätte er nur das Gas abgelesen. Raimondo spürte es kommen, er wußte es. Eine Umarmung vielleicht noch, noch ein Kuß, noch ein Mal die heiße, tortensüße Zunge in seinem Mund, und dann wäre auch Adrian Vergangenheit, eine Strähne mehr in seinem hefeteigzähen Liebesleben. Raimondo drückte ihn an sich, umklammerte seinen festen Körper.

Ein Blitz erhellte das Gesicht von Raimondos bereits aufgegebener Liebe und machte es bleich wie der Tod. Dann krachte ein Donner in unmittelbarer Nähe, so laut, daß die Scheiben klirrten. Adrian löste sich und schaute hinaus. Schneeflocken, gelb wie Zitronenfalter schwebten herab. Bald waren es so viele, daß es wie ein Wasserfall aussah. Die Häuser auf der anderen Straßenseite traten dahinter zurück wie eingeschüchterte Gespenster.

Adrians Hand versuchte sich gerade wieder den Weg unter Raimondos Schürze zu bahnen, da klingelte der Kurzzeitmesser, und Raimondo ging wortlos aus dem Zimmer, ohne sich auch nur umzudrehen.

Als er mit dem dampfenden Gugelhupf zurückkam, tänzelte Adrian erstaunlich leichtfüßig um den Flügel herum, der sich schwarz vor dem überquellenden Bücherregal aufbaute.

Ach wie gut, daß niemand weiß ..., dachte Raimondo und goß Kaffee in bauchige Tassen. Dann stellte er Adrian Zucker und Sahne hin und durchschnitt mit einem langen Messer den Zopf. Backen wollte gelernt sein, aber auch das Aufschneiden.

„Ich kann nicht glauben, daß die Männer bei dir nicht Schlange stehen", sagte Adrian und stierte auf den Kuchen. Noch bevor Raimondo ihm ein Stück davon anbot, stopfte er ihn wollüstig in sich hinein.

Serge hatte am Vorabend noch angerufen, der einzige Mann, der in den letzten Jahren regelmäßig zu Raimondo zurückkehrte. Nach dreiwöchiger Funkstille wollte er ihn plötzlich wiedersehen. Raimondo hatte gerade vor dem Spiegel gestanden und sich sein seidenes Halstuch zurechtgezupft. Morgen, hatte Raimondo gesagt, morgen, und hoffte, es bliebe ewig heute.

Draußen grollte der Donner.

„Du bist einfach göttlich", sagte Adrian, bevor er nach dem nächsten Stück Kuchen griff, und strich Raimondo über die unrasierte Wange. „Was für ein unvergeßlicher Abend."

Das Telefon läutete.

„Kim, mein kleines Schätzchen. Wieder zu Hause? Was, immer noch verwirrt? Fred! Vermißt? Nicht sein Ring? Nicht weinen, Mäuslein, ich kann dich kaum verstehen. Was? Vergewaltigt? Ach, du grüne Neune! Natürlich werd ich mir die Zeit nehmen. Gleich?"

Raimondo drehte sich um und schaute auf den kräftigen Rücken seiner Liebschaft. Er wollte sich gar nicht einbilden, daß er ihn für immer halten konnte. Aber für die Dauer des Frühstücks wollte er ihn wenigstens noch genießen und sicherstellen, daß er möglichst viel Gugelhupf aß.

„Aber Kim, ich bin gerade erst aufgestanden."

Raimondo wollte Adrian noch ein wenig belauschen, die Augen schließen und mit ihm verschmelzen. Er wollte ihm beim Essen zusehen, seine Lippen beobachten und sich dabei erinnern, was sie letzten Nacht zusammen angestellt hatten. Und er wollte die Hände noch einmal spüren, ihr hitziges Begehren, ihr besänftigendes Streicheln.

„Und es kann wirklich nicht warten?"

Raimondo senkte seine Augen und kehrte sich von Adrian ab. Er sah nicht mehr die Zunge an marmeladeverklebten Fingern entlangfahren, nicht die Nasenflügel beben, wenn er Luft holte. Raimondo hielt es wie mit einem Pflaster, das man von der Wunde reißen muß: Je zögerlicher man es anging, desto mehr schmerzte es. Am besten tat man es mit einem Ruck.

„Ich komme, Kleines. Ich muß mich nur noch anziehen."

25.

„Sieglinde?"

„Ach, Gudrun, schön, daß du anrufst. Ich hab schon ein paarmal versucht, euch zu erreichen. Ist die Beerdigung geregelt?"

„Wir sind den ganzen Tag rumgelaufen. Es war nicht einfach, am zweiten Weihnachtsfeiertag jemand zu finden, der sich die Mühe macht. Morgen wird er hierher nach Heidelberg überführt. Ich bleibe bei Mama. Sie will partout nicht zu uns nach Frankfurt."

„Vielleicht ist ihr die vertraute Umgebung lieber?"

„Und ich denke gerade, daß die nicht gut für sie ist. Hier erinnert sie doch jeder Atemzug an Papa. Also ich wäre an ihrer Stelle lieber in einer fremden Umgebung."

„Ist sie denn bedrückt?"

„Nein, das ist ja das Komische. Ich habe sie schon lange nicht mehr so lebendig gesehen. Sie ist fast erschreckend gut aufgelegt."

„Na ja. Vielleicht ist sie einfach erleichtert."

„Ich habe keine Ahnung. Aber ich glaube, da ist noch was anderes im Busch."

„Hast du denn schon mit ihr besprochen, wie es weitergehen soll?"

„Nein, wir sind wirklich den ganzen Tag rumgelaufen. Wir waren auf dem Friedhof und in der Kirche, wir haben mit dem Pfarrer gesprochen und mit dem Überführungsinstitut. Ich bin ganz k.o."

„Es hat ja auch noch bis nach der Beerdigung Zeit."

„Das Problem ist nur, ich kann Karl und die Mädchen nicht so lange allein lassen."

Eine kleine Pause entstand.

„Ich kann im Moment nicht weg. Eberhard ist heute morgen wieder aufgetaucht."

Eberhard? Gudrun fiel fast der Hörer aus der Hand. Das konnte Sieglinde doch nicht ernst meinen. Aber sie hielt den Mund.

„Die Beerdigung ist Samstag um vier. So lange bleibe ich bei Mama. Karl geht mit den Mädchen über die Feiertage zu seiner Schwester. Aber danach muß ich wieder nach Hause. Das heißt, spätestens am Samstag müssen wir eine Lösung für Mama haben. Sie kann unmöglich alleine bleiben."

„Da wird uns schon was einfallen. Ich werde morgen mal mit einer alten Schulfreundin telefonieren, die arbeitet im Sozialreferat. Vielleicht hat sie eine Idee."

Wieder war da eine Stille in der Leitung. Das Haus fühlte sich kalt und schal an, und viel zu groß. Auch wenn Theo kein angenehmer Zeitgenosse war, fehlte plötzlich etwas. Sein grimmiger Blick, dieses ohrenbetäubende Schweigen, diese gespannte Atmosphäre. Das Leben ohne ihn war wie ein Schulhof voller Kinder ohne Geschrei.

Und was sie beide noch mehr bedrückte: Ein Mensch hatte sie verlassen, der zu ihrem Leben gehörte wie der erste Atemzug, der erste Zahn und die erste Liebe. Jetzt sprachen sie über ihn nur noch im Zusammenhang mit Beerdigungsvorbereitungen: Särge, Pfarrer und die Einladungen für den Leichenschmaus.

„Hast du denn schon was von Bernhard gehört?"

„Nein. Mutter sagte, er wollte gleich anrufen, sobald er zu Hause ankommt. Aber wir waren ja auch den ganzen Tag unterwegs."

„Bei mir hat er auch nicht angerufen, und bei ihm nimmt niemand ab."

„Vielleicht ist er bei seinem ... Freund", sagte Gudrun. Das Wort kam nur zäh über ihre Lippen. „Kannst du noch mal versuchen, Ludwig zu erreichen?" bat sie schnell, um das Thema zu wechseln.

„Na klar."

„Und wenn du Barbara wegen Samstag Bescheid sagen würdest."

„Mach ich. Ruf an, wenn ich dir sonst noch helfen kann. Und mach dir keine Sorgen um Mutter. Wir werden schon eine Lösung finden."

26. Lydia saß auf ihrem Bett und strich mit der Hand über Theos Kissen. Als sie das letzte Mal hier schlief, hatte er sich noch unruhig neben ihr herumgeworfen. Jetzt lag er steif im Kühlhaus des Frankfurter Flughafens und wartete auf seine Überführung.

Den Großteil ihres Lebens hatte sie an der Seite dieses Mannes zugebracht. Sie hatte seine Wäsche gewaschen, seine Kinder ausgetragen und gelernt, seine Lieblingsspeisen zu kochen. Und sie hatte erlebt, wie aus einem stillen, verletzten Menschen im Laufe der Jahrzehnte ein verbitterter, zorniger Greis wurde.

Lydia wußte, was die Kinder über ihre Ehe dachten. Sie sah es in ihren Augen, und sie hörte es in der Art, wie sie über ihn sprachen. Sie glaubten, daß Lydia von ihm abhängig gewesen war, unfähig, ihr eigenes Leben zu leben. Sie fanden es immer noch falsch, daß sie so zu ihm gestanden hatte, daß sie sich so sehr um ihn gekümmert und seinen unausgesprochenen Forderungen nie etwas entgegengesetzt hatte. Sie kannten eben nicht die Macht der Schuld; sie hatten noch nicht gelernt, wie teuer man manchmal billige Abkommen bezahlen muß und daß ein Fehltritt, und sei es nur ein kleine Unehrlichkeit, das Leben vieler Menschen für immer verändern kann.

Die Kinder hatten sich das, was sie vom Liebesleben ihrer Eltern wußten, aus Lydias Geschichten zusammengereimt und einem Fotoalbum von ihrer Hochzeit: Auf einer der Aufnahmen war eine Lydia mit fliegendem Haar zu sehen. Im Hintergrund sah man die angerostete Reling eines Schiffes und die Wellen. Ein anderes Foto bezeugte die sogenannte Hochzeitstorte: ein Nußkuchen mit einem Berg Sahne oben drauf. Und dann war da noch eine glückliche Lydia zu sehen, die mit einem Brautstrauß winkte. Eines dieser Fotos dokumentierte auch den einzigen Kuß, den die Kinder je zwischen ihren Eltern gesehen hatten, und wenn sie heute das Hochzeitsfoto anschauten, sagten sie immer: Das war doch damals schon klar wie es ausgehen wird! – ein jungvermähltes Paar unter dem Kirchenportal, die Braut mit gesenktem Haupt, der Bräutigam mit einem Schatten über dem Gesicht, seine Augen irgendwo in die Ferne gerichtet.

Es gab eine Geschichte, wie sich die Eltern kennengelernt hatten: In ihrer Jugend war Lydia ein wunderschönes Mädchen gewesen. Dicke, feste Zöpfen hingen über ihre Schultern, ihr Blick war bestimmt, ihre Wangen rot. Die Mutter nähte die Kleider für sie, um sie besonders hübsch zu machen – Faltenröckchen und Trägerkleider mit großen Karos –, und so wurde sie von den Jungs sehr umworben. Mit fünfzehn glaubte sie zum ersten Mal, den Mann fürs Leben gefunden zu haben, aber da erschien ihr die Heilige Maria, Mutter Gottes und warnte sie. Sie solle sich gedulden, es sei noch nicht der Richtige, und Lydia vertraute. Drei Jahre lang senkte sie jedesmal den Blick, wenn ein Junge in ihre Richtung schaute, bis sie eines Morgens aufwachte und wußte, daß ihr Tag nun gekommen war. Es war Muttertag, und die Familie machte eine Bootsfahrt auf dem Bodensee. Lydia stellte sich an die Reling und schaute über das stille, tiefe Wasser in die Berge hinein. Irgendwo da draußen war er, das spürte sie tief in ihrer Seele. Und dann fuhren sie die Insel Mainau an – und auf dem Landungssteg stand Theo.

Jedesmal, wenn sie diese Geschichte erzählte, hatte Lydia Tränen in den Augen. Als Zuhörer mußte man annehmen, daß sie vor Rührung weinte. In Wahrheit aber war sie traurig darüber, daß sie diese Geschichte einer Ausgabe des *Reader's Digest* entnommen und zu ihrer eigenen gemacht hatte. Die wahre Geschichte war nämlich eine ganz andere: Ein „Mißgeschick" trieb Lydia mit sechzehn aus ihrer Heimatstadt Konstanz zu ihrer Tante nach Heidelberg. Und dieses Mißgeschick war auch der Grund, warum die Tante ihr die Tür vor der Nase zuknallte – Lydia war schwanger. Damit stand sie im wahrsten Sinne des Wortes auf der Straße. Bei klirrender Kälte fragte sie sich durch, ob jemand ein Hausmädchen brauchte oder eine Aushilfe. In ihrer Verzweiflung fragte sie jeden, der ihr auf der Straße entgegenkam. Als das erfolglos blieb, ging sie in die Läden und kam so auch in Theos Malergeschäft.

Damals war er noch schlank, aufrecht, fast steif, mit diesem deutlichen Knick im Nacken und einer Blässe um die Nase herum. Und seine Augen spiegelten eine so große Angst vor Verletzung wider, daß Lydia ihn nur beschützen wollte.

Theo nahm sie auf; fast wortlos wies er ihr eine Kammer zu. Danach half sie im Haus, im Geschäft und im Lager, Tag und Nacht, auch gleich nach der Entbindung wieder. Drei Jahre später starb ihr Kind an einem Herzfehler; der Verlust riß ein so tiefes Loch in ihr Leben, daß sie nicht einmal weinte. Still arbeitete sie weiter. Was dieser Tod für sie bedeutete, zeigte sie niemandem.

Aber Theo, der sie bis dahin zwar als Hausmädchen respektvoll behandelt, aber nie nur eines Blickes gewürdigt hatte, beachtete sie plötzlich. Verstohlen verfolgte er ihre Schritte. Er wurde nicht mehr böse, wenn ihr etwas aus den Händen glitt, er verdoppelte ihren Lohn und teilte ihr ein größeres Zimmer in seinem Haus zu.

Sie heirateten nicht aus Liebe. Es war ganz bestimmt nicht erotische Anziehung oder gar sexuelles Verlangen. Da war etwas anderes, ein Wiedererkennen im Leid des anderen, eine geschwisterliche Verbundenheit.

Lydia war nicht enttäuscht, als sie die Hochzeitsnacht jeder am anderen Ende des Ehebettes zubrachten. Sie fühlte sich nicht einmal abgewiesen. Sie glaubte, daß er einfach nur Zeit brauchte, Zeit, Liebe und Zärtlichkeit.

Fünf Kinder hatten sie gemeinsam gezeugt, zu sehr viel mehr hätte ihr körperlicher Kontakt auch nicht gereicht. Sie hatte gehofft, das freudige Kindergeschrei würde durch Theos harte Schale dringen und hellere Töne in ihm anschlagen. Aber anstatt Lydia näherzukommen, entglitt er ihr mit jedem Neugeborenen ein Stück mehr. Die Wahrheit war: Er hatte die Kinder nie gewollt, und Lydia trug die Kinder nicht ihm zuliebe aus – sie hatte sie gebraucht, um sich vor Theos Einsamkeit zu schützen.

Im vergangenen Herbst, mit dem Arztbesuch, wurde Theo dann noch eigenartiger. Er antwortete nicht mehr, wenn sie ihn etwas fragte, er verschwand, ohne sich abzumelden. Und dann wollte er plötzlich diese Reise mit ihr unternehmen, nach Florida, einem Land, das in ihrer Vorstellung unerreichbar war.

Warum, das hatte er mit keinem Wort erklären wollen. Wichtig sei es, sehr, sehr wichtig, das war alles, was er ihr geantwortet hatte, und Lydia hatte darin ihre Chance erkannt. Die Hochzeitsreise im Tausch gegen die Weihnachtsfeier mit der Familie; sie hatte ja nicht ahnen können, wie das ausgehen würde.

Im Moment seines Todes lief das alles noch einmal wie ein Film vor ihr ab. Das Kennenlernen, die Geburten der Kinder, die wenigen Urlaube. Doch alles, was sie gesehen hatte, war Schuld.

Sie hätte ihn um Vergebung bitten müssen. Schon der Krebs hatte ihr gezeigt, wie teuer die Rechnung für ihre Selbstsucht gewesen war. Vom ersten Moment der Diagnose an hatte sie nach Sühne gesucht. Gebetet hatte sie, gefleht um die Antwort, wie sie das wieder gutmachen könnte. Aber bevor sie ihre Chance bekam, starb Theo; Schuld war alles, was sie in jenem Moment beschäftigt hatte: Schuld und Sühne. Da sagte er die zwei Worte, die ihr Leben veränderten: „Verzeih mir!" Nein, es waren nicht die Worte, es war die Situation. Das entspannte Lächeln in seinem Gesicht, die Stille, die ihn umgab, der Frieden, der sich breitmachte, und dieser Eindruck, als hätte sich der Schatten, der ein Leben lang über Theo hing, mit Licht erfüllt.

Der Augenblick seines Todes hatte Lydias Tränen getrocknet. Und wenn sie jetzt daran zurückdachte, erinnerte sie sich nicht mehr an seine Schmerzen, den Schrecken im Gesicht der Stewardeß, nicht an die Hilflosigkeit in den Augen der Ärztin; sie erinnerte sich nur noch an die beiden Worte, die ein unglaubliches Gewicht von ihrer Brust nahmen: „Verzeih mir!"

Jahrelang hatte sie auf die Hilfe der Jungfrau Maria gehofft. Jahrelang hatte sie auf den Hinweis gehofft, der sie heilen würde. Jetzt hatte sie endlich geantwortet.

27. Es war dunkel und still; Bernhard hörte nichts, nicht einmal seinen eigenen Atem. Die Erlebnisse der letzten Tage waren zu einer neuen Realität zusammengeflossen; er konnte nicht mehr auseinanderhalten, was wirklich war und was nicht. Er wußte nicht mehr, ob er von den Abzeichen der SS-Offiziere oder von den Reflexionen im Schnee geblendet wurde. War der Mantel der Bedrohung, der sich mit dem Ring auf seine Schultern gelegt hatte, Angst vor der nächsten Bombe oder die Angst, homosexuell zu sein? Brannte sein Körper von der Sonne Floridas oder vom Haß gegen den Vater, von dem er sich nie geliebt gefühlt hatte, dem Haß auf die Menschen, die einen unschuldig Liebenden kaltblütig ermordeten, gegen jene Menschen, die das damals alles geschehen ließen?

Bernhard versuchte zuerst die Hände, dann den Kopf zu bewegen. Es klappte, also träumte er wahrscheinlich nicht. Seine Lider rieben auf den Augäpfeln; er konnte sie öffnen, aber es war dunkel. Nein. Da tauchte ein Gesicht auf. Es war rot, rot und spiegelglatt. Es war das Gesicht seines Vaters. Es wurde von einer glänzenden Oberfläche reflektiert. Von einem Fenster vielleicht – oder von einer Klinge? Nein, von einer Lache aus Blut.

Bernhard schoß hoch, um diesem Bild zu entfliehen. Was war passiert? Er versuchte sich zu erinnern. Das Polizeirevier fiel ihm wieder ein und Edvard, sein haßerfüllter Blick. Und Kim. Er legte seinen Kopf zurück; die Wand war kühl. Er war nach Hause gegangen und hatte eine Schlaftablette genommen. Er saß also in seinem Wohnzimmer, und es war schon Nacht.

Es rumorte in seinem Magen, und ein Brennen lief über seine Haut. Ein kaltes Brennen wie nach einem Messerstich. Seine Glieder waren angespannt, als zöge ein Marionettenspieler daran. Und da drängte sich dieses Bild wieder auf die leergefegte Mattscheibe der Dunkelheit: das süße Gesicht, die leeren Augen, seine durchgeschnittene Kehle und rundherum Blut.

„Nicht schon wieder", wimmerte Bernhard in die Dunkelheit hinein, aber sie verschluckte seine Worte.

Er brauchte Licht, er brauchte Menschen, er wollte zurück ins Leben, zurück in die vertraute Welt. Er sprang auf, stolperte, tastete sich voran. Zur Tür, zur Tür. Raus, drängte es in ihm, nichts wie raus – und er lief.

Bernhard rannte zum Rotkreuzplatz, an Holzbuden des Weihnachtsmarkts und einem lächelnden Nikolaus vorbei; er rannte, bis seine Lungen zu bersten drohten. Seine Schuhe schlitterten auf der glatten Straße, und er stürzte auf den Fahrradweg. Die Nachtluft stach wie tausend Nadeln, aber da war etwas hinter ihm her, das noch viel mehr schmerzte. Er wußte nicht, was es war, er ahnte es nicht einmal, aber er war sich sicher, daß es ihn bald einholen würde.

Das süße Lächeln des blonden Soldaten schlich sich wieder in Bernhards Bewußtsein. Erschrocken rappelte er sich auf und lief weiter, flüchtete, bis sich die Säulen des Königsplatzes vor ihm auftürmten. Völlig außer Atem ließ er sich auf eine der großen schneebedeckten Stufen fallen. Der Wind wirbelte eine Handvoll staubtrockener Flocken in den Ecken umher. Er säuselte, er flüsterte, aber in Bernhards Ohren schwoll er zu einer drohenden Macht. „Warme Scheiße!" hörte er das Echo der frostigen Stimmen erschallen. „Warme Scheiße!"

Erschrocken drehte er sich um. Er war allein, aber da lag ein gefährlicher Schatten über dem Platz. Hier hatte Hitler seine Reden gehalten, von hier aus hatte er das Volk zu Haß und Wahnsinn aufgerufen.

„Mit wem hat diese warme Scheiße Schweinereien getrieben?" Bernhard sah, wie sie den Soldaten prügelten, weil sie glaubten, er würde sprechen. Doch seine Lippen waren versiegelt – mit Liebe.

Trotz der Kälte stand Bernhard der Schweiß auf der Stirn. Er war erschöpft, aber mußte weg von hier. Er rannte über den Karolinenplatz die Briennerstraße hinunter. Ein paar Autos schlängelten sich vorsichtig um die vereisten Ecken. Die Feldherrnhalle wirkte in dieser Nacht wie ein riesenhaftes Maul, das ihm Löwen statt Zähnen entgegenfletschte.

Leichter, filigraner Schnee senkte sich auf Bernhard herab; sternförmige Flocken bedeckten seinen Mantel. Ihm schauerte davor, doch magisch zogen sie ihn an. Bernhard bückte sich und steckte seine Hände in den Schnee, er war trocken und leicht wie Daunen. Man mußte ihn lange in der Hand wärmen, um ihn zusammenbacken zu können. Bernhard drückte und quetschte eine Handvoll, buk seine ganze Furcht in den Schneeball hinein. Immer wieder knetete er ihn, drehte ihn, schmolz ihn, fügte neuen Schnee hinzu, aber das Grauen wollte ihn nicht verlassen. Stattdessen formten sich neue Bilder in seinem Bewußtsein: Nachts stellten sie den jungen Mann nackt in den Hof und übergossen ihn mit eiskaltem Wasser, damit die „warme Sau" abkühlte. Einmal malten sie ihn rosa an, und während alle anderen beim Fliegerangriff in die Bunker flüchten durften, ließen sie ihn als Zielscheibe stehen. Einen Gewehrkolben schoben sie ihm so tief in den After, daß sich die Kimme an seiner Bauchdecke abzeichnete. Doch als sie ihm endlich die Kehle durchschnitten, brannte das Leben in seinen Augen weiter – und Verschworenheit, wie sie Bernhard noch nicht gesehen hatte.

Von den Soldaten, die das mit ansehen mußten, fielen immer wieder welche in Ohnmacht. Sie übergaben sich oder verfielen in Weinkrämpfe. Und jeder, der umkippte, wurde befragt. Einige gestanden irgend etwas, nur um der Qual endlich zu entgehen. Sie wurden erschossen oder eingesperrt; einige erhängten sich in der Zelle.

Wenn sich Bernhards Gedanken nur endlich wieder um den Alltag drehen würden, um seine Schulbücher, um klassische Musik, um irgend etwas Banales; lange hielt er das nicht mehr aus.

Verzweifelt irrte er durch die verlassenen Straßen. Inzwischen war Bernhard so durchgefroren, daß er die Kälte nicht einmal mehr spürte. Der Schneeball in seiner Hand schmolz zu einem Eiszapfen mit scharfer Spitze.

Eine grelle Laterne schien auf ihn herab, und in dem bläulich kalten Licht lehnte sich ihm ein Erker entgegen. Er kannte dieses

Haus; Edvard lebte hier. Aber warum brannte da noch Licht? Hatte er so spät etwa noch Besuch?

Fred Wolf! Der Name kam Bernhard wieder in den Sinn. Er hatte bei Edvard übernachtet, sagte der Kommissar, und er hatte seinen Ring getragen, jenen besonderen Ring, den Edvard ihm geschenkt hatte. Bernhard stellte sich vor, wie dieser Unbekannte in den Armen seines Geliebten lag. Sehnsucht überkam ihn, Sehnsucht und eine schier unendliche Traurigkeit.

Sex beschäftigte Bernhard schon seit seiner Kindheit. Er war neugierig auf die Abbildungen in Lexika und Schulbüchern. Er lauschte an der Schlafzimmertür seiner älteren Schwestern, wenn sie dahinter über ihre Liebeserfahrungen tuschelten, und nachts lag er oft stundenlang wach, weil er bemerkt hatte, daß Ludwig im Schlaf seltsame Geräusche machte. Es war wirklich nur Neugier, weil Bernhard bei sich nie ein Gefühl entdecken konnte, das über die Erforschung, das pure Wissen-Wollen hinausging.

Mit siebzehn küßte ihn dann zum ersten Mal ein Mädchen; es gab ihm nichts. Sie fingerte in seiner Hose herum, und Bernhard ließ es geschehen, weil er wissen wollte, was es damit auf sich hatte. Nichts. Selbst als sie seine scheue Hand an die Stelle führte, die seine Mitschüler nur ehrfurchtsvoll als das Paradies bezeichneten, und Wärme und Feuchtigkeit seine Fingerspitzen benetzten, passierte gar nichts.

Erst mit siebenundzwanzig, da war es der Harndrang, der sein Leben schlagartig veränderte. Er hatte Kaffee getrunken, in Buchläden die Neuerscheinungen durchforstet und sich gut gefühlt, weil er endlich eine feste Anstellung als Lehrer bekommen hatte, da drängte ihn seine Blase. Er ging auf die öffentliche Toilette am Ende der Sendlingerstraße, und als er gerade ansetzte zu pinkeln, stellte sich ein kräftiger Mann neben ihn. Bernhard war irritiert, daß dieser zwar auspackte, aber statt zu pinkeln, zu ihm hinüberguckte, sich seine Augen dabei immer wieder weiteten. Dann sah er die riesige Erektion. Wirklich erschrocken war er, als er seinen eigenen Urinstrom jäh versiegen spürte und sein Schwanz auf eine Größe anschwoll, wie er ihn vorher noch nicht gesehen hatte. Aber noch bevor er Zeit hatte, diese Überraschung zu verwinden, schmeckte er schon die salzige Zunge des anderen, sah die gierigen Augen aus einer Nähe, die ihn erhitzte. Eine Hand berührte die seine, zog sie hinüber an den anderen Körper – und Bernhard in eine neue Welt. Hektisch fühlte er seine Brustwarze befingert, glitt eine Zunge über sein Gesicht, über die Ohren und den Hals, und bald pulsierte ein Leben in Bernhard, so kraftvoll, daß es ihn ängstigte.

Momente später war alles vorbei. Bevor er begriff, was mit ihm geschehen war, stand er allein im grellen Tageslicht, umgeben von verkalkten Fliesen, beschmierten Holztüren, Gestank und dem süßen Geschmack von Verführung auf seinen Lippen. Er stützte sich ab, weil ihm die Knie durchgingen; seine Hand klebte, und das Herz pochte ihm im Hals, weil er erregt war, weil er sich fürchtete, weil er sich gerade für einen Moment lang selbst begegnet war.

Bernhard wollte nicht schwul sein. Nicht, weil er Angst davor hatte, es seinen Mitmenschen zu gestehen. Nein, er hatte Angst vor all dem, was er aus den Medien über Schwule wußte: Sie trugen Damenstrümpfe, sie feierten wilde Sexpartys, sie nahmen Drogen und litten an gefährlichen Krankheiten, und all das wollte er nicht. Trotzdem ließ ihn dieses Erlebnis nicht mehr los. Es verfolgte ihn auf Schritt und Tritt. Er wachte damit auf, er schlief damit ein, er träumte davon. Und dann entschied er sich, endlich herauszufinden, was da in ihm vorging.

Als er das erste Mal einen Sexshop betrat, versteckte er sich gleich hinter den Regalen voller Fotobände bäriger Männer und unreifer Jungs. Er lugte dahinter hervor, um zu sehen, wie es in dieser Welt aussah: schwarz, modrig, einsam. Kam ein Kunde, verschwand er zielstrebig hinter einem Vorhang. *Kino* stand darüber, und seltsame Geräusche drangen daraus hervor. Sie beängstigten ihn, und gleichzeitig ließen sie ihm das Herz höher schlagen.

Der Filz war dick, an den Rändern abgegriffen und schmierig. Dahinter roch es nach frischem Lack, altem Fisch und Gefahr. Pornos machten ihm noch mehr angst: Schwule trieben es in Parks, sie benutzten Werkzeuge für ihr Liebesspiel, mit dem man ebensogut Autos reparieren könnte, und trugen Klamotten aus dem Gruselkabinett. Saunen, Wichspartys, Orgien, Dunkelheit, Furcht, Schmerz, das war ein Leben, mit dem Bernhard erst recht nichts zu tun haben wollte – trotzdem kam er immer wieder zurück. Denn dort in der Dunkelheit gab es keine Namen, keine Worte, allenfalls knappe Befehle. Und es war sicher. Man konnte fliehen, ohne sich dafür erklären zu müssen.

Bald lernte er, daß er in der flimmerigen Dunkelheit mehr über die Menschen erfuhr, als er wollte. Die Töne, die sie von sich gaben, die Art, wie hektisch oder wie sanft ihre Hände über seine Haut glitten, wie ihre Körper auf seine Berührung reagierten, ob er sie küssen durfte, wie lange sie ihn hielten, wie sie sich vor Erregung in seinen Armen aufrichteten oder danach zusammenfielen, ob sie dabei zuckten oder wimmerten, ihre Stirnen feucht wurden, kalt oder heiß, oder ihre Augen sich mit einer Träne schlossen. Mit all dem erzählten sie ihm von ihren Sehnsüchten: die einen von der Leichtigkeit des Schwulseins, die anderen von ihren Schuldgefühlen gegenüber der Ehefrau, die zu Hause mit dem Abendessen auf sie wartete; von der Freiheit, Sex zu haben, wann immer und mit wem auch immer man Lust hatte; von der Angst, am nächsten Tag hinter dem Bankschalter wiedererkannt zu werden; von der Enttäuschung über das Leben, das ihnen ein Schicksal bereitet hatte, das sie im Licht sich nicht zu zeigen trauten. Und wenn er sie dann wiedersah, in der Oper oder umringt von Schulkindern, oder hinter der Kasse des Kreisverwaltungsreferats, dann senkten sie ihre Augen.

Diese Abenteuer waren wie zarte Pralinées. Sie zergingen auf der Zunge, bargen unter ihrer schwarzen Hülle süße Überraschungen, aber am Ende blieb immer ein bitterer Nachgeschmack.

Bernhard wollte mehr als das flüchtige Abenteuer. Aber wie kam man dazu, wenn man sich ängstigte, die Männer der Nacht anzusprechen, wenn man schon beim ersten ihrer Worte die Flucht ergriff? Papier und Buchstaben, damit kannte sich Bernhard aus – Bücher, das war die Antwort.

Eines Samstags ging Bernhard in die Bücherei am Gasteig. Schnurstracks bahnte er sich seinen Weg durch den kleinen Biergarten im Hof, er brummte vor Menschen, plötzlich hörte er von irgendwoher seinen Namen rufen.

Er zuckte, drehte sich um, suchte, fand aber kein bekanntes Gesicht. Stattdessen hörte er ein Lachen, hell und klar. Verunsichert schaute er noch einmal. Er zögerte, schlich sich dann doch in die Bücherei hinauf, doch der Ruf klang in seinen Ohren nach.

Es war einfach, in den Karteikarten nach der richtigen Abteilung zu suchen; es war sehr viel schwieriger, dorthin zu gehen und vor den Augen anderer Bücher auszuleihen. Bernhard ging an den Regalen vorüber, weil dort schon jemand stand, er versteckte sich, druckste herum. Eine Stunde später wickelte er drei Bücher in eine Stofftasche und klemmte sie sich fest unter den Arm.

Im Hof dann erklang wieder dieses helle Lachen. Es war so vielversprechend. Lindernd legte es sich auf sein Gemüt, als füge es Puzzlestücke an den rechten Platz. Bernhard drehte sich um und sah das Gesicht eines jungen Mannes aus der Menge herausscheinen: blond, hübsch und voller Leben. Es sprudelte geradezu aus ihm heraus. Freunde hingen an seinen wundervollen Lippen, drängten sich dicht an ihn heran. Bernhard konnte die Augen nicht von ihm nehmen, und als ihn der andere sah, blickte Bernhard jäh zu Boden.

Entgegen seiner Sehnsucht wendete sich Bernhard zum Gehen, aber seine Beine waren schwer. In der Entfernung hörte er die Straßenbahn vorüberzischen. Sie würde ihn wegbringen, nach Hause, in Sicherheit – in die Vergangenheit. Sollte er sich umdrehen? Wenn er sich nur traute. Stattdessen schleppte er sich in den Schatten des Durchgangs und lehnte sich an die blutroten Ziegel. Er schwitzte; noch kämpfte er mit sich, da hörte er eine Stimme: „Alles in Ordnung?"

Bernhard erschrak, als er in ein Gesicht schaute, das selbst im Schatten leuchtete.

Seit dem ersten Mal hatte Bernhard nie wieder einen seiner Sexualpartner bei Tageslicht gesehen. Deshalb schlossen sich seine Augen, als der andere seinem Gesicht näher kam. Und sobald er ihm die Hand auf die Brust legte, war es Bernhard, als berührte der andere damit direkt seine Seele. Sie paßten zusammen wie Gemälde und Betrachter, wie Feuer und Rauch, Ring und Finger.

Wenn Bernhard früher davon überzeugt war, daß sich jedes Leben, jedes Schicksal, auf eine mathematische Formel reduzieren ließ, dann war dieser Mann die Unbekannte seines Lebens. Er mußte sie nur einsetzen, und die Formel würde aufgehen.

Und jetzt, da Bernhard vor Edvards Haus stand, wurde ihm klar, warum er sich sofort in ihn verliebt hatte: Es waren seine Augen gewesen, so treu und voller Hoffnung wie die des jungen Soldaten in seinen Träumen. An sie hatte er geglaubt, ihnen hatte er vertraut. Plötzlich wurde Bernhard von dem wärmenden Schmerz der Sehnsucht überflutet – und dann fügte sich noch ein Detail in seine Träume ein.

Wieder liegt er in diesem Graben, der sich am Rande eines Schlachtfeldes entlangzieht. Es ist Nacht und schwarz, rundherum Schnee. Seine Kameraden hocken zusammen und frieren. Todesangst zeichnet Häßlichkeit in ihre Gesichter. Flieger jagen über ihre Köpfe hinweg, und immer wieder gehen Bomben nieder, zerstören Gebäude und Bunker.

Die Zigarette. Da ist sie wieder. Einer reicht sie herum. Sie scheint das einzige Licht, das letzte Stückchen züngelnden Lebens in dieser Welt.

Was hat er jetzt noch zu verlieren? In einer Zeit, in der sich Kameraden am Morgen verabschieden, um nicht wiederzukommen, wer denkt da an den nächsten Tag, ja an die nächste Stunde, wenn sich jede Sekunde anfühlt wie das Ende der Welt.

Alle tun, was sie können, um die Schmerzen ihrer Seele zu lindern, und sei es nur für einen Moment. Gerade als er sich das sagt, fühlt er eine Hand auf seiner Brust. Dann legen sich Lippen auf die seinen, und eine warme, süße Zunge durchbricht die Mauer der Furcht. Er umarmt aus Angst, er hält sich fest, um nicht zu versinken. Die Berührung ist wie ein Pflaster: auch wenn sie nicht heilt, so verdeckt sie doch wenigstens die Wunde.

Da ist nichts Schlechtes daran, einen Moment lang Hilfe in den Armen eines Kameraden zu suchen. Und er ist sich bewußt, daß er eine gefährliche Grenze überschreitet, sollte er sich verlieben – und da spürt er schon, wie er sein Herz verliert.

Bernhard sank auf den Boden. Das Eis in seiner Hand schmolz und fror, härtete und spitzte sich, als wäre es eine Scherbe der Erinnerung. Der Horror dieser Gräben stülpte sich über ihn, der Geschmack von Tod; die Sehnsucht und der Irrsinn jener Zeit verdichteten sich zu diesem dunklen, gefährlich spitzen Eiszapfen.

Und dann schmiegt sich Hoffnung an Bernhards Brust, kühl, wie ein Tropfen Schmelzwasser. Sie ist blond, strahlt durch teichblaue Tunnel auf ihn herab, hat zarte Hände und den Kuß der ewigen Liebe.

Als Bernhard die Augen öffnete, waren seine Knie am Boden festgefroren. „Ich hatte doch nur Angst. Ich hatte Angst!" hörte er eine Stimme rufen und schaute sich um, weil es nicht die seine war. Sein Kopf lag tief im Nacken, und mit den Augen suchte er den Weltraum nach dem blonden Engel ab.

Ein Schatten tanzte über die Stuckdecke in Edvards Wohnung, und plötzlich zog erfrischende Kühle von Bernhards Hand den linken Arm hinauf in sein Herz. Blut tropfte dick und schwer in den Schnee. Es war schwarz wie die Angst vor dem eigenen Schatten. Der Eiszapfen schmolz im weichen, unschuldigen Fleisch seiner Hand, und mit ihm die Angst vor der Vergangenheit.

In Edvards Wohnung ging das Licht aus. Zurück blieb der sanfte Schein einer Kerze.

28.

Birgit zog das Seidentuch an den Zipfeln auseinander und schwang es über den Eßtisch. Das goldene Licht der dicken Meßkerze flackerte.

Edvard lief aufgeregt durchs Zimmer. Er sah miserabel aus. Er hatte sich die Haare kurzgeschoren, das dünne Strickhemd mit Tomatensoße bekleckert. So hatte ihn Birgit noch nie gesehen.

„Ich bitte dich, setz dich endlich hin. Wenn du mich schon um drei Uhr morgens aus dem Bett holst, dann nutze wenigstens meine Zeit. Ich bin müde. Wenn du dir nicht helfen lassen willst, fahre ich wieder nach Hause."

„Ich flehe dich an. Bleib hier. Ich werde noch wahnsinnig."

„Dann schalte endlich das Licht aus und formuliere deine Frage."

Er drehte am Lichtschalter und ging zu ihr an den Tisch.

„Werde ich Bernhard wiederkriegen?"

„Das ist eine Ja-oder-Nein-Frage", sagte sie eindringlich. „Du weißt doch, daß das Orakel so eine Frage nicht beantworten kann."

Edvard war wütend von der Polizeistation nach Hause gelaufen und hatte sich auf dem Weg alle Gründe zurechtgelegt, warum er nie wieder etwas mit Bernhard zu tun haben wollte: diese ganzen Verwicklungen, dessen Feigheit und dann noch dieses Weibsbild an seiner Hand. Er hatte sich vorgenommen, alles aus der Wohnung zu entfernen, was ihn auch nur im entferntesten an Bernhard erinnerte.

Aber dann hatte er den Anrufbeantworter abgehört und eingesehen, daß er schon wieder völlig dumm reagiert hatte. Wahrscheinlich ließ sich alles, selbst diese Frau, mit ein wenig Zeit und Geduld erklären. Warum war er nur immer so verdammt empfindlich?

„Ich habe ihn angerufen, um die Sache endlich zu klären, aber er hat nicht abgenommen. Ich bin sogar dreimal zu ihm rübergefahren, aber er hat nicht aufgemacht. Ich hab ihm Blumen geschickt und einen langen Brief geschrieben, indem ich ihm alles erklärt hab." Edvard rang seine Hände. „Ich muß einfach wissen, ob wir wieder zusammenkommen."

Birgit schob sich in dem weißen Freischwinger nach vorn. „Ich bitte dich. Du zergehst im Drama."

Sie funkelte ihn mit ihren schwarzen Augen an. Dann legte sie den Packen Karten hin und faltete die Hände unter ihrem fleischigen Kinn.

Da war etwas Zögerliches in Edvards Bewegungen, eine Zurückhaltung, die Birgit mit zusammengekniffenen Augen verfolgte.

„Du willst keine Antworten, Edvard. Du willst nur jemanden, der dir deine Wunschvorstellungen bestätigt."

Edvard zuckte. „Nein, nein", sagte er hastig und setzte sich zu ihr an den Tisch. „Wirklich, ich will ... die Wahrheit erfahren. Ich muß." Und dann begann er zu mischen.

Birgit schraubte derweil ein kleines Gefäß auf und streute ein paar Körnchen auf eine Kohle, die weiß glühte. „Weihrauch, schwarzer Pfeffer, rotes Drachenblut, Copiavabalsam und zarte Ylangblüten öffnen die Tore zu tieferer Erkenntnis." Es knisterte, dann breitete sich langsam ein schwerfälliger Rauch aus. Und für einen Augenblick war es Edvard, als sähe er einen Engel.

Birgit ließ ihn nicht aus den Augen.

„Der springende Punkt ist doch überhaupt nicht, ob du mit Bernhard zusammensein wirst. Die Frage ist, warum du dir diese Beziehung ausgesucht hast."

Edvard nickte vorsichtig, vermied aber, sie direkt anzuschauen.

„Dann werden wir das Orakel jetzt befragen."

Edvard hob zweimal ab, dann breitete Birgit die Karten wie einen Fächer vor ihm aus.

„Zieh sechs Karten und leg sie verdeckt auf den Tisch!"

Edvard tat, wie ihm geheißen, seine Augen waren dabei auf das Stück Parkett geheftet, das, seitdem er die Cognacflasche zerbrochen hatte, buckelig aufgequollen war: die erste Narbe ihrer Trennung.

„Edvard", sagte Birgit mit ruhiger Stimme, aber er hörte sie nicht. Er dachte an die Sommernächte, in denen ihm Bernhard die

Sternbilder erklärt hatte. Er erinnerte sich an das Wochenende in Amsterdam, an dem sie eng umschlungen plätschernden Grachten gelauscht hatten, die Stille, die sich wie in Zeitlupe um Bernhard herum ausbreitete, wenn er auf dem Sofa saß und Nietzsche las. Er sah sich an Bernhards Küchentisch sitzen, erinnerte sich an den Abend, an dem er von ihm zum ersten Mal eingeladen wurde und Rührei und Kopfsalat mit Karottenstreifen serviert bekam. Und Edvard würde nie die Akropolis vergessen, vor der sein Geliebter griechische Heldensagen für ihn aufsagte. Die Sonne brannte mit vierzig Grad auf sie herunter, Hunderte von Touristen spazierten schwitzend und jammernd an ihnen vorbei. Damals hatte Edvard Liebe gesehen, die kühlende Kraft grenzenloser Liebe. Wenn ihm Birgit jetzt sagen würde, daß er das alles nie wieder erleben dürfte! Edvard wurde traurig.

„Edvard!"

Er kehrte sich ihr zu, und sie sah seine Augen davonschwimmen.

„Laß uns schauen, was du dir da für einen Partner ausgesucht hast." Sie drehte die erste Karte um und legte sie in die Mitte: ein junger Mann, der mit einem Fuß in der Schlinge von einem Kreuz hängt.

„Aha. Ein Mensch, der sich opfert, freiwillig für etwas Buße tut, das er nicht einmal getan hat." Sie musterte Edvard und sah, daß er wenig verstand. „Ich werde dir dazu später mehr erklären. Laß mich erst mal schauen, was in dir los ist."

Er riskierte einen Blick. Ein in sich gekehrter Mann stand da in einen langen Umhang gehüllt, umgeben von drei Kelchen, deren Inhalt verschüttet war. In der Ferne sah er eine Brücke und eine Burg. Das Bild war ein Spiegelbild seiner Gefühle: verlassen, allein, alles verloren.

„Siehst du!" preßte er unter Tränen hervor. „Die Kelche sind umgekippt, alles verschüttet."

„Die Karte sagt nur, daß du in deinem Leid verharrst. Du mußt dich nur umdrehen. Da stehen noch zwei volle Kelche. Liebeskummer, gescheiterte Hoffnungen, Enttäuschung – das sind nur ein Aspekt dieser Karte. Der andere ist Neubeginn und Neubesinnung. Auch das gehört zu deinem Zustand."

Edvard wischte sich über die Wangen und schniefte.

„Und das ist der Grund für deine Verwirrung." Sie drehte die nächste Karte um: ein Turm, von dessen Zinnen Menschen stürzten. Darüber ein Blitz, der aus finsteren Wolken herunterjagte. „Aha. Siehst du, Umbruch, Erschütterung, ein plötzlicher Wandel."

Sie nahm Edvards Kinn in ihre Hand und zwang ihn, ihr in die Augen zu schauen. Dann sagte sie mit durchdringender Stimme: „Es ist ein positiver Wandel. Du hast jetzt die Chance, fixe Ideen zu überdenken, alte Verkrustungen aufzubrechen. Wenn du es schaffst, dein Drama zur Seite zu schieben und zu sehen, worum es wirklich geht, werden sich ganz neue Dimensionen auftun."

„Was denn für fixe Ideen?" Edvard schüttelte den Kopf. „Unsere Beziehung ist kaputt, das war's."

„Nichts ist kaputt. Du hast das Orakel darüber befragt, was du aus der Beziehung lernen kannst. Und es antwortet dir, daß es um eine Veränderung geht."

Er schaute sie fragend an.

Birgit nahm die nächste Karte und rieb sie zwischen ihren Fingern, als versuchte sie Blindenschrift zu lesen. Dann lehnte sie sich in ihrem Stuhl zurück.

„Wieso hast du dir Bernhard überhaupt ausgesucht?"

Edvard strich sich über den Kopf und überlegte. Ausgesucht? Er dachte zurück an den Samstagnachmittag im Gasteig. Er saß mit Freunden im Biergarten, da hörte er ein Rufen. „Edvard! Edvard!" Hell und viel zu zart, als daß man bei allem Lachen und Gezeter hätte ausmachen können, woher es kam. Und als er aufschaute, sah er Bernhard im Durchgang zur Straßenbahn stehen. Groß, mit dunkelbraunen Locken, die sich um sein unschuldiges Gesicht schmiegten. Da war etwas Kindliches in seinen Augen und eine Tiefe, die Edvard still werden ließ.

In jenem Moment passierte etwas Außergewöhnliches, Unerklärliches: Edvard fühlte sich mit Bernhard verbunden, als wären sie Brüder, als würden sie sich schon Jahrzehnte kennen. Edvard hatte unzählige Freunde, mit denen er sich sehr viel besser verstand, und er konnte mit Sicherheit behaupten, daß er schon bessere Sexpartner gehabt hatte als Bernhard, aber da war noch etwas anderes, etwas Unbeschreibliches. „Ich hab gespürt, daß wir zusammengehören. Ganz einfach."

„Hast du das denn schon einmal mit einem anderen Mann gespürt?"

„Nein, nie", sagte er und dachte an all seine Affären und Liebschaften. In der Hitze der Ekstase hatte er oft Versprechungen gemacht. Sie waren Teil des Liebesspiels, Gefechtsstrategie, mehr nicht. Bei manchen hielten romantische Gefühle über den ersten Höhepunkt hinaus an, aber am Ende zählte immer nur die Regel: Jeder lebt sein eigenes Leben.

„Da war also etwas Besonderes an Bernhard. Schließlich hast du sogar dein Leben für ihn verändert."

Er nickte energisch. „Ich hab vieles für ihn aufgegeben: Partys, das Rauchen, bis in die Morgenstunden tanzen. Ich wollte sogar mit ihm zusammenziehen."

„Und dann kam das." Sie legte die Karte offen, mit der sie gespielt hatte: Ein Jüngling mit verbundenen Augen saß am Meer und verschränkte zwei Schwerter vor seiner Brust. „Aha! Das erste Mißverständnis, und du mißtraust deinem Partner. Du zweifelst an Entscheidungen, an der Festigkeit deiner Beziehung. Du fällst in alte Verhaltensmuster zurück, als hättest du nichts gelernt."

Edvard sackte zusammen.

„Zu einer Beziehung gehört mehr als ein teurer Ring und schöne Worte, Edvard."

Er legte die Hände vors Gesicht. Sie hatte recht. Er hatte Bernhard verraten. Das war nicht nur dumm, sondern unreif.

„Die Kunst bei Beziehungen ist eben nicht, den Menschen zu bekommen, den man sich einbildet. Die Kunst liegt darin, ihn dann noch zu wollen, wenn man ihn bekommen hat. Verstehst du den Unterschied?"

Er nickte schwerfällig, und sie legte die nächste Karte unter *Der Gehängte*.

„Das mußt du tun", sagte sie und deutete auf den jungen Mann, der, mit Proviant an einem Stock und einer Rose in der Hand, glücklich auf einen Abgrund zuspaziert. Nicht einmal der bellende Hund weckt ihn aus seinem Glückszustand.

Edvard schluckte. Das sah gefährlich aus.

„Du Glücklicher", sagte sie. „Wenn du lernst, so offen und ahnungslos in die Beziehung hineinzugehen wie der Narr hier durch die Welt, dann werden sich einige Probleme lösen. Schau!" Sie deutete auf die Verbindung zum Turm. „Das ist eigentlich nur eine Verlängerung davon. Dort werden deine Verhaltensweisen erschüttert, du wirst gezwungen, darüber nachzudenken. Und hier geht es darum, dieses kindliche Staunen, die Spontaneität und Weisheit, die du dadurch gewinnst, zu erhalten und weiterzutragen."

Ihre festen Finger tippten von einer Karte zur anderen. Edvard zog die Stirn in Falten.

„Jetzt willst du sicher noch wissen, wie das alles ausgeht."

Er war sich nicht mehr sicher, denn das bisher Gehörte erschien ihm bereits schwierig genug. Aber Birgit hatte schon die nächste Karte umgedreht und strich darüber, als wäre sie aus Seide. Ihr Gesicht hellte sich auf: Ein Paar hielt sich fest umschlungen und deutete voller Glück auf zehn Kelche, die über ihm am Himmel schwebten.

Die Beklemmung, die Edvard seit Tagen mit sich herumschleppte, löste sich, und er atmete auf.

Eine Lavendelblüte knisterte auf der Glut. Edvard schaute zum Fenster hinüber. Die Scheiben waren beschlagen. Die Räucherung, verwirrte Gefühle und Rätsel hatten einen dünnen Film darübergelegt, der der Straßenlaterne einen Heiligenschein aufsetzte. Draußen fing es wieder an zu schneien.

Er schaute auf das Kartenspiel, ein paar Sätze hallten in ihm wider, und langsam fügten sie sich zu Verständnis.

„Du wolltest mir noch mehr zu Bernhard erzählen."

Birgit schaute ihn eine Weile an, bevor sie sich aufsetzte und *Der Gehängte* noch einmal betrachtete.

„Schau mal genau hin." Sie tippte auf das Bild. „Er ist nicht ans Kreuz geschlagen worden. Er hat sich selbst gehängt, siehst du? Sein Fuß hängt locker in der Schlaufe, er hat die Arme hinter seinem Rücken verschränkt, um seinen Kopf herum strahlt ein Heiligenschein. Er hat sich eine Aufgabe gestellt, die er um jeden Preis lösen will. Er ist offensichtlich zu jedem Opfer bereit. Er kann sich also im Moment gar nicht mit dir beschäftigen; das heißt, daß du zurückstecken mußt. Gib ihm Zeit. Laß ihn seine Erfahrungen machen. Wahrscheinlich ist er danach ein neuer Mensch."

Edvard zappelte mit dem Stuhl. Er legte seinen Kopf schräg, als wollte er die Karten noch einmal aus einer anderen Perspektive betrachten.

„Du willst alles wissen, nicht wahr?"

Er schaute sie an. Seine Pupillen waren weit, der Zug um seinen Mund hart und entschlossen.

„Jetzt hast du mich schon neugierig gemacht."

„Überleg es dir gut. Manchmal ist es besser, etwas nicht zu wissen."

Er rang noch mit sich, aber die Neugier hatte längst gesiegt.

„Warum Bernhard?" fragte er; Birgit deutete stumm auf den Stapel.

Edvard schloß die Augen und glitt mit der Hand vorsichtig darüber, dann zog er *Das Rad des Schicksals.* Fabelwesen, obskure Zeichen und Symbole wanden sich um ein Rad.

„Ihr seid durch ein karmisches Band verknüpft."

„Ein was?"

„Ein karmisches Band. Ihr seid jeder der Schlüssel zum Schicksal des anderen. Ihr habt euch gesucht und gefunden, weil jeder für den anderen der Partner ist, mit dem er seine Aufgabe in dieser Welt lösen kann."

Edvard lehnte sich zurück. Das wollte erst einmal verdaut werden.

In den letzten Stunden hatte er viele Antworten bekommen, aber es kam ihm so vor, als hätten sich mit jeder Frage zehn weitere aufgetan.

„Ich hab dich gewarnt", sagte sie mit einem wissenden Schmunzeln. „Manchmal verstehen wir nicht, was mit uns geschieht. Aber ich kann dich beruhigen, das ist völlig in Ordnung. Verstehen setzt Grenzen. Denk an den Narren", sie deutete auf die Karte. „Sich um Verstehen bemühen, das ist die wahre Herausforderung, Verstehen selbst nur der Trostpreis."

Die Kerze flackerte, der schwere Duft der Räucherung legte sich über die Karten. Was war das Leben nur für eine komplizierte Angelegenheit? Wie sollte er all diese Aufgaben bewältigen, die er sich angeblich selbst gestellt hatte?

„Vertraue", hörte er eine Stimme tief in ihm flüstern, „Vertraue!"

29. Seine linke Hand pochte dumpf, dort, wo der Eiszapfen eine tiefe Wunde gerissen hatte, und an der Innenseite seines Armes zog ein Schmerz bis hinauf ins Herz, als würde eine unsichtbare Hand die Sehne eines Bogens überspannt halten. Bernhard hatte Gaze darum gewickelt, um die Blutung zu stillen, aber die Wunde wollte sich nicht schließen. Immer wieder näßte sie durch, manchmal gelblich weiß, dann wieder tiefrot. Richtige Schmerzen hatte er nie, nur dann, wenn er seine Augen schloß und seine zerstreuten Gedanken wie eine Ameisenschar auf die grausamen Bilder seiner Visionen zuströmten, oder wie jetzt, als er vor dem Spiegel stand und sich überlegte, was er zu der Beerdigung seines Vaters anziehen sollte.

Es wurde ihm mulmig, wenn er nur daran dachte. Auf Beerdigungen bezeugt man Trauer, schickt den Verstorbenen mit guten Gedanken in die nächste Welt, schließt das Kapitel, das man mit diesem Menschen gelebt hat, ab. Bernhard dagegen verspürte Zorn und Ablehnung seinem Vater gegenüber, im besten Falle Gleichgültigkeit, aber keinen Funken Trauer, von guten Gedanken ganz zu schweigen. Und das Kapitel Vater abschließen, dazu war er, nach allem was passiert war und noch mit ihm passierte, nicht bereit. Im Gegenteil. Die Wahrheit wollte er so sehr wissen, daß er sie mit Händen ausgegraben hätte. Das letzte, was er wollte, war, sie mit Erde zuzuschaufeln.

Das einzig schwarze Kleidungsstück in seinem Schrank war ein Anzug, den er zu seiner Firmung getragen hatte. Der Rest war unfarbig, viel grau und braun, Kleider wie Schlagschatten.

Er hatte schon vieles anprobiert und auf einem Haufen neben dem Schrank abgelegt, da stieß er auf eine dunkle Sporttasche. Eine schwarze Jeans lag darin, zwei T-Shirts, Unterwäsche und Socken.

Edvards „Notfallausrüstung". Bernhard setzte sich auf den Boden, stützte sich dabei mit der linken ab und zuckte – die Wunde.

Es war eigenartig, Kleider von Edvard in Händen zu halten. Bernhard legte sein Gesicht in das T-Shirt und sog seinen Geruch tief in sich hinein. Er dachte, es würde etwas in ihm auslösen, aber er spürte nichts.

Die Jeans waren etwas zu kurz und sehr eng, aber sie paßten. Er schaute sich um und griff nach dem Sakko seines Anzugs. Es zwickte unter den Armen, und aus den Ärmeln ragten seine weißen Handgelenke. Aber mit etwas gutem Willen konnte er es sogar zuknöpfen. Er schaute in den Spiegel; weiße Haut schimmerte unter dem Schwarz hervor wie der Bauch eines Fisches.

Nur was sollte er unter der Jacke tragen? Sein Blick fiel auf das zebragemusterte Polyesterhemd seines Vaters, das aus der Reisetasche zipfelte. Zögerlich ließ er es über seine Hand gleiten. Kühl und sanft schmiegte es sich an seine Haut, lief an seiner Brust herunter wie eine kühle Dusche über einen Sonnenbrand.

Zugfahrkarte, Geld, Brieftasche. Der Ehering seines Vaters und Edvards Ring lagen nebeneinander auf der Kommode. Schnell griff er nach dem Ring seines Vaters und steckte ihn sich an. Aber Edvards Ring hielt ihn in Bann. Der Diamant sammelte das gelbliche Deckenlicht und goß einen millimeterbreiten Regenbogen auf das dunkelbraue Eichenfurnier: eine Mauer in der Gegenwart, eine Brücke zur Vergangenheit. Seine Wunde stach.

Er war schon lange nicht mehr in Heidelberg gewesen. Früher, noch während des Studiums, kam er gerne zurück. Er lief dann durch die Stadt, setzte sich in die Eisdiele, das erste Lokal seiner Kindheit, oder ging ins Freibad, um sich an die Sommer zu erinnern, die viel zu lange Zeit zwischen den Schuljahren.

Aber dann entdeckte er diese Gefühle: Sehnsucht, in den Armen eines Mannes zu liegen, das Verlangen nach stoppeliger Gesichtshaut auf seiner Bauchdecke und die Hitze einer harten Erektion in seinem Fleisch.

Von da an hatte Bernhard das Gefühl, die Augen seines Vaters würde ihn durchbohren, wie die Splitter einer Granate, und er begann, seine Heimat zu meiden.

Statt den Bus zu nehmen, ging er zu Fuß durch die Stadt. Bis zur Beerdigung waren noch zwei Stunden, und Bernhard hatte es nicht eilig, den traurigen Gesichtern seiner Familie gegenüberzutreten.

Früher gab es hier Hutmacher, Konfiserien und alte charmante Cafés. Sie waren Imbißbuden mit Namen wie *Die Heiße Nummer* gewichen, die durchweichte Käsebaguettes aus Mikrowellenherden servierten. Billigläden boten T-Shirts aus Malaysien feil, die mit lachenden Disneyfiguren bedruckt waren, mit Motiven vom Heidelberger Schloß oder Vornamen wie Gertrud, Alfred, Emma oder Willi.

Im Sommer walzten sich hier Busladungen von staunenden Touristen entlang. Jetzt, am ersten Wochenende nach Weihnachten, sah er nur verbissene Gesichter.

Er war froh, als er das Ende der Stadt erreichte und langsam die Bergstraße erklomm. Vertrautheit weitete seine Brust, als er das Schild des Tante-Emma-Ladens leuchten sah. Als Kind hatte er hier sein ganzes Kleingeld in Schweinespeck, Gummi-Mäusi, Schnuller und Colafläschchen umgesetzt. Mit Fritz, dem Sohn der Besitzer, war er öfters zum Baden an den See geradelt und hatte mit ihm Pläne geschmiedet; zum Mond wollten sie zusammen fliegen, nun hatten sie schon seit Jahren nicht einmal mehr Kontakt zueinander.

Obwohl sich in diesem Wohngebiet kaum etwas verändert hatte, kam er sich hier genauso fremd vor wie zwischen den neuen Läden in der Fußgängerzone.

Theo & Lydia Moll stand auf dem Holzschild neben der Gartenpforte; früher hieß es *Familie Moll.* Mit dem letzten Zaunanstrich hatten sie es erneuern lassen. Bernhard drückte auf die Klingel. Sieglinde öffnete; ihre Augen waren gerötet. Was sollte er in dieser Situation zu ihr sagen? Er nickte ihr zu, Tränen schossen in ihre Augen, dann wendete sie sich ab und ging ins Wohnzimmer. Bernhard folgte ihr.

Barbara saß auf der Couch. Sie hatte die Haare zu einem festen Pferdeschwanz geflochten, aber mit den verheulten Augen sah sie so jung aus wie vor fünfundzwanzig Jahren. Mausi hatte seinen Arm um sie gelegt, aber es war ihr sichtlich unangenehm.

Biggy, Sissy und Manu saßen steif auf dem Beistelltisch neben Karl. Biggy hielt seine Hand in ihrem Schoß. Eberhard hatte die seine auf Manus Rücken gelegt. Für die Beerdigung hatte sich Sieglindes Ehemann wohl von seiner Sekretärin loseisen können. Er nickte Bernhard zu, versenkte seine Augen dann schnell in seiner Kaffeetasse.

Ludwig stand auf dem Balkon. Nase und Hände waren tiefrot vom Frost. Im Aschenbecher auf dem Geländer türmten sich Kippen.

Der Hausarzt war mit seiner Frau da, die Inhaberin des Tante-Emma-Ladens stand in der Ecke, die beiden benachbarten Ehepaare hatten sich in ihrer Trauer zusammengetan.

Eine ganze Reihe Menschen war gekommen, die Bernhard nicht kannte. Vielleicht ehemalige Kunden seines Vaters, Kartenkumpels, Kaffeekränzchenfreundinnen oder Kirchenbekanntschaften seiner Mutter. Er hatte keine Ahnung. Sie standen in kleinen Grüppchen zusammen, sprachen gedämpft, blickten bedrückt und rotaugig im Raum umher, verstummten, sobald man ihren Blicken begegnete.

Bernhard schüttelte jedem die Hand; manche hielten ihn viel zu lange fest. Sie bedauerten ihn, weil sein Vater gestorben war, und gaben sich mitfühlend. Bernhard plagte ein schlechtes Gewissen, weil er keine Trauer verspürte. Er stellte ihn sich sogar vor, tot, im Sarg, die kurzen Finger über seinem Herzen verhakt. Aber seine Gedanken an ihn waren wie das Licht eines längst verloschenen Sterns. Zwar schien es noch, aber der Planet existierte schon Hunderttausende von Jahren nicht mehr.

„Du bist alleine gekommen?" Da lag ein Hauch von Überraschung in Gudruns Stimme, oder war es ein Vorwurf?

„Natürlich!"

Gudrun nahm ihren Bruder in den Arm. „Hätte ja sein können, daß du Edvard mitbringst, zur emotionalen Unterstützung."

Er schaute sie skeptisch an.

„Hast du die letzten Tage gut überstanden?"

Was war das für eine Frage? Wahrscheinlich sollte er nur beteuern, daß er ihr die Szene am Abendtisch verziehen hatte. Aber wie konnte er ihr etwas verzeihen, womit er selbst nicht fertig wurde? Immer wieder sah er die entsetzten Augen seines Vaters, diesen Blick der Verachtung. Und immer wieder sah er den leeren Stuhl. Er fühlte sich schuldig am Tod seines Vaters, er fühlte sich schuldig, schwul zu sein.

„Ich hab ein paarmal angerufen, aber du warst nie zu Hause."

„Es geht mir gut. Ist schon in Ordnung."

Sie sah erleichtert aus.

„Was hast du da an der Hand?" Sie drehte seine linke herum und untersuchte die durchnässte Gaze.

„Ach, nichts. Das Brotmesser." Bernhard zog die Hand zurück. „Wo ist eigentlich Mutter?"

„Da." Sie deutete auf den Fernsehsessel, und Bernhard entdeckte Lydia, die allen den Rücken zukehrte.

Bernhard warf seiner Schwester einen fragenden Blick zu, sie zuckte mit den Schultern. Dann schaute er über den Kopf seiner Mutter hinweg auf die Mattscheibe. Eine Talkshow flimmerte darüber hinweg.

Bernhard trat zwischen den Fernseher und seine Mutter.

„Bernhard?" Sie stützte sich vom Stuhl hoch und umarmte ihn.

„Für einen Moment ... Ich hätte dich fast nicht erkannt. Dieses Hemd, weißt du?"

Ihr Gesicht war rosig und sanft. Schwarz stand ihr gut. Selbst die Perücke sah natürlicher aus als sonst.

„Hallo Mama, wie geht es dir?"

„Gut, sehr gut. Hast du schon unsere Gäste begrüßt?"

Bernhard war wieder von ihrer Unbeschwertheit überrascht. Ihr Blick war fast euphorisch, ihre Stimme vergnügt.

„Ja, Mama. Ich hab alle gesehen."

„Kennst du schon Fräulein Jung ? Sie ist die Pflegerin, die mir ein wenig zur Hand geht."

Eine Frau erhob sich von dem Sessel neben Lydia. Sie war groß und schmal, ihr Haar kurzgeschoren und schneeweiß. Das Halstuch war von einem derart kraftvollen Lila, daß ihr Gesicht regelrecht leuchtete. Jugendlich schön sah sie aus, aber nach den Falten auf ihren Händen zu urteilen, war sie weit über fünfzig.

„Divya, das ist mein Sohn Bernhard. Bernhard, das ist Fräulein Jung."

Divya? Seine Mutter griff nach der Hand der Pflegerin und zog sie zu sich an die Brust.

„Guten Tag." Bernhard schaute ihr in die Augen und sah Frieden.

„Was hältst du von Mamas Krankenpflegerin?" fragte Gudrun.

Bernhard schaute hinüber und beobachtete, wie Divya seiner Mutter in den Sessel half und sich dann wieder neben sie setzte.

„Scheint ihr eine große Stütze zu sein."

„Findest du sie nicht ein bißchen komisch? Divya? Was ist denn das für ein Name?"

Er zuckte die Schultern.

„Wie soll das mit ihr weitergehen?" fragte Sieglinde.

„Also wir können sie nicht aufnehmen", sagte Eberhard abwehrend; Sieglinde schaute zu Boden.

„Aber sie kann unmöglich alleine bleiben", stellte Barbara fest. „Sie kann ja nicht mal mehr einkaufen. Ihr habt gesehen, wie schwach sie vor Weihnachten beieinander war. Kann sie denn nicht bei euch wohnen?" fragte Barbara Gudrun.

„Ich habe schon mit Karl darüber gesprochen. Das Haus ist groß genug, leisten können wir es uns auch, ich müßte halt meine Arbeit reduzieren."

„Habt ihr denn Mama schon mal gefragt, was sie möchte?" Bernhard kniff wütend die Augen zusammen.

Lydia starrte auf die Mattscheibe. Sie hörte weder, was in der Talkshow erzählt wurde, noch sah sie die tränennassen Wangen der Interviewten. Sie war mit ihren Gedanken in der Zukunft. Sie wußte, daß sich ihre Kinder in diesem Moment den Kopf über sie zerbrach. Sie sollte bei einem von ihnen wohnen oder in eine betreute Anlage ziehen. Dabei hatte sie zum ersten Mal in ihrem Leben das Gefühl, frei zu sein. So viel hatte sie aufgeben müssen, jetzt wollte sie wenigstens ihre Freiheit behalten.

„Ich hoffe, daß wir Vater da oben wiedersehen", sagte Barbara mit erstickter Stimme. Sie nutzte die Gelegenheit, um sich wieder mal als brave Tochter aufzuspielen. Bernhard hätte sich am liebsten übergeben.

„Stellt euch vor, wir kommen da oben an, und er ist nicht da", schluchzte sie laut.

Bernhard graute bei der Vorstellung, mit seinem Vater die Ewigkeit verbringen zu müssen, aber er sagte es nicht. Er wendete sich den Gästen zu, beobachtete die Grüppchen, die zusammengekommen waren, um Theo seine letzte Ehre zu erweisen. Er musterte jeden einzelnen. Ob sie wußten, warum Bernhard sein Zuhause jahrelang gemieden hatte?

„Wir sollten gehen." Divya neigte den Kopf in die Geschwisterrunde.

„Wir sollten schließlich die ersten sein", fügte Lydia erklärend hinzu, griff nach Bernhards Hand und zog ihn in die Küche. „Deine Stiefel sind so schmutzig. So kommst du mir nicht in die Kirche." Sie kniete hin und polierte seine schwarzen Stiefel. „Zieh deine Hosen ein bißchen hoch. Ja, so ist es gut."

Dann marschierten sie los.

Sie gingen in die Aussegnungshalle und strebten auf die erste Reihe zu. Bernhard ergatterte einen Platz am Rand, Gudrun setzte sich neben ihn, dann Sieglinde und Barbara. Ludwig aber blieb am Eingang stehen, und so war plötzlich ein Platz neben der Mutter frei. Sieglinde zupfte Bernhard am Ärmel und deutete ihm an, sich neben Lydia zu setzen, und bevor er sich's versah, befand er sich in der Rolle seines Vaters; still und steif saß er neben der Mutter.

Die Halle füllte sich. Bernhard hörte es an den Stimmen, am Räuspern, an den Absätzen, die über den kalten Marmorboden klackerten, und am schweren Ächzen der Sitzbänke.

Dann bewegte sich etwas hinter den großen Milchglasscheiben, die die Halle vom Leichenschauhaus trennten. Särge wurden zwischen den Kühlzellen hin- und hergeschoben, hektisch wie Steine in einem Backgammonspiel. Dann schwoll klassische Musik an, als ob sich Theo je dafür interessiert hätte. Die Türen öffneten sich, und der Sarg wurde hereingeschoben. Die Trauergäste erhoben sich, Bernhard brannten die Augen.

Der Pfarrer schritt pietätisch heran und bespritzte den Sarg mit Weihwasser, dann begann er seine Rede: „Theo Moll war ein liebender Mensch. Und er war ein braver Gläubiger ..."

Diese Verlogenheit ärgerte Bernhard. Wieso waren Menschen nach dem Tod plötzlich besser?

Er beschloß, nicht weiter zuzuhören, und konzentrierte sich stattdessen auf die Blumengebinde aus Plastik und den Plattfuß unter dem Wagen, auf dem der Sarg seines Vaters stand.

Und in der Leere spürte er dann doch noch etwas: Mitleid. Was hatte sein Vater schon vom Leben gehabt? Jahre der Angst und des Schreckens im Krieg, eine Familie, die er offensichtlich nie wollte, und ein Herzproblem, das ihm jede Möglichkeit raubte, das Leben zu genießen?

„Theo Moll war ein gütiger Mensch", hörte Bernhard den Pfarrer sagen. Genau jene Worte hatte er Tage zuvor aus dem Munde seiner Mutter gehört. Aber was war schon gütig an einem Menschen, der seine Kinder mit Nichtbeachtung strafte, der lebensfrohes Lachen als Ruhestörung empfand, der unschuldigen Fragen mit Schweigen begegnete?

Was die anderen wohl gerade über Theo dachten? Bernhard hätte etwas darum gegeben, die Gedanken dieser frierenden Menschen auf den harten Bänken zu wissen. In den Augen seiner Geschwister lag Schmerz; nur die seiner Mutter glänzten vor Verklärung.

„Seine Kinder trauern um ihren Vater ..."

Was war denn ein Vater überhaupt? Was machte einen Menschen zu einem Vater? Sein Sperma, ein kurzer Orgasmus, ein wenig Schweiß und Lust? War das alles, was es brauchte? Ist damit jeder Samenspender automatisch Vater?

Nein, ein Vater war er Bernhard nie gewesen. Sein Erzeuger allenfalls, mehr nicht. Die Verbindung zwischen Bernhard und seinem Vater war nicht größer als die Länge des Samenfadens, der ihn gezeugt hatte.

Unter ihren Füßen knirschten Kiesel, als die Prozession aus der Halle hinaustrat, und die Sonne blendete so grell, daß man gegen sie anblinzeln mußte. Dicke Wasserperlen klebten auf dem Sarg, die sich in der Kälte weißlich färbten, Tränen von Weihwasser.

Bernhard ging mit seiner Mutter am Arm als erster hinter Theo drein und dachte: Im Tod ist er wie im Leben: still, und alle marschieren gehorsam hinter ihm her.

Neben der Aushebung lag die Erde in großen gefrorenen Schollen. Trauerkränze mit bedruckten Schleifen waren um das schlichte

Holzkreuz aufgetürmt. *Theo, wir vermissen dich*, stand da zu lesen, *Für Papa. Mama und die Kinder. Unserem treuen Bruder, Theo Moll in Ehren.*

Bernhard wurde zum ersten Mal der Menschenmenge gewahr, die der Familie gefolgt war. Wieviele hatten ihn gekannt? Und woher? Schulkameraden mußten darunter sein, denn diese waren ihm immer nahegestanden, und selbstverständlich Geschäftskunden.

Der Sarg versank, von den Gebeten des Pfarrers begleitet, in der Erde. Jetzt war sein Leben zu Ende. Bernhard stellte sich seinen Vater vor: die Augen geschlossen, leichenstarr, grau und kalt. Er spürte, wie sich seine Kopfhaut zusammenzog. Die Haare in seinem Nacken stellten sich auf, und ein Schauer, kälter als der Tod, lief seinen Rücken hinunter. Aber es war gleich wieder vorbei, nur ein eigenartiges Ziehen hinter seinen Augen blieb, und seine Lider fühlten sich schwer an.

Sehnsucht nach dem liebevollen Menschen in seinen Träumen stieg in Bernhard empor wie eine Fontäne; und gleichzeitig spürte er seine Wunde brennen. Als er zu seiner Hand hinuntersah, tropfte Blut auf die polierten Stiefel, rann daran herunter und versank im Schnee.

Seine Mutter schaufelte etwas Erde auf den Sarg und warf ein weißes Seidensäckchen hinterher. Ludwig ging hinter ihr am Grab vorbei. Sieglinde und Gudrun beteten einen Moment, bevor sie der kleinen Schwester Platz machten. Barbara warf einen Kuß zu ihrem Vater hinterher und heulte auf. Dann durften sie der Kälte endlich entfliehen.

Sobald sich Lydia auf ihrem Platz niedergelassen hatte, begann die Totenmesse. Die Klänge der Orgel waren fast berauschend, der Duft von Weihrauch füllte die betretene Kälte mit Magie, und da schwebte auch schon der Pfarrer heran, gefolgt von seinen Ministranten.

Ein Schmunzeln setzte sich auf Bernhards Lippen, weil ihn diese Szenerie an das Coming-out eines befreundeten Pfarrers erinnerte, der sein Schwulsein lange Jahre angeblich nicht einmal geahnt hatte. Dann, eines Tages, und ausgerechnet während einer Fronleichnamsprozession hatte es sich ihm offenbart. Von jungen Meßbuben umgeben, tänzelte er in Meter von goldbesticktem Stoff gehüllt, das

Weihrauchfaß durch die Luft schwingend, da rief ihm ein junger Mann aus der am Straßenrand stehenden Menge zu: „Sie tragen da 'n hübsches Kleid, junge Frau, aber Vorsicht: Ihre Handtasche brennt!"

Während der Auferstehungsmesse blühte Lydia richtig auf. Bernhard konnte sehen, wie ihre Haut immer rosiger wurde und ein Leuchten in ihre Augen trat, das heller flackerte als das Licht der Osterkerze.

Jedesmal wenn der Pfarrer sagte: „Laßt uns beten", war Lydia schneller auf den Beinen als alle anderen, obwohl sie noch Tage zuvor kaum aus dem Sessel kam. Sie sang lauthals, und ihre Stimme erhob sich über die Köpfe der Familie wie ein Heiligenschein – und mit jedem Lied schien ein wenig mehr Last von ihren Schultern zu fallen.

Dann sprach der Pfarrer die Wandlungsworte: „Das ist mein Leib, das ist mein Blut." Die Gemeinde kniete demütig, und der Ministrant ließ die Altarglöckchen klingeln, da traten Tränen der Freude in Lydias Augen. Fast hätte man glauben können, ihr größter Wunsch ginge in Erfüllung: Sie begegnete der Jungfrau Maria.

„Ewige Ruhe gib ihnen, o Herr!"

Das Wohnzimmer war überfüllt. Bernhard blieb an der Tür stehen, denn es war ihm einfach zuviel. Er hörte die Gäste über Krampfadern diskutieren und die Heilerfolge mit dem Teepilz, der in der Nachbarschaft die Runde machte. Man unterhielt sich über die abgeschlossene Fußballsaison, über den Bebauungsplan der Stadt, und die Ungerechtigkeiten der Sozialreform, die es den Rentnern immer schwerer machte zu überleben.

„Willst du nicht reingehen?" fragte ihn seine Mutter und umfaßte Bernhards Arm.

„Ich ... habe Kopfschmerzen. Ich werde mich oben ein wenig hinlegen."

Ein weiches, liebevolles Lächeln zog sich über ihr Gesicht. „Mach das, mein Junge. Es ist mir auch ein bißchen viel. Aber in einer Stunde sind sie alle aus dem Haus, dann haben wir uns wieder."

Er ging hinauf, nichts hatte sich verändert. Dieselbe Stille lag in diesem Treppenhaus, dieselbe Dunkelheit. Als Kind hatte er oft einen Schatten herumspringen sehen, eine Gestalt, groß und formlos. Ein Wanderer ohne Ziel, hatte er damals gedacht, eine Seele auf der Suche nach Erlösung. Bernhard lächelte bei dem Gedanken, daß er als Kind solch unsinnigen Gedanken nachgehangen war.

Er hatte nie Angst vor dem Schatten gehabt, nur Mitleid. Bernhard erinnerte sich an die Nächte, in denen er sich aus dem Zimmer schlich und auf dem Treppenabsatz in seine Bettdecke einrollte. Er hoffte, dieser Erscheinung auf den Grund gehen zu können, sie zu erforschen, herauszufinden, was sie umhertrieb.

Die erste Tür führte ins Mädchenzimmer. Es war noch immer so eingerichtet wie damals: ein Doppelbett und ein Klappsofa für Barbara. Helle Schränke, hellblaue Gardinen und dieser Hauch von puppenhafter Unwirklichkeit. Sieglinde und Gudrun paßten überhaupt nicht in dieses Ambiente, Barbara vielleicht. Wen Bernhard hier jedoch sah, war seine Mutter.

Dann trat er in das Zimmer, das er vierzehn Jahre lang mit Ludwig geteilt hatte. Er setzte sich aufs Bett und schaute sich um. Hier hatte sein Leben begonnen, hier träumte er zum ersten Mal von der Zukunft, und hier verarbeitete er seine ersten Enttäuschungen. Wie sehr hatte er um die Liebe seines Vaters gerungen.

Bernhard hatte nie eine gute Beziehung zu ihm gehabt, genauer gesagt, er hatte nie gefühlt, überhaupt eine Beziehung zu ihm zu haben. Er war immer neidisch gewesen, wenn seine Mitschüler von ihren Vätern erzählten. Dabei hatte er nicht einmal den tollen Hecht erwartet, der mit ihm Homer las, kniffelige mathematische Formeln knackte oder das Pantheon aus Styropor nachbaute. Es hätte ihm schon gereicht, wenn ihm sein Vater ab und zu mal eine Horrorgeschichte vorgelesen oder wenigstens eine Standpauke gehalten hätte.

Seine Eltern hatten daraus ein Gästezimmer gemacht. Von seiner und der Vergangenheit seines Bruders war nichts mehr übriggeblieben. Ludwigs Fußballpokale hatten einer Romansammlung von *Reader's Digest* Platz gemacht, die Kinderkritzeleien mußten Makramee-Arbeiten weichen. Bernhard versuchte, sich zu erinnern, was er damals gemalt hatte. Wahrscheinlich Szenen aus Cowboy- und Indianerfilmen. Oder waren es Soldaten?

Der Gedanken durchzuckte ihn; er versuchte sich zu konzentrieren. Hatte ihn der Krieg schon als Kind beschäftigt? Wo waren die Gemälde geblieben? Er zog die Schubladen der Kommode auf, kramte im Schrank nach. Sein Suchen wurde fiebriger. Kamen die Visionen etwa aus seiner Kindheit?

Er fand nichts. Natürlich. Seine Mutter hatte so manches bei sich aufgehängt. Er hetzte in das Schlafzimmer seiner Eltern hinüber. Er schaute sich um: eine Madonna, ein Kruzifix über dem Bett und zwei Bademäntel. Keine Gemälde.

Enttäuscht und kraftlos fiel er auf das Bett. Wieso nur holten ihn diese grauenhaften Träume immer wieder ein?

Er schaltete die Lampe an, die einen matten Schein auf den Nachttisch seines Vaters warf. Als Kinder war es ihnen strengstens verboten, das Schlafzimmer der Eltern zu betreten, geschweige denn, den Nachttisch zu berühren. Allein der Gedanke daran ließ ihn erschauern.

Bernhard öffnete die oberste Schublade und tastete darin herum, als wäre Fühlen weniger verboten denn Sehen: gebügelte Taschentücher, dicke Wollstrümpfe, Ohrstöpsel und eine Sprühflasche für die Angina-Pectoris-Anfälle.

In der Schublade darunter fand Bernhard eine längliche Holzschachtel. Er schob den Deckel zurück: viele Fächer, ein jedes gefüllt mit eigenartigen Gegenständen. Eine nackte Frau aus Elfenbein, ein paar Holzschrauben, ein Milchzahn, eine Zigarettenspitze, ein Glasfläschchen weißen Schnupftabaks. *Menthol* stand in grünen verblichenen Lettern darauf. Bernhard zog den Korkpfropfen heraus und schnupperte; er war verraucht. Da lag ein Schlüssel mit verziertem Griff, ein paar Muscheln. Die hatten sie als Kinder in Italien tütenweiße nach Hause geschleppt. Vater hatte sie dann alle weggeworfen, nein, offensichtlich nicht alle. Und ein Fach war leer. Ein kleines quadratisches Fach. Bernhard legte seinen Finger hinein, als könnte er ertasten, was da gelegen hatte.

Unter dem Einlegefach kamen Papiere zum Vorschein: Sein Reisepaß, der Impfpaß von Gudrun, eine Geburtsurkunde: Theo Edgar Moll. Darunter lag ein Abzeichen, eine Art Orden an einem rotschwarzen Band. Bernhard nahm es in die Hand. Es brachte all die

Bilder zurück, die er so sehnlichst zu verdrängen suchte: sterbende Menschen, Schlachtfelder, Explosionen, gebrochene Herzen und viele, viele Tränen.

„Was machst du da?" fragte seine Mutter plötzlich.

Bernhard erschrak.

„Das solltest du nicht tun, Bernhard. Diese Schublade war immer tabu für euch Kinder. Das ist sie auch nach seinem Tod."

Lydia nahm ihm das Kästchen aus der Hand und setzte sich neben ihn auf das Bett. Dann legte sie das Einlegefach ein und schob den Deckel darüber.

„Was hast du dir nur dabei gedacht?"

„Ich ... ich habe ..." Er wußte es selbst nicht. Anstatt ihr zu antworten, hielt er seiner Mutter das Abzeichen hin.

„Woher hast du das?" fragte sie und nahm es ihm aus der Hand.

„Aus der Kiste."

Sie betrachtete es von allen Seiten.

„Hat Papa das getragen?"

„Das kann ich mir nicht vorstellen. Aber ich weiß es nicht. Er hat nie über den Krieg gesprochen."

„Hast du ihn eigentlich wirklich gekannt, Mama?"

Sie schaute ihrem Sohn in die verwirrten Augen. „Was stellst du für dumme Fragen? Natürlich habe ich ihn gekannt. Ich habe fast fünfzig Jahre meines Lebens mit ihm verbracht."

„Dann sag mir, was in ihm vorgegangen ist, wenn er vor uns saß und mit keinem sprach? Was sind all diese Gegenstände in der Schachtel? Wieso war er so ein verbitterter Mensch? Was hat ihn so hart und unnahbar gemacht?"

Lydia ließ das Abzeichen in die Schachtel gleiten. Dann legte sie diese in die Schublade und setzte sich zurück.

„Dein Vater war ein ganz sensibler Mensch, scheu wie ein Reh. Niemand durfte ihm zu nahe kommen." Sie strich mit der flachen Hand über das schneeweiße Bettzeug. „Jahrelang hat jeder von uns auf seiner Seite des Bettes geschlafen, und selbst später ...", sie schaute auf die Madonna, „... selbst später, wenn wir ... zusammenwaren, hatte ich immer den Eindruck, er würde jeden Moment davonspringen."

Sie kämmte Bernhard eine Haarsträhne hinters Ohr.

„Das ist alles nicht so einfach für ihn gewesen. Die Zeit nach dem Krieg, die Kinder, die Familie. Er mußte uns versorgen, als es praktisch nichts zu essen gab. Das Leben hat ihn hart gemacht, aber er war kein harter Mensch, glaub mir. Vieles ist ihm nahe gegangen, er hat nur nicht gewußt, wie er es zeigen soll."

„Aber es waren doch auch andere Menschen im Krieg, und sie sind nicht so geworden wie er."

Sie ließ die Schultern hängen. „Ich weiß auch nicht, was da passiert ist, aber es muß schrecklich gewesen sein. Du mußt dir vorstellen, daß er ein junger Mann war. Er hatte keine Leitbilder, keine Freunde. Die Kameraden, mit denen er in den Gräben lag, sind der Reihe nach gefallen. Woher meinst du, kamen seine Herzprobleme?"

Bernhard zuckte zusammen. „Hatte er die denn damals schon?"

„Seit dem ersten Tag, an dem ich ihn kennengelernt habe." Sie schaute zum Fenster hinaus in den grauen Himmel, der sich langsam verdüsterte. „Was dein Vater da mitgemacht hat, können wir uns gar nicht vorstellen, mein Junge."

Und ob Bernhard das konnte. Schon während seine Mutter erzählte, hatte er wieder die Erschütterung von fallenden Bomben gespürt. Fliegende Festungen surrten über ihm, gefolgt von kleinen schwarzen Wolken. Abwehrgeschütze ratterten, Messerschmitts fielen wie Hagelkörner aus dem Himmel, Spiralen aus schwarzem Rauch folgten brennenden Bombern. Fallschirme öffneten sich, Maschinengewehre durchlöcherten die Menschen, die da hilflos in den Seilen hingen, und irgendwo schunden die blinden Hitlergetreuen einen Soldaten zu Tode, nur weil er liebte.

„Dein Verband ist ja ganz blutig", bemerkte seine Mutter. „Komm mit nach unten, ich verbinde dir das. Außerdem wartet das Essen auf uns."

„Ich kann jetzt nichts essen", sagte Bernhard atemlos. Sein Herz raste, ihm war ganz schwindelig. Die Erinnerungen, wieder die Erinnerungen. „Ich muß nach Hause. Gleich. Ich rufe dich an, ja?"

Bernhard umarmte seine Mutter, und bevor sie etwas erwidern konnte, war er aus der Tür.

30. „Kannst du vielleicht mal ans Telefon gehen?" Kim stand mit Bomberjacke und hautengen Jeans vor der Tür. Der mit kleinen, geschmolzenen Schneeperlen bedeckte Pelzkragen umrahmte ihr zartes Gesicht wie ein Vogelnest das neugeschlüpfte Kücken.

„Seit geschlagenen drei Tagen wähle ich mir die Finger wund, und nie gehst du ran. Ich hab mir schon Sorgen gemacht."

Er sah fürchterlich aus: Das ausgewaschene Zebrahemd hatte er schief zugeknöpft, der eine Ärmel war nach oben gekrempelt, der andere mit einem großen Kaffeefleck verziert. Von seiner linken baumelte der verwurstelte Verband, sein Haar stand wie Strohfeuer auf seinem Kopf. Augenringe, ein bleiches Gesicht und ein spitzer, enger Blick.

Sie drückte Bernhard kurz an sich und marschierte dann an ihm vorbei in die Wohnung. Er klappte das Buch in seinen Händen zu und schaute auf die Uhr: Es war neun. Er hatte seit zwei Tagen nicht mehr geschlafen.

„So lebst du also!" Kim drehte eine kleine Pirouette. Dann deutete sie fragend auf die Wäschehaufen, den Berg von Altpapier und die Essensreste, die verstreut herumlagen. „Was für eine Katastrophe!"

„Ich habe nur ein bißchen ausgemistet", sagte er verteidigend.

„Du solltest vielleicht mal was auf den Müll bringen."

„Ich hatte keine Zeit dafür."

Kim ging zu dem in Zellophan eingepackten Blumenstrauß hinüber. „Wieso stehen die nicht im Wasser? So gehen sie doch kaputt."

Kim las die Karte, die mit einem hellblauen Geschenkband daran befestigt war: *Laß uns reden, bitte. Edvard.*

Sie streckte ihm die Karte entgegen. „Du hast ihn wahrscheinlich nicht einmal angerufen, stimmt's?"

Bernhard nahm sie ihr ab und legte sie, ohne sie zu lesen, auf den Bücherstapel.

„Ich kann einfach nicht", sagte er und rieb sich die Augen.

„Wieso? Was ist denn los mit dir?"

Das Telefon klingelte. Bernhards Augen weiteten sich, als hätte er gerade eine giftige Schlange erblickt. Kim griff nach dem Hörer. „Ja, hallo, bei Moll. Ja, einen Moment, bitte."

„Es ist deine Mutter", flüsterte sie.

Bernhard rollte die Augen und nahm ihr den Hörer aus der Hand.

„Hallo, Mama."

„Bernhard, mein Junge. Ich versuche schon seit Tagen, dich zu erreichen. Du hast versprochen anzurufen."

„Es ging mir nicht gut, Mama."

„Ist es was Ernstes? Muß ich mir Sorgen machen?"

Bernhard kehrte Kim den Rücken zu. „Nein, nur eine ... Erkältung."

Kim schaute sich um. Keine verrotzten Taschentücher, keine Schüssel mit Kamillendampfbad, nicht mal Aspirin. Erkältung? Sie zog ihre Jacke aus und hängte sie über das Bücherregal.

„Ach so. Da bin ich aber froh. So wie du nach der Beerdigung weggelaufen bist, habe ich mir schon Sorgen gemacht. Bist du sicher, daß es dir gut geht?"

Er trat von einem Bein auf das andere. „Aber ja. Ich melde mich wieder, Mama."

„Bernhard." Die Worte seiner Mutter waren wie die Fäden einer Spinne, und langsam wickelte sie ihn in ihr Netz. „Sieglinde geht es nicht besonders. Du solltest sie vielleicht mal anrufen."

„Was?"

„Du hast ja gesehen, daß Eberhard auf der Beerdigung war."

„Mama, ich kann jetzt wirklich nicht." Er wand sich regelrecht.

Kim faltete einen Müllsack auseinander und begann vertrockenete Käsebrote, Orangenschalen und halbvolle Fertigsuppenbecher zu entsorgen.

„Es ist eine schwere Zeit für uns alle. Da müssen wir zusammenhalten. Ruf sie doch wenigstens mal an."

Die Mülltüte füllte sich, aber das Chaos wurde kaum geringer.

„Gut, mach ich. Aber jetzt muß ich auflegen. Ich habe noch was Dringendes zu erledigen."

„Und, Bernhard." Ihre Stimme wurde noch weicher. „Da, wo Papa jetzt ist, geht es ihm gut."

Bernhard wurde heiß, und da war plötzlich ein Druck hinter seinen Augen, den er nicht einordnen konnte. Er wollte nicht mehr über seinen Vater sprechen. „Wie meinst du das?" hörte er sich fragen.

„Der Tod hat ihn erlöst, mein Junge. Er hat so erleichtert ausgesehen, als hätte er sich nichts sehnlicher gewünscht."

Pause.

„Bist du noch da?"

„Ja, Mama."

„Ich glaube, er hat in diesem Leben sehr leiden müssen." O Gott, jetzt fing sie mit ihren katholischen Erklärungen an, fürchtete Bernhard. „Dein Vater hat eine Aufgabe übernommen, die viel zu groß für ihn war. Er hat sie nicht bewältigt. Das macht ihn noch lange nicht zu einer schlechten Seele. Glaub mir, er hat sein Bestes gegeben. Euch erschien er immer nur als der Täter, dabei war er in Wahrheit nur das Opfer."

Opfer! Bernhard hatte in den letzten Tagen sehr viel über das Dritte Reich gelesen, er war davon überzeugt, daß jeder Beteiligte Täter war. Schließlich hatte auch sein Vater nichts dagegen unternommen, daß Juden vergast und Homosexuelle abgeschlachtet wurden.

„Bernhard?"

„Ja."

„Zieh keine voreiligen Schlüsse. Urteile nicht, bevor du die ganze Wahrheit kennst!"

Schön gesagt, aber wie sollte er die ganze Wahrheit herausfinden?

Kim schob einen Stapel alter Zeitungen vom Fensterbrett in die Mülltüte. Sie riß, und ihr Inhalt plumpste zu Boden. Kim biß sich auf die Lippen, doch Bernhard drehte sich nicht einmal um.

Nachdem er aufgelegt hatte, ließ er sich auf die Couch fallen.

„Alles in Ordnung?" fragte Kim.

„Sie hört sich komisch an."

„Wie komisch?"

„Irgendwie abgehoben, weißt du. Ich frage mich, ob sie den Tod von meinem Vater überwinden wird."

„Willst du hinfahren?"

Er schaute sie hilflos an. „O Gott, nein!"

Sie schob ein paar Bücher zur Seite und setzte sich auf das kleine Tischchen.

„Bist du traurig wegen deinem Vater?" Kim schaute ihn mitfühlend an.

Er schüttelte den Kopf.

„Kein bißchen?"

Bernhard legte seinen Kopf weit über die Lehne zurück und rieb sich mit beiden Händen das Gesicht. „Ehrlich gesagt, gehen mir gerade andere Sachen durch den Kopf."

„Was denn?"

„Weißt du noch auf der Polizeistation?"

Kim nickte.

„Ich hab die Uniformen gesehen und voll die Panik gekriegt."

„Warum?"

„Ich hatte Angst, daß sie hinter uns her sind."

„Wer hinter wem?"

„Die Polizei hinter ... hinter Edvard und mir."

„Wie kommst du denn auf so was?"

„Das versuche ich ja die ganze Zeit herauszufinden." Er deutete auf den Stapel Bücher hinter Kim. Sie nahm das oberste herunter und las: *Homosexualität unter dem Naziregime.* Sie schaute ihn fragend an. „Ich versteh kein Wort."

Bernhard stand auf und wanderte im Zimmer umher. „Ich weiß nicht, wo ich anfangen soll." Er fuhr sich durchs Haar, und dann erzählte er ihr von seinen Tagträumen und Visionen, von der grenzenlosen Panik und der Grausamkeit, die ihn seit Tagen verfolgte wie ein schlechtes Gewissen.

„All diese Bilder sind schrecklich", schloß er seinen Bericht. „Aber es gibt eins, das mir nicht mehr aus dem Kopf geht. Ich sehe es Tag und Nacht und überall, sogar im Spiegel: Es ist ein junger Mann, blond und blauäugig, der Inbegriff eines Soldaten. Er ist willensstark, mutig und strotzt vor Kraft. Und ich werde das Gefühl nicht los, er wäre mein bester Freund."

„Hört sich an, als würdest du Edvard beschreiben!"

Bernhard erschrak.

„Tust du das nicht?"

„Nein, um Gottes willen. Wie kommst du nur darauf?"

Sie zuckte die Schultern. „Wer ist es dann?"

Bernhard lehnte sich an den Fensterrahmen und schaute hinaus. Die Sonne hatte gerade ihren schweren Kopf aus den Baumkronen gehoben und brachte nun Streifen auf dem Glas zum Vorschein.

„Das ist ja gerade das Verrückte, ich habe nicht einmal die geringste Ahnung."

„Vielleicht ist es nur ein Wunschtraum. Das braucht dich doch nicht so zu beschäftigen."

Bernhard wendete sich ihr zu und schaute sie verständnislos an. „Er wird ermordet, Kim. Vor meinen Augen wird er von SS-Offizieren hingerichtet. So schaut doch kein Wunschtraum aus, oder?" Seine Stimme brach.

Kim stand auf, ging zu ihm hinüber und legte eine Hand auf seinen Arm.

„Ich kann dir nicht sagen, was sie alles mit ihm anstellen. Es ist so schrecklich, es ist so schrecklich!"

Bernhard legte seinen Kopf auf ihre Schulter. Er weinte so leise, daß es niemand hören konnte, nicht einmal er selbst. Seine Tränen waren heiß und dick, und sie fühlten sich an, als spülten sie das Gefühl der Hilflosigkeit aus ihm heraus. Dann putzte er sich die Nase und sprach weiter. „Ich muß rauskriegen, was ich mit all dem zu tun habe, verstehst du? Deshalb habe ich all diese Bücher gelesen." Er deutete auf den Tisch.

„Und?"

Er zuckte die Schultern. „Das ist so oft passiert. Zehntausende Homosexuelle sind in den KZ umgekommen. Aber was das mit mir zu tun hat, verstehe ich immer noch nicht."

Kim ging ein paar Schritte zurück und lehnte sich an den Schreibtisch. „Meinst du nicht", fragte sie vorsichtig, „du solltest mal … zum Arzt gehen? Du machst dich ja noch ganz verrückt."

Bernhard lächelte gequält. „Es klingt ziemlich verrückt, nicht? Aber irgendwas daran macht Sinn, das spüre ich. Und ein paar Teile kann ich schon zusammenfügen. Schau, die Judenthematik taucht auch immer wieder auf. Wenn du dir überlegst, wie sehr Juden immer noch darunter leiden, dann muß es doch den Schwulen ähnlich gehen. Es setzt sich nur niemand damit auseinander. Und dann ist es auch kein Wunder, daß die Generation unserer Eltern Schuldgefühle hat. Sie waren dabei. Sie fühlen sich schuldig, werden aber nie zur Rechenschaft gezogen. Wie sehr muß sie das belasten? Also nur weil es vergangen ist, ist es noch längst nicht vergessen."

Seine Gedanken waren Kim fern. Während er in der Vergangenheit bohrte, kreisten ihre Fragen um die Zukunft. Sie rührte mit dem Löffel in einer alten, noch halbgefüllten Tasse. Die Sahne hatte sich vom Kaffee getrennt und hinterließ weiße Schlieren. Bernhard schaute ihr dabei zu, und es wurde ihm klar, daß niemand was mit seinen Gedanken anfangen konnte – niemand außer ihm selbst.

„Was weißt du eigentlich über diesen Fred?" fragte er sie so plötzlich, daß sie ein wenig erschrak. Hatte sie ihm so deutlich gezeigt, wie wenig sie an seiner Nazi-Geschichte interessiert war?

Sie hatte die letzten Tage viel Zeit gehabt, über Fred nachzudenken, und hatte sich einiges zusammengereimt. „Er war mein letzter Liebhaber. Aber ich glaube, das einzige, was ich über ihn weiß, ist, daß er ein Heiratsschwindler ist."

„Ein Heiratsschwindler?"

„Na, was auch immer. Er hat mir jedenfalls die Sterne vom Himmel versprochen, wollte aber am Ende nur meine Kohle. Und offensichtlich hat er diese komische Sirene sitzen lassen, und mit Edvard ist er auch nach Hause gegangen."

Bernhard zuckte.

„Wahrscheinlich wollte er den auch noch abzocken. O Gott, ich will ehrlich gesagt nicht mehr darüber nachdenken. Ich fühle mich schon beschissen genug."

Sie hatte recht. Auch Bernhard wollte nicht darüber nachdenken. Edvard kam schon allein zurecht. Und nach der Szene auf der Polizei wollte er mit ihm erst einmal nichts mehr zu tun haben.

„Darf man bei dir rauchen?" fragte Kim, und er nickte. Sie fischte eine zerquetschte Zigarettenschachtel aus dem Hosenbund und zündete sich eine an.

„Ich bin schwanger", sagte sie in den blauen Dunst hinein.

„Was?" Bernhard schaute sie mit angestrengter Miene an.

„Ich hab mich gerade testen lassen. Ich bin schwanger."

„Du meinst ..."

„Ich bin mir sicher. Es kann nur von dem Arzt sein. Ich hab bis zum Abflug die Pille genommen."

Diese Geschichte entwickelte sich zu einem wahren Arztroman; sie wurde immer unglaublicher.

„Und? Wirst du es behalten?"

Kim fühlte sich viel zu jung für den Mutterjob. Es war eine Sache, mal ein Baby zu wickeln oder mit ihm zu spielen, aber dafür verantwortlich sein? Sie müßte da sein, wenn es schrie, sie müßte es trösten, wenn es die ersten Zähne bekam, sie müßte es streicheln, wenn Bauchschmerzen das kleine Wesen quälten, von Schule, Drogen und der ersten enttäuschten Liebe ganz zu schweigen. Und dann die Lebensumstellung. Sie müßte sich eine Wohnung nehmen, einen geregelten Job finden, und dann wäre sie mindestens zwanzig Jahre lang gebunden.

„Nein, unmöglich." Sie sog an ihrer Zigarette und blies den Rauch wieder aus. Er machte einen leichten Bogen, folgte dem Zug durch die undichten Fenster und verlor sich im Nichts. „Es würde mich doch ständig an diesen ... Drecksack erinnern."

Ihr ekelte bei dem Gedanken, daß eins ihrer Eier von dem Sperma dieses Mistkerls befruchtet wurde und nun in ihrem Uterus zu einem kleinen Wesen heranwuchs. Es mußte raus, und zwar schnell.

„Hast du denn schon mit dem Arzt gesprochen?"

Sie stand auf und wischte sich ein paar Tabakkrümel von der Hose.

„Ja, in Miami. Aber nicht über das Kind. Da habe ich es ja noch nicht gewußt. Er ist ein Schwein. Er wird mir auf keinen Fall helfen."

„Und das läßt du dir bieten?"

„Ich will nichts mehr mit ihm zu tun haben."

„Du willst das doch nicht alleine durchstehen? Es ist auch sein Kind."

Mit dem Ringfinger strich sie gedankenverloren an ihrer bebenden Unterlippe entlang.

„Du solltest wenigstens zur Polizei gehen und ihn anzeigen."

„Ha!" Ihr Gesicht verzog sich zu einer Fratze. „Das glaubt mir doch keiner, daß ich in einem Flugzeug vergewaltigt worden bin."

Bernhard mußte zugeben, daß sie da nicht ganz unrecht hatte. Er tat sich ja selbst schwer damit.

„Wieso muß immer mir so was passieren?" fragte sie sich. „Wieso immer mir?"

Bernhard fühlte sich von ihrer Hilflosigkeit überfordert. „Geh wenigstens zu einer Beratung. Das Schlimmste, was du jetzt tun kannst, ist, dich ohnmächtig zu fühlen."

Sie schaute ihn an, und da war ein wenig Hoffnung in ihren Augen.

„Was wirst du denn wegen deiner Geschichte unternehmen?" fragte sie.

„Ich suche weiter. Irgendwas wird schon dabei herauskommen. Ich laß mich auf keinen Fall unterkriegen."

Sie zog an ihrer Zigarette und blies einen breiten Schwall von Rauch in den Raum. Die Asche an ihrer Zigarette wurde immer länger, und ihre Gedanken zogen sich gefährlich zusammen. Dann nickte sie still. „Du hast recht", sagte sie leise und spitzte die Lippen.

Dann schwiegen sie beide.

„O mein Gott! Ich muß los. Ich muß unbedingt noch einkaufen, bevor die Geschäfte zumachen."

Bernhard runzelte die Stirn.

„Es ist Sylvester, Bernhard. Hast du das nicht mitgekriegt?" Sie drehte sich auf dem Absatz, schwang ihre Jacke über die Schulter und strebte auf die Wohnungstür zu.

„Ich mache eine Party. Es kommen viele sehr interessante Leute. Und du bist einer davon."

Bernhard legte sich die Hand auf die Stirn. Sylvester! Das hatte er glatt vergessen. Er schaute sich im Chaos seiner Wohnung um.

„Leg dich hin und schlaf dich aus, damit du mir nicht einpennst." Kim drückte die Türklinke herunter.

„Danke", hauchte sie ihm ins Ohr und gab ihm einen flüchtigen Kuß. Dann schnupperte sie. „Und … nimm ein Bad."

Bernhard lachte.

31. Edvard war auf mindestens zwanzig Feste eingeladen, aber er konnte immer nur an das Hotel in Wien denken, das er für Bernhard und sich gebucht hatte. Er hatte sich den Sylvesterabend so schön vorgestellt: ein Gala-Diner bei Kerzenschein im Haas-Haus, hoch über den Dächern der Stadt, Champagner ohne Ende und alles Feuerwerk der Erde nur für sie, für ihre Beziehung und ihre Liebe.

Er konnte nicht auf ein anderes Fest gehen. Dieser Abend war Bernhards Abend. Wie hätte er feiern sollen, mit irgend jemandem auf das neue Jahr anstoßen, in das er trübselig hinüberschielte, ohne seinen Liebsten? Nein, er wollte niemanden sehen, er wollte keinen Champagner trinken und kein Feuerwerk. Er wollte nur Bernhard.

Edvard hatte das schwere Ledersofa vors Fenster geschoben und alle Lichter in der Wohnung ausgeschaltet bis auf das neongelbe Schild, das im Hintergrund vor sich hinflimmerte. Er wollte den Himmel sehen und die Sterne.

Mehr als zehnmal hatte er an diesem Tag schon versucht, Bernhard anzurufen. Dreimal hatte er sich mit dem Taxi rüberfahren lassen, aber der Mensch, dem all seine Liebe galt, hatte weder den Hörer abgenommen noch die Tür geöffnet. Was konnte er jetzt noch tun?

Den ganzen Tag über hatte die Sonne geschienen und den Schnee geschmeidig wie Butter gemacht. Nun neigten sich die Äste der Bäume unter seinem Gewicht, und unter den Schuhsohlen knirschte es wie staubfeine Glasscherben.

Das orange bestrahlte Rathaus wirkte vor dem schwarzblauen Himmel wie in Bienenwachs eingelassen. Die Figuren des Glockenspiels standen still; sie hatten Pause, bis die Zeituhr sie sich wieder drehen ließ. Sie hatten keine Wahl. Bei jeder Witterung mußten sie herhalten, es gab kein Entkommen, nicht einmal den Hauch einer Chance.

Bernhard starrte hinauf in den Himmel und saugte die Dunkelheit in sich ein. Nichts bewegte sich.

Die Mariensäule war umhüllt von einem seltsamen Glanz. Wann sie wohl zum letzten Mal aufgearbeitet wurde? Und mit welchem Gold? Den Zähnen von Juden? Von Schwulen? Er dachte an die Siegessäule in Berlin, das Wahrzeichen der Schwulenbewegung. Ein Monatsmagazin war sogar nach ihr benannt. Ihm schauerte bei dem Gedanken, daß das Gold, mit dem ihre Ikone restauriert wurde, mit soviel Blut und Schmerzen bezahlt worden sein könnte.

Bernhard wendete sich ab und ging am häßlichen Kaufhof vorbei in die Sendlingerstraße hinunter, seine Stiefelspitzen hackten rhythmisch schwarze Löcher in sein weißes Blickfeld. Nachkriegsgebäude reihten sich aneinander, kleine Geschäfte mit blinkender Weihnachtsdekoration.

Ein Dreiergespann von Uniformierten kam ihm entgegen. Sie machten Bernhard angst. Dann sah er, daß es Schwule waren. Woher kam nur dieser Wunsch, sich zu uniformieren? Erregte es sie sexuell? Oder wollten sie nur den Spieß umdrehen: vom Gejagten zum Jäger?

Sie waren blond, trugen ihr Haar kurzgeschoren, ihre blauen Augen funkelten in der Nacht. Wahrscheinlich trugen sie sogar farbige Kontaktlinsen. Wie richtige Arier, dachte Bernhard. Wußten sie überhaupt, daß sie sich damit zu Klonen machten, zu genau dem, was sich die Nazis immer gewünscht hatten! War es so wie mit dem Rosa Winkel: Das Schandmal zum Wahrzeichen zu erheben, um das Negative ins Positive zu wandeln? Oder war es der unbewußt weitergetragene Wunsch, besser zu sein als die anderen, endlich dazuzugehören, zur feinen, edlen Rasse der „besseren Menschen"?

Kam daher auch die Gewaltverherrlichung in der Szene? Die Bars mit Handschellen, Tarnnetzen, Gefängnisgittern? Und die Darkrooms, die sich wie Gaskammern der KZ gebärdeten?

Warum verstanden sie nicht, was sie da veranstalteten? Warum nur hatten Schwule kein Bewußtsein über ihre Vergangenheit? Sie müßten sich wehren, sie müßten aufstehen und kämpfen gegen die Ungerechtigkeit, die den Gleichdenkenden und Gleichfühlenden widerfahren war. Stattdessen kümmerten sie sich ums Hübschsein. Schaufensterpuppen waren sie, hohl und hirnlos. Marionetten, gefangen in den Zügen der Szene. Man mußte nur an den richtigen Schnüren ziehen, und schon hampelten sie.

Erst als Bernhard die verschnörkelte Asamkirche erreicht hatte, merkte er, daß er zu weit gegangen war. Er machte kehrt und lief durch den Durchgang in den Asamhof hinein. Nummer 26 hatte Kim gesagt. Er suchte auf dem großen Klingelschild nach ihrem Namen, da entdeckte er ein gelbes Post it-Zettelchen, das mit Tesastreifen befestigt war. *Kim* stand darauf. Er drückte auf die Klingel, der Öffner murrte müde, die Tür schnappte auf. Er stieg hinauf in das dritte Stockwerk. Wenn er nach dem ging, was er bisher von Kim kennengelernt hatte, hätte er Unordnung erwartet, Klamotten in jeder Ecke und laute Metal-Musik. Diese Wohnung dagegen paßte eher zu einer feinen, zerbrechlichen Person, zart wie Schmetterlingsflügel: zwei übersichtliche Zimmer mit großen Fenstern, sauber, ordentlich, still.

Kim hielt ihm ein Glas Sekt unter die Nase. „Zum Wohl!"

„Schön hast du es hier."

„Ja, ganz nett. Aber keine Sorge, ich bin nicht so spießig, wie es scheint. Es ist nicht meine Wohnung. Sie gehört einer Freundin, die hat gerade einen Auftrag in L.A. Ich bin nur für ein paar Wochen hier drin."

„Wo wohnst du sonst?"

„Mal hier, mal da. Es hat mir nirgends gut genug gefallen, daß ich bleiben wollte." Sie lachte ihr offenes, ungezügeltes Lachen und nahm einen Schluck aus ihrem Glas.

„Was gefällt dir denn?"

„Gute Frage." Sie riß ihre Augen auf, schüttelte den Kopf und kniff ihn in die Nase.

„Du entschuldigst. Ich muß noch einiges vorbereiten."

Bernhard ging auf den Balkon hinaus und schaute über die Stadt. Alles war schwarz bis auf die kleinen roten Dächer, die sich unter dem Himmel wie ein moderner Perserteppich ausbreiteten.

Da stand ein Mann im Hof, oder war es nur ein Schatten? Lederjacke, schwarzes Haar, nein, das war nicht Edvard. Woher hätte Edvard auch wissen sollen, wo er war?

Wo er wohl den Abend verbrachte? Bei Heiner, Gerhard? Vielleicht ließ er sich bei Birgit die Prognose für das nächste Jahr aus den Karten lesen. Oder war er bei Fred, seiner neuen Liebe? Na, dann viel Glück!

Bernhard schaute in den Nachthimmel, der hier und dort schon von vereinzelten Raketen erleuchtet wurde, und erinnerte sich an jene Nacht vor nicht einmal zwei Wochen. Die Sternschnuppen, Edvards sanfte Umarmung, sein vom Mond gebleichtes Gesicht und der Wunsch, für immer bei ihm zu bleiben. Was fühlte er jetzt noch davon? Einen Druck auf der Brust, die Kehle eng vor Sehnsucht.

Hinter Bernhard füllte sich die Wohnung mit Menschen, ihre Augen voller Lebenslust, Zukunftsangst, Zweifel, Liebe und Zufriedenheit. Durch die Balkontür sah er eine Frau mit dunklem, krausem Haar und viel zu kleinen Augen, die sich umsah, als wäre sie ganz und gar verloren. Da kam ein junger Mann mit dunkler Hautfarbe, ovaler Brille, rotgetöntem Haar und einem Körper zum Schmelzen. An seinem Arm eine schlanke Blondine, das Gesicht wie aus Porzellan. Ein kahlgeschorener Kopf mit einem Körper daran wie ein knorriger Baum maß in nachdenklichen Schritten das Wohnzimmer ab, ging mit viel zu neugierigem Blick an einem Jungen vorüber, der in Kleidern steckte, die wohl eher zu seinem Vater paßten als zu ihm selbst.

Bernhard verfolgte das Geschehen wie ein Schauspiel und hörte dabei nur das Summen der Stadt, Gelächter aus einer Nachbarwohnung, Sylvesterknaller und das Rascheln seines Mantels, wenn er die Flasche hob, um nachzuschenken. Er kannte keinen von denen, die sich da umarmten und küßten; er hatte nie eine dieser Hände berührt, die Gläser aneinanderstießen und sich zuprosteten. Er war nur Zuschauer dieses Schauspiels, völlig überflüssig.

„Mein kleines Häschen! Hast du dich von dem Schock erholt?" fragte Raimondo mit ernster Miene und schloß Kim fest in die fleischigen Arme.

„Ach, du bist so ein Schatz. Die letzte Tage habe ich dich wohl sehr beansprucht, was? Was würde ich bloß ohne dich tun?"

„Siehst du, deswegen hat mir der liebe Gott Zeit gegeben, mich um dich zu kümmern."

Kim drückte sich noch einmal fest an seinen weichen, kuscheligen Bauch. Er legte sanft seine schwere, warme Hand auf ihren Kopf.

„Hast du dich denn schon entschlossen? Wegen dem Baby, meine ich?"

„Ich kann es unmöglich behalten, Raimondo. Wie soll denn das gehen?"

Kim war fünfundzwanzig. Sie wußte kaum was mit sich selbst anzufangen. Was sollte sie mit einem Kind, noch dazu dem Produkt einer Vergewaltigung?

Auf Raimondos Stirn brauten sich sorgenvolle Falten zusammen. „Ich sag's dir noch mal. Wir würden da schon eine Lösung finden."

„Laß uns ein andermal darüber reden, okay?" sagte sie. „Heute will ich feiern."

Sie nahm ihm den Mantel ab und hängte ihn an die Garderobe.

„Bist du eigentlich alleine gekommen?"

„Nein, Serge holt nur noch Zigaretten. Er muß jeden Moment kommen."

Kim verdrehte die Augen. „Serge?"

Es traf ihn sichtlich, daß sie ihn wegen Serge kritisierte.

Sie bemerkte es und versuchte schnell einzulenken. „Ich habe mich doch nur darauf gefreut, mal einen echten Konditormeister kennenzulernen."

Und Raimondo lächelte. Wie könnte sie auch wissen, daß er Adrian an dem Tag nach Hause schicken mußte, um zu ihr zu eilen.

Die Türglocke schellte.

„Mach ihm doch bitte auf", bat sie ihn, „ich muß noch in die Küche." Und verstimmt stakste sie davon.

„Herzchen!" Eine schrille Mittvierzigerin stürzte ihr entgegen und zupfte Kim am Arm. Blutrotes Haar türmte sich wie ein Knäuel naturgefärbter Schafwolle über schwarzen Augenbrauen auf und fiel in langen, dunklen Strähnen über ihren nackten Schultern. Ihre Haut glitzerte von teurer Bodylotion, und die Wohnung war bereits erfüllt von ihrem Parfum.

„Was denn, Mama?"

Sie schaute sich hektisch um, legte die knochigen Finger ihrer braungebrannten Hand an ihr Collier und verfiel in Flüsterton.

„Ich wollte dir nur sagen, Jürgen ist im Moment ein wenig empfindlich. Vermeide unbedingt jegliches Gespräch über das Geschäft. Es sei denn, du willst dir seinen Zorn zuziehen."

„Ich bitte dich."

„Außerdem ..." Sie schaute ihrer Tochter tief in die Augen, und das war für Kim das Signal, „es gibt da auch noch ein anderes Problem."

Kim legte ihre Hand in die Hüfte und richtete sich ein wenig auf.

„Und welchen Namen hat das Problem diesmal?"

Ihre Mutter schaute sich noch einmal um. „Christine, ich bitte dich ..." Da hellte sich ihr bedrücktes Gesicht plötzlich zu einem Maiglöckchenlachen auf, und ihre Hand fuhr wie ein Staubwedel in die Luft. „Huhu, Liebchen! Hier bin ich."

Kim legte sich die Fingerspitzen an die Schläfe; eine Migräne kündigte sich an.

„Kim, würdest du meinem liebsten Jürgen wohl ein Gläschen deiner wunderbaren Bowle bringen?"

„Aber natürlich." Kim lächelte ihn angewidert an und entschwand.

„Kann ich was helfen?" fragte ihre Schulfreundin in der Küche.

„Ja, kannst du mal eben meine Mutter gegen eine andere eintauschen?"

„Macht sie dir wieder mal das Leben schwer?"

„Sie macht eigentlich gar nichts, das ist ja das Schlimme. Sie ist einfach nur sie selbst – und das ist für mich unerträglich."

Kim schöpfte Bowle in zwei Gläser, dann hob sie beide in die Höhe. „Für das Liebespaar", jubelte sie und machte ein angewidertes Gesicht.

„Komm, ich mach das, bevor du es ihr über die Bluse kippst", sagte ihre Freundin und nahm ihr die Gläser ab.

Kim schnaubte. „Nein. Wenn, dann würde ich ihm die Bowle über die Hose kippen. Schade, daß er keinen Kaffee verlangt hat, was Heißes täte mehr weh." Und dann blitzten ihre Augen. „Warte."

„Was kommt jetzt?"

Da grub Kim ein Knoblauchstückchen aus dem Salat heraus und versteckte es in einem der Gläser unter einem Ananasstückchen. „Das gibst du bitte dem geliebten Jürgen."

Sie lachten.

Kim folgte ihrer Freundin hinaus, da fiel ihr Blick auf die verriegelte Terrassentür. Sie lief hin und öffnete. „Bernhard, um Gottes willen! Bist du schon erfroren? Ich habe es gar nicht bemerkt."

Kim streckte Bernhard die Hand entgegen. Er legte seine eisige in ihre überhitzte und stieg die Stufe hinab in die Wohnung. Sie zog ihm den Mantel von den Schultern und fragte ihn vorwurfsvoll, warum er nicht geklopft hatte.

„Es war ganz angenehm da draußen. So viel Luft, so viel Platz."

„Und das ist?" fragte ihre Mutter mit erwartungsvollen Augen.

„Bernhard, mein ... ein lieber, lieber Freund, den ich gerade erst kennengelernt habe."

„Ah, wie romantisch."

„Mama, du entschuldigst. Ich wollte Bernhard gerade etwas zeigen."

Kim zog ihn fort, zurück an den einzigen vor ihr sicheren Platz: die Küche.

„Es tut mir leid. Sie glaubt, daß jeder Mann in meiner Nähe mein Liebhaber ist." Und als er sie fragend anschaute, setzte sie hinzu: „Meine Mutter."

„Ach, das ist deine Mutter? Scheint nett zu sein."

Kim verdrehte die Augen, sagte aber nichts. Sie reichte ihm eine Flasche Wodka aus dem Schrank herunter.

„Hier, das wärmt dich wieder auf."

Er nahm einen Schluck aus der Flasche, und Kim studierte ihn dabei. Er war von Stille umgeben; etwas Ruhiges, Gelassenes ging von ihm aus, wie von einer auf einem See schaukelnden Eisscholle oder einem Telefonhäuschen nachts in einer verlassenen Straße.

„Und? Bist du in deiner Entscheidung weitergekommen?"

„Typisch Mann! Als ob man das einfach so entscheiden könnte. Das ist nicht einfach nur ein Baby. Es ist unter Umständen gezeugt worden, an die ich ungern erinnert werde. Ich glaube nicht, daß ich es lieben kann."

Sie wurde einen Moment lang sehr still. Bernhard sah an ihren Augen, das sie über etwas nachdachte. Aber dann sagte sie forsch: „Zudem stellt es mein ganzes Leben auf den Kopf", als wäre das Thema damit erledigt.

Bernhard schaute sie einen Moment lang betroffen an. Kim nahm ihm die Flasche aus der Hand und zog ihn aus der Küche.

„Ich stell dich jetzt ein paar Leuten vor, ja?" sagte sie, und ihre Zähne blitzten. „Damit du endlich auf andere Gedanken kommst."

Da war ein Regisseur mittleren Alters, der sich aus dem Geschäft zurückgezogen hatte, von den Zinsen seines Kapitals lebte und nur noch meditierte, wenn er nicht gerade auf Reisen war. Und das Bild von Mann stellte sich als junges Fotomodell aus Tobago heraus, das gerade für Sonnenbrillenwerbung fotografiert wurde; die Blondine an seinem Arm war entgegen der Erwartungen weder Schwedin noch dumm.

Kim stellte Bernhard ihren Masseur und dessen Ehefrau vor, die Schulfreundin mit ihrem Liebhaber aus der Dominikanischen Republik, der als Reggaemusiker arbeitete, und ihre Kollegin Margret, die auch beim Flug nach Miami dabei war.

Und dann war da noch Gregor, ein Bekannter von Kims Schulfreundin. Er sah aus wie einem Katalog entstiegen: braun gebrannt, dunkles, gegeltes Haar, Drei-Tage-Bart und ein Lächeln, so weiß und künstlich wie Schnee aus der Dose.

„Na, mein Kätzchen. Schon wieder auf Mäusefang", sagte der und drückte sich an Kim heran, aber sie schob ihn weg. So schnell sollte ihr keiner mehr unter dem Radar durchgehen.

„Hast du denn heute schon mal mit deiner Tochter gesprochen?"

„Kimmilein? Aber natürlich. Ist sie nicht ein Goldkind? Ich finde, sie hat richtig was aus sich gemacht. Allerdings läßt ihr Geschmack etwas zu wünschen übrig. Dieser ... Bernhard. Er sieht mir ein bißchen verklemmt aus. Sie hat sonst immer so reizende junge Männer gehabt."

„Hat sie denn nicht mit dir gesprochen?" unterbrach Raimondo ihren Wortschwall.

„Wegen Bernhard? Sie hat behauptet, er wäre nur ein Bekannter, aber das sehe ich doch gleich, was da läuft."

„Nicht wegen Bernhard!" Raimondo wurde ungehalten. Ihm lagen die Gespräche mit Kim in den letzten Tagen immer noch im Magen. Wenn sie tatsächlich vergewaltigt worden war, dann brauchte sie Hilfe, und zwar von einer Frau. Es wäre die Aufgabe der Mutter.

„Was will sie mir sagen? Ein Geheimnis?" Ihre Augen leuchteten auf. „Dabei fällt mir ein ..."

Raimondo schaute seiner Jugendliebe in die Augen, erfaßte ihre ganze Seele mit einem Blick: süß und schön wie eine weiße Nektarine. Ihr Fleisch war von seltener Schönheit, sie duftete betörend – und alles nur, um ihren Kern zu schützen.

„... hab ich diesen Brief gefunden, und das Neueste ist, daß er mit ihr übers Wochenende wegfliegt. Natürlich versucht er es zu verheimlichen, aber das Reisebüro, wo er gebucht hat, also die Frau dort, Astrid, sie ist eine gute Freundin von mir, und sie hat mir alles brühwarm erzählt. Er war kaum aus dem Laden, da hatte sie schon den Hörer in der Hand. Ich meine, im Grunde macht mir das ja nichts aus, ich finde nur ..."

Wie konnte diese Mutter Kim helfen? fragte sich Raimondo.

„Kimmilein!" rief die Mutter durch das überfüllte Zimmer.

„Gleich, Mama." Kim stellte Bernhard bei einem jungen Mann ab. Er war groß und trug sein dunkelblondes Haar kurz. Er war trotz dieser Kälte im T-Shirt unterwegs, wahrscheinlich um die Tätowierung auf seinem Oberarm zur Schau zu stellen: ein keltisches Ornament, von Stacheldraht umwickelt.

„Grüß dich. Ich bin Hans-Harry." Er lehnte cool an der Wand und zwirbelte den letzten Millimeter seiner selbstgedrehten Zigarette zwischen Daumen und Mittelfinger. Ein Tabakfutzelchen kreiselte wie ein Propeller.

„Bernhard, hallo."

Sie schüttelten sich die Hand.

„Und woher kennst du Kim?"

„Kennen ist leicht übertrieben. Wir haben uns gerade erst auf dem Flug von Miami nach München kennengelernt."

„Und jetzt ist sie wahrscheinlich schon bestens mit dir befreundet. Das ist typisch Kim."

„Was soll das heißen?"

„Na, so ist sie eben. Das heißt nichts weiter. Kim ist eine wunderbare Person. Wenn man erst mal die Kim hinter der Fassade von Aufgedrehtheit kennengelernt hat, kann man bald nicht mehr genug von ihr kriegen."

„Du scheinst sie ja schon lange zu kennen."

„Wir hatten vor Jahren eine ... sagen wir mal Affäre."
„Oh!" sagte Bernhard überrascht.
„Keine Angst. Ich kann schon lange nichts mehr mit Frauen anfangen", fügte Hans-Harry hinzu und lachte.
„Oh!" sagte Bernhard noch einmal.

„Du mußt dich etwas mehr um Raimondo kümmern", sagte Kims Mutter vorwurfsvoll. „Er sieht schon ganz grau aus. Er wird uns noch abmagern." Sie strich ihrem Jugendfreund über den schweißfeuchten Hinterkopf. Er lächelte und drückte ihr zur Antwort einen Kuß auf die Wange.
„Ach, entschuldige. Ich glaube, ich habe dich unterbrochen", sagte sie dann wieder zu Raimondo. „Wolltest du mir nicht noch etwas erzählen?"
Er schüttelte den Kopf. „Nichts Wichtiges, meine Liebe. Wirklich nichts Wichtiges."
„Na, dann laß ich euch jetzt allein", sagte sie und ließ die beiden stehen.
„Sie ist ganz die alte", sagte Raimondo.
„Ja, leider", pflichtete ihm Kim bei.
„Misch dich doch ein wenig unters Volk. Wir zwei haben noch genug Zeit, uns zu unterhalten", schlug sie ihm vor, und er wußte, daß es nur ihr Code dafür war, daß sich Serge hinter seinem Rücken an einen anderen heranmachte. Raimondo fixierte seine Bowle und trank sie mit einem Zug aus. Da er nicht reagierte, legte Kim noch eins nach: „Wo ist eigentlich Serge abgeblieben?" fragte sie ganz ahnungslos.
Raimondo zuckte mit den Schultern, als interessiere es ihn nicht. Dabei hatte er schon lange beobachtet, wie Serge dem großen Dunkelhaarigen Augen machte.
„Ach, da drüben ist er ja. Er spricht mit Bernhard, meinem neuen Freund. Ich wollte dich ihm sowieso vorstellen. Er steckt gerade ziemlich in der Krise. Der könnte gut ein wenig von deiner besonderen Zuwendung brauchen." Kim schlug die Augen auf.
Bernhard war offensichtlich erleichtert, als man ihn aus dem Gespräch holte.
„Würdest du mir bitte mal zur Hand gehen", sagte Kim mit feurigem Funkeln in den Augen, packte Serge und schleppte ihn davon.

Raimondo schüttelte Bernhards Hand und hielt sie lange, und eine Weichheit gesellte sich zur Stille um Bernhard.

„Finden Sie es nicht auch furchtbar, wie der Mensch in unserer Gesellschaft immer mehr vereinsamt?" bemerkte Raimondo, der sich plötzlich seltsam beschwingt fühlte.

„Sie haben völlig recht", bestätigte Bernhard und hätte dabei fast gestottert.

„Da kommt man auf eine Party, und dann muß man bemerken, wie schwer es fällt, mit anderen ins Gespräch zu kommen."

Bernhard nippte an seinem Sekt. Seine Augen tasteten verstohlen das Gegenüber ab. Sie erfaßten die feinen Härchen, die unter dem seidenen Halstuch hervorlugten, die kräftigen, ungelenken Hände, die das Glas Bowle hielten.

„Dabei wäre es doch für alle viel angenehmer, nicht allein rumzustehen, oder nicht?" fragte Raimondo.

„Stimmt", antwortete Bernhard, und weil er keinen der Gedanken aussprechen wollte, die ihm plötzlich im Kopf herumwirbelten, stellte er die Standard-Sylvester-Frage: „Haben Sie sich denn schon Vorsätze für das neue Jahr gemacht?"

„Ich halte nichts von Neujahrsvorsätzen", konstatierte Raimondo. „Warum machen sich Menschen nur einmal im Jahr Gedanken über ihr Leben? Warum soll es einfacher sein, Neujahr mit dem Rauchen aufzuhören als unter dem Jahr?"

Bernhard nickte und nippte wieder an seinem Glas. Es war schon fast leer. Raimondos Augen suchten derweil den Raum nach Serge ab, konnten ihn glücklicherweise nicht finden.

Bernhard fühlte sich leichter, seit der weiche, liebevolle Blick dieses Mannes auf ihm ruhte. Es kam ihm albern vor, aber sein Herz pochte heftiger.

„Nehmen wir den Vorsatz, sich zu verlieben. Wieso sollte ich auch nur einen Gedanken daran verschwenden, geschweige denn einen Vorsatz daraus machen?"

„Ja, warum eigentlich?" fragte auch Bernhard.

„Man tut es, oder man tut es nicht. Zweiundzwanzig Uhr achtundvierzig ist dafür genauso gut wie vierundzwanzig Uhr, oder etwa nicht?"

„Natürlich, Sie haben vollkommen recht", bestätigte Bernhard und lachte. Dann schaute er wie zufällig auf seine Uhr: es war tatsächlich zwölf Minuten vor elf. Bernhard verstummte, und Raimondo wurde rot.

„Hört mal alle her!" Kim hatte die Musik abgedreht und klopfte mit einem Löffel an einen Sektkühler. Jeder nimmt sich ein Bleisymbol, und dann werden wir zusammen das Orakel befragen."

Die meisten griffen wahllos in die Schale und fischten einen Gegenstand heraus, nur Raimondo hatte einen besonderen Wunsch. „Hast du keinen Glücksklee?" fragte er.

„Nein, aber hier, das Schweinchen steht dir gut", sagte sie schmunzelnd und drückte es ihm in die Hand.

Als jeder mit seinem Bleistückchen ausgerüstet war, entzündete Kim feierlich die Kerze und reckte einen großen Löffel empor. „Wer ist der erste?"

Hans-Harry schritt an den Tisch heran. Seine Muskeln spielten, und Bernhard beobachtete jede seiner Bewegungen. Harry versenkte eine Blume in der Vertiefung des Löffels. Sie schmolz schnell über der Flamme, und schon goß Kim das flüssige Blei ins kalte Wasser.

„Ein Anker! Ein Dreieck! Ein Fisch!" riefen die Umstehenden durcheinander.

Harry trat an den Topf, schaute hinein. „Nein, es ist ein ... Hundehaufen", sagte er, und seine Zähne blitzten weiß.

„O, welch lyrische Ideen du doch hast", frotzelte Kim und blätterte in ihrem Büchlein. „Hundehaufen, Hundekot. Da haben wir es: Durchhaltevermögen und Engagement führen unbedingt zum gewünschten Erfolg", las sie und klopfte ihm anerkennend auf die Schulter.

Während der Regisseur unter Serges aufmerksamem Blick seine Waage einschmolz, fragte Bernhard Kim, wer dieser Hans-Harry sei.

„Du meinst Haha? Er ist Journalist und hat gerade seinen ersten Roman geschrieben: *Unsternbeschwert.* Hochromantisch. Ein wunderbares Buch. Du solltest es unbedingt lesen."

„Ein Vogel!" sagte der Regisseur und erwartete Kims Interpretation mit Neugier.

„Gute Nachrichten", las Kim. „Manchmal sogar verbunden mit Weissagungen."

Der Ball ihrer Kollegin Margret gerann zu einem Herzen: „Vergnügen, Freundschaft, Liebe, Ehe", verkündete Kim.

Ihre Mutter beharrte darauf, daß ihre geschmolzene Puderdose einen Vollmond darstellte.

„Gut, wenn du es so haben willst." Sie las: „Vollmond: Traurigkeit, Bindungen brechen, eine Geldheirat."

Und während Kim ihre Mutter traurig anschaute, blühte diese regelrecht auf.

Kim warf wagemutig ihr Herzchen ins Feuer. Ein Dolch wurde daraus, der mit der Spitze von ihr wegzeigte.

„Rache", las sie im Büchlein. „Eine Tat muß gesühnt werden. Sie wird von Erfolg gekrönt." Sie stutzte. Die Mutter schaute sie mit großen Augen an. Aber Kim blieb keine Zeit, darüber nachzudenken, denn schon sank das Bleischweinchen von Raimondo unter großer Dampfentwicklung auf den Grund des Topfes. Die anderen sahen in der neuen Form eine Krone, einen Zahn und ein Goldnugget. Für ihn war es eindeutig ein Eisberg.

„Enttäuschte Erwartungen. Selbsterwählte Verletzung", las Kim, und ihre Stimme war kleinlaut. Raimondo schaute sie mit zusammengekniffenen Augen an, und sie reckte ihm das Büchlein entgegen. „Lies selbst, wenn du es nicht glaubst."

Derweil wagte sich Bernhard an die Kerze. Er hielt grundsätzlich nichts von Vorhersagen, aber er wollte den anderen den Spaß nicht verderben.

„Ein Ring!" riefen alle im Chor. Und da war tatsächlich nichts anderes darin zu sehen.

„Eine alte Beziehung wird sich lösen, eine neue wird sich binden."

Bernhard schluckte. Der Speichel lief ihm zäh die Kehle hinunter. Welche war die alte, welche die neue? Raimondo prostete ihm über Kims Kopf hinweg zu. Dann erschütterte ein Knaller die Fenster, und die Partygäste wurden von einem Schrecken durchfahren.

„Kinder, es ist fünf vor zwölf. Auf die Plätze!" Kims Mutter drehte den Fernseher an, Kim legte einen Walzer auf. Champagnerkorken knallten, und alle drängten sich auf den kleinen Balkon hinaus.

Der Lebensgefährte von Kims Schulfreundin reihte Raketen und allerlei Feuerwerk auf der Balustrade auf, und schon durchzuckten helle Adern den Himmel über München. Überall krachte und knallte es, Funkensprüher spritzten kleine Kaskaden bunter Leuchtkugeln in den Innenhof, und in der ganzen Stadt fingen die Glocken an zu läuten.

„Frohes neues Jahr!" sagte Kim, reichte Champagnergläser herum und küßte jedes Lippenpaar, das sich ihr entgegenrundete.

Der hübsche Gregor schloß die Augen, sobald sie bei ihm angekommen war, und formte einen Kußmund. Sie tippte mit einem champagnerkühlen Finger darauf und gab ihm ein Küßchen auf die Wange. „Ich hoffe, du findest bald die Frau deiner Träume", flüsterte sie ihm ins Ohr und ließ ihn stehen.

Raimondo streckte Bernhard sein Glas entgegen, „Viel Glück mit dem Ring!" und deutete auf Bernhards Hand.

„Oh, das ist nur der Ring meines Vaters. Meine Mutter wollte, daß ich ihn trage. Jetzt steckt er da."

„Und ich dachte schon, Sie lebten in einer Beziehung."

Beziehung? Bernhard dachte an Edvard. Sein aufgedrehtes Gemüt, seine witzigen Ideen, seine liebevollen Umarmungen und die Party, auf der er um seine Hand anhielt.

„Nein, nein. Ich ... habe keine Beziehung."

Raimondo atmete auf. „Na dann. Bleibt mir nur, Ihnen für die kommende viel Glück zu wünschen."

„Bitte?"

„Na, das Orakel, haben Sie das schon vergessen? Eine neue wird sich binden, hat es gesagt. Viel Glück mit der neuen Beziehung."

„Ach ja, danke", sagte Bernhard und schaute ihm dann viel zu lange in die Augen. Er wollte gerade darin versinken, da kreischte Kims Mutter: „Ihr dürft euch gerne umarmen. Auch Männer dürfen sich liebhaben. Ihr braucht euch deswegen nicht zu schämen."

Bernhard wäre vor Peinlichkeit am liebsten vom Balkon gesprungen, da spürte er Raimondos Lippen auf den seinen. Sie waren feucht und weich und sehr sanft, sogen wie ein Magnet alle Sehnsucht aus ihm heraus.

Dann platzte auch noch Kim dazwischen. „Oh, ich wollte ..."

Raimondo war entnervt, nahm Kim die Zigarette aus den Fingern und sagte: „Und du hörst jetzt auf zu rauchen. Denk an das Baby."

„Was für ein Baby?" heulte Kims Mutter auf.

„Danke", sagte Kim zornig und stürzte tränenüberströmt davon.

Raimondo schaute ihr verletzt nach. Dann lief er ihr nach und ließ Bernhard stehen.

Edvard stand auf seinem Balkon. In der letzten Stunde hatte er doch noch eine Flasche Champagner aufgemacht und ausgetrunken. Und jetzt benutzte er sie als Abschußrampe für sein Feuerwerk. Eine Rakete wollte er hochschicken, einen Kometen mit langem Schweif, der dann laut explodierte. Vielleicht würde er Bernhard den Weg zu ihm erleuchten.

Das Streichholz flackerte im Wind, dann fing die Zündschnur Feuer. Die Rakete surrte hinaus und stieg immer höher. Ein silberner, funkelnder Schweif zog über den Sylvesterhimmel hinweg und leuchtete heller als alles andere Feuerwerk – und mit einem Knall regnete es tausend bunte Sterne.

Bernhard sah einen Kometen am Himmel vorüberzischen und dachte an den Abend vor der Party. Drei Sternschnuppen waren vom Himmel gefallen, und er hatte sich nur eins gewünscht: für immer und ewig mit Edvard zu sein.

Bernhard nahm eine Rakete und steckte sie in eine leere Sektflasche. Bevor er sie anzündete, gab er ihr noch einen Wunsch mit auf den Weg. Dann schickte er sie in hohem Bogen hinaus. Sie verschwand in der Nacht, und bald erschauerte der Himmel unter ihren Funken.

Und am anderen Ende der Stadt weinte ein junger Mann dünne Tränen der Freude.

32. Scheiß-Neujahrsvorsätze! Dreimal schon hatte sie vor dieser Tür gestanden und dann doch wieder nicht den Mut gehabt zu klingeln. Raimondos Worte kamen ihr immer plausibler vor: Warum sollte man überhaupt Vorsätze machen? Und warum ausgerechnet an Sylvester?

„Rache!" hatte das Blei aus der Tiefe des Wassers gerufen – Kim hatte es genau gehört – und sich zu einem Dolch geformt, mit einer Spitze so scharf, daß die Augen vom bloßen Anblick schmerzten. Heiß glühte ihre Hand, wenn sie nur an ihn dachte. Schwer lag er in ihrem Bewußtsein, schwer an Gewicht, schwer an Schicksal und Verantwortung. Sie mußte sich rächen, aber an wem? Es waren so viele, die es verdient hätten. Die ganze Nacht hindurch waren sie an ihr vorbeimarschiert: Stefan, Markus, Richard, Helmut, Fred und all die anderen.

Wieder und wieder machte Kim kehrt, atmete die schwarzpulverschwere Luft, lief zwischen abgebranntem Feuerwerk das Karree ab, nur um am Ende erneut vor dieser Tür zu stehen.

Da war ein Beben in ihrem Körper; sie wußte, daß es so nicht mehr weitergehen konnte. Sylvester mit der Mutter hatte ihr gezeigt, daß sie ihren Lebensabend anders verbringen wollte, als ständig von Männern herumgeschubst zu werden.

Dieses Beben war der Schmerz des Betrugs und die Verzweiflung über die Frage, warum ihr Respekt und Wertschätzung immer wieder versagt wurden.

Auf diese Frage suchte sie nun Antwort. Nur ein Mensch, der ihren Schmerz teilte, würde sie ihr geben können, jemand, der sie von innen verstand, mit jeder Pore, jedem Atemzug, jeder Zelle seines Körpers.

Es gab nur einen, der ihr in den Sinn kam, eine einzige Person, die genauso litt wie sie: Roswitha. Auf der Polizeistation hatte sie sie weinen sehen, wimmern vor Schmerz, betteln um Liebe. Roswitha war ihre Seelenverwandte.

Und da war noch etwas, das sie miteinander verband. Kim hatte Roswitha Leid zugefügt, das sie selbst erfahren hatte. Kim bereute, sie wollte büßen, erst dann würde sie sich selbst vergeben können; auch das war ihr in der Neujahrsnacht klargeworden. Scheiß-Vorsätze!

Zitternd drückte sie die Klingel nieder.

„Ja bitte?"

„Mein Name ist Kim. Sie kennen mich nicht. Ich muß aber mit Ihnen reden." Es war Neujahrstag, neun Uhr morgens. Wer öffnete da einem Fremden die Tür? „Es geht um Fred!" setzte sie vorsichtshalber hinzu, und der Öffner summte.

Kim schob die Tür auf, Wärme schlug ihr entgegen. Ein großer Heizkörper hinter der Tür, eine dunkelgraue Marmortreppe, Eisengeländer. Sie hantelte sich hinauf. Mit jedem Schritt klopfte das Herz in ihrer Brust schneller, und je höher sie stieg, desto deutlicher vernahm sie den hechelnden Atem dieser Frau.

Roswithas zierlicher Körper war von dem lindgrünen Türstock umrahmt. Ihre Dauerwelle war in der Mitte herausgewachsen, der schwarze Angorapulli mit einem röhrenden Elch bestickt; seine Augen aus Silberperlen rollten im Rhythmus von Roswithas Atmen hin und her.

Kims Bedürfnis, davonzurennen, wuchs. Sie hatte sich viele Worte zurechtgelegt. Sie hatte sich mutig gefühlt und kräftig genug, ihr Vergehen einzugestehen und den Zorn dieser Frau auszuhalten. Aber das einzige, was sie in diesem Moment spürte, war der Wunsch, in ihre Arme zu fallen und zu weinen.

„Sie wissen, wo Fred ist? Haben Sie eine Nachricht für mich? Reden Sie schon!" forderte Roswitha gehetzt, und Kim wurde mit einem Mal klar, daß sie sich ohne Bedacht auf dieses Abenteuer eingelassen hatte.

Roswitha war ein Einzelkind, erzählte sie Kim in ihrer Küche, während die Kaffeemaschine Dampf schnaubte und einen verführerischen Duft produzierte.

Ihre Eltern hatten früh geheiratet, aber ihre Mutter war lange nicht schwanger geworden, worunter beide sehr gelitten hatten. Als sie dann älter wurde, mußte Roswitha feststellen, daß ihr Vater gerne zur Flasche griff und ihre Mutter schwer depressiv war. Sie würde nie ihre dunkelgrauen, strähnigen Haare vergessen und die stets mit Tränen verschwollenen Augen, sagte sie und seufzte.

Nach der achten Klasse mußte sie die Schule verlassen, um Geld zu verdienen. Ihre Mutter brauchte spezielle Behandlungen, die von der Krankenkasse nicht getragen wurden, und der Vater bekam aufgrund seines kleinen Geheimnisses immer mehr Probleme.

Sie war vierundzwanzig, da fiel ihr Vater bei der Arbeit vom Dach und brach sich das Genick; die Mutter drehte vollends durch.

Liebschaften hatte Roswitha nie gehabt, einfach weil ihr nicht in den Sinn gekommen war, irgend jemanden mit nach Hause zu bringen. Sie wären davongelaufen, hätten sie die Zustände gesehen, unter denen sie aufwuchs.

Ein paarmal, daran erinnerte sie sich jedoch, hatte sie Kontakt mit Jungs gehabt. Ein verstohlender Kuß in der Geisterbahn, ein Liebesbrief in den Ferien auf dem Bauernhof, der Nachbarjunge, der mit ihr im Sandkasten spielte und Augen hatte, von denen sie sogar heute noch manchmal träumte. Sie war dreizehn, da schleppte ein Junge sie hinter den Fahrradständer der Schule und versuchte das Höschen unter ihrem Rock hinunterzuzerren. Aus seinem Reißverschluß ragte ein hartes Stück Fleisch, und Roswitha lief schreiend davon.

All das und noch viel mehr erzählte sie Kim zwischen Wollvorhängen, gelbem Tischtuch, braunen Steinguttellern, einer beigen Thermoskanne mit Blumenmuster und Edelstahlbesteck, das an rosa Griffen von einem Ständer baumelte.

Roswitha erzählte von einem Leben, das ganz anders als Kims verlaufen war. Andere Menschen kamen darin vor, andere Orte, andere Ereignisse, und doch hörten sich ihre Erfahrungen so austauschbar an. Kim hätte in jedem Moment den Faden aufnehmen und weiterspinnen können.

„Ich habe gewußt, daß Fred mit einer anderen Frau zusammenlebte", gestand Kim. „Er hat mir erzählt, er sei verheiratet und wollte sich scheiden lassen. Ich hätte trotzdem keine Affäre mit ihm eingehen sollen."

Roswithas Gesicht verdunkelte sich für einen Moment. Haß flackerte auf, verlosch aber schnell wieder. Sie wußte nur zu genau, was sie alles für die Zuneigung dieses Mannes getan hätte. Sie waren beide Opfer der Sehnsucht, leichte Beute für ein Raubtier wie Fred.

„Das Schlimme ist", sagte Roswitha und starrte in ihre halbleere Kaffeetasse, „ich kann ihn immer noch nicht vergessen."

Kim nickte. Fred war bestimmt nicht der Mann ihrer Träume, und trotzdem konnte auch sie ihn nicht vergessen. Ein sanftes Lächeln oder eine Berührung im richtigen Moment war manchmal genug, um ihr schlaflose Nächte zu bereiten.

„Allein wie er mir in die Augen geschaut hat. Und dann habe ich den Ring gefunden und wirklich geglaubt, es wäre so was wie Vorsehung. Verrückt, nicht? Als ob es so was gäbe. Aber wenn man verliebt ist, ist alles möglich. Ich hielt dieses Stück Metall in der Hand und sah meine ganze Zukunft vor mir. Es waren aber nur die Wünsche aus meiner Vergangenheit."

„Sehnsüchte eben", vervollständigte Kim den Gedanken. „Vorstellungen, wie das Leben sein sollte, wie Liebe ausschaut, wenn sie richtig ist."

„Genau. Ich habe geglaubt, ein Ring könnte eine Verbindung besiegeln. Oder daß man mit einem Eheversprechen eine Beziehung ins Grundbuch der Liebesgeschichte eintragen könnte."

„Irrtum!"

Roswitha nahm noch einen Schluck aus ihrer Tasse. „Kann ich Ihnen noch was anbieten?"

Kim legte die Hand über ihre Tasse. „Nein, danke." Sie räusperte sich und rutschte auf dem Stuhl aus braunem Lederimitat zurück.

„Glauben Sie nicht, es wäre besser, ihn zu vergessen?"

„Schauen Sie. Erinnerungen sind doch alles, was mir von ihm geblieben ist, Erinnerungen und ein leeres Konto. Wenn ich sie aufgebe, bleibt mir nur noch der Ärger. Ist das vielleicht besser?"

„Ich meine damit ... ja, wie soll ich das sagen? Mein Problem ist, ich merke immer erst zu spät, wenn ich wieder reingefallen bin. Und ich befürchte, wenn ich die Erinnerungen verkläre, daß ich es dann das nächste Mal wieder nicht merke."

„Was ist denn daran Verklärung, wenn ich mich gerne daran erinnere, daß er mich Honigschnäbelchen genannt hat? Das ist doch wenigstens etwas. Das kann mir keiner nehmen."

Roswitha schaute ihr in die Augen. Kim war plötzlich sehr still geworden, und langsam begann es ihr zu dämmern. Die nächsten Worte würden Roswithas Illusionen zu Staub zermahlen, den ein bloßer Atemzug auf Nimmerwiedersehen davonträgt. Kim ahnte es, deshalb sprach sie leise und langsam, und Roswitha fieberte jedem Buchstaben, der ihre Lippen verließ, entgegen: „Honigschnäbelchen, Knospe, Perle, Samthäschen, Zimteselchen, Bömmel, Fliege." Kim zählte die Liebkosungen auf, die aus seinem Munde geströmt waren wie kaltes, klares Quellwasser an einem Sommertag. Und mit jedem neuen Wort durchzuckte es Roswitha, als würde Kim Pfeile auf sie abschießen.

„Er hat mir gesagt, daß er noch nie eine Frau gehalten hat, die so viel Verständnis hatte, so viel Güte. Er hat sich noch nie jemandem so nah gefühlt. Er wäre bereit, auf der Stelle mit mir zu verschmelzen. Soll ich noch mehr erzählen?"

Roswitha schüttelte den Kopf. Bitterkeit überschwemmte sie und rollte in dicken Perlen von ihren Wangen. Sie griff nach der Serviette und kehrte sich ab. Sie schämte sich über ihre Dummheit. Wie hatte sie nur auf diese billige Masche hereinfallen können?

Die Realität traf sie wie Schläge. Aber so sehr sie schmerzte, es fühlte sich gut an, erleichternd, befreiend, wie Jod auf einer offenen Wunde oder ein Feuer, das verlogene Liebesbriefe fraß.

Kim saß am anderen Ende des Tisches. Sie hätte Roswitha nicht berühren können, selbst wenn sie ihren Arm weit ausgestreckt hätte, und doch war sie ihr nah. Nicht nah wie ein Liebender dem anderen, sondern nah wie die Venen dem Blut.

Ihr Herz war schwer, die Brust eng, im Magen bohrten ein unstillbarer Hunger und Übelkeit zugleich. Sie wollte aufstehen und hinübergehen, sich vor Roswitha hinknien und sie umarmen. Aber sie kannte den Schmerz gut. Keine Umarmung, keine Worte, kein Gold der Welt konnte helfen. Es war ein Schmerz, den man nur selber lindern konnte. Deshalb blieb sie sitzen und umarmte sich selbst.

„Was soll ich jetzt bloß tun?" fragte Roswitha verzweifelt.

Kim wurde von der Frage überrascht. Tausend Möglichkeiten gab es da, aber welche war die richtige? Sie konnte sie Roswitha nicht beantworten, aber für sie selbst war es klarer denn je: Sie mußte einmal stärker sein als die Männer, die ihr das antaten. Sie mußte sich rächen. Nur, wer hat es am meisten verdient? fragte sie sich, und in dem Moment fällte sie eine Entscheidung.

33. „Hast du Ludwig inzwischen erreicht?"

„Nein, ich hab's bestimmt zwanzigmal probiert. Ich hab ihm sogar eine Nachricht im Büro hinterlassen, aber er ruft einfach nicht zurück."

„Dann müssen wir eben ohne ihn entscheiden."

„Hast du denn noch mal drüber nachgedacht?"

„Eberhard will auf keinen Fall, daß sie bei uns einzieht. Und ehrlich gesagt, so wie die Dinge zwischen uns stehen, finde ich das auch keine gute Idee. Außerdem will sie sowieso nicht aus Heidelberg weg."

„Das kann man ja verstehen. Sie würde dann auch noch ihre Freunde und Bekannten aufgeben müssen. Aber ich finde es einfach ein Hirngespinst, daß sie in dem Haus bleiben will."

„Da stecken eben all die Erinnerungen drin. Nicht nur an Papa, sondern auch an uns Kinder. Wir sind alle dort auf die Welt gekommen. Sie hat uns dort aufwachsen sehen."

„Aber es ist doch eine Schnapsidee, daß diese Divya dort einziehen soll und mit ihr leben. Sie ist sicher kompetent, aber warum sollte sie sich Tag und Nacht um eine Frau kümmern, mit der sie nicht verwandt ist?"

„Es ist ihr Job. Mama bezahlt sie dafür."

„Also mir kommt das komisch vor. Ich fühle mich einfach nicht wohl dabei."

„Was sagt denn Bernhard dazu?"

„Aus dem habe ich kein vernüftiges Wort rausgekriegt. Der schwafelt immer nur Zeugs aus dem Krieg. Ich glaube, die ganze Geschichte hat ihn unglaublich mitgenommen."

„Er macht sich Vorwürfe. Ist ja verständlich. Schließlich ist Papa quasi direkt nach dieser Szene beim Abendessen gestorben. Man könnte tatsächlich annehmen, daß das etwas mit Bernhards ... na ja, du weißt schon ... zu tun hat. Dabei war das sicher nur ein dummer Zufall. Oder meinst du nicht?"

„Tja, wer weiß das schon?"

34. „Denk nicht so viel", hatte ihm Kim zum Abschied geraten und ihn dabei fest an ihre schmale Brust gedrückt. „Gib deinem Kopf eine Chance, sich zu erholen."

Aber dafür war es längst zu spät. Inzwischen wußte Bernhard zuviel: die Schwulenverfolgung durch die Nazis, die Morde an unschuldig Liebenden, der Herzinfarkt seines Vaters, als er erfuhr, daß sein Sohn schwul war, die viel zu lebendigen Träume, das Abzeichen im Nachtkasten seines Vaters. Viel zuviel paßte zusammen, als daß er es einfach hätte wegschieben können. Es war wie ein Lied, das einem nicht mehr aus dem Kopf geht, oder ein Gesicht, das man wiedererkennt, zu dem einem der Namen aber partout nicht einfallen will. Man kann versuchen zu vergessen, man kann versuchen sich abzulenken, aber im nächsten Moment drehen sich die Gedanken wieder nur darum. Und dann spielt man daran wie an einem Stück Hornhaut neben dem Fingernagel. Man weiß genau, daß es weh tun wird, daran zu zupfen, es kann bluten, sich vielleicht sogar entzünden, aber man kann es nicht in Ruhe lassen. Und irgendwann zieht man dann daran.

Bernhard suchte nach dem Schlüssel, nach der einen Information, die alles aufklären würde. Dabei hatte er vieles erfahren: zum Beispiel, daß sich keiner mehr mit diesem Problem zu beschäftigen schien. War denn die Schwulenverfolgung weniger Teil unserer Geschichte als die Ermordung der Juden, der Zigeuner oder Bibelprediger? Interessierte es denn heute keinen mehr, daß man Homosexuelle damals als lebendige Zielscheiben für Schießübungen der Uniformierten benutzte? Oder die Aktion mit dem Blecheimer? Sie stülpten einem Sträfling einen Eimer über den Kopf und trommelten solange mit Holzscheiten darauf herum, bis er verrückt wurde. Und die Schneeräumungskommandos: Internierte mußten den

Schnee von einem Ende des Lagers ins andere schaufeln, nur um am Ende den Auftrag zu bekommen, alles wieder zurücktragen zu müssen – mit den Händen!

Und als wäre es noch nicht krank genug, daß Unzählige in Tongruben zu Tode gefoltert wurden, so war es unter KZ-Leitern und SS-Offizieren durchaus üblich, sich selbst männliche Gespielen zu halten. Ja Himmler selbst, der größte Hetzer gegen die Homosexuellen, hatte seine homoerotischen Fantasien in Tagebüchern verewigt. Und dann wurden Schwule pervers genannt?

Mit den Nazis mußte er sich schon in der Schule auseinandersetzen und später auch im Studium. Er hatte vor dem Grauen geschauert, aber es war ihm fern geblieben wie ein Film. Da konnte man wegschauen oder einfach den Fernseher ausschalten, und alles war vorbei. In jeder Sekunde blieb die Gewißheit, daß die Bilder nur dem kranken Geist eines Drehbuchautors entstiegen waren. Aber diesmal war es anders. Diesmal erlebte er das Grauen; Wegschauen konnte ihn nicht mehr davor bewahren.

„Lieber ein warmes Schwein als ein eiskalter Verbrecher", murmelte er in die Leere seines Zimmers hinein.

Wenn er jetzt an seinem Schreibtisch saß, den Kopf in die Hände gestützt, mußte er sich eingestehen, daß er dem, was in ihm vorging, keinen Schritt näher gekommen war. Was also anfangen mit dem Schmerz und der Trauer über einen Menschen, den er nicht einmal kannte? Wohin damit? Was dagegen tun?

Nichts konnte er tun, überhaupt nichts. Er konnte nur für sich selbst Frieden finden, und damit wollte er jetzt beginnen.

35. Der Stuhl war hart und unbequem. Die Menschen in den Sitzreihen vor ihm hingen an den Lippen des Redners. Das ganze erinnerte ihn arg an die grausam langweiligen Stunden, die er als Kind in der Kirche zubringen mußte.

Edvard war spät gekommen. Er hatte nicht gedacht, daß sie es so genau nehmen würden. Aber warum wurde da überhaupt eine Rede gehalten?

„… und ich freue mich heute ganz besonders, ein neues Gesicht in unserer Runde begrüßen zu dürfen." Alle Köpfe wendeten sich wie auf Kommando Edvard zu.

Sein Sitznachbar stupste ihm den Ellenbogen in die Rippen. „Steh auf und sag deinen Namen", flüsterte er Edvard zu.

Er erschrak. Zögerlich erhob er sich von seinem Platz.

„Ich … heiße Edvard."

„Und?" fragte jemand, und sie schauten ihn mitleidig an.

Da konnte er endlich das Plakat entziffern, das bisher vom Redner verdeckt war.

„Und … ich glaube, ich hab mich in der Tür geirrt." Er drehte sich um und lief hinaus.

Geh unbedingt durch die rechte Tür, hatte Gerhard gesagt.

Edvard klopfte nun zögerlich an die linke. Jemand öffnete, und eine Horde kreischender Tucken begrüßte ihn.

„Ach, mein Lieber. Ich habe schon befürchtet, du versetzt uns."

Da saßen etwa fünfzehn Männer im Kreis. Der jüngste war vielleicht kaum zwanzig, der älteste Mitte fünfzig. Auf dem Tisch standen drei Teller mit Weihnachtsplätzchen, ein paar Thermoskannen und mit lila Schleifchen verzierte Tannenzweige. Der Raum war von einem hastigen Ticken erfüllt.

„Nein, ich bin nur im falschen Zimmer gelandet."

„Nicht doch! Bei den Anonymen Alkoholikern? Weil Gerhard auch immer rechts und links verwechselt. Wir müssen es ihm mal auf die Hände tätowieren!"

„Setz dich."

Edvard reihte sich in den Kreis ein. Zimt lag in der Luft und eine deutliche Note Ylang.

„Willst du uns deinen Freund nicht mal vorstellen?" fragte ein junger Mann mit geschorenem Kopf und einer Brille, die seine Augen goldfischglasartig vergrößerte.

„Das ist Edvard. Wir kennen uns seit, was ... fünfzehn Jahren?"

„Siebzehn."

„Warst du nicht gestern auf dem Spieleabend im schwulen Kommunikationszentrum? Ich glaube, ich habe dich da gesehen."

„Ich war die letzten fünf Abende auf jeder Veranstaltung, die mir über den Weg lief. Morgen werde ich Alkoholiker, damit ich einen Grund habe, mich da drüben reinzusetzen."

„Edvard hat Liebeskummer", erklärte Gerhard den anderen und zog die Mundwinkel nach unten.

„Und ich dachte schon, du wärst auf Brautschau", sagte ein anderer, und seine Augen leuchteten. Er bewegte die Stricknadeln so schnell, daß es aussah, als würde er die Maschen aus ihnen herausschütteln. Unter seinen Händen wuchs ein zartblaues Strampelhöschen.

„Nein, ich halte es nur zu Hause nicht aus."

„Armes Hascherl. Soll ich dich trösten kommen? Brauchst mir nur deine Telefonnummer geben."

Die Runde lachte schrill, selbst Edvard konnte sich das Schmunzeln nicht verkneifen.

„Komm. Hier sind Nadeln", sagte sein Nachbar und schob ihm ein Körbchen zu. „Am besten du nimmst die aus Bambus, von Stahlnadeln kriegt man schnell Rheuma. Fang mit den dicken an, die liegen besser in der Hand, und es geht schneller ..."

„Uuuuuuh!" heulten die anderen auf.

„Wie sonst halt auch", setzte er nach und zupfte aus Verlegenheit sein T-Shirt zurecht. *I'm not gay, but my lover is* stand in rosa Lettern darauf. Er legte seine langen, schlanken Finger vertraut auf Edvards Knie und flüsterte: „Ich werde dir einfach mal ein paar Maschen aufnehmen, und dann versuchst du's mal."

Edvard verdrehte die Augen.

„Hier ist alles erlaubt, vorausgesetzt, du strickst. So ist es in unserer Vereinssatzung festgelegt. Wir sind schließlich eine Strickgruppe", erklärte Gerhard.

Edvard gab sich geschlagen, nahm die mit Maschen übersäten Nadeln entgegen und versuchte sein Glück. Verbissen spießte er zweimal den Wollfaden auf, die dritte Masche schlupfte ihm zwischen den Nadeln hindurch. Er ließ sein Strickzeug sinken und wendete sich Gerhard zu.

„Ich hab einen Fehler gemacht", sagte Edvard mit weinerlichem Ton.

„Na, dafür sind wir doch da", sagte sein Freund ruhig und nahm ihm die Nadeln aus der Hand.

„Nein, ich meine nicht die Maschen. Ich spreche von Bernhard."

„Ach so." Gerhard gab ihm die Nadeln zurück.

„Ich habe ihm nicht vertraut."

„Das passiert den Besten von uns. Darf er sich deswegen so unmöglich verhalten?"

„Worauf spielst du an?"

„Also, wenn du meine Meinung wissen willst", erklärte Gerhard und sprach weiter, ohne Edvards Antwort abzuwarten. „Nach der Szene auf eurer Party und den Dingern, die seither gelaufen sind ..."

„Welchen Dingern?"

„Die Geschichte mit der Polizei, deine unbeantworteten Briefe, die Blumen, die Anrufe, et cetera."

„Also woher weißt du denn das schon wieder?"

Gerhard legte verteidigend die Fingerspitzen seiner Hand auf die Brust. „Das ist stadtbekannt."

„Demnächst schreibt ihr es noch ans schwarze Brett!"

„Ich glaub, da hängt es schon", sagte der junge Mann, der auf der anderen Seite von Gerhard saß; sein Lächeln war unschuldig und süß.

Edvard schnaubte und schmiß sein Strickzeug auf den Tisch.

„Jetzt aber", sagte sein Nachbar. „Eine kleine Masche verloren und schon den Tränen nahe. Wir werden dich die Ungeduldige taufen."

„Die Ungeduldige!" riefen die anderen im Chor.

Gerhard goß Tee ein, der nach Weihnachten roch, und hielt Edvard einen Teller mit Plätzchen unter die Nase.

„Darauf einen Tee!"

Edvard schaute ihn erbost an, dann griff er versöhnlich nach einem Plätzchen.

„Also, ich hätte ihn längst in die Wüste geschickt."

„Es gibt so viele knackige Männer", streute ein anderer ein, der sich gerade verbissen darauf konzentrierte, den Wollfaden von der einen Nadel auf die andere zu schieben. „Schau uns an. Beim ersten Mal hast du freie Auswahl."

„Es geht doch nicht darum, Sex zu haben", antwortete Edvard pikiert.

„Schade", flötete jemand.

„Ich will einen Mann, ich will Liebe, ich will eine Beziehung. Sex wird viel zuviel Bedeutung beigemessen."

„Da spuckt ja einer Töne!" mischte sich ein Rothaariger ein. „Gerhard? Ist er nicht *der* Edvard?"

„Wie, *der* Edvard?" fragte er und bereute es im gleichen Moment. Die Szene schien inzwischen sein ganzes Leben zu kennen.

„Ich erinnere mich noch sehr gut daran, wie du die Vorteile deines Single-Daseins gepriesen hast", sagte Gerhard. „Deine Schwelgereien gaben mir damals das Gefühl, ich sollte mich trennen und es dir nachtun."

„War er nicht derjenige, der sogar zu *Ludwig Beck* in die klassische Musikabteilung gegangen ist, um zu cruisen?"

„Ja, nachdem sie ihm im Hotel *Vier Jahreszeiten* Hausverbot erteilt hatten, weil er da immer die Männer im Aufzug angemacht hat." Gerhard lachte schallend, und Edvard wäre am liebsten im Boden versunken.

Es stimmte. Es hatte ihn immer viel mehr gereizt, das Neue auszuprobieren. Jeder Körper war anders, jeder Mund, jeder Hintern, jeder Schwanz. Ein Jeder küßte anders, und was sie mit ihren Händen machten! Es gab verschlossene, in sich gekehrte Typen, die in der vertrauten Zweisamkeit zu einem ganz anderen Menschen aufblühten. Edvard hatte aufgeplusterte Machos wimmern sehen; grobe, harte Kerle, die ihr Geld mit Hammer und Pickel verdienten, schmolzen zu ungeahnter Zärtlichkeit. Am liebsten hatte er jedoch Geschäftsmänner „geknackt". Es hatte ihm ein besonderes Lustgefühl bereitet, diese zugeknöpften Vorbilder der Gesellschaft aus ihren dunklen Anzügen zu pellen und Gewerkschaftsführer, Politiker, Vorstände und weiß Gott was noch alles unter Zucken in den kleinen Tod zu führen.

Da war nichts Falsches daran gewesen, so zu leben. Es war ihm dabei nie etwas abgegangen. Er hatte die Freiheit genossen, und weil er viele Freunde hatte, war auch immer einer da, wenn er einen Zuhörer brauchte.

„Ich wollte immer schon einen Mann. Ich habe nur ein bißchen gebraucht, bis ich es bemerkt habe", sagte er leise.

„Einen Mann fürs Leben, den wollen wir doch alle. Aber Treue? Das sind doch verklemmte heterosexuelle Vorstellungen", warf ein anderer ein.

„Schwule sind dafür nicht geschaffen", sagte eine Tucke. „Das siehst du doch schon an den ganzen Pornos, die es bei uns gibt. Wir sind viel ...", er suchte nach dem richtigen Wort, „sexueller!"

„Also an Pornographie haben die Heten auch einiges zu bieten, das hat überhaupt nichts mit Schwulsein zu tun", antwortete ein anderer. „Homosexualität ist für manche doch nur eine billige Ausrede."

Sein Nachbar klopfte Edvard auf die Schulter. „Schön, daß wir ein neues Gesicht bei uns haben. Das bringt richtig Leben in die Bude."

„Es ist doch auch sonst nicht langweilig, oder?" schallte es von der anderen Seite des Tisches herüber.

„Einen Toast auf das Frischfleisch!" Sie hoben ihre Teetassen.

„Und das Stricken lernst du auch noch", fügte sein Nachbar hinzu.

Edvard ließ einen Schluck des inzwischen abgekühlten Tees seine trockene Kehle hinunterrinnen.

„Und was willst du jetzt wegen Bernhard unternehmen?" fragte Gerhard.

„Nichts. Ich warte, bis er soweit ist."

Gerhard zog die Brauen skeptisch in den Höhe. „Und inzwischen vergnügt der sich mit anderen Männern."

„So ein Quatsch! Bernhard ist nicht so. Er würde nie mit einem anderen ins Bett gehen."

36.

Was bringt man einem fünfundsechzigjährigen Mann mit, der einen zum Essen einlädt? Musik vielleicht? Aber woher sollte er wissen, was Raimondo gerne hörte? Pralinen? Die brachte man der Großmutter. Eine Dose Kaviar, denn daß er Feinschmecker war, das hatte man auf der Sylvesterparty nicht übersehen können.

Rosen waren auf jeden Fall eine Schnapsidee; das wurde Bernhard in dem Moment klar, als Raimondo bei ihrem Anblick Tränen in die Augen stiegen. Wie hatte er nur so dumm sein können? Bernhard neigte betreten den Kopf.

„Pünktlich, wie es sich für einen Lehrer gehört", sagte Raimondo und nahm ihm die Blumen ab. „Komm herein."

Er zog seinen Gast in die Wohnung. Raimondo war umgeben von einer Aura aus frischer Wäsche, Kölnisch Wasser und *Doppelherz*. Er trug braune Cordhosen und ein hellblaues Hemd. Darüber eine Seidenweste, auf deren Rücken ein Cowboy versuchte, das sich wild aufbäumende Pferd zu zähmen. Ein dunkelblaues, mit kleinen roten Punkten übersätes Tuch bedeckte seinen Hals. Jedes Härchen schien auf den rechten Platz getrimmt, der ganze Kerl gebügelt.

„Ich muß dich warnen. Über die Feiertage ist meine Putzfrau in ihre Heimat entfleucht. Es sieht fürchterlich aus."

Er nahm seinem Gast den Mantel ab und bugsierte ihn ins Wohnzimmer. Dort standen die Möbel so weit auseinander, daß Bernhard den unbeschreiblichen Drang verspürte, sie zusammenzurücken. Eine Kommode aus Kirsche mit Dutzenden von Schubladen türmte sich mannshoch hinter der Tür auf, ein Bücherregal zog sich an der ganzen Wand entlang. Der Flügel streckte ihm sein klaffendes Maul entgegen. Bernhard fühlte sich wie ein Eindringling. Nur das Ledersofa und ein Sessel standen nah genug beisammen, daß sie wie eine Oase wirkten, eine Insel, die auf dem Fischgrätenparkett dahintrieb. Bernhard strebte darauf zu.

Raimondo stellte die Rosen in eine glasklare Laliquevase, in die ein hellgrüner Faun eingearbeitet war.

„Was möchtest du trinken? Wir werden später einen Barolo zu uns nehmen, der paßt hervorragend zum Essen. Oder möchtest du lieber Weißwein? Das macht gar nichts. Ich habe alles da. Du kannst frei entscheiden."

„Nein, nein, ich trinke gern Rotwein", sagte Bernhard, der auf keinen Fall Komplikationen wollte.

„Sollen wir vorweg einen Campari zischen?" fragte der Gastgeber verschwörerisch, riß dann die Hände empor, als müßte er sich vor dem lieben Gott rechtfertigen. „Feinschmecker würden jetzt die Hände über dem Kopf zusammenschlagen und kreischend davonlaufen. Pures Gift, sag es nicht, ich weiß es. Aber es ist ein Hauch von Heimat für mich, den ich einfach nicht hinter mir lassen kann."

Raimondo verschwand; Bernhard suchte nach etwas, an dem er sich festhalten konnte. Er strich mit der offenen Hand an dem überquellenden Regal entlang. Deutsche Klassiker tummelten sich zwischen schwulen Poeten: Goethe, Stephen Spender, Oscar Wilde, Hermann Hesse, Hölderlin, Christopher Isherwood, Schiller. Der gesammelte Tennessee Williams drängte sich ihm entgegen, und eine ganze Reihe italienischer Romanciers: Tornabuoni natürlich, den hatte er schon bei Edvard im Regal stehen sehen; Pornographie im Krieg war das. Moravia, Antonio Tabucchi, Umberto Eco und Fruttero & Lucentini. *Liebhaber ohne festen Wohnsitz*, Bernhard liebte dieses Buch. Davor, dazwischen und drumherum kleine Vasen, alte Postkarten und Schmuckstücke.

Es war staubig, ja, aber trotzdem gab es eine Sauberkeit, eine fast hausfräuliche Gemütlichkeit. Daran änderte auch die Fotografie des nackten Jünglings nichts, der sich lebensgroß auf der anderen Seite des Zimmers aufbaute.

„Zufrieden?" Raimondo reichte seinem Gast ein Glas roter, prickelnder Flüssigkeit. Bernhard runzelte die Stirn. „Mit meiner Büchersammlung?"

„Doch, doch", stotterte er. „Ganz in Ordnung, glaube ich."

„Ich hab mir erlaubt, den Campari mit etwas Champagner aufzugießen. Das öffnet den Magen." Dann schaute er Bernhard einschätzend an. „Du nimmst es mir doch nicht übel, daß ich mir von Kim deine Telefonnummer habe geben lassen, oder?"

„Nein, nein. Ich … habe mich sehr gefreut." Bernhard versuchte zu lächeln.

„Na, dann. Auf unsere Freundschaft."

„Auf unsere Freundschaft."

Grau schimmernder Satin floß über den Zwölf-Personen-Tisch hinweg. An der vorderen Ecke ragten Kristallkelche aus dieser Schneelandschaft empor, Messerbänkchen, Silberbesteck und große polierte Platzteller. Gardinen vor den drei Fenstern zum Garten ließen sich bescheiden hängen; an den Wänden flackerten Kerzen erwartungsvoll.

Sie aßen im stillen. Nicht mal das Besteck traute sich zu klappern. Es lag etwas Feierliches in der Luft, etwas Zartes, das nicht verscheucht werden wollte. Verstohlene Blicke wurden ausgetauscht. Ein Räuspern, der Ansatz zu sprechen und wieder Stille. Dann flackerten die Kerzen wieder.

Und dann ließ sich Raimondo zu einem Vortrag über Eßphilosophie hinreißen. Plötzlich legte er das Besteck ab, wiegte sich in seinem Stuhl, als müßte er Anlauf nehmen, während er den borstigen Schnurrbart mit der Leinenserviette abputzte, und hob dann eilig an, noch bevor er den letzten Bissen hinuntergeschluckt hatte: „Die Verdorbenheit unserer Gesellschaft liegt doch darin, daß die Menschen große Portionen von geschmacklosen und völlig überwürzten Gerichten in sich hineinschlingen und sich dann wundern, wenn sie den Appetit verlieren. Kleinigkeiten servieren, bescheiden sein, dann wird weder der Gaumen noch der Geist müde."

Raimondos Kleinigkeiten waren so klein, daß Bernhard nach der zweiten Vorspeise reichlich gesättigt vor seinem ersten Hauptgericht saß.

„Gourmets schimpfen sie sich", begann er eine weitere Überzeugung zu spinnen, „nur weil sie einen italienischen Chardonnay von einem kalifornischen unterscheiden können – als ob das eine Leistung wäre. Und dann gehen sie hin und kaufen das nächstbeste

Olivenöl. Dabei sind Oliven wie Weinreben. Jede Lage hat einen anderen Geschmack, die Erde, der Dünger, die Sonneneinstrahlung, selbst die Hände der Bauern – so vieles beeinflußt seine Note. Gutes Olivenöl ist genauso ein kleines Kunstwerk wie guter Wein."

Raimondo servierte gebratene Steinpilze – weiß Gott, wo er die um diese Jahreszeit herbekommen hatte – auf Rucola mit einigen Tröpfchen intensivstem Trüffelöl. Darauf folgte Tomatengelee an einer Soße von mit Basilikum aufgeschlagenem Mascarponeschaum. Ein mit Schnüren zusammengezurrtes Täubchen zauberte er aus dem Ofen, umringt von dünnsten Keniaböhnchen und gekrönt mit einer derben, goldgelben Kartoffel, gefolgt von einem Hauch von Grapefruitsorbee. Der Babysteinbutt war zusammen mit Oliven, Tomaten, Zwiebeln, frischen Kräutern und Olivenöl – toskanischem in diesem Fall, weil es voller im Geschmack sei und nur Öl aus dieser Gegend mit dem Potpourri an Gemüsen konkurrieren könne – in Folie gebacken und versenkte den Gast in die Illusion, in Portofino auf einer steinernen Terrasse zu sitzen, die aus dem Felsen herausgeschlagen wurde, und auf den Dunst hinauszuschauen, der mit dem Abendwind aufs Meer hinausritt.

„Solange du nur ißt, um deinen Magen zu füllen", begann Raimondo eine weitere seiner Ideen, „wirst du immer hungrig bleiben. Solange du nur kochst, weil du sonst Angst hast, zu verhungern, bist du maximal ein Gehilfe. Solange dir das Essen nicht mehr bringt als das Gefühl der Sättigung, bist du nur ein Banause. Erst wenn du dich von den feinen Noten der Gerichte forttragen läßt, erst wenn du schon beim Einkauf an den Körper denkst, der das Essen in sich aufnehmen wird, erst wenn du dir bewußt wirst, daß jeder Bissen zu einem Teil deiner persönlichen Geschichte wird, dann weißt du, was Genießen wirklich bedeutet."

Langsam verstand Bernhard seinen Gastgeber. Seine Gesten, seine Worte, seine Gedanken. Es gab nichts, was einfach nur Raum und Zeit füllte. Alles, bis hin zum letzten Atemzug, verfolgte einen Zweck: zu verführen. Raimondo genoß, er schöpfte solange aus dem vollen, bis er trunken in den Tod versinkt.

Bernhard erinnerte sich an die Worte Platons, der behauptete, „Schönheit liege im Auge des Betrachters." Raimondo bewies das

Gegenteil: Raimondo lebte nämlich die Schönheit, er brachte sie dar, und jeder sah es.

Die Gerichte schienen sich fast von selbst zu kochen, trotzdem mußte Raimondo immer wieder verschwinden, und Bernhard blieb mit seinen Gedanken allein.

Ein Wohlgefühl stellte sich ein, das er schon lange nicht erlebt hatte. Mit jedem Augenblick schmolz die Spannung der letzten Wochen ein wenig mehr. Wie schön es hier war. Selbst am Abend, selbst bei Kerzenlicht schienen diese Räume zu strahlen.

„Noch etwas Wein?" Raimondo ließ den dunklen, blutroten Rebensaft schon in das Glas tröpfeln. Der Wein war köstlich, aber Bernhard verspürte den Drang, nein zu sagen. Er wollte wenigstens irgend etwas ablehnen, bevor er sich ganz verlor. Aber da war das Glas schon gefüllt, und Bernhard hob es an die Lippen.

„Geh ins Wohnzimmer hinüber. Ich räume hier nur eben ab, dann komme ich nach."

„Kann ich helfen?"

„Nein, nein, nein, nein, nein. Das kommt überhaupt nicht in Frage. Das ist mein Abend. Geh, setz dich, kusch!" Raimondo schob seinen Gast sanft durch die Doppeltür hinaus. Sein Griff war fest und bestimmt, aber mit Verlangen erfüllt. Bernhard wand sich und schaute ihn an – viel zu lang.

Raimondo schloß die Tür vor seiner Nase. Bernhard ging zum Flügel hinüber und legte seine Finger auf die kühlen Tasten. Er schlug einzelne Noten an, zaghafte, ätherische Melodien, dann wieder Stille.

Draußen vor dem Fenster schaukelten Schneeflocken an der Glasscheibe vorbei. Bernhard setzte sich auf das breite, hölzerne Fensterbrett und verfolgte ihre Spuren im dunklen Blau der Nacht.

Sehnsucht legte sich auf seine Brust. Nicht nach Sex, nicht nach einer neuen Beziehung, nicht einmal nach Liebe. Die hätte ihm bloß angst gemacht. Er wollte einfach nur gehalten werden, einen Moment lang die Wärme eines anderen Menschen spüren, das Blut in seinen Ohren rauschen hören. Er wollte in die Küche gehen, sein Gesicht an Raimondos Brust drücken und dessen heißen Atem in seinem Haar spüren.

Hände legten sich auf seine Schultern, und plötzlich zog sich in Bernhards Magen ein Knoten zusammen. Die Berührung war so sanft, so vorsichtig und zurückhaltend.

Bevor Bernhard die Einladung zum Essen annahm, war er sich klar gewesen: der Neujahrskuß, der tiefe Blick, der bedeutungsschwere Abschied und der Anruf schon am nächsten Tag. Raimondo wollte ihn, und Bernhard brauchte ein wenig Geborgenheit, einen Zufluchtsort vor den Grauen seiner inneren Welten. Aber seit er Edvard kannte, hatte er keinen anderen Mann berührt. Bernhard wollte in diesen Händen zergehen, aber er hatte Angst.

Bernhards Blick fiel auf eine dicke Fleischfliege, die zwischen den Doppelglasfenstern lag. Verstaubt reckte sie ihre Beinchen himmelwärts. Letzten Sommer war sie hier noch um den Zucker geschwirrt, von einer salzigen Haut auf die nächste. Das Leben war so kurz, viel zu kurz, dachte Bernhard und lehnte seinen Kopf an Raimondos Brust.

Sie lagen im Bett. Raimondo konnte die Augen nicht von ihm nehmen, Bernhard hielt die seinen geschlossen. Ihre Hände erkundeten zaghaft den Körper des anderen. Sich an Raimondo zu schmiegen fühlte sich an, wie die Hand in eine Schublade mit Seidenstrümpfen zu legen oder geradewegs in ein Rubens-Gemälde hineinzuspazieren. Alles war in Fülle vorhanden; er quoll geradezu aus sich heraus. Alles war weich und warm und sanft. Raimondos Haut schmeckte süß wie Marshmallows. Bernhard dagegen war fest. Seine Muskeln drängten sich unter der dünnen Haut zusammen, spielten auf seinen Rippen.

Bernhard erklomm Raimondos Bauch, ließ sich umarmen und wiegen, treiben auf seinem Atem wie eine Scholle im Meer. Eine kleine rosa Brustwarze schwoll unter seiner Wange und wurde hart. Bernhard küßte sie, leckte sie, saugte an ihr und fuhr dann mit breiter Zunge hinauf zu Raimondos Mund. Sie schnappten nacheinander wie Karpfen nach Luft. Ihre Zungen verschlangen sich, kreisten im Mund des anderen, wie um sicherzustellen, daß jeder Millimeter mit dem eigenen Speichel ausgekleidet war. Ihre Körper erhitzten sich, sie glühten; kühlender Schweiß trat auf die Haut, auf ihre Stirnen, ihre Rücken, wuchs zu großen Perlen und rollte auf die zerwühlten Laken hinab. Sie rutschten und rieben, bis eine Erektion die andere überwucherte; Raimondos war dick und weich, Bernhards hart und lang. Ein Kissen glitt vom Bett hinunter; die Decke, von strampelnden Beinen aufgescheucht, folgte.

Raimondos Zunge fand ihren Weg über Bernhards Wangen, hinauf zu den Lidern, hinunter zu den Ohren, auf seinen Hals, die Brust. Bernhard stemmte seinen Kopf weit in den Nacken, bot sich dem anderen dar: ein Biß, gefolgt von Schnauben, und dann ergoß sich jeder auf den Leib des anderen.

Raimondo wurde blaß, fast durchsichtig. Er keuchte, noch ein Zucken, dann kehrte langsam Farbe in sein Gesicht zurück. Bernhard sank erschöpft in das schweißnasse Laken. Atmen war zu hören, das Atmen von Gehetzten, die sich langsam beruhigten.

Zärtlich suchten sich ihre Hände, der eine schaute zum anderen hinüber, dann kletterte Bernhard wieder auf Raimondos Bauch hinauf; ihr Samen trocknete und verklebte sie miteinander.

Raimondo strich Bernhard eine Strähne aus dem verschwitzten Gesicht. „Woran denkst du?"

Der riß die Augen auf, schaute ihn an, rutschte dann von ihm herunter und rollte sich in seine Achsel ein.

„Irgendwas belastet dich doch."

Nach einer Weile drehte sich Bernhard auf den Rücken, zog Raimondos Hand unter seinem Kopf hervor und legte sie sich auf den Bauch. „Ich muß dauernd an meinen Vater denken. Ich hab irgendwie nie richtig Kontakt zu ihm gefunden."

„Hat er gewußt, daß du schwul bist?"

Bernhard drehte seinen Kopf und schaute Raimondo an.

„Er hat es ... erfahren. Meine Nichte hat es beim Essen ausgeplaudert."

„Autsch!" Er biß sich auf die Lippen. „Und wie hat er drauf reagiert?"

„Er hat mich giftig angeguckt, ist, ohne ein Wort zu sagen, aufgestanden und gegangen. Danach habe ich ihn nicht mehr wiedergesehen. Er hatte gleich drauf einen Herzinfarkt und ist daran gestorben."

„Das beziehst du doch hoffentlich nicht auf dich?" Raimondo war entrüstet.

Bernhard zuckte die Schultern. „Vielleicht hat er es einfach nicht ertragen."

„Bernhard, du verknüpfst da Dinge, die nicht zusammengehören: *Du* bist schwul, *er* hatte einen Herzinfarkt. Du machst aus dem Leben ein Schachspiel. Du mußt *dein* Leben leben, einzig dafür bist du verantwortlich. Und selbst wenn, was ich sehr bezweifle, dein Vater ein derart großes Problem damit hatte, daß er deswegen einen Infarkt erlitt, ist das wiederum einzig seine Entscheidung."

Bernhard schaute ihn zweifelnd an, aber da war auch ein wenig von der Hoffnung in seinen Augen, daß Raimondo die Wahrheit sagte. „Meinst du?"

Raimondo zog ihn näher zu sich heran und hielt ihn einen Moment fest an seine Brust gedrückt. „Wie alt war denn dein Vater?"

„Einundsiebzig."

„Dann ist er also in einer Zeit aufgewachsen, als Schwulsein noch als Schande betrachtet wurde und Schwule zusammen mit Schwerverbrechern in KZ abgeschoben wurden."

„Das ist doch keine Entschuldigung."

„Ist es nicht, da hast du recht. Ich wollte lediglich darauf hinweisen, daß die ältere Generation ganz anders damit aufgewachsen ist. Uns wurde erzählt, daß Homosexualität eine Krankheit ist, so wie heute Krebs oder Aids, verstehst du? Vielleicht hat er nicht giftig geguckt, sondern ängstlich, weil er miterlebt hat, wie jemand abtransportiert wurde, ein Nachbar oder ein Freund. Womöglich hatte er einfach nur Angst um dich."

Bernhard kaute auf der Unterlippe. Er überlegte, wie wahrscheinlich Raimondos Ideen waren.

„War er denn ein kranker Mann?" fragte dieser dann.

„Was?"

„Wegen dem Herzinfarkt, meine ich. Kam der aus heiterem Himmel?"

„Nein. Er hatte immer schon Herzprobleme. Vor ein paar Jahren hatte er dann zwei Infarkte nacheinander. Er war ständig beim Arzt. Jede Woche war es was anderes. Hämorrhoiden, dann die Prostata, dann Darmpolypen. Was weiß ich."

Raimondo lachte ein tiefes, lautes Lachen, das seinen großen Bauch zum Beben brachte.

„Was gibt es da zu lachen?"

„Entschuldige", Raimondo lachte noch immer. „Aber das hörte sich gerade so an, als hätte er andere Leute öfter an seinen Dingern rumspielen lassen."

An seinen Dingern rumspielen lassen? Er ist doch zum Arzt, das hatte doch nichts mit Sex zu tun! Und dann pirschten sich die Bilder wieder heran: der Krieg, der Schock in den Augen seines Vaters, die grauenvollen Worte der SS-Schergen, die Folter, das Leid, der eherne Ausdruck im Gesicht des blonden Soldaten.

Bernhard fühlte sich ihnen ausgeliefert; er brauchte Schutz. So rollte er sich ein, zog Raimondos Arme über seiner Brust zusammen. In Edvards Armen waren seine Gedanken immer verstummt, ganz gleich, wie schwer sie vorher in ihm gewütet hatten. Ein Kuß, ein Wort, ein Streicheln, und er hatte sich entspannt – nicht so bei Raimondo.

Raimondo hatte Rosen immer nur von Frauen, Freunden oder seiner Familie bekommen, nie von einem Menschen, mit dem er die Nacht geteilt hatte. Als Bernhard ihm die Rosen brachte, war eine alte Hoffnung in ihm wiedererwacht. Und sie hatte er den ganzen Abend mit sich herumgetragen. Als sie vorher zusammenklebten, hatte er sogar einen Moment lang geglaubt, ihn halten zu können. Aber jetzt, da er sich in seine Achselhöhle verkrochen hatte und die Augen fest zusammenpreßte, fühlte er seinen Bernhard wieder entgleiten.

„Ich würde gern mit dir in Urlaub fahren", flüsterte er in die Stille hinein. Bernhard reagierte nicht. „Laß uns nach Capri fliegen. Mein Cousin hat dort ein wunderschönes Hotel. Du könntest baden, und ich würde dir von der Terrasse aus zusehen."

Bernhard legte sich auf den Rücken, seine Augen waren dunkel, als hätte sich ein Schatten über sie gelegt.

„Du willst nicht, stimmt's? Du wirst nie wieder bei mir schlafen, nicht wahr?" fragte Raimondo flüsternd. „Nein, antworte nicht." Er legte ihm einen Finger auf die Lippen. „Schlaf mit mir, schlaf mit mir, nur noch ein einziges Mal."

Bernhards Atem war ruhig und gleichmäßig. Im Schlaf entspannten sich seine Lippen und quollen zu kleinen, sanften Hügeln auf.

Am Morgen wollte Raimondo ein Pan d'Oro für ihn backen, die Göttin der Hefeteige. Er wollte Bernhard halten, er wollte ihn unbedingt halten.

Mandeln brauchte er dafür, viel Butter, Vanille und etwas Rum. Raimondo würde backen, bevor Bernhard überhaupt ans Aufstehen dachte. Und so würde der feine, feuchte Duft in seine Träume kriechen und ihn mit Raimondos Liebe verbinden. Und wenn Bernhard dann erwachte, würde er sich schon in Mandel, Rosinen und Orangeat verloren haben, die Fäden des Teiges hätten längst ein dichtes Netz um ihn gesponnen.

Bernhard würde sich verlieben, noch bevor er das erste Stück des goldenen Kuchens an seine Lippen brachte, und mit dem ersten Biß würde er nicht mehr von Raimondos Seite weichen wollen.

Butter, Vanille, Rum und Eier. O Gott, die Eier! Raimondo hatte vergessen, welche zu kaufen. Jetzt konnte er nicht einmal für ihn backen.

37. Kim hatte sich vorgenommen, einfach hineinzustürzen und es hinauszuschreien: Vergewaltiger! wollte sie ihm an den Kopf werfen, dort im Wartezimmer vor allen Patientinnen. Er hatte sie angegrapscht, er hatte ihre Schwäche ausgenutzt und hinterher sogar noch versucht, sie einzuschüchtern. Sie sollten wissen, von was für einem Arzt sie sich untersuchen ließen, wem sie ihr Heiligstes entblößten. Sie trug den Beweis für seine Untat in ihrem Bauch.

Kim hatte gesehen, wie der Dolch aus Blei bei der bloßen Vorstellung an diese Aktion zu glühen begann. Aber dann hatte sie eingesehen, daß so eine Aktion weder von Reife zeugte noch sie als glaubwürdige Person etablierte. Schließlich brauchte sie mehr als Rache; sie brauchte eine Lösung für das Kind. Und so hatte sie sich mit ihrer Rachsucht auf eine andere Strategie geeinigt: die Ahnungslose, Unschuldige.

Zehn Uhr schien ihr ein geeigneter Zeitpunkt, in der Praxis aufzutauchen. Mit schwingenden Hüften schritt sie hinein, füllte den Anmeldeschein aus, trug ihr Geburtsdatum ein, gab an, im August regelmäßig unter Heuschnupfen zu leiden, und nannte Raimondos Namen und Anschrift, falls jemand benachrichtigt werden mußte. Schwanger? „Ja", kreuzte sie an und das dick und fett. Das Gesicht der Arzthelferin blieb ausdruckslos. Dumme Kuh, dachte Kim. Sie hätte sich wenigstens für sie freuen können. Dann setzte sie sich und wartete zusammen mit siebzehn weiteren Frauen darauf, durch die weiße Tür hineingelassen zu werden.

Die Zeitschrift raschelte bei jedem Umblättern, aber sie las nicht einmal die Überschriften, die Bilder nahm sie nur als bunte Farbtupfer wahr, und sobald sie sie durchhatte, fing sie wieder von vorne an.

Sie würde sich untersuchen lassen. Ganz einfach. Sie würde so tun, als wäre sie ihm nie zuvor begegnet. Nicht anders als all die anderen Frauen, die hier in diesen Korbstühlen saßen, unter den Postern, auf denen Strandszenen aus aller Welt abgebildet waren.

Kim schaute sich um. Die meisten Patientinnen waren älteren Baujahrs. Einige hatten sich Informationen über Krebsvorsorge aus dem ungebeizten Holzregal genommen und studierten sie angestrengt. Die Aids-Broschüren traute sich offensichtlich niemand zu nehmen.

Kim war sogar dazu bereit, sich untersuchen zu lassen. Er würde sie bestimmt wieder angrapschen, und sie könnte um Hilfe rufen, während er da stand und seine Erektion nicht mehr verbergen konnte. Aber auch wenn das nicht passierte, würde es sich automatisch ergeben, daß sie ihn zur Rede stellte. Und hier, auf seinem eigenen Spielfeld, konnte er weder den Hörer auflegen noch sich einfach davonmachen.

In der Ecke unter dem mit Stores behangenen Fenster, das auf die Altstadt hinausblickte, lag ein weißer Flokatiteppich und drumherum Kisten mit Kinderspielzeug: Holzbausteine, riesige Legos in bunten Farben, einige Puppen und jede Menge Bilderbücher.

Immer wieder kamen neue Patientinnen hinzu; andere wurden aufgerufen und verschwanden im Sprechzimmer. Jedesmal, wenn die Tür sich öffnete, versteckte Kim ihr Gesicht unter der Zeitschrift. Sie wollte auf jeden Fall vermeiden, daß er sich auf das Gespräch vorbereiten konnte. Sie hatte einfach an alles gedacht.

Um Viertel nach zwölf war sie endlich an der Reihe. Und plötzlich erschien es ihr nicht mehr so einfach. Sie hatte nicht geplant, daß ihr die Knie durchgehen würden, so wie jetzt. Dann setzte sie sich vor ihn hin und hatte mit Tränen zu kämpfen. Wie sollte sie nur sprechen, wenn ihr Herz weiterhin so laut pochte?

Dr. Hohleben dagegen lächelte ein entwaffnendes Lächeln und lehnte sich entspannt in seinem Stuhl zurück.

„Nicht schlecht", sagte er, nahm die goldumrandete Brille ab, verschränkte die Arme hinter dem Kopf und schlug das rechte Bein über das linke. Und das alles in Zeitlupe.

„Du hast mich wohl über die Passagierliste ausfindig gemacht."

Sie nickte. Eins zu Null für Kim.

„Das ist doch sicher nicht erlaubt, oder? Wegen dem Datenschutz, meine ich."

Kim schluckte, ihre Beine kribbelten, der Seegang in ihrem Magen nahm zu. Was nun? Angriff! „Ich wollte mich untersuchen lassen. Ich glaube, ich bin schwanger."

„Ach ja?"

Er war so charmant, ein Arzt, dem man bedingungslos vertraute. Man könnte ihm leicht verfallen, aber Kim riß sich zusammen. Sie hatte etwas zu erledigen.

Er nahm ihr Patientenblatt und las: „Davideit heißt du also mit Nachnamen, geboren am zweiten März neunzehnhunderteinundsiebzig, also fünfundzwanzig. Größe einsachtundfünfzig, Gewicht fünfundvierzig." Er schaute sie mit zweifelndem Blick an. „Und jetzt bist du schwanger. Ungeschützten Sex gehabt, wie? Das kann gefährlich ausgehen!"

Kim kochte, aber so einfach würde sie sich nicht einschüchtern lassen.

„Na gut, dann zieh dich aus. Da hinten ist die Kabine."

Kim stand auf, ihre Knie waren noch weicher geworden. Ausziehen? In der Vorstellung war das ganz leicht gewesen, aber jetzt, unter dem höhnischen Blick des Feindes? Wenn sie nur seine Finger sah: gepflegt, sauber, braungebrannt und an der Innenfläche weiß vom vielen Waschen. Wenn sie sich jetzt auszog, war sie im wahrsten Sinne des Wortes nackt.

„Sie brauchen mich nicht zu untersuchen. Ich war schon bei einem anderen Arzt. Ich bin schwanger."

„Was willst du dann in meiner Praxis?" Süffisant verzogen sich seine Lippen, in seinen Augen saß der Trotz. Er war ein Profi im Einschüchtern, das mußte sie zugeben. Aber noch hatte sie nicht alle Trümpfe ausgespielt.

„Das Kind ist von Ihnen. Wenn Sie sich nicht freiwillig dazu bekennen, werde ich einen Vaterschaftsnachweis beantragen."

Er fieberte, und der Charme zog sich für einen Augenblick aus seinem Gesicht zurück. Kim schaute auf ihn hinunter, wie er sich da hinter seinem Schreibtisch verschanzte und lasziv an seinem knubbeligen Zeigefinger lutschte. Sie hatte ihn ausgestochen. Jetzt war er am Ende.

„Du meinst, du könntest mir mal eben einen Schraz anhängen? Da hast du dich aber getäuscht. Denn so einfach geht das nicht. Erstens mußt du beweisen, daß wir Sex hatten."

„Kein Problem, der Steward hat es gesehen", spritzte es aus ihr heraus, doch gleich nagten Zweifel an ihr, ob diese zickige Tunte zu ihr stehen würde.

„Dann wirst du eine Liste aller Sexualpartner erstellen müssen, und alle werden zum Bluttest eingeladen. Das wird sehr, sehr peinlich für dich. Zudem ist der Test keineswegs sicher, und ich werde ihn anfechten."

Ihr Mut sank. Nicht aufgeben, der Dolch hatte nach Rache gerufen; er stand ihr bei, das konnte sie fühlen.

„Und drittens kann man eine Vaterschaft erst nach dem zehnten Lebensjahr nachweisen. Bis dahin zahlst du die Gerichts- und Anwaltskosten und das Kind. Und ich werde dir gleich noch eine Verleumdungsklage anhängen. Das wird dich teuer zu stehen kommen."

Kim verschlug es den Atem. „Was wollen Sie damit sagen?" fragte sie kleinlaut.

„Es ist nicht mein Kind, und das wird es auch nie sein." Er lehnte sich wieder zurück, und Kim ging auf ihn zu, als zöge er an einem unsichtbaren Haken. „Aber ... Das ist doch unglaublich!"

Der Arzt stützte seinen Kopf auf und lächelte sie erwartungsvoll an. Der Boden wurde heiß unter ihren Füßen, und sie konnte förmlich spüren, wie die Sohlen ihrer Plateaustiefel schmolzen.

„Aber ..." Kims Magen krampfte, und sie spürte, wie sich der Dolch langsam drehte.

„Sie Schwein!" schrie sie. „Sie Schwein! Sie Schwein!" und lief hinaus. „Dieser Arzt! Er ist unmöglich!" flüsterte sie kaum hörbar. Die Sprechstundenhilfe zog eine Braue hoch und versank dann wieder in ihren Krankenblättern. Im Hintergrund rückte ein Stuhl, jemand tauchte in der Tür zum Personalzimmer auf.

„Er wird bezahlen", schwörte Kim. „Er wird bezahlen, und wenn es das letzte ist, was ich in diesem Leben erreiche." Dann stürmte sie hinaus.

„Die Nächste, bitte", sagte der Arzt und grinste.

38.

„Mama!"

„Bernhard, mein Junge. Schön, daß du anrufst. Seit zwei Tagen spukst du mir im Kopf herum. Wie geht es dir?"

„Es ist alles bestens, Mama. Ich bereite mich nur auf die Schule vor, deshalb habe ich mich ein wenig zurückgezogen."

„Da bin ich aber froh. Ich mache mir schon genug Sorgen um Sieglinde. Ich will mich nicht auch noch um dich sorgen müssen."

„Mama?"

„Was denn?"

„Ich wollte dich mal was fragen. Weißt du, wo Papa im Krieg stationiert war?"

„Ich habe keine Ahnung. Er hat nie über den Krieg gesprochen."

„Hatte er denn keine Kameraden?"

„O Gott, sicherlich, aber mit denen wollte er nichts zu tun haben."

„Ach ja? Warum nicht?"

„Der Krieg war für deinen Vater vorbei und vergessen. Ich weiß noch, wie einmal einer von ihnen bei uns angerufen hat. Das muß in den sechziger Jahren gewesen sein, ich glaube, zum zwanzigsten Jahrestag von irgendwas. Papa war im Geschäft, also habe ich es ihm ausgerichtet, aber er hat nicht zurückgerufen. Ein paar Tage später war sein Kamerad noch mal am Telefon, und ich gab Papa den Hörer; er hat einfach aufgelegt – ohne ein Wort. Danach war er dann tagelang mürrisch."

„Und er hat nie was erwähnt?"

„Was soll er denn erwähnt haben?"

Bernhard suchte weitere Puzzlestücke, aber das wollte er ihr jetzt nicht erklären. „Nur so."

„Bernhard, ich mache mir Sorgen. Seit Papa gestorben ist, hast du dich völlig verwandelt. Irgendwas stimmt doch nicht mit dir."

So vieles war nicht in Ordnung. Sein ganzes Leben war ein einziges Chaos.

„Es geht schon. Ich ... Erzähl mir doch noch etwas über die Großeltern, Vaters Eltern meine ich."

„Seine Mutter hat sich im Krieg das Leben genommen, und sein Vater ..." Sie stöhnte. „Junge, mußt du denn das alles wissen? Das ist doch längst vorbei und vergessen."

„Was war mit seinem Vater?"

„Papa hat nie darüber geredet, aber ich habe mal gehört, daß er angeblich im KZ war und dort gestorben ist."

„Im KZ? Das hast du uns nie erzählt."

„Wieso denn auch? Was hätte das denn geändert? Es ist schlimm genug, daß es geschehen ist, warum willst du dich denn damit belasten?"

„Aber warum war er im KZ?" Vielleicht hatte das etwas mit dem Verhalten seines Vaters zu tun.

„Bernhard, das weiß ich nicht. Viele Menschen waren im KZ. Es war eine einfache Art, unliebsame Menschen aus dem Weg zu räumen, und wenn es nur der Nachbar war, der seine Musik zu laut spielte. Denunziation war an der Tagesordnung."

Sie hatte recht. Der Grund hätte nur wenig Aussagewert, und trotzdem wollte er ihn wissen.

„Kannst du dich denn gar nicht erinnern, Mama?"

„Ich hab es nie gewußt, Bernhard. Wirklich. Ich glaube, daß es selbst Papa nicht gewußt hat. Mach dir doch nicht so viele Gedanken."

Das war leicht gesagt, wenn innerhalb von Tagen das ganze Leben in Einzelteile zerfiel und sich Rätsel aufwarfen.

Und da war noch eins, was ihm nicht mehr aus dem Kopf ging, Raimondos Scherz, als er sagte: „... das hörte sich gerade so an, als hätte er andere Leute öfter an seinen Dingern rumspielen lassen."

„Papa war oft beim Arzt, nicht?"

„Er mußte seine Blutwerte ständig prüfen lassen – wegen der Medikamente."

„Nein, ich meinte nicht wegen dem Herz. Ich spreche von ... du weißt schon, seine Prostata und der Darm."

„Ja, er hatte oft Probleme mit der Verdauung. Aber das ist bei Herzpatienten nicht ungewöhnlich, hat uns der Arzt erklärt."

Ja, aber was hatte die Prostata mit dem Herzen zu tun? „Hatte er denn je ... einen Freund?" fragte er vorsichtig.

„Natürlich hatten wir Freunde. Unsere Nachbarn, er war im Kegelclub, und er hatte seine Kartenfreunde. Aber wie du weißt, war Papa grundsätzlich eher ein zurückgezogener Mensch. Wenn du einen richtigen Freund meinst ..."

„Ich meine ..." Nein, er konnte sie nicht fragen, ob Vater jemals mit einem Mann geschlafen hatte. Es hätte sie nur verletzt. „Vergiß es."

„So mach doch endlich den Mund auf. Womit quälst du dich nur herum?"

„Ich wollte fragen, ob er mal einem anderen Mann richtig nahe war?"

Da war plötzlich eine Leere am anderen Ende des Telefons, dann antwortete sie mit ungewöhnlich scharfem Tonfall: „Also eins muß ich dir gleich sagen: Suche nicht bei deinem Vater nach den Ursachen für deine ... Gefühle. Da tust du ihm unrecht."

„Ich hab doch nur gehofft, daß er nicht so einsam war, wie ich es immer geglaubt habe."

Seine Mutter schwieg. Die Stille war breit, floß ölig aus dem Hörer und verklebte seinen Mund. Er wußte, daß sie wußte, daß er log.

„Meinst du nicht, es ist an der Zeit, daß wir uns mal richtig unterhalten?" fragte sie schließlich, und ihre Worte waren wieder mütterlich.

Er verstand, auf was sie anspielte, aber er scheute dieses Gespräch. Jahrelang hatte er sich davor gedrückt, weil er geglaubt hatte, daß sein Privatleben niemanden etwas anging. Und jetzt, da sein Vater mit dem Wissen, vielleicht sogar deswegen gestorben war, wollte er erst recht nicht darüber reden. Andererseits drängte ihn die Sehnsucht, es endlich einmal auszusprechen. Und dann hörte er sich sagen: „Morgen fängt die Schule wieder an. Ich kann erst wieder am nächsten Wochenende."

„Gut. Ich habe nichts vor. Ich freu mich auf deinen Besuch."

„Mama, ich habe dich noch gar nicht gefragt, wie es dir geht?" sagte er noch.

„Gut, mein Junge, sehr, sehr gut. Es ist mir noch nie besser gegangen."

Bernhard setzte sich wieder an den Computer. Er hatte die letzten Stunden damit zugebracht, alles Gelesene in Statistiken zusammenzufassen: die unterschiedlichen Schätzungen über die Anzahl der in KZ hingerichteten Homosexuellen, die Dunkelziffer darüber, die wahrscheinliche Anzahl Homosexueller in Deutschland, ausgehend von Hirschfelds Forschungen, die Hinrichtungen, die außerhalb der Kriegsschauplätze stattfanden, und vieles andere – irgendwie mußte er ja dem Ursprung seiner Visionen näher kommen.

Aber es hatte ihm gar nichts gebracht. Und da es ihm unmöglich war, mit all den schwirrenden Gedanken stillzusitzen, hatte er dann noch versucht, seine mangelnden Gefühle für den Vater, bzw. seine Unfähigkeit, ihm zu vergeben, in Statistiken umzusetzen. Wie lange würde es dauern? wollte er wissen und blätterte durch psychologische Fachliteratur – Bücher, die von der Trauer erzählten wie andere vom Bau von Hochhäusern. Sie machten ihn weder traurig, noch befreiten sie ihn von dem Druck, den der Tod seines Vaters auf ihm zurückgelassen hatte.

Und als wären all diese Fragen nicht schon Plage genug, quälte ihn eine ganz andere noch mehr: Würde er wieder mit Edvard zusammenkommen?

Die Türglocke unterbrach seinen Gedankenstrom, aber Bernhard war gerade in einen Artikel von einem Professor vertieft, der die durchschnittliche Dauer homosexueller Beziehungen untersucht hatte und die am häufigsten auftretenden Probleme, die Paare trennten: Promiskuität, der Druck der Gesellschaft, der Druck der Familie, mangelndes Selbstbewußtsein und die Angst vor dem Coming-out.

Es läutete wieder. Bernhard stand gedankenverloren auf; seine Glieder waren steif vom langen Sitzen, seine Augen unscharf, weil er sich seit Stunden auf den Bildschirm konzentriert hatte.

Er öffnete die Tür, das Deckenlicht im Flur blendete ihn.

„Herr Moll?"

„Ja."

„Ich soll Ihnen das hier geben", sagte ein junges Mädchen und drückte ihm ein Päckchen in die Hand. Und bevor er sie etwas fragen konnte, war sie schon wieder verschwunden.

Er öffnete die Schnur, riß das Papier herunter und klappte die schwarze Schatulle auf: ein Schlüssel. Auf dem Zettel, der daran angebunden war, stand *Hier ist der Schlüssel zu deinem Leben. Benutze ihn, sobald du soweit bist. Edvard.*

Edvard, Edvard. Er vermißte ihn sehr! Wenn er nur diese Angst überwinden könnte.

Er legte den Schlüssel neben den Computer und setzte sich. Vielleicht sollte er wirklich in Therapie gehen, wie es Kim vorgeschlagen hatte. Egal, was er las, egal, was er tat, er kam auf keinen grünen Zweig. Zwar hatten ihn die Visionen schon lange nicht mehr so eingeholt wie noch vor Tagen, trotzdem konnte er nur selten an was anderes denken als an Krieg.

Und wie sollte das mit Edvard weitergehen? Irgendwann mußte er doch das Telefon abnehmen, irgendwann sich für die Blumen, die Briefe, den Schlüssel bedanken und sich erklären. Wenigstens das war er ihm doch schuldig.

Er wog Edvards Wohnungsschlüssel in der Hand. Er blitzte blankpoliert, völlig fremd in diesem Chaos. „Ich will mit dir zusammenleben", hatte Edvard auf der Party gesagt und damit letztlich etwas ausgesprochen, wovon Bernhard tief innen schon lange geträumt hatte: einen Mensch an seiner Seite zu haben. Nicht umsonst hatte er sich genau das mit jeder Sternschnuppe gewünscht, die am Abend der Party vom Himmel fiel.

Er nahm den Artikel über die Probleme gleichgeschlechtlicher Beziehungen wieder auf. Therapie zeigte in dreiundzwanzig Prozent der Fälle eine Besserung und Stabilisierung. Weiß Gott, ob sich diese nicht auch ohne fremde Hilfe gebessert hätten?

Was sagen Zahlen schon aus? fragte er sich. Statistiken sind Durchschnittswerte aus dem Verhalten und Fühlen vieler Menschen. Im Krankenhaus gaukelt man damit den Patienten Sicherheit vor: „Täglich werden mehrere hundert Blinddärme operiert. Höchstens einmal im Jahr kommt es dabei zu Komplikationen." Aber was bedeutet das denn für den einzelnen? Daß er mit einer Wahrscheinlichkeit von Eins zu Dreißigtausend ohne Komplikationen davonkommen würde? Oder war es nicht vielmehr wie beim Lotto: Der eine versucht sein Glück zum ersten Mal und knackt gleich den Jackpot, andere spielen ihr Leben lang und gewinnen nie. Im Einzelfall steht es immer fünfzig zu fünfzig. Entweder man gewinnt, oder man gewinnt nicht. Entweder man überlebt eine Operation, oder man überlebt sie nicht. Entweder eine Beziehung funktioniert, oder sie funktioniert nicht. Die Wahrscheinlichkeit, wie eine Sache ausgeht, steht für einen selbst immer fünfzig zu fünfzig, und der einzige Weg, herauszufinden, wie es ausgeht, ist, zu riskieren.

Und Bernhard griff zum Telefon.

39.

Edvard stand am Springbrunnen vor der Universität und wartete. Seine Nase war rot vor Kälte, und sein Atem lag wie ein weißer Helm auf seinem kahlgeschorenen Kopf. Als er Bernhard kommen sah, machte er zwei Schritte auf ihn zu, blieb dann aber stehen.

„Hallo."

„Hallo."

Sie schüttelten sich die Hände, kalt und steif.

„Wie geht's dir?"

„Ganz okay."

„Hast du die Beerdigung gut überstanden?"

„Kein Problem." Bernhard senkte den Kopf und bohrte mit dem Stiefel im Schnee. „Und du? Von der Nacht im Polizeirevier erholt?"

„Es war ziemlich grauselig." Edvard strich sich über die schwarzen, unblondierten Stoppeln. „Hab mir danach gleich den Kopf rasiert."

Bernhard nickte verständnisvoll.

Sie waren unbeholfen, ihre Worte eckig wie die Marmorquader der umstehenden Gebäude. Und da schwang etwas in ihren Worten, das noch viel unangenehmer war als die Kälte.

„Sollen wir ein paar Schritte gehen?"

Sie stapften zwischen den Universitätsgebäuden, an Studentenwohnungen und den tierärztlichen Kliniken vorbei in den Englischen Garten hinunter. Der Himmel war grau, die Luft nebelig und greifbar dick.

Sie sprachen lange Zeit kaum, füllten das Schweigen mit der Betrachtung architektonischer Details, mit der Preistafel am Kiosk vor dem Park oder mit dem Hören auf das Echo ihrer Schritte. Es war, als müßten sie sich erst wieder aneinander gewöhnen.

„Ich hab wirklich oft versucht, dich zu erreichen, aber das hat einfach nie geklappt."

„Bitte entschuldige dich nicht", unterbrach ihn Edvard. „Ich … hätte wissen müssen, daß du einen guten Grund dafür hast."

Sie wanderten ziellos durch die weiße Weite. Es waren kaum Fußgänger unterwegs; ein Radfahrer zog an ihnen vorbei und hinterließ eine dünne Spur im Schnee; ein Golden Retriever hechelte mit langer Zunge hinter ihm her.

„Aber ich … wußte einfach nicht, was ich von all dem halten soll: dein plötzliches Verschwinden von der Party, dann bin ich dir hinterher, und du warst nicht zu Hause. Ich habe Stunden in der Kälte gewartet. Und dann hab ich den Ring auch noch am Finger eines anderen gesehen. Ich war völlig außer mir, verstehst du?"

Bernhard blieb stehen. „Jetzt kapier ich das erst. Jemand anders hat den Ring getragen?"

„Ja, ein …", Edvard erinnerte sich an die geile Nacht mit Fred, „so ein übler Typ. Ich hab gedacht, du hättest was mit ihm."

„So ein Quatsch! Ich würde doch nie …", Bernhard schoß Raimondo durch den Kopf, „nie deinen Ring hergeben."

„Wie kam er dann an ihn ran?"

„Ich weiß nicht. Ich vermute, daß ich ihn verloren habe. Jedenfalls war er am nächsten Morgen nicht mehr da." Bernhard schüttelte den Kopf. „Aber erklär mir mal bitte, was das auf der Polizei sollte."

Edvard wendete sich ab. „Äh, was meinst du?"

„Na, diese Geschichte mit dem Vermißten. Wer ist dieser Fred? Und was hattest du mit der hysterischen Frau zu schaffen?"

„O Gott. Müssen wir darüber reden?" Edvard schaute ihn an. Da war ein Flehen in seinen Augen und die Bitte zu verzeihen, deutlicher, als er es mit Worten je hätte ausdrücken können.

„Ich habe einen großen Fehler gemacht, okay", sagte Edvard mit dünner Stimme. „Aber das beweist doch nur, daß ich … daß ich ohne dich nur ein halber Mensch bin."

Kahlgeschoren war Edvards Kopf noch kleiner und verletzlicher. Bernhards frierende Hände zuckten in den Manteltaschen. Sie wollten nach Edvard greifen, ihn zu sich heranziehen und ihn festhalten. Aber er konnte nicht.

„Ich glaube, vieles davon wäre uns erspart geblieben, wenn ich unsere Beziehung nicht verschwiegen hätte", gestand Bernhard nach einiger Überlegung. „Ich hab geglaubt, daß ich so vielen Problemen aus dem Weg gehen könnte. In Wahrheit habe ich sie damit überhaupt erst heraufbeschworen. Ich hätte dich mitnehmen sollen, dann wäre das alles nicht passiert. Wenigstens hätte ich ihnen von dir erzählen sollen, dann hätte man mit einem Anruf die meisten Mißverständnisse aus der Welt räumen können."

Edvard nickte. Jetzt, wo so vieles ausgesprochen war, fühlte er sich ihm wieder viel näher. Er tat einen Schritt auf ihn zu, aber es war, als wäre Bernhard von einer unsichtbaren Mauer umgeben. „Irgend etwas stimmt doch nicht mir dir. Du hast mir noch nicht erklärt, warum du von der Party weggelaufen bist."

Bernhard schaute auf. „Wie wir da auf dem Bett lagen ... da überkam mich plötzlich so eine Angst."

„Ja, das hast du gesagt. Aber anstatt es mir zu erklären, bist du auf und davon."

„Ich kann es dir nicht erklären, Edvard. Ich verstehe es selber nicht. Es roch nach Moder, und der Tod stand plötzlich im Raum. Ich hab gedacht, daß was Fürchterliches passiert, wenn ich nicht weglaufe. Ich weiß, es klingt total verrückt."

„Hast du das schon mal gehabt?"

Bernhard schüttelte den Kopf. „Nein, noch nie! Aber seither noch öfter. Und mit jedem Mal ist es ein wenig klarer geworden. Es sind Bilder vom Krieg: Soldaten, Panzer, Schützengräben und ... dieser Mord."

„Mord?"

Bernhard nickte, und seine Augen röteten sich. „SS-Offiziere foltern einen jungen Soldaten, weil er einen Mann liebt." Dann kehrte Bernhard sich ab und ließ seinen Blick in die Weite des Parks hineinschweifen. Edvard wollte ihn festhalten, aber er hatte Angst, ihn zu berühren. Er ging einen Schritt auf ihn zu, und dadurch vermischte sich ihr Atem zu einem großen, hellen Knäuel.

„Weißt du denn, wer dieser Mann ist?" fragte er.

Bernhard schüttelte den Kopf und versteckte sein Gesicht in den Händen. Ein Schrei entstieg seiner Kehle und wurde von der Stille des Winters verschluckt. Edvard umarmte ihn und hielt seinen laut schluchzenden Freund fest.

Da standen sie nun, zwei schwarze Gestalten, ineinander verschlungen, genau wie die Tarotkarten es vorher gesagt hatten. „Ihr habt euch gesucht und gefunden", hatte Birgit die Situation interpretiert, das karmische Band.

Edvard zog Bernhard noch enger an sich heran. Dann legte er seinen Kopf zurück und schaute in den silbergrauen Himmel. Wo aber waren die zehn Kelche?

40. Manchmal ist das Leben wie ein Segeltörn. Im einen Moment braust man dahin, den Wind mit voller Kraft im Rücken, und schon wenige Augenblicke später dümpelt man bei Flaute herum und sorgt sich, wielange das wohl anhalten wird. Kim schwankte zwischen heftigem Gegenwind, mäßigem Rückenwind und totaler Windstille.

Am Morgen noch sah ihre Situation aussichtslos aus. Dr. Hohleben schien am längeren Hebel zu sitzen. Am Mittag dann erfuhr sie von der Schwangerschaftsberaterin, daß der Arzt gelogen hatte. Für den Vaterschaftstest ist es nämlich völlig ausreichend, seinen Namen anzugeben, und damit ist er verpflichtet, sich Blut abnehmen zu lassen. Außerdem ergibt der Test ein eindeutiges Ergebnis und das bereits spätestens zwölf Monate nach der Geburt.

Es war trotzdem nur ein mäßiger Lichtblick, denn all das setzte voraus, daß sie das Kind behielt. Aber nur um ihn zu besiegen, das war doch nicht Grund genug, so ein kleines Würstchen in die Welt zu setzen.

Wenn sie jedoch abtrieb, mußte sie das selbst bezahlen – und er käme ungeschoren davon. Denn ihn bei der Polizei anzuzeigen, dazu fehlte ihr nach wie vor der Mut. Sie hatte keine Beweise, und Dr. Hohleben traute sie ohne weiteres zu, daß er ihr eine Verleumdungsklage an den Hals hängte.

Nachmittags um drei, Kim schloß gerade die Wohnungstür auf und hatte geplant, sich mit Bon Jovi in eine Ecke zu verkriechen und zu weinen, da läutete das Telefon.

„Frau Davideit?"

„Ja, bitte?"

„Mein Name ist Dr. Gisela Hohleben. Sie waren gestern in unserer Praxis."

Kim sank auf den Boden. Würde sie nun von dieser Schnepfe auch noch Ärger kriegen? Sie wollte einfach auflegen, da hörte sie: „Ich möchte Ihnen helfen. Vielleicht können wir uns zusammensetzen und in Ruhe darüber sprechen."

Kim wußte nicht, was sie darauf sagen sollte.

„Paßt es Ihnen gleich heute nachmittag?"

Wie wollte ihr seine Frau helfen, und warum? rätselte sie auf dem Weg durch die Fußgängerzone. Vielleicht war die angebliche Hilfe auch nur ein Vorwand, um ihr in aller Öffentlichkeit eine Szene zu machen. Aber das würde für sie selbst peinlicher sein als für Kim. Um ihr Vorwürfe zu machen, dazu hätte sie einfach vor Kims Tür auftauchen können.

Kim trieb auf der Weite des Lebens dahin. Stürme brausten aus allen Himmelsrichtungen auf sie zu; diesem würde sie jetzt auch noch standhalten.

„Wie geht es Ihnen?" fragte die Ärztin freundlich, als träfen sich Nachbarinnen zum Plausch.

„Warum fragen Sie?"

„Haben Sie schon Heißhunger auf Schokolade oder saure Gurken?"

„Ja, aber ..."

Sie legte ihre Hand auf Kims. „Damit wir uns nicht mißverstehen. Ich möchte unter allen Umständen jegliches Aufsehen vermeiden."

Worauf wollte sie hinaus? Kim runzelte die Stirn und schaute ihr Gegenüber fragend an.

„Ich möchte die Sache schmerzlos aus der Welt schaffen. Schließlich ist es auch meine Praxis. Noch so einen Skandal kann ich mir nicht leisten."

Noch so einen? Was hieß das? Kim studierte die Ärztin. Sie trug grüne Hosen und eine weiße Seidenbluse. Die Goldbrosche paßte zu den Ohrringen, an denen sie ununterbrochen spielte. Ihre Haare waren weiß und sehr kurz geschnitten. Perfekt durchgestylt, nur ein wenig burschikos und hart.

Dann zog Frau Hohleben einen Umschlag aus der Tasche und legte ihn vor Kim auf den Tisch.

Sie schaute hinein. Es war ein ganzer Packen druckfrischer Hunderter und Zweihunderter. Da waren mindestens fünftausend Mark darin, überschlug Kim.

„Sie finden darin auch eine Adresse, wo die Angelegenheit diskret und formlos erledigt wird."

Kim kapierte zuerst nicht, warum sie sich nicht erleichtert fühlte. Dann, sobald die Überraschung abgeklungen war, stieg Wut in ihr auf. Eine Abtreibung war doch keine „Angelegenheit". Auch wollte sie sich nicht von dieser Frau abspeisen lassen. Dieser Mistkerl von Arzt sollte wenigstens den Anstand haben und ihr das Geld selbst geben. Das Ganze war erniedrigend, eine Frechheit, einfach bodenlos.

„Das meinen Sie doch nicht ernst?" fragte Kim. Sie mußte sich zurückhalten, dieser Frau nicht den Cappuccino über die viel zu weiße Bluse zu kippen.

„Das ist schließlich auch meine Praxis", erklärte sie spitz. „Wenn davon etwas an die Öffentlichkeit gelangt, hänge ich mit drin." Sie war so nüchtern, als ging es darum, den Kaufpreis für einen Neuwagen auszuhandeln.

Kim sprang auf, sie hatte die Hand schon an der Tasse, aber sie hielt an. „Ich kann nicht fassen, daß Sie, als betrogene Ehefrau, den Fehltritt Ihres Mann ausbügeln. Das ist doch pervers." Ihre Stimme war laut und hatte einen schrillen Unterton; einige Cafébesucher reckten ihre Köpfe.

Frau Hohlebens Finger begannen zu zittern; ihr stoisches Gesicht zuckte, bis sie es in ihren schlanken goldberingten Händen versenkte. „Es wäre schließlich nicht das erste Mal."

„Wie bitte?" Entgeistert setzte sich Kim wieder. Es wurde immer unglaublicher.

„Meinen Sie vielleicht, daß das nur für Sie schwer ist?"

„Ich verstehe nicht."

„Denken Sie doch nur mal eine Sekunde nicht an sich. Sie glauben doch nicht im Ernst, daß Sie die einzige sind. Das geht doch schon seit Jahren so."

„Aber warum decken Sie ihn dann?"

„Er ist doch ... mein Mann." Dann fing sie an zu weinen.

Kim war fassungslos. Es war so jämmerlich zu sehen, welche Macht dieses Schwein hatte. Sie war ihm offensichtlich völlig ausgeliefert. Roswithas Verhalten war schon erbärmlich genug, wollte sich denn keine Frau mehr wehren?

Kim mußte etwas einfallen, sie wollte auf keinen Fall so herumgeschubst werden wie diese beiden Frauen. Sie sagte es mehr zu sich selbst: „Das kann unmöglich so enden, das darf einfach nicht so ausgehen."

Dann war es einen Moment lang sehr still. Sie lagen mitten auf dem weiten Meer der Hilflosigkeit – bei Todesflaute. Aber Kim spürte, daß sich irgendwo, weit außerhalb ihrer Selbst, ein böser Sturm zusammenbraute.

Frau Hohleben hob den Kopf, strich sich mit den Fingerrücken die Tränen aus dem Gesicht und zerrieb sie in ihrer Hand. Sie zog ein Tüchlein aus der Tasche und schneuzte geräuschlos, dann schaute sie Kim in die Augen und sagte: „Ich glaube, ich hab da eine Idee."

Kim streckte die Nase in die Luft. Sie konnte es riechen: Jetzt kam Rückenwind.

41.

Als Bernhard selber noch in die Schule ging, beklagten sich seine Mitschüler oft über den langweiligen Unterricht, über die vielen Hausaufgaben oder die gemeinen Lehrer. Bernhard dagegen hatte die Schule immer begeistert. Er saugte das Wissen um die unterschiedlichen Lebensformen auf, von der Amöbe bis zum Elefanten. Chemische Prozesse faszinierten ihn genauso wie die fast tänzerische Dynamik physikalischer Formeln, die Logik der lateinischen Sprache, Zusammenhänge wirtschaftlicher Faktoren und die Vieldeutigkeit eindeutig formulierter Gesetze.

Bernhard war ein Mensch des Wissens. Aber er hatte nie den Drang verspürt, sein Wissen weiterzugeben. Es genügte ihm, zu forschen, das Erforschte in seine Gedankenmodelle zu integrieren und dort weiterwuchern zu lassen, um ihn zu neuen Fragen und Erkenntnissen zu führen.

Warum sich Bernhard damals entschied, Lehrer zu werden, hatte aber einen ganz anderen Grund. Er wurde es aufgrund eines Gefühls, diesem einzigartigen Gefühl von Zehn-vor-acht-in-der-Schule. Das war es, worauf er sich am meisten freute, wenn morgens der Wecker läutete. Er schwelgte in dieser Emsigkeit, die man in dieser Form sonst nirgendwo erlebte: kreischende, herumtobende Kinder, Papierflieger, die durch die Gänge segeln, Quartettkarten, die Besitzer wechseln, gefolgt von Kaugummis, Zigaretten und Hausaufgaben. Es begann zu prickeln, wenn sich der Duft von Haargel mit Pfefferminze mischte, mit Lippenstift und Calvin Klein, wenn heiße Küsse sich mit der Angst vor Enttäuschung paarten, mit Liebeskummer und der Abneigung gegen das Erwachsenwerden.

Mit einem Bienenhaus hatte Bernhard das immer verglichen. Zwar waren nicht alle Schüler dem Honig hinterher, aber jeder gab sein Bestes, zu brummen und mit den Flügeln zu schlagen. Zehn-vor-acht-in-der-Schule, das war eine geballte Ladung jugendlichen Dramas, derart von Unschuld und Leben erfüllt, daß es Bernhard erquickte.

Heute, am ersten Schultag nach Weihnachten, bescherte ihm das Treiben jedoch Magenkrämpfe. Er hatte das Gefühl, der Bär zu sein, der den Honig geklaut hatte, und jetzt war die ganze Schule hinter ihm her. Den Mantelkragen hoch über den Nacken gezogen, ging er schnellen Schrittes ins Lehrerzimmer. Dort wurde es still, sobald er den Raum betrat. Ein paar Kollegen senkten den Kopf, andere versteckten sich geschäftig hinter ihren Unterlagen.

Es war ihm Recht, daß es kaum einer schaffte, sein Beileid auszudrücken. Der Tod seines Vaters war wie ein Schutzschild, hinter das er sich zurückziehen konnte.

„Mein Beileid", sagte der Direktor mit schmerzvollem Blick und drückte väterlich Bernhards Hand. „Man kann mit Worten nicht ausdrücken, was man in so einem Moment empfindet."

Bernhard nickte. Woher hatten sie es bloß erfahren?

Ruth drängte sich an ihn heran und zog ihn zur Seite. „Ich habe mir schon Gedanken gemacht, weil ich die ganzen Ferien über nichts von dir gehört habe. Dann hat es mir meine Schwester erzählt; sie hat die Anzeige in der Zeitung gesehen. Hast du die Beerdigung gut überstanden?"

„Ach, die Beerdigung war das wenigste."

„Bist du sehr traurig?"

Er schüttelte den Kopf. „Nein, ehrlich gesagt, nicht."

Sie schaute ihn fragend an, und erst dann bemerkte er, daß er sich in Zugzwang gebracht hatte. Er biß sich auf die Zunge.

„Was ist es dann?"

Er kannte Ruth nun schon seit vierzehn Jahren. Er hatte sie immer als seine beste Freundin vorgestellt, und jetzt konnte er ihr nicht einmal sagen, was er die letzten Tage durchgemacht hatte. Nichts von Edvard, dem Ring, den grausamen Bildern seiner Visionen. „Ich habe außerdem furchtbare Kopfschmerzen. Ich glaube fast, es wird eine Migräne", sagte er und wendete sich ab.

Ruth atmete auf. „Und ich hab schon gedacht, du willst mir was wirklich Schlimmes anvertrauen."

„Aber nein", sagte er und schob sie von sich. „Hör mal, ich muß noch ein paar Sachen vorbereiten. Wir sehen uns später, ja?"

„Na, klar. Guten Schulanfang."

„Dir auch."

Es war zehn vor acht. Der Lärmpegel stieg, das Leben in den Gängen erreichte seinen Höhepunkt, der nur noch von einer Schlägerei oder einer neuen attraktiven Schülerin übertroffen werden konnte. Das war die Zeit, in der er sich sonst auf den Weg machte und ganz langsam zu seinem Klassenzimmer hinaufging, um jede Sekunde davon in sich aufzusaugen. Heute setzte er sich in die hinterste Ecke und zog ein paar Unterlagen aus der Tasche, damit es so aussah, als würde er arbeiten.

Zehn Minuten. Die Uhr tickte, und die Frage, die ihn schon seit Tagen quälte, schwoll in seinem Kopf zu einem Geschwür: Wie konnte er nach allem, was er in den letzten Wochen gelernt hatte, Nazi-Geschichte unterrichten, ohne auf die Grausamkeiten einzugehen, die gegen die Schwulen gerichtet wurden? Und wie konnte er darüber sprechen, ohne sich selbst zu verraten?

Bernhard hatte jetzt schon den Eindruck, daß ihn die anderen mit ihren Blicken durchbohrten. Wie würde er sich erst fühlen, wenn er mit hochrotem Kopf Details aus den Büchern wiedergab, die er gelesen hatte und die jeder zu verdrängen suchte? Was würden die Kinder ihren Eltern erzählen? Was würden die Eltern dem Direktor erzählen? Was würde ihm der Direktor erzählen? Am Ende würden sie ihn alle durchschauen.

Er erinnerte sich an den Referendar im letzten Jahr, der nicht einmal versucht hatte, seine sexuelle Orientierung zu verbergen. Und die Kommentare der Kollegen gingen ihm durch den Kopf, die spitzen Bemerkungen hinter vorgehaltener Hand und das überraschende Ausscheiden mit einer Abschiedsparty, zu der keiner hinging, nicht einmal er selbst.

Genauso würde es ihm ergehen. Nur er würde nicht die Kraft haben, so freundlich zu lächeln wie sein Kollege damals. Er würde nicht den Mut haben, er würde sich schämen. Wenn Bernhard es recht überlegte, so trug er immer noch den Rosa Winkel, und den mitten auf der Stirn.

Er strich sich über den Kopf, völlig albern, dachte er. Andererseits: Wenn er schon den Rosa Winkel auf der Stirn trug, mußte er da noch krampfhaft versuchen, es zu verheimlichen?

Wie lautete das Sprichwort? Wenn du glaubst, ein Geist wohnt in deinem Haus, dann leg zum Abendessen noch ein Gedeck mehr auf.

„Ruth!"

Sie stand schon mit gepanzerter Brust an der Tür, um die erste Ladung Schulfrust ihrer Kinder aufzufangen.

„Ja?"

Bernhard klemmte sich seine Tasche unter den Arm und lief ihr hinterher.

„Ich muß dir was erzählen, was ich dir schon seit Jahren eigentlich sagen will."

42.

Sie erwachte zu einem Gefühl, als bade sie in Rosen. Ihre Haut war warm und seidig, die Luft süß, ihre Seele wie frisch gewaschen.

Kim setzte sich im Bett auf, schlug den dottergelben Tüll des Himmelbetts zur Seite und schaute sich um. Die Welt hatte sich über Nacht verändert: der hellblaue Veloursteppich schien plötzlich wie Lavendel zu duften, die schweren Vorhänge waren so leicht wie Wattebausche. Verwundert kroch sie aus ihrem Nest heraus und spazierte durch die Wohnung. Sonnenlicht strömte durch die Balkontür herein, verwandelte den Parkettboden in einen Laufsteg, und alles schimmerte in zarten Pastelltönen, hingekleckst wie Blütenstaub. Aus dem Hof drang das erfrischende Lachen der ersten Cafébesucher wie das Singen eines Engelschores, und Kim fühlte sich wie im Mutterleib: weich und warm, umgeben von geballter Weiblichkeit.

Eigene Räume, eigene Möbel, eine eigene Anschrift, all das hatte sie zurückgelassen, als sie vor sieben Jahren das Kinderheim verlassen hatte. Seither war sie herumgereist, hatte ihre Zelte mal hier, mal dort aufgeschlagen und schnell wieder abgebrochen, meist noch bevor die letzten Kisten ausgepackt waren. Eingeengt hatte sie sich gefühlt, auf eine Adresse reduziert und von den freundlichen Blicken der Nachbarn reglementiert. Heute jedoch, in der Wohnung ihrer Freundin, fühlte sie zum ersten Mal so etwas wie „Daheim".

Die Dusche strömte über ihren Kopf, über die Schultern und die Brüste, über ihre schmalen, zarten Hüften hinweg. In ihrem Bauch wuchs dieses Wesen, eine Manifestation der Vergewaltigung, eine andauernde Erinnerung an diesen Mistkerl von Mann. Ihr ekelte bei der Vorstellung; sie drückte extra viel Duschgel auf die Hand und schäumte sich damit ein. Weg, weg, es mußte weg.

Sie streckte das Gesicht in den Strom von klarem Wasser und ließ sich davon berieseln. Bald würde sie wieder rein sein. Die Schwangerschaftsberaterin hatte ihr den Schein bereits ausgestellt, damit konnte sie in drei Tagen die Abtreibung vornehmen.

Das Telefon läutete. Kim drehte das Wasser ab und warf sich den Bademantel über.

„Ja, bitte?"

„Gisela hier. Ich hab's. Wir könnten es heute morgen machen, gleich, noch bevor Ilona mit der Sprechstunde anfängt. Dann hätten wir noch Ruhe. Hast du Zeit?"

Kim zögerte einen Moment. Ihr war immer noch nicht wohl bei dem Gedanken an das, was sie vorhatten. Sie planten, unehrlich zu sein, heimtückisch, hinterhältig sogar. Es war unrecht, aber es fühlte sich unglaublich gut an.

„Okay, ich bin in zwanzig Minuten da."

„Bis gleich."

„Bis gleich."

Kim rubbelte sich mit einem Handtuch trocken. „Wir können ihn nur mit seinen eigenen Mitteln schlagen", hatte Gisela gesagt. Sie mußten es nur gut vorbereiten: Die Sprechstundenhilfe war einfach zu überzeugen, war sie doch selbst schon von ihrem Chef befummelt worden. Gisela würde Kim in den Terminkalender der Praxis eingetragen und ihrem Mann Kims Krankenblatt zum Unterschreiben unterjubeln, damit bewiesen sie ihre angebliche Anwesenheit. Ab da würde dann Ilona alles erledigen: die Anzeige wegen Vergewaltigung und die Beweise. Den Rest würde die Staatsanwaltschaft übernehmen.

Kim war so zittrig, daß sie verkehrt herum in die Jeans schlüpfte. In Windeseile zog sie sich an, dann lief sie hinaus in ein neues Leben.

Ihr Schritt war noch unsicher, als sie das Haus verließ. Am Anfang hatte sie geglaubt, daß es ihr einzig um Rache ging, aber das allein war es nicht. Da steckte mehr dahinter. Sie würde mit dieser Aktion zwar Gisela helfen, aber auch das war es nicht. Und es hatte auch nichts mit der Rechtfertigung zu tun, die sie sich eine Zeitlang eingeredet hatte, nämlich, daß sie es für all die Frauen tat, die der Arzt mißbraucht hatte, und alle anderen, die jemals von Männern mißbraucht wurden.

Vor der Praxis von Giselas Studienfreundin Ilona angekommen, stieg Kim die Stufen hinauf und schob die schwere Eingangstür zurück. Die Räume hatten etwas Verträumtes, sie waren mit Licht und Leichtigkeit erfüllt, und sanfte Musik gab ihnen eine ätherische Komponente.

Ilona begrüßte sie herzlich; ihre Selbstverständlichkeit tat gut. Sie war eine kräftige, vollbusige Frau, mit dichtem schwarzem Haar und einem runden, rotbackigen Gesicht. Sobald alle drei zusammenstanden, machte sich etwas Verschwörerisches breit, und ihre Fraulichkeit addierte sich zu etwas Unbezwingbarem.

„Bist du dir immer noch ganz sicher?" fragte Ilona, und Gisela nickte.

„Haben Sie noch Zweifel?" fragte sie Kim, die daraufhin den Kopf schüttelte.

„Bringen wir es hinter uns", sagte Kim, verschwand in der Kabine und zog sich aus.

Ihr Blick fiel auf das Ultraschallgerät. „Überlegen Sie sich das noch einmal in Ruhe", hatte die Schwangerschaftsberaterin gesagt. „Es ist klar, daß Sie unter den momentanen Umständen das Kind ablehnen. Aber nehmen Sie sich ein paar Tage Zeit, Sie verlieren nichts dadurch. Vergessen Sie nicht, daß dieses Kind nicht nur ein Produkt der Vergewaltigung ist – es ist auch ein Teil von Ihnen."

„Kann man da jetzt schon was sehen?" fragte Kim.

„Was meinen Sie?"

„Das … Baby." Kim deutete auf den Ultraschall.

„Wielange ist es her?"

„Zweieinhalb Wochen."

„Wohl kaum, aber wir können es gerne versuchen. Legen Sie sich doch besser auf die Liege, da ist es angenehmer."

Ilona zog die Papierrolle über die Liege, und Kim legte sich darauf. Dann verteilte die Ärztin etwas Gel auf Kims Bauch und schaltete das Gerät an.

„Nein, ist noch nichts … Oder doch? Moment. Gisela, guck doch mal, was denkst du?"

„Du meinst den schwarzen Fleck?"

„Ja." Sie neigten beide ihre Köpfe über den Bildschirm und deuteten auf die schwarzen Schlieren. Und da konnte Kim es sehen. Ein kreisrunder Fleck, kaum größer als ein Markstück. Noch war es ohne Kontur.

„In ein paar Tagen werden Sie schon seine Körperform erkennen können."

Es war nur ein schwarzer Fleck, aber Kim liebte ihn. Sie konnte es nicht beschreiben, aber es war, als hätte sich über Nacht ein neues Spektrum der Gefühle aufgetan.

„Wollen Sie ein Foto davon?" fragte Ilona.

Foto? „Nein, danke." Nur keine Erinnerungen. Ein Schauer lief ihr über die Brust.

„Wie wird so eine Abtreibung eigentlich gemacht?" fragte Kim.

Die beiden Gynäkologinnen schauten sich an, dann sagte Gisela, und ihre Stimme war deutlich leiser als zuvor: „Das ... Baby wird abgesaugt."

Der Schlauch formte sich plastisch vor Kims innerem Auge, sie spürte ihn schon in sich. Ein Knopfdruck, und das kleine Wesen wurde entfernt, weggespült wie ... Sie durfte gar nicht daran denken.

Kim schaute die beiden Frauen an und sagte: „Ich glaube, wir sollten jetzt anfangen." Dann stand sie auf und kletterte auf den Stuhl.

Da standen zwei Glasröhrchen auf der Ablage. In einem dicke weiße Flüssigkeit, in dem anderen krauses Haar. Sie würden Kims Scheidensekrete mit diesem Zeug vermischen, und ihre Schleimhaut für den Vertrauensarzt präparieren, damit es vor Gericht keine Zweifel gab. Sie hatten an alles gedacht, sie ließen ihm keine Chance. Es sollte nicht nur für den Scheidungsgrund reichen; sie wollten ihn für immer aus dem Verkehr ziehen, so daß er nie wieder eine Patientin mißbrauchen konnte. Er mußte seine Approbation verlieren, dafür würden sie sorgen.

Kim legte sich zurück und versuchte sich zu entspannen. Sie konnte den Tag kaum erwarten, an dem das alles vorüber war, dann würde sie sich endlich auf ihre Zukunft konzentrieren. Mit etwas Glück würde ihre Freundin noch länger in L. A. bleiben, und Kim könnte die Wohnung übernehmen. Sie würde es sich gemütlich machen und statt des Stewardessenjobs eine geregelte Arbeit annehmen.

Kim zuckte, etwas Kühles berührte die Innenseite ihrer Schenkel.

„'Tschuldigung", sagte Ilona, und alle drei kicherten.

Das war nicht mehr sie, dachte Kim. Diese Gedanken waren nicht mehr von Kim, der Ausgeflippten. Das waren die Gedanken einer Mutter.

Sie fühlte eine Spannung in ihren Brüsten, als würden sie schwellen, und irgend etwas arbeitete in ihrem Bauch. Kim verschränkte die Arme und hatte plötzlich das Gefühl, als hielte sie ein Baby. Sie wiegte es in Gedanken, sie liebkoste es, gab ihm sanftweiche Küße. Sie strich ihm über den Kopf, schob das zarte, flauschige Haar zur Seite und blickte tief in seine Augen. Und dann war ihr mit einem Mal klar, warum sie das alles auf sich nahm. Es war Rache an dem miesen Arzt ja, aber es war auch die Rache an ihrem Vater, der sich nie um sie gekümmert, der sie verstoßen und allein gelassen hatte. Es war die Wiedergutmachung für die Tatsache, daß sie in dieser Hinsicht im Grunde selbst ein Abtreibungskind war.

Ein Stoß fuhr ihr durch den Bauch „Autsch!"

Die beiden Köpfe der Frauen tauchten zwischen ihren Beinen auf. „Was ist? Wir haben dich gerade nicht einmal berührt!"

„Nein, nein, ist schon gut."

Abtreibung. Mit diesem Wort verdunkelte sich die Welt wieder, und die ätherischen Klänge wurden zu banaler klassischer Musik reduziert, die Einrichtung zu einer wie in jeder anderen Praxis auch, und Kim war sicher, wenn sie jetzt nach Hause ginge, hätte sie kein Zuhause-Gefühl mehr, würde die Wohnung wieder aussehen wie in den letzten Tagen: einfach nur wie jede andere auch.

„Schauen Sie doch mal in Ihr Leben", hatte sie die Schwangerschaftsberaterin aufgefordert. „Wie sind Sie denn bisher mit Krisen umgegangen?"

Abtreibung. Sie würde dem Kind antun, worunter sie selbst ein Leben lang gelitten hatte: abgeschoben zu sein, nicht gewollt, verlassen, vergessen.

Und auch das hatte die Frau noch gefragt: „Würde sich durch das Kind etwas zum Positiven verändern?"

Womöglich war es diese kleine unschuldige Seele, die ihr durch all die kleinen Veränderungen, die sie in Kims Körper auslöste, zu etwas verhalf, was sie bisher immer entbehren mußte: eine Familie. Zusammen mit ihrer Tochter – Kim wußte, daß es ein Mädchen war! – könnte sie es sich schön machen, ein Leben einrichten, das unabhängig war von Männern. Und vielleicht, aber nur vielleicht, würden sie ab und zu einen von ihnen zu sich einladen.

43. An einem stillen Sonntagnachmittag richteten die Touristen ihre Blicke zum Schloß hinauf, das majestätisch über der Stadt thronte. Die Heidelberger erfreuten sich an dem Himmel, der seit Wochen endlich mal wieder seinen wonniglichen Bauch in der ganzen Bläue aus dem grauen Nachthemd hängen ließ. Der Neckar spielte mit Eisschollen, trieb sie hierhin und dorthin, und wenn er ihrer überdrüssig war, drängte er sie ans Ufer, wo sie sich in der Sonne aalten.

Und in einem Wohnzimmer standen Kinder am Fenster, die bei ihrer Großmutter gerade einen halben Marmorkuchen mit Sahne verdrückt hatten, und deuteten hinaus auf die Straße, auf eine Frau, die mit etwas ganz anderem beschäftigt war als mit Staunen, Schauen, Essen oder Frieren. Sie ging auf den Friedhof.

In himmelblauen Moonboots stapfte sie durch die Stadt. Sie trug einen weißen Anorak mit lustigen rosa Schneeflocken darauf so groß wie Kinderfäuste, und von ihrer Mütze hing ein frecher Bommel. Sie lief vorsichtig und langsam, fast so, als müßte sie sich jeden Schritt überlegen. Ihr Rücken war leicht gebeugt, als zöge sie einen schweren Schlitten hinter sich her, aber aus ihrem Gesicht sprach Erleichterung.

Langsam bahnte sie sich einen Weg zwischen den Gräbern hindurch, am Brunnen vorbei und der Kapelle, dem Komposthaufen voller alter Kränze. In der zweiten Reihe links, am vierten Grab vor der Friedhofsmauer, machte sie halt. Das Grab war frisch, die braunen Schollen Erde nur mit einer dünnen Schicht Schnee bedeckt. Da standen noch keine Buchsbäumchen Spalier, da drängten sich noch keine Latschenkiefern an Thujen, und die Blumen an den Kränzen waren längst erforen. Noch zeugte kein Stein von dem Leben des Menschen, der da vergraben lag – nur ein kleines, einfaches Holzkreuz mit den Initialen *T.M.*

Die Frau bekreuzigte sich, faltete die Hände vor ihrer Brust und umschloß dabei fest eine Rosenkranzkette; ihre Lippen bewegten sich still. So blieb sie stehen, minutenlang, dann kniete sie sich nieder, zog den goldenen Ehering von ihrem Finger, schob etwas Schnee zur Seite und drückte ihn tief in die harte Erde. Sie legte eine Hand darüber, wie früher oft auf die Wunden ihrer Kinder. Dann kehrte sie das Gesicht der Sonne zu und ging zurück, hinaus auf die Straße.

Da war ein Zettel in ihrer Tasche, den sie mit ihren Fingern betastete. Sie mußte nicht mehr schauen, was darauf geschrieben stand, denn sie hatte ihn sich schon hundertmal durchgelesen. Inzwischen kannte sie den Text auswendig. Still sagte sie ihn vor sich her wie ein Gebet. Dabei wurde ihr Schritt immer schneller und leichter, und wer genau beobachtete, konnte sie fast ein wenig hüpfen sehen:

Oldies sind Goldies
Tanzschule für die ältere Generation
Einsteiger jederzeit willkommen
Samstag, 14 Uhr
Friedrich-Ebert-Allee 33

Draußen vor dem Friedhof stand eine schöne Frau: groß, mit kurzgeschorenem, hellweißem Haar. Ihr Gesicht rundete sich zu einem Lächeln, als sie sich erblickten. Sie streckten sich die Arme entgegen, hakten sich ein und gingen dann schnell davon.

44. Der Zug nach Heidelberg hatte wegen des plötzlichen Schnee-Einbruchs Verspätung, und so ging Bernhard ins Bahnhofsrestaurant, um die Wartezeit für ein ordentliches Mittagessen zu nutzen.

Sobald er die Tür aufstieß, schlug ihm der Geruch von Hühnersuppe, brauner Soße und Zigarettenqualm entgegen. Die meisten Tische waren besetzt, nur an einem in der Mitte saß ein Mann allein.

„Ist bei Ihnen noch frei?"

Der andere zuckte kraftlos mit den Schultern und starrte weiter in sein schon halbgeleertes Bierglas hinein. Er war eher klein, dafür sehr kräftig, seine Hosen eng; prall bildeten sich seine Schenkel ab. Die Sporen seiner Cowboystiefel klingelten, sobald er die Beine zurückzog, so daß sich Bernhard setzen konnte.

Nettes Kerlchen, dachte Bernhard und studierte dann die Speisekarte, wenn er sich nur etwas besser pflegen würde. Seine Finger waren gelb von Nikotin und schwarz vor Schmutz, und über der Nase leuchtete ein blauer Fleck. Eine Dusche, und der buschige Schnurrbart über seinen Lippen würde süß wie Schokolade.

Einen Schweinebraten würde er nehmen, einen Schweinebraten und eine Apfelsaftschorle, beschloß er. Bernhard legte die Karte zur Seite. Sein Gegenüber spülte gerade den Rest seines Bieres die Kehle hinunter, dann stellte er das Glas ab und verfolgte den Schaum auf seinem Weg vom Glasrand auf den Tisch hinunter. Langsam rann eine Front weißer Bläschen, wie Spucke so dick und zäh, zog sich in die Länge, bis der erste Teil den Boden erreichte, sich gleichmäßig verteilte, im Kreis herumschob und schließlich einen wunderschönen Ring bildete.

Der Trinker formte den Mund zu einer Schnute und nickte. „Das Problem ist …", setzte er an und griff dabei nach der *string tie*, die sein weit offenes Jeanshemd zusammenhielt, „... ein Ring ist immer nur ein Ring. Sehnsüchte, Hoffnungen und Erinnerungen, die Menschen an ihn knüpfen, sind jedoch sehr vielfältig." Seine Zunge wand sich unter hohem Kraftaufwand um die Worte: „Bedienung, ein Bier!"

„Entschuldigung, was haben Sie da eben gesagt?" fragte Bernhard.

Der andere tat sich schwer, die Augen zu fokussieren. „Wenn sie mir nicht diesen Ring gegeben hätte, wäre ich jetzt immer noch glücklich, ganz einfach. Aber dieser Scheiß-Ring! Der hat alles auf den Kopf gestellt. Blöde Kuh!" Er schüttelte wieder den Kopf. „Bedienung, ein Bier!"

Bernhard schaute sich um: Es war weit und breit kein Kellner zu sehen.

„Ich hab nie jemandem richtig weh getan, verstehst du. Nie!" fuhr der andere fort. „Sie haben immer das gekriegt, was sie wollten." Er drohte mit dem erhobenen Finger. „Dann schenkt mir diese dusselige Kuh einen Ring und verdirbt alles."

„Es liegt Ihnen wohl was an der Frau?"

Der andere nickte.

„Warum sagen Sie ihr das nicht einfach?"

„Weil ich sie verlassen hab."

„Verlassen?"

„Sie würde mir niemals verzeihen", flüsterte er vertrauensvoll und stützte sein Kinn auf die kurzen, dicken Daumen.

Er war offensichtlich fürchterlich betrunken. Bernhard wußte nicht, ob der andere wirklich bereute oder nur prädelirisch fantasierte.

„Haben Sie es denn schon versucht?"

Er schüttelte den Kopf.

„Aber Sie sollten es versuchen, sonst werden Sie es nie herausfinden. Wenn sie Sie wirklich liebt, dann wird sie Ihnen alles vergeben, ganz gleich, was es ist."

„Meinen Sie wirklich?"

Bernhard nickte, dann kam die Bedienung, und beide bestellten.

In Heidelberg angekommen, lief Bernhard quer durch die Stadt direkt auf den Friedhof. Aufgrund der Verspätung war es nun schon fast dunkel, und er wollte noch ans Grab, solange es hell war. Erst danach würde er zu seiner Mutter gehen.

Bernhard konnte seinem Vater immer noch nicht vergeben, obwohl er die Möglichkeit einräumte, daß er sich vielleicht nicht anders hatte verhalten können. Vielleicht mußte sich ein Mensch, der die Grausamkeiten des Krieges miterlebt hatte, verschließen, um zu überleben. Bernhard hätte vergessen müssen, was sein Vater ihm angetan hatte, aber das fiel so schwer.

„Was hast du davon festzuhalten?" hatte ihn seine Mutter gefragt, aber das hatte doch nichts mit Festhalten zu tun, oder? Es war doch so passiert. Sein Vater hatte ihn doch schlecht behandelt, er hatte ihn doch immer runtergemacht, er hatte ihn doch nie umarmt.

„Passiert, nicht passiert", hatte ihm Lydia geantwortet. „Es ist doch nicht wichtig, was passiert ist. Wichtig ist, woran man sich erinnert. Wenn wir uns über die Vergangenheit unterhalten würden, hättest du ganz andere Erinnerungen als ich. Wer weiß schon, was tatsächlich passiert ist? Erinnere dich neu, schaffe dir eine neue Vergangenheit."

„Aber das ist doch Lüge."

„Nein, das ist keine Lüge. Es ist nur die andere Seite der Medaille, und auf der steht Freiheit. Deine negativen Gefühle binden dich. Wenn deine Vergangenheit schon mies war, warum soll es dann die Zukunft auch noch sein?"

Und dann hatte sie ihm einen Brief geschickt mit einem Kalenderblatt: *Mitgefühl empfinden ist eines der größten Geschenke. Darum sagen die Tibeter, daß der Bettler, der um Geld bittet, oder die alte, kranke Frau, die Ihr Herz anrührt, Buddhas in Verkleidung sein können. Sie begegnen Ihnen, damit Ihr Mitgefühl wachsen und Sie der Buddhaschaft näher kommen können.*

Die Sonne war kurz davor, hinter der Friedhofsmauer zu versinken, da kam Bernhard am Grab seines Vaters an.

„Ich wollte dir soviel erzählen, und jetzt fällt mir nichts ein." Bernhard schob mit dem Stiefel ein wenig Schnee zusammen, baute einen kleinen Wall.

Es war wie früher. Sie hatten sich nichts zu sagen. Ob sich sein Vater so viele Gedanken um Bernhard gemacht hatte wie er sich in den letzten Wochen um seinen Vater?

Eine ältere Dame schlich hinter ihm vorbei. Ihr Gesicht war ernst, ihr Rücken vom Leben gebogen.

„Ich hab mir immer gewünscht, einmal mit dir reden zu können. So wie Vater und Sohn oder von Mann zu Mann. Ich wollte dir erzählen, daß ich schwul bin. Aber weil ich Angst vor dir hatte, hast du es auf eine andere Art erfahren. Das war nicht gut. Es tut mir leid."

Über die Mauer drang ein wenig Verkehrslärm zu ihm herüber. Bernhard schaute sich um. Das Mütterchen rechte Tannennadeln zusammen. Sie war mindestens fünfzig Meter entfernt und ganz in ihre Aufgabe vertieft, trotzdem senkte Bernhard die Stimme, bevor er weitersprach.

„Es tut mir auch leid, daß ich nicht in deine Vorstellungen von einem Sohn gepaßt habe. Es tut mir nicht leid, daß ich homosexuell bin, aber ich hätte dir gerne den Schock erspart, als du es erfahren hast. Und ich kann gut nachfühlen, wie es dir ging, glaub mir, denn ich habe mich lange Zeit selbst geschämt, geekelt und abgelehnt."

Bernhard schaute wieder zu der alten Dame hinüber. Sie zündete gerade eine Kerze an.

„Und vielleicht hast du dich gefragt, was du falsch gemacht hast. Ob es deine Schuld war, daß ich so geworden bin, wie ich bin. Ich kann dich beruhigen. Wenn du irgend etwas damit zu tun hattest, dann würde ich dir jetzt dafür danken."

Bernhard machte eine lange Pause. Er überlegte, ob er alles gesagt hatte. Seine Finger fanden den Ehering des Vaters, den er seit dem Rückflug von Miami trug. Ein Stück kaltes Metall, ein kleiner Reifen mit einer langen Geschichte. Über vierzig Jahre lang hatte ihn Theo an der Hand getragen. Im Geschäft, beim Essen, im Bett. Seine Infarkte, sein Alkohol, seine Gedanken, jede Sekunde seines Lebens hatte dieser Ring miterlebt.

Er kniete nieder. „Ich möchte dir den hier zurückgeben", sagte er. „Es ist deiner, er gehört mir nicht."

Da war schon ein kreisrunder Fleck, unter dem die Erde herauslugte, Bernhard wollte ihn daneben ins Grab stecken, und so kratzte er ein wenig Schnee zur Seite.

Nun sahen es aus, als würden zwei große, braune Augen aus der Tiefe zu ihm aufschauen, voller Geheimnis, Stille und Schweigen.

Bernhard drückte den Ring tief in die Erde. Er wußte noch nicht, wie er es seiner Mutter erklären würde, aber er tat das Richtige, dessen war er sich sicher. Und da fiel ihm die Prophezeiung von Sylvester wieder ein: „Eine alte Beziehung wird sich lösen, eine neue wird sich binden."

Bernhard zog Edvards Ring aus der Tasche. Seit Tagen trug er ihn mit sich herum, um ihn bei sich zu haben, aber er hatte sich nie getraut, ihn anzustecken. Er wog sehr viel schwerer als der Ehering seiner Eltern, und trotz der beißenden Kälte, die gegen Abend fast unerträglich wurde, strahlte er eine unglaubliche Wärme aus.

„Ich glaube, ich weiß jetzt, wo ich hingehöre. Monatelang habe ich neben diesem Menschen im Bett gelegen. Ich habe ihn geküßt und liebkost, aber mein Herz nie wirklich für ihn geöffnet."

Das Bild des jungen Soldaten erschien ihm wieder, die entschlossenen Augen, die Treue und Verbundenheit, die sie ausdrückten.

„Ich glaube, ich bin jetzt soweit", sagte Bernhard und steckte sich den Ring an.

Wohlgefühl zog von seinen Fingern hinauf in seine Brust, und plötzlich verengte sich sein Blickfeld. Wieder die Angst? Wieder die Panik und der Horror, die grauenvollen Bilder, die ihn nicht in Ruhe lassen wollten? Nein, ganz und gar nicht. Er sah durch einen Tunnel hindurch in weißes, gleißendes Licht. Er sah einen Soldaten mit dunklem Haar. Er war jung, sah glücklich aus und frisch, und da war eine große Ähnlichkeit zu Bernhard. An seiner Hand hielt er den blonden Soldaten, dessen Schläfen so dünn waren, daß man annehmen mochte, man könne durch sie hindurch direkt in seine Gedanken schauen.

Ein Stich zog durch Bernhards Wunde und jagte hinauf bis in sein Herz. Er hob die Hand gegen das Licht und schaute sie an. Die Wunde heilte langsam, doch sie heilte.

Eine Narbe würde bleiben – und das war gut so.

EPILOG

Wenn man erfährt, daß man bald sterben wird, denkt man anders über das Leben.

An einem Mittwoch im September saß Theo auf dem Balkon, und plötzlich war es ihm nicht mehr wichtig, ob die Eintracht gegen den HSV gewinnen würde. Es interessierte ihn nicht mehr, daß die Grundsteuer zum neuen Jahr erhöht wurde oder daß das herabfallende Laub schon wieder die Dachrinne verstopfte. Alles war so egal, daß er sogar wieder angefangen hatte zu rauchen.

Aber was war denn jetzt überhaupt noch wichtig?

Lydia trat hinter ihm in die Tür und wollte wissen, was der Arzt zu den Schmerzen gesagt hatte. Wie hatte er den Blutdruck eingeschätzt, und hatte er neue Medikamente verschrieben? Aber Theo antwortete nicht. Er ließ die Zigarette herunterbrennen, den Rauch von spielerischen Böen herumwirbeln, bis die Asche auf dem Boden, Zentimeter nur von der Bierflasche entfernt, zerstäubte und über die braunen Fliesen davonjagte. Schließlich war es doch nicht mehr wichtig, was der Arzt gesagt hatte, und Medikamente konnten ihm auch nicht mehr helfen.

Theo wollte nicht mehr zu Menschen freundlich sein, die ihm nie etwas bedeutet hatten, nicht einmal zu seiner Ehefrau, mit der er seit unzähligen Jahren verheiratet war. Er wollte denken, er wollte allein sein und er hatte es eilig. So blieb er still, bis Lydia wieder ging.

In den letzten Jahren hatte er oft Angst vor dem Sterben gehabt. Aber jetzt, da er zwischen Herbstlaub und einem launischen Wind auf seinem Balkon saß, da war er sogar ein bißchen erleichtert. Keine Kälte mehr, kein Winter, kein Schnee. Nicht mehr dieser Ekel, der ihn befiel, wenn er das weiße Naß auf seiner Haut spürte. Er hoffte nur, daß ihn der Tod bald holen würde, wenn nicht, mußte er fliehen. Nach Mallorca vielleicht, nach Teneriffa oder dorthin, wo es noch wärmer war, noch weiter vom Winter entfernt.

Und dann fiel ihm doch noch etwas ein, das er erledigen mußte. Theo schnippte die Kippe auf das Rosenbeet hinunter, das er am Morgen noch mühsam von verwelkten Blättern befreit hatte, und ging ins Schlafzimmer. Aus dem Nachttisch holte er eine lange, handgeschnitzte Schatulle und öffnete sie.

Sein ganzes Leben lang hatte sich Theo beobachtet gefühlt. Tagsüber umschwärmten ihn seine Kunden wie die Schmeißfliegen; in der wenigen Freizeit hing die Familie an ihm. Nirgendwo war da ein Plätzchen für ihn gewesen, kein Moment, der nur ihm allein gehörte. Diese Schachtel war alles, was er an Privatsphäre je besessen hatte.

Er nahm die nackte Frau aus Elfenbein in die Hand. Kühl und glatt lag sie auf seiner Haut, und in Sekunden brachte sie ihm einen der schwierigsten Momente seines Lebens zurück: 1953. Theo hatte die junge, schwangere Lydia bei sich aufgenommen. Drei Jahre hatte sie sich nun schon um den Haushalt gekümmert, viele Tage hatte er mit ihr geteilt. Ihre verstohlenen Blicke hatte er sehr wohl wahrgenommen, und mehr als einmal hatte sie sich gerade dann entblößt, wenn sie Theo in ihrer Nähe wußte. Aber es löste nichts in ihm aus, kein Verlangen, keine Erregung, kein Bedürfnis, ihr Gesicht zu berühren oder gar ihre Brüste. Dieses „Nicht-Gefühl" quälte ihn. Irgend etwas hätte er doch wenigstens spüren müssen.

Damals lebte Maria am Ende der Bergstraße. Die ganze Siedlung sprach schlecht über sie, weil sie angeblich ein „leichtes Mädchen" war. Trotzdem drückten sich viele „Spaziergänger" allabendlich vor ihrem Haus herum. Wenn die Gartenlaterne an war, durfte man sie besuchen – sie war immer nur für Minuten erleuchtet.

In seiner Verzweiflung war Theo zu ihr gegangen. Er hatte gedacht, daß er Erregung lernen könnte und die Liebe zu einer Frau. Vielleicht war das ja alles nur eine Frage der Erfahrung. Als sie ihn dann an ihren großen, weichen Busen drückte, hatte er nur geweint. Zum Abschied gab sie ihm einen Kuß auf die Stirn und diese Frau aus Elfenbein.

Theo legte sie zurück an ihren Platz neben Ludwigs Milchzahn. Er wußte selbst nicht, warum er den aufgehoben hatte. Aber das war jetzt genauso nebensächlich wie die Erinnerung an seinen bayerischen Freund Gustl, der ihm die Dose weißen Schnupftabaks vermacht hatte, oder die Muscheln, die seine Kinder im Urlaub tütenweise gesammelt hatten. Das einzige, was ihn jetzt noch interessierte, war der Ring.

Blankpoliert lag er da, als hätte ihn nie jemand getragen. Theo hob ihn gegen das verblassende Herbstlicht. Viel war nicht mehr übriggeblieben von dem, was ihn ein Leben lang verfolgt hatte: Ein leichtes Ziehen in seiner Kehle, ein Druck im Nacken und diese Enge in seiner Brust.

Theo steckte sich den Ring an. Früher, früher war da mehr. Ein Schatten, schwer und schwarz schon morgens, wenn er aus dem Bett kroch. Er verfolgte ihn im Laden, heftete sich an ihn, wenn er mit Stammkunden über ihre Gesundheit sprach, er gesellte sich zu ihm auf den Fernsehsessel und setzte sich zwischen seine Kinder, wenn die Familie abends am Eßtisch saß und Schweinebraten verdrückte. Es gab einen Zeitpunkt, da war der Schatten so sehr Teil von ihm, daß er sich wie ein siamesischer Zwilling fühlte.

Anfangs hatte er unter großen Anstrengungen versucht, ihm zu entfliehen. Am Ende hatte er sogar die junge Lydia mit ihrem Säugling bei sich aufgenommen, weil er hoffte, Kindergeschrei würde den Schatten verjagen. Aber nicht mal die eigenen Kinder halfen, den Tod zu verscheuchen.

„Wie macht man Dinge ungeschehen?" hatte er den Priester in einer Zeit gefragt, als er noch hoffte, sich durch die Kirche von der Vergangenheit befreien zu können. „Wie kann man wieder gutmachen, was man getan hat, was man vermieden hat zu tun?" Aber alle Ave Maria verklangen im Hohlraum zwischen Angst und Schuld.

Theo ging wieder hinaus auf den Balkon. Über die Jahre war sein Verfolger immer dünner geworden, leichter und heller, aber er hatte ihn nie verlassen. Auch wenn er inzwischen seit Jahren unsichtbar geworden war, so konnte Theo seine Anwesenheit noch spüren. Und jetzt, da ihn der Arzt gewarnt hatte, jede Kleinigkeit, ein winziger Schreck, selbst ein harmloser Husten könne seine gefährlich erweiterte Aorta zum Platzen bringen, da nahm er sich vor, diesem Schatten wieder zu begegnen.

Theo trank noch einen Schluck aus der Bierflasche, angelte eine weitere Zigarette aus der Schachtel und zündete sie an. Er setzte sich zurück, schaute in die Ferne, über die Wiese, den Fluß, die Häuser auf der anderen Seite der Stadt, den Horizont und weiter bis tief in seine Vergangenheit.

Dezember 1944. Der Schnee blendet die Welt mit seiner tückischen Schönheit. Theo und seine Kameraden liegen vom Feind eingekesselt im Elsaß in einem Graben. Seit Tagen gibt es nur noch Schwarzbrot und Schnee; noch schmeckt er süß.

Sie kauern zusammen, drücken sich aneinander, um sich gegenseitig zu wärmen. Viele zittern, aber nicht wegen der Kälte. Schon am Abend zuvor haben die meisten von ihnen mit ihrem Leben abgeschlossen. Sie waren sich sicher gewesen, daß sie der Feind mit einem Streich ausheben würde. Die ganze Nacht haben sie auf den Tod gewartet, geraucht und gewartet. Eine Zigarette nach der anderen haben sie herumgegeben. Es war wie ein Auszählreim, aber keiner wußte, ob der, der den letzten Zug nahm, der erste war, der in den Tod ging, oder der einzige, der überleben würde.

Theos Augen wandern immer wieder zu Philipp hinüber, dem bildhübschen Gefreiten. Er will seine Hand nach ihm ausstrecken wie in der Nacht zuvor. Er möchte sie ihm auf die Brust legen, seine Wärme spüren, mit ihm verschmelzen, aber das war nicht erlaubt. Keiner darf von ihrer Liebe erfahren.

Ihre Augen begegnen sich immer wieder, und ein Band der Sehnsucht spinnt sich so zart wie ein Spinnfaden, aber ausdauernd wie Stahl. Sie hanteln sich daran jeder zum anderen hinüber, kriechen durch die Augen in die Seele und wiegen sich in der Erinnerung an die letzte Nacht, in der sie sich, statt Wache zu schieben, geliebt haben. Vorsichtig erkundeten ihre Hände den Körper des anderen, sanft liebkosten sie. In der Berührung verloren sie sich, entflohen dem Wahnsinn, überdeckten ihre Todesangst. Zuerst dachten sie beide, es wäre der Feind, der sie zu dieser Tat drängte, es wäre der Krieg. Aber jetzt, da sie über die Köpfe der Kameraden hinweg in den Augen des anderen lesen, verstehen sie, daß es einzig Liebe war, die sie zusammenführte.

Dann hören sie Schüsse. Panzer scharren sich den Weg zu ihrer Einheit. Bomben krachen, und Siegesgeschrei erfüllt die Lichtung.

„Wir sind gerettet!" rufen einige. „Sie sind da, sie sind endlich gekommen."

Philipp nutzt den Moment der Unruhe und drängt sich dicht an Theo heran. „Hier, nimm das", flüstert er und steckt ihm einen wunderschönen Ring an den Finger. „Das ist der Ring der Liebenden. Nimm ihn und trag ihn, ganz gleich, was passiert."

Ein Kuß, und ihre Liebe war besiegelt.

Sie hatten den Feind weit zurückgeschlagen und beschlossen, einen neuen Truppenstützpunkt aufzubauen. Um den Graben herum wurden Zelte aufgestellt, eine Küche und ein Waffenlager; zudem kamen SS-Offiziere auf Besuch, um sie für ihre Tapferkeit zu loben, um zu gratulieren und die Moral zu stärken.

Jemand hatte sie gesehen und verraten, Philipp wurde erkannt. Theo steht dabei, als er aus der Reihe gezogen wird und verurteilt, weil er angeblich die Ehre der Truppe beschmutzt und seine Kameraden anführt, falsche Wege zu beschreiten.

Sie prangern ihn an, dort auf der Lichtung, sie schlagen und foltern ihn vor den Augen der Kompanie, um ein Exempel zu statuieren und die Namen seiner Geliebten aus ihm herauszupressen. Aber seine Augen sprechen nur die Worte der Liebe, und die kann keiner verstehen – außer Theo.

Wieder und wieder müssen sie antreten und dieses Tribunal über sich ergehen lassen, bis Philipp dorthin geht, wo er seither auf Theo wartet.

Schnee war bis zu jenem Tag immer etwas Heiliges für Theo gewesen. Er kam aus dem Himmel, er war leicht und unschuldig, er legte eine weiße, geschmeidige Decke über die Erde. Als Kind hatte er sich ein Spiel daraus gemacht, große Flocken zu fangen und auf seinem Schal zu sammeln. Er war ein Künstler darin gewesen, die staubfeinen Kristalle zu schweren Bällen zusammenzubacken und damit Fensterscheiben einzuwerfen, und er war solange von Hügeln darauf heruntergerutscht, bis ihm der Hosenboden hart gefroren war.

Aber seit er Philipps Blut darin versickern und zu einem harten schwarzen Klumpen frieren sah und tagelang darauf herumtrampeln mußte, bis ihn das Frühjahr gnädig schmolz, seither verband er mit Schnee nur noch Grausamkeit und Ekel.

Theo schüttelte sich. Die Kälte jener Erinnerung hatte sich wieder über ihn gelegt. Seine Brust war noch enger geworden, seine Kehle so zugeschnürt, daß er kaum noch atmen konnte.

Die Zigarette in seiner Hand war bis auf den Filter heruntergebrannt. Die Sonne versank rotglühend in der Krone eines Ahornbaumes, und der Wind schnappte nach seiner Körperwärme. Theo ließ den Stummel in die leere Bierflasche plumpsen.

Er spürte die Liebe wieder, die ganze unschuldige, ahnungslose Liebe von damals. Er wußte noch genau, welche Wege seine Hände gesucht hatten. Er erinnerte sich selbst noch an den Apfelduft seines Atems, den süßen Geruch seiner Haut, und er hatte nicht vergessen, wie tief das Blau seiner Augen war.

Theo drehte den Ring. Der Himmel hatte sich inzwischen verdunkelt, aber der Ring leuchtete. Dieses Stück Metall barg ein wunderschönes und grauenvolles Geheimnis. Mit ihm war alles verbunden, was damals geschah. Er konnte ihn nicht zurücklassen. Wenn er starb, durfte ihn niemand erben. Er hatte Angst, sollte er seiner Familie in die Finger fallen, würde sich das Schicksal weitertragen. Das wollte er um jeden Preis vermeiden.

Aber vernichten konnte er ihn nicht. Wegwerfen? In den Neckar versenken? Sein Herz zuckte bei dem Gedanken, seine einzige Liebe so zu verraten. Er konnte ihn nur weiterschenken, doch an wen? Oder verkaufen, jedoch nicht in Heidelberg. Hier kannte man ihn zu gut. Da fiel ihm der Antiquitätenladen hinter der Maximilianstraße wieder ein, an dem er, auf seinem Spaziergang durch München nach der Untersuchung in der Herzklinik, vorbeigekommen war. Antiquitäten, damit hatte keines seiner Kinder etwas am Hut. Dort wäre der Ring sicher.

Engelshelles Glöckchenklingeln erschallte, als Theo eintrat. Ein junger Mann stand hinter dem Ladentisch, viel zu jung und viel zu hübsch für einen Antiquitätenhändler. Er lächelte so vertrauens würdig und charmant, daß Theo seine letzten Befürchtungen verlor.

„Sie müssen vorsichtig sein", sagte er dem jungen Mann noch und schaute ihm dabei tief in die Augen. „Das ist der Ring der Liebenden. Überlegen Sie es sich gut, an wen Sie ihn weitergeben."

Blasse Erinnerungen nur noch,
ein Leben,
unscharf und vergessen fast,
kaum mehr noch als ein Traum.

Du hast gewünscht,
dein Leben möge ewig währen,
der Tod, den du schon riechen konntest,
die Seele eines anderen begehren.

„Noch ein Adieu", flehtest du, „ein Auf Wiedersehen",
so vieles wirst du nie mehr wiedersehen,
„noch einmal Sonne, einen Morgen",
als könntest du dir Leben borgen.

„Dürft ich es nur noch einmal tun", sagtest du,
„dann würd ich ganz anders leben,
und jene Tage, die ich schnell vergessen,
würd ich halten, klammern, fesseln,
ich würde sie anflehen,
daß sie nie, nie, nie mehr vergehen."

Erinnerungen
wie ferne, blasse Lichter.
Ein Leben,
unscharf und vergessen fast,
und Liebe, die immer bekehrt,
die wie Sehnsucht
an den Lippen bricht,
unsternbeschwert.

Ich danke... meiner Mutter, die mich gelehrt hat, daß Dinge selten so sind, wie sie erscheinen; meinem Vater, durch den ich erkannt habe, daß Liebe manchmal seltsame Ausdrucksformen findet; meinen FreundInnen, die mit Rat und Kritik die Geschichte zu einem Roman gemacht haben: Kay, Betina, Franziska, Gabi, Gerhard, Grettel, Liz, Pater Stefan und Wolfgang; Regina für die unglaublichen Fotos; Gisela für die Astrologiesitzung, mit der sie die Kraft zu schreiben in mir gestärkt hat; allen Männern, die in mir die Sehnsucht weckten, und meinen Verlegern Ilona und Jim, weil sie an meine Ideen glauben. Möge es sich für sie auszahlen.

Und ich danke Alan für dreizehn Jahre Geborgenheit, Lebensfreude, für die gemeinsamen Träume und seine Liebe. Ohne ihn hätte ich dieses Buch nie schreiben können.